서울대 8인이 말하는

EBS 수능 방송 **독**하게 활용하기

서울대 8인이 말하는
EBS 수능 방송 독하게 활용하기

찍은날 | 2004년 06월 01일 초판 1쇄
펴낸날 | 2004년 06월 07일 초판 1쇄

지은이 | 정재홍 외 7인
펴낸이 | 이태권
펴낸곳 | 소담출판사
　　　　 서울시 성북구 성북동 178-2 (우)136-020
　　　　 전화 | (02)745-8566　팩스 | (02)747-3238
　　　　 홈페이지 | www.dreamsodam.co.kr
　　　　 e-mail | sodamQ@dreamsodam.co.kr
　　　　 등록번호 | 제2-42호(1979년 11월 14일)

ⓒ 정재홍 외 7인, 2004
ISBN 89-7381-542-3　03810

● 책 가격은 뒤표지에 있습니다.

서울대 8인이
말하는

EBS 수능 방송
독하게
활용하기

저자 | 정재홍 외 7명

소담출판사

6차 교육과정에 적응할 만하니 어느새 또 교육과정 개편이다.　이번 7차 교육과정에서는 어떤 것이 바뀌었을까, 더 어려워지는 것은 아닐까, 고등학생들의 걱정은 늘 커지기만 한다. 항상 그래왔듯 새로운 교육과정 1세대에는 잡음도 많고 이래저래 어려움이 많기 마련이다. 그래서 교육과정과 출제경향에 맞추어 학원가의 분위기가 바뀌고 족집게 과외가 등장하기도 하며, 새로운 문제 유형을 담았다고 광고하는 책들도 많이 나온다. 특히 EBS 수능 방송 내용을 70퍼센트 가까이 반영한다는 파격적인 발표와 함께 EBS 수능 방송에 엄청난 관심이 쏠리고 있는 것이 현실이다.

하지만 관심이 쏠린 만큼 오해를 하는 학생들과 학부모들도 있다. EBS 수능 방송이 마치 족집게 과외인 것처럼 생각하거나, 자신의 수준은 생각지도 않고 듣기만 하면 좋은 성적을 얻을 것으로 생각하는 것이다. 이렇게 생각하다가는 EBS 수능 방송을 듣기는 하지만 어영부영 시간이 흘러가 제대로 공부 한번 못 해보고 수능을 치르게 되고 말 것이다. 그러므로 강의를 듣는 것 못지않게 그것을 자신의 것으로 만들 시간이 필요하다.

그렇다면 어떻게 EBS 수능 방송을 선택하고 활용해야 할까?　이 책은 바로 그런 고민을 안고 있는 학생들에게 도움이 되고자 만들었다. 고등학교를 먼저 거쳐 온 선배로서, 공부하는 방법에 대해 남들보다 조금이나마 더 잘 아는 사람으로서, EBS 수능 방송을 활용해 도움을 받았던 학생으로서 지금의 후배들에게 공부 잘하고, 성적을 올릴 수 있는 방법에 대해 말해 주고자 한다.

이 책은 크게 다섯 부분으로 나누어져 있다.

1부는 EBS 수능 방송에 대한 기본 정보로, 편성 일정, 교과목 등 EBS 수능 방송을 시청하는 데 필요한 기초적인 정보들을 담았다. EBS 수능 방송을 처음 접하는 학생이라면 전반적인 개요를 알 수 있을 것이다.

2부에는 EBS 수능 방송을 본격적으로 듣고자 할 때 지켜야 할 것들을 담았다. 어떻게 강의를 선택하며, 어떻게 계획을 잡고 시청할 것인지, 그리고 시청할 때 놓쳐서는 안 될 유의점에 대해 적었다. EBS 수능 방송 시청에 잘 짜인 계획은 필수 조건이다. 그래서 자신에게 맞는 강의는 어떻게 알 수 있는지, 강의 선택의 기준은 무엇인지, 시청 계획은 어떻게 짜는 것이 좋은지에 대해 가능한 상세히 서술하였다.

3부에서는 직접 강의를 시청하고 강의 평가를 해보았다. 현재 모든 강의가 개설되어 있지 않고, 앞으로 계속 더 많은 강좌와 강의가 생기겠지만 우선 고3 수험생을 겨냥한 수능 대비 강좌 중 현재 개설된 강좌를 중심으로 했다. 인터넷과 방송을 통해 해당 강좌의 세 개 이상의 강의를 직접 듣고 내용 전달, 수준 고려, 흥미 유발 등 몇 가지 원칙을 가지고 강의에 대한 평가를 내려 보았다. 부족한 점 및 아쉬운 점이 어떤 것이 있는지, 그리고 그것을 어떻게 극복해 나갈지, 강의를 들으면서 놓치지 말아야 할 점과 실수하기 쉬운 점 등을 최대한 상세하게 담아 놓았으므로 강의 선택과 계획에 많은 도움이 되리라고 본다.

4부에는 EBS 수능 방송을 활용해 좋은 결과를 얻었던 선배들의 노하우를 담았다. 실제로 고등학교 때 EBS 수능 방송을 통해 많은 도움을 받고, EBS 수능 방송을 잘 활용하는 자신만의 방법을 가지고 있는 선배들이 후배들에게 자신만의 방법을 공개하고 전해 주고자 하는 것이다.

5부에는 수능 시험 영역별 학습 요령에 대해 적었다. 각 영역별 세부 과목과 과목별 특성, 특성에 따른 효과적인 공부 방법 등을 담아서 특정 영역의 성적이 좋지 않거나 자신 없는 학생들에게 도움을 주려고 했다. 예습과 복습의 시간 배분과 적절한 시기, 교과서 외의 학습법 등 선배들이 자신 있게 추천하는 방법들을 많이 담았으니, 영역별 특징을 잘 이해하고 언제 어떻게 공부하는 것이 효과적인지 보다 쉽게 알 수 있을 것이다.

이 책을 쓰면서 우리는 우리의 경험과 제시한 방법들이 모든 학생들에게 알맞다고 생각하진 않았다. 하지만 적어도 공부가 잘 되지 않아 고민하고 있는 후배들을 돕고, 선배로서 유익한 조언을 해주고자 하는 것이다. 이 책을 통해 공부 방법에 대해 확신이 없는 후배들, 특히 EBS 수능 방송을 제대로 활용하고자 하는 많은 학생들이 도움을 얻었으면 좋겠고, 후에 좋은 결과가 있기를 바란다.

C·O·N·T·E·N·T·S

1;

EBS 수능 방송

EBS수능방송기본정보EBS수능방송기본정보EBS수능방송기본정보

기본 정보

EBS수능방송기본정보EBS수능방송기본정보EBS수능방송기본정보

1부 EBS 기본 정보

① 연간 강의 일정표

월	주	고1	고2	고3	고3(고2)

고1

23주 중간/기말/총정리 내용 포함

EBS NEW 포트리스
- 국어(상)(2편)
- 영어(2편)
- 수학10-가(2편)
- 과학(2편)
- 사회(2편)
- 국사(1편)
- 도덕(1편)

23주 중간/기말/총정리 내용 포함

EBS NEW 포트리스
- 국어(하)(2편)
- 영어(2편)
- 수학10-나(2편)
- 과학(2편)
- 사회(2편)
- 국사(1편)
- 도덕(1편)

6주

고2

20주

EBS 수능 CHOICE
- 현대문학
- 수학1
- 수학2
- 영어1
- 사회 문화 윤리
- 컴퓨터일반 정보기술기초 상업경제

3주 총정리 EBS 수능 CHOICE (직탐3과목제외)

18주

EBS 수능 CHOICE
- 고전문학
- 수학1
- 수학2
- 영어2
- 한국지리 한국근현대사
- 컴퓨터일반 정보기술기초 공업입문 (직업탐구)

5주 총정리 EBS수능CHOICE (고전문학,영어2는 주당1편) (컴퓨터일반,정보기술기초 20주)

(고2 세부)
- EBS 수능 CHOICE - 생물1 화학1
- 총정리
- EBS 수능 CHOICE - 물리1 지학1
- 총정리
- EBS 수능 CHOICE - 생물1 화학1
- 총정리
- EBS 수능 CHOICE - 물리1 지학1
- 총정리

고3

1단계 기본 개념 정리 22주
- EBS 수능특강 언어영역 수리영역 (주당2편씩)

2단계 10주
- 10주 완성 EBS 수능특강 언어영역 외국어영역 수리영역

3단계 9주
- EBS FINAL 실전모의고사 언어영역 외국어영역 수리영역

(고3 세부)

1단계 기본 개념 정리 16주

EBS 수능특강 선택
(사회:5,과학:4, 외국어:2)
- 사회탐구: 한국근현대사, 한국지리,사회문화 윤리,국사
- 과학탐구: 물리1,생물1,화학1, 지구과학1
- 외국어: 중국어,일본어
EBS 구술&심층면접 (인문계)
EBS 구술&심층면접 (자연계)

2단계 심화과정 16주

EBS 수능특강 선택
(사회:5,과학:4, 외국어:2)
- 사회탐구: 한국근현대사, 한국지리,사회문화 윤리,국사
- 과학탐구: 물리1,생물1,화학1, 지구과학1
- 외국어: 한문(주2편)
EBS 구술&심층면접 (인문계)
EBS 구술&심층면접 (자연계)

3단계 9주

EBS FINAL 선택 실전모의고사
-EBS 수능특강선택 사탐5개, 과탐4개

수 능 시 험 특 집
- 논술특강
- 대학정보뱅크
- 진학정보특집
- 진로지도특집
- 교양강좌

고3(고2)

12주

출제유형분석
- 언어영역 외국어영역 수리영역

(주당 2편씩, 영역별 교재 1권)

단기완성강좌 9주
- 언어 시문학(18강)
- 수리 비분과석분(18강)
- 외국어 수능 영문법(18강)

단기완성강좌 9주
- 언어 소설문학(18강)
- 수리 확률과통계(18강)
- 외국어 수능어휘특강(18강)

단기완성강좌 11주
- 언어 비문학읽기(22강)
- 수리 수학10(22강)
- 외국어 어법어휘연습(22강)

예비 고3대상(11주)
- 언어: 선행학습 및 모의고사 대비(22강)
- 수리: 선행학습 및 모의고사 대비(22강)
- 외국어: 선행학습 및 모의고사 대비(22강)

② EBS 수능 방송의 특징

❶ 전국 최고의 선생님들의 강의를 들을 수 있다.

❷ 필요한 시간에 자신에게 알맞은 강의를 선택하여 들을 수 있다.

❸ EBS Plus 1 TV 채널과 인터넷을 통해 초 · 중 · 고급의 수준별 강의를 제공한다.

❹ 인터넷을 통한 수능 강의는 모두 무료로 제공된다.

❺ 질문하기, 진학 상담 등 여러 부가 서비스 기능을 통하여 기존의 듣기만 하는 학습법을 탈피하여 수험생들에게 좀더 능동적인 학습을 할 수 있도록 도와준다.

③ 강의의 구성과 활용

● 수준별(초급 · 중급 · 고급)로 다르게 시청할 수 있도록 구성

구 분	인터넷 강의	교재	특 성
상위권	인터넷 강의 EBS 플러스 1 (언어, 외국어, 수리, 사회탐구, 과학탐구)	교재(고급)	-고득점 위한 문제 풀이 및 창의력 향상 -취약점 보강 -응용 문제 중심 -10~20 강의 단기 완성 위주 -내용별, 유형별 접근
중위권	EBS 플러스 1	교재	-개념 이해, 핵심 정리, 실전 문제 풀이 등 3단계 진행 -내신용 개념 정리 위주(1,2학년 포함) -기본 문제 중심
하위권	인터넷 강의 EBS 플러스 1 (언어, 외국어, 수리, 사회탐구, 과학탐구)	교재(고급)	-기초학력 증진 -유형 학습 및 배경지식 학습 -학습법 소개 -단기 완성 위주 -유형별 접근 강화

● ● 단계별(학년별)로 시청할 수 있도록 구성

학년	특징	수능 전문 채널 (EBS 플러스1)		인터넷(www.ebsi.co.kr)	
		프로그램	선정과목	프로그램	선정과목
고3	선택과목	수능특강선택	사회탐구 : 한국지리, 국사, 사회·문화, 한국 근·현대사, 윤리 과학탐구 : 물리Ⅰ, 화학Ⅰ, 생물Ⅰ, 지구과학Ⅰ 제2외국어/한문 : 일본어, 중국어, 한문	선택과목강좌	사탐 : 경제,정치,법과사회,세계사,세계지리, 경제지리,국사,한국 근·현대사,사회·문화, 한국지리 과탐 : 물리Ⅱ,화학Ⅱ, 생물Ⅱ, 지구과학Ⅱ,화학Ⅰ 직업탐구 : 농업정보관리, 수산해운정보처리, 컴퓨터일반,정보기술기초,상업경제, 공업입문,농업이해,농업기초기술, 기초제도,회계원리,해양일반,수산일반 해사일반,인간발달,식품과영양, 디자인일반,프로그래밍 제2외국어/한문 : 독일어,프랑스어,스페인어, 러시아어,일본어, 중국어, 아랍어,한문
	공통과목	수능특강	언어, 외국어, 수리영역	고급과정	언어:EBS 고품격 문학 특강, 언어 종합, 비문학 독해 외국어:영어 독해 연습(1), 영어 독해 연습(2), 1등급 수능 어휘 특강, 고급 수능 영문법 수리:수학Ⅰ, 수학Ⅱ, 수학Ⅰ심층분석,미분과 적분
	취약과목	단기완성강좌	언어-시문학, 소설문학, 외국어-수능 영문법, 수능 어휘 수리-미분과 적분, 확률과 통계	초급과정	언어:7차 언어 유형으로 시작하기, 언어 오답 풀이기, 현대시 100선 외국어:영어 독해 기법 수리:수학Ⅰ(상),수학Ⅱ(상),수학Ⅰ(하),수학Ⅱ(하)
	수시대비		구술·심층면접(인문계) 구술·심층면접(자연계)		
	입시정보		2005 대학 입시 가이드(교재 없음)		
	학습법		오답 노트 (교재 없음)		
	수능후		논술 특강 / 대학정보뱅크	수능 후	논술100제 특강 (예정)
고2	선택과목내신	수능 CHOICE	현대 문학, 고전 문학, 영어Ⅰ, 영어Ⅱ, 수학Ⅰ, 수학Ⅱ, 사회·문화, 윤리,한국지리, 한국 근·현대사, 물리Ⅰ,화학Ⅰ, 생물Ⅰ, 지구과학Ⅰ, 컴퓨터일반,정보기술기초, 상업경제,공업입문(2학기)		고1, 고2 내신용 중간고사 및 학기말 고사 대비 전 과목(20과목) 특강 제공 (예정)
고1	내신	NEW 포트리스	국어(상),국어(하), 영어, 수학10-가, 수학10-나, 과학, 사회, 국사, 도덕		
공통	수능유형	수능출제 유형분석	언어, 외국어, 수리영역	학습법	언어, 외국어, 수리, 사탐, 과탐 (예정)
				필수유형	
				함정 피하기	
				실전 풀이	

12

● ● ● 수준별 강의 활용 방법

➔ 초급 수준 학생의 경우

가. 초급자용으로 제공되는 수능 전문 채널(EBS 플러스 1)과 인터넷 강의를 활용

○ 기본 개념 및 기본 유형 중심으로 강의가 진행된다.

○ 언어영역은 교과서 내 지문 위주로, 외국어는 독해기법, 어법, 어휘 초급 문제들로, 수리영역은 수리 I 에서

나오는 공식과 개념을 철저하게 이해하도록 구성된다.

'수학 I 초급(상)', '수학 I 초급(하)', '수학 II 초급(상)', '수학 II 초급(하)'가 초급자용으로 제공된다.

➔ 중급 수준 학생의 경우

가. 중급 과정은 3단계로 구성된 '수능 특강' 프로그램이 대표적이다.

○ 기본 개념 정리 위주의 1단계 '수능 특강' : 22주간

○ 핵심 정리 위주의 2단계 '10주 완성 수능 특강' : 10주간

○ 최종 마무리 및 실전 대비용 3단계 'Final 실전 모의고사' : 9주간

나. 제7차 교육과정이 적용되는 2005학년도 수능에 대비해 사회탐구, 과학탐구, 제2외국어영역의 과목은 'EBS 수능 특강 선택 영역'에서, 직업탐구영역의 일부 과목(컴퓨터 일반, 정보기술기초, 상업 경제, 공업입문)은 'EBS 수능 초이스'에서 제공된다.

➔ 고급(상급) 수준 학생의 경우

수능 전문 채널(EBS 플러스 1)과 인터넷 수능 강의를 주로 활용하면 효과적이다.

가. 강의 중에서 본인의 취약 과목이나 영역을 선택한다.

나. 언어영역에서는 'EBS 고품격 문학특강', '언어 종합', '비문학 독해'가 개설되고 교과서 외의 지문을 위주로 다룬다. 외국어영역에서는 독해, 영문법, 어휘 등이, 수리영역에서는 수리 I, 수리 II, 미분과 적분, 수학 I 심층분석 등으로 구성된다.

● ● ● ● ● 프로그램 및 강좌별 활용 방법

➜ 탐구영역

2005년도 수능 시험부터 적용되는 사회탐구, 과학탐구, 직업탐구와 제2외국어의 모든 선택 과목을 인터넷 강의로 제공하고 사회탐구, 과학탐구, 직업탐구와 제2외국어의 일부 과목은 수능 전문 채널 (EBS 플러스 1)로도 방송한다. 이를 적극적으로 활용하면, 본인이 원하는 선택 과목을 충분히 학습할 수 있다.

➜ 단기 강좌

가. 최근 수능에서 출제된 신유형을 중심으로 해당 영역을 단기간에 정복할 수 있도록 구성했다.
나. 방송 일자는 4월 26일부터 11월 15일까지이다.

○ 제공되는 영역별 단기 강좌는 다음과 같다.

 • 언어영역 : '시 문학', '소설 문학' • 수리영역 : '확률과 통계', '미분과 적분' • 외국어영역 : '수능 영문법', '수능 어휘'

● ● ● ● ● ● 내 신 대 비 강 의

➜ 고1의 경우

○ 수능 전문 채널(EBS 플러스 1)을 통해 고1 내신을 위한 〈뉴 포트리스〉 552편을 제공한다.

○ 과목별 편수는 다음과 같다.

 • 국어, 영어, 수학, 과학, 사회 : 주당 2편 / 각 50분 방송

 • 국사, 도덕 : 주당 1편 / 각 50분 방송

○ 교과서의 학습 진도를 고려하여 각 영역별로 기초, 보충, 심화 학습이 가능하도록 구성하였다.

○ 중간고사와 기말고사 시험 기간중에는 이에 대비할 수 있는 프로그램을 과목별로 제작하여 방송할 예정이다.

➜ 고2의 경우

○ EBS 플러스 1을 통해 〈수능 초이스〉 512편을 제공한다.

○ 고2 학생이 내신과 수능 시험을 동시에 준비할 수 있도록 구성하였다.

○ 2004년도 1학기에는 '현대문학', '고전문학', '수학 I', '수학II', '영어 I', '영어II', '사회 · 문화', '윤리', '한국 지리',

'한국 근 · 현대사', '물리 I', '화학 I', '생물 I', '지구과학 I', '컴퓨터 일반', '정보기술기초', '상업경제', '공업입문' 이 주당 1편씩 방송된다.

○ 단계별로 제공되는 고3용 강의와 함께 활용하면 대학 입시에서 좋은 결과를 얻을 수 있을 것이다.

④ PC 사용자를 위한 환경 설정

수능 전문 채널을 보기 위해서는 케이블 TV나 인터넷 강의를 들을 수 있는 PC가 있어야 한다. 구입을 해야 하는 경우라면, PC는 고가의 제품이므로 꼼꼼히 따져 보고 결정하는 것이 바람직하다. 기본적으로 팬티엄4, 256메모리 정도면 무난하게 들을 수 있다.

> **Tip** **PC로 TV를 시청하려면**
>
> TV를 따로 구입하지 않고 가지고 있는 PC로 EBS 수능 방송을 볼 수 있다. TV 수신카드를 구입하여 컴퓨터 본체의 확장슬롯에 꼽고, 거기에 안테나선을 연결하고, 유선방송이나 기타 케이블TV 선을 TV 수신카드에 꽂아 주면 된다. 그리고 제품과 함께 제공되는 프로그램을 컴퓨터에 설치하면 된다. 수신카드는 보통 5만원 ~ 13만원대 정도면 살 수 있고, 이왕이면 리모콘이 있는 카드를 구입하도록 하자. 현재 출시되는 TV 수신카드는 라디오까지 재생되므로 리모콘을 이용하면 훨씬 편리하다.

⑤ 강좌 신청하기 & Q&A 활용하기

● 회원 가입 및 탈퇴

➜ 가입 및 로그인

서비스를 이용하기 위해서는 **EBS와 별도의 회원 가입**이 필요하다.

가입 후 로그인을 하면 학교내의 모든 컨텐츠 및 서비스를 무료로 이용할 수 있다.

비밀번호 분실 시 본인 확인을 위하여 질문과 답변을 입력하고, 학생의 경우 재학 학교, 진학 희망 학교, 선택 영역 등의 부가 정보를 입력하여야 한다.

→ 회원 탈퇴

탈퇴는 신청 후 바로 처리되며 탈퇴 시 개인에 대한 모든 정보는 자동 삭제되고, 탈퇴 후 재가입은 언제든지 가능하다. 한번 탈퇴된 아이디는 다시 사용할 수 없다.

● ● 수 강 신 청 및 수 강 취 소

→ 수강 신청/취소

모든 강좌는 강좌 소개 및 맛보기 이용 후 정식 수강 신청 절차를 거쳐야만 수업이 가능하다. **신청할 수 있는 강좌는 30강좌**이다. 그러므로 30강좌 안에서 자신의 학습 계획표를 관리하여야 한다. 30강좌 안에서의 취소/신청 변경은 언제든지 가능하다. 신청 강좌가 수강이 완료되어 보충 수업으로 넘어가면 그 수만큼 다른 강좌를 추가로 신청할 수 있다.

→ 우수자 특별 수강 신청제

꾸준하고 성실하게 강좌를 학습한 학생 중 우수자 선발 심사(선발 기준 및 기간은 추후 공지)를 통과한 사람은 40강좌를 신청할 수 있다. **한번 신청을 취소한 강좌는 15일 동안 다시 신청할 수 없으며 15일 이후 재신청이 가능하다. 단 동일 강좌에 대해서는 2회 취소만 가능하며 이후에는 다시 신청할 수 없으니 수강할 강좌를 신중하게 결정해야 한다.** 또한 학습 진행중 취소한 강좌에 대한 수강 이력은 전부 삭제된다. 신청한 강의는 마이페이지의 신청 수업에서 언제든지 학습할 수 있다. – 자료(ebs 홈페이지)

● ● ● Q & A 활 용 하 기

학습 방법부터 진학 상담까지 모든 고민을 상담할 수 있다. 혹 문제를 풀다가 잘 모르는 것이 있으면, Q&A를 활용해 보자. 상담 선생님이 아주 자세하게 설명해 주신다.

[2 0 0 5 학 년 도 대 입 일 정]

수 능 시 험 제 도 안 내

① 수능 시험 시간표 (자료출처: 교육인적자원부)

○ 모든 수험생은 08:10까지 지정된 시험실 또는 대기 장소에 입실하여야 한다.

○ 2교시부터는 매 교시 시험 시작 10분 전까지 입실하여 차분히 다음 시험을 준비한다.

○ 언어영역 듣기 평가는 08:40부터 15분 이내 실시한다.

○ 외국어(영어)영역 듣기 · 말하기 평가는 13:20부터 20분 이내 실시한다.

▶ 시험 시간표

교시	시험 영역	시험 시간(소요 시간)
수험생 입실 완료 – 08 : 10 까지		
1교시	언어	08 : 40 ~ 10 : 10 (90분)
휴식 – 10 : 10 ~ 10 : 30 (20분)		
2교시	수리	10 : 40 ~ 12 : 20 (100분)
중식 – 12 : 20 ~ 13 : 10 (50분)		
3교시	외국어(영어)	13 : 20 ~ 14 : 30 (70분)
휴식 – 14 : 30 ~ 14 :50 (20분)		
4교시	사회 / 과학 / 직업탐구	15 : 00 ~ 17 : 00 (120분)
휴식 – 17 : 00 ~ 17 :20 (20분)		
5교시	제2외국어 / 한문	17 : 30 ~ 18 : 10 (40분)

※ 예비 평가 결과에 따라서 시험 기간은 다소 변경될 수 있다.

▶ 영역/과목별 문항수 및 시험 시간

영역 \ 구분		문 항 수		시험시간 (문항당 시간)	문항 형태
언어		60문항	듣기평가 6문항 포함	90분(1.5분)	
수리 (택1)	'가'형	30문항	수학 I 40% 수학 II 40% 선택 20% 정도	100분 (3.3분)	5지 선다형(70%) 단답형(30%)
	'나'형	30문항	수학 I	100분 (3.3분)	5지 선다형(70%) 단답형(30%)
외국어(영어)		50문항	듣기평가 17문항 포함	70분 (1.4분)	5지 선다형
사회/ 과학/ 직업 탐구 (택1)	사회 탐구	과목당 20문항	20문항× 최대 4과목	최대 120분 :과목당 30분 (1.5분)	5지 선다형
	과학 탐구	과목당 20문항	20문항× 최대 4과목	최대 120분 :과목당 30분 (1.5분)	
	직업 탐구	과목당 20문항	20문항× 최대 3과목	최대 90분 :과목당 30분 (1.5분)	
제2외국어/한문		과목당 30문항	–	40분 (1.33분)	5지 선다형

○ 언어영역은 듣기 평가 6문항을 포함하여 60문항으로 구성된다.

○ 수리영역 '가' 형은 30문항 중 수학 I 40%, 수학 II 40%, 선택 20% 정도로 구성된다.

○ 외국어(영어)영역은 '듣기 평가' 17문항을 포함하여 50문항으로 구성된다.

○ 사회/과학/직업탐구영역은 과목당 20문항으로 구성된다.

○ 제2외국어/한문영역은 과목당 30문항으로 구성된다.

▶ 문항당 점수는 교육 내용의 중요도, 난이도, 소요 시간, 변별력 등을 고려하여 차등 배점함.

② 2005학년도 대입 일정표

학생부 작성 기준일	• 2004. 12. 3 (금)	
수능 시험일 **성적 통지일**	• 2004. 11. 17(수) • 2004. 12. 14(화)	
수능 시험 영역	• 언어, 수리(가, 나형), 외국어(영어) • 사탐, 과탐, 직탐 3개영역 중 택 1 • 제2외국어/한문 8개과목 중 택 1	
수능 성적 통지표	• 영역별/과목별 표준점수, 백분위, 등급 • 선택과목명 표기	
최소 기준	• 대학별 필답고사는 논술고사로 시행 • 기여입학제 시행 금지 • 고교 등급제 적용 금지	
전형 자료	• 내신(교과성적, 비교과기록), 추천서, 자기소개서, 논술, 실기, 수능 성적, 심층면접 등 전형자료의 대학별 자율적 활용	
특별전형 **최저학력 기준** **정원 관리**	• 최저학력 기준 설정 권장 • 본교와 분교 분리 모집 실시	
수시모집 제도	• 시행 여부 대학 자율 결정, 복수 지원 기회 부여 • 미등록 결원은 다음 모집시기로 이월 모집(등록 전 추가합격 가능) • 이중 등록 금지, 특기 · 적성 중심의 전형 실시 권장	

공통	**복수 지원, 이중 등록** **고교 학사 일정 배려**	• 합격한 경우 다음 모집 시기에 지원 금지 • 고교 학사 일정을 배려하여 전형 실시 권장
1학기	**원서 접수** **전형 및 합격자 발표** **등록 기간**	• 2004. 6. 3~6. 16(14일) • 2004. 7. 19~8. 19(32일) • 2004. 8. 23~8. 24(2일)
2학기	**원서접수 및 전형** **합격자 발표** **등록기간**	• 2004. 9. 1~12. 13(104일) • 2004. 12. 19까지 • 2004. 12. 20~12. 21(2일)

정시 모집 **원서 접수 기간** **전형 기간** **모집 기간군** **최초 등록** **미등록 충원 합격 통보 마감** **미등록 충원 등록 마감**	• 모집기간군별로 1회만 지원, 미등록충원 가능 • 2004. 12. 22 ~ 12. 27 • 2004. 12. 28 ~ 2005. 2. 2 • "가" 군(15), "나" 군(12), "다" 군(10) • 2005. 2. 3~4 • 2005. 2. 17 • 2005. 2. 18	
추가 모집	• 2005. 2. 19~28	
주요 사항 집계	• 2003. 12. 20	
복수 지원 금지	• 수시모집 합격시 전문대 포함	

2;

강의 선택과

강의선택과활용계획강의선택과활용계획강의선택과활용계획

활용 계획

강의선택과활용계획강의선택과활용계획강의선택과활용계획

EBS 수능 방송만 잘 보면 누구나 공부를 잘할 수 있다고들 한다. 하지만 EBS 수능 방송을 제대로 활용하는 것은 말처럼 쉬운 일이 아니다. 강의가 많아서 어떤 것을 들어야 할지, 시간대는 어떻게 선택해야 할지, 얼마나 시간을 투자해야 하는지 등 많은 생각이 필요하다.

그러므로 보다 적은 시간을 투자해서 보다 많은 내용을 이해하는 효과적인 공부를 하려면, 우선 강의를 잘 선택해야 하고, 원칙을 두고 시청 계획을 짜야 하며, 계획을 제대로 실천해야 한다. 이 세 가지를 잘 해낸다면, EBS 수능 방송을 통해 상위권으로 진입하는 것이 그렇게 힘든 일이지만은 않다.

먼저 강의 선택의 기준에 대해 생각해 보자. 가장 중요한 점은 자신에게 맞는 강의를 선택해야 한다는 것이다. 성적을 빨리 올려야 한다는 조급함이나 자신의 실력을 뽐내고 싶어하는 자만심 때문에 괜히 수준 높은 강의를 듣는 것보다는, 자신의 부족한 부분을 채워 주고 어려워하는 부분을 천천히 그리고 꼼꼼하게 설명해 주는 강의를 선택해야 한다는 말이다.

자신의 성적 분포가 어느 정도에 속하는지, 자신이 부족한 부분이 암기 과목 쪽인지, 아니면 영어, 수학 쪽인지도 고려해야 하며, 자신의 공부 습관에 맞추어야 할 점도 있을 것이다. 필요하다면 습관을 수정해야 할 때도 있을 것이다. 예를 들어 공부가 잘 되는 시간대가 있다면 그 시간에 맞춰 EBS 수능 방송을 듣는 것이 좋다. 그러나 그 시간이 약간 조정될 필요가 있다면 조정하는 것이 바람직하다는 말이다. 그리고 기초에 대한 이해가 필요한 과목들은 초급 강의를 여러 번 듣고, 암기가 중요한 과목들은 문제 풀이 위주로 듣는다는 등의 원칙을 세워 선택하는 것이 좋다.

강의를 제대로 선택했다면 이제는 적절한 계획을 세워서 실천해야 한다. 하루중 어느 때 EBS 수능 방송을 시청할 것이라는 확실한 계획을 세워야만 미루지 않고 잘할 수 있다. 계획을 세울 때도 역시 몇 가지 원칙을 세워야 한다. 예를 들면 자신이 지금 몇 학년인지에 따라 계획이 달라질 수 있고, 선택할 때와 마찬가지로 성적 분포라든가 취약 과목에 따라서도 달라질 수 있다. 접근해 볼 수 있는 여러 가지 원칙들을 잘 고려해 보고, 자신의 스타일에 맞는 계획을 짜야할 것이다. 아무리 보기에 좋은 계획이라도 자신에게 맞지 않아서 제대로 실천도 못하고 스트레스만 받게 된다면 그것은 공부에 방해만 될 뿐이다.

계획을 어느 정도 잡았다면 반드시 실천할 수 있는 토대를 마련하는 것이 중요하다. 초등학교 때 방학 시간표를 짜며 느꼈을 테지만, 지키지 않는 계획표는 종이조각에 불과하다. 우선 머릿속에 떠오른 계획표를 직접 작성해 보자. 그리고 다시 한번 생각해 보고, 도저히 실천이 힘든 부분을 과감히 수정해라. 계획이라는 것은 실천이 가능할 때에 비로소 빛을 발하는 것이다. 이 과정을 거치고 나면 완성된 계획표를 다시 머릿속에 집어넣고, 늘 접근이 편한 곳에 두었다가 기억이 나지 않을 때마다 펴보면서 자신의 계획을 반드시 실천해 보자. 처음에는 조금 힘들지도 모르지만, 꾸준히 하다 보면 성적이 오르는 자신을 바라보며 힘을 낼 수 있을 것이다.

이번 장에서는 선배들이 중요하다고 생각하는 강의 선택 기준, 시청 계획 원칙, 효과적인 시간표의 예 등을 후배들에게 전해 주고자 한다. 선배들의 생각이 지금의 후배들에게 꼭 들어맞으리란 법은 없지만 고등학교 3년을 먼저 경험했던 선배로서, EBS 수능 방송에서 많은 도움을 얻었던 학생으로서 나름대로의 원칙을 세워 충고와 격려의 글을 적어 보았다.
그리고 EBS 수능 방송 선택과 계획뿐 아니라, 공부 잘하는 학생이 되는 약간의 비결도 제시했으니 읽어 보고 자신에게 부족한 것, 필요한 것을 찾아내어 좋은 결과를 얻길 바란다.

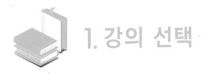

1. 강의 선택

● 학습 목적에 따라

7차 교육과정을 맞아 교육 방송 체계가 굉장히 좋아졌다. 이제는 수준별로 선택하여 시청이 가능하고, 언제든지 인터넷으로 다시 볼 수 있기 때문에 부족한 부분을 공부하는 데 있어서 가장 좋은 도구가 되었다.

만약 수업 진도가 빨라서 못 따라간다면, 기본적인 초급 강의를 선택해 저녁 시간에 수강하길 권한다. 진도가 빠르다고 느끼는 것은 그만큼 수업 내용을 제대로 이해하지 못하고 있다는 것이므로, 다시 한번 천천히, 자신이 이해할 때까지 같은 내용을 보는 것이 좋다.

**강의 시청 및
활용 계획 만들기**

서울대학교 물리학과
정 재 홍

그러나 이 방법은 시간이 넉넉하지 않은 3학년에게는 적합하지 않은 방법이다. 그러므로 수업 시간에 선생님의 설명을 잘 알아들을 수 없을 때에는 질문하는 것이 좋다. 여러 번 강조하는 말이지만, 모르는 것은 부끄러운 일이 아니다. 오히려 모르는 것을 계속 모른 채 그냥 넘어가는 일이, 다른 친구들은 다 안다고 생각되는 것을 질문하는 일보다 더 부끄러운 일이다.

다른 친구들은 다 알 거라고 생각하기 쉽지만 사실은 그렇지도 않다. 다수의 학생들이 수업 시간에 그저 선생님의 설명을 듣기만 하고 있는 것이 우리 현실이다. 수업 시간에 모르는 것이 있으면 바로바로 질문하라! 선생님이 당황하실 정도로 질문 공세를 퍼부어도 괜찮다. 수업이 끝났더라도 언제든 쉬는 시간을 이용해, 주위 친구들이나 선생님께 질문하여 모르는 부분은 바로 바로 해결하고 넘어가는 것이 가장 좋다. 만일 모르는 것을 집에까지 들고 오게 되었다면, 인터넷 교육 방송을 통해 그 부분만 따로 시청하여 알고 넘어가야 한다. 이런 이유로 EBS 수능 방송을 볼 때에는 수준을 고려하여 자신이 쉽게 알아들을 수 있는 수업을 선택하는 것이 중요하다. 욕심을 내어 어려운 수업을 들으면, 또다시 이해할 수 없어서 시간만 낭비하게 됨을 명심하자.

● ● 자신의 공부 스타일에 따라

우선 자신이 특별히 부족한 부분이 있는지 살펴보자. 대부분의 과목을 백분율로 60~70점 정도 올려야 할 필요가 있다면, 이제까지 공부를 어중간하게 하지 않았나 생각해 봐야 하겠다. 이런 학생들은 할 때 하고 쉴 때 쉬는 공부 방법이 필요하다. 왜냐하면 시간은 많이 투자하지만 그에 상응하는 효과를 못 보는 경우이기 때문이다. 이런 경우 시간 계획을 잘 잡아서 공부가 잘 되는 시간대에 집중적으로 공부하는 것이 좋다. EBS 수능 방송도 피곤한 시간대를 피해 적절한 시간에 계획을 잡아 실천하는 것이 좋다.

그런데 여기서 너무 많은 강의를 수강하는 것은 피해야 한다. 오히려 자신이 공부할 수 있는 시간을 줄여서, 아무것도 못하고 수업만 계속 듣게 될 수 있기 때문이다. 하루에 모든 과목을 한 시간씩 듣는 것이 아니라, 일주일 정도로 단위를 두어 조금씩 집중적으로 학습하는 것이 도움이 된다.

다른 과목들은 어느 정도 성적이 되는데, 특정 과목은 공부를 한다고 하는데도 성적이 오르지 않는 친구들도 있을 것이다. 대다수의 경우, 그 과목에 대한 이해 정도가 자신이 생각하는 것보다 상당히 떨어지기 때문에 일어나는 일이다. 자신은 제대로 이해하고 있는데 문제가 안 풀린다고 생각하겠지만, 가운데 블록이 빠진 도미노가 쓰러지지 않듯이 실상은 무언가 하나를 제대로 이해하지 못하고 있는 경우가 대부분이다. 이럴 때는 자신의 성적을 과신하지 말고, 과감히 기초 강의부터 시작해라. 수학이나 과학처럼 기초가 필요한 과목이 그렇다면, 자신의 학년보다 더 낮은 학년의 수업을 듣는 것이 최선이다.

하루중에 특별히 공부가 잘 되는 시간이 있으면 참 좋다. 없다면 적절한 시간대를 골라 만들어 보도록 하자. 그 시간에 갑자기 공부를 한다고 해서 만들어지는 것은 아니지만, 꾸준히 신체 리듬과 공부 주기를 맞춘다면 하루에 2, 3시간 정도는 공부가 아주 효율적으로 되는 시간을 가질 수 있을 것이다. 주로 이 시간을 이용해 복습을 중점적으로 하고, EBS 수능 방송을 시청하자. EBS 수능 방송이 아무리 여러 번 들을 수 있다고 해서 시간을 낭비할 필요는 없는 것이니까.

● ● ● ● 자신에게 맞는 수준에 따라

반드시 성적순으로 자신에게 맞는 수준이 결정되는 것은 아니다. 물론 중·하위권 학생들이 고급 강의를 듣는 것은 어려운 일이긴 하지만, 각 과목별로 자신의 수준을 잘 파악하여, 필요한 경우 고급 강의를 듣기도 해야 하고, 반대로 기본 강의나 단기 완성 종류의 강의도 찾아서 들어야 한다.

그럼 하위권부터 강의 선택의 기준을 세워 보자. 하위권 학생들은 대개 두 그룹으로 나눠진다. 과목 전체를 골고루 못하는 경우와 그래도 자기 전공 과목이 있는 경우이다. 후자는 그래도 다행인 편이지만, 두 그룹 모두 수학과 영어에 약한 모습을 보이고, 그나마 자신 있는 과목들도 약간 난이도가 바뀌거나 시험 출제 방식이 바뀌면 점수가 이내 내려가고 만다.

이들은 수업을 어떻게 선택해야 할 것인가. 일단 1학년 기초 과목들을 수강해야 한다. 그리고 무엇보다도 반복 학습이 가장 중요하다. 시간을 잘 배분해서 공부하는 시간을 어느 정도 수준까지는 늘려야 하고, 단기 완성 프로그램이나 요점 정리를 잘 이용해야 한다. 즉, 처음에는 기초 강의를 들으면서 기본적인 것들을 배우고 공부하는 습관을 들이고, 점점 기초 강의와 요점 중심 강의를 병행하는 것이 중요하다.

중위권 학생들은 기초도 어느 정도 잘 잡혀 있는 학생들이 많고, 일단 시험에서 점수를 따는 기술을 좀 알거나 공부에 많은 시간을 투자하는 경우가 많다. 하지만 이들의 최대 약점은 시험 때마다 성적이 오르락내리락 흔들린다는 것이다.

우선은 자신의 성적 분포대를 확실하게 형성하는 것이 중요하다. 자신이 생각하는 것보다는 약간 낮아지는 경우가 많지만, 점수를 딸 수 있는 부분에서 확실하게 따고 부족한 부분을 공부하는 것이 훨씬 효과적이다. 그러기 위해선 기초 과정 위주로 들으면서 문제를 많이 풀고, 어느 과목이 부족한지 잘 따져 본다. 부분별로 꼼꼼하게 모르는 것을 짚어가다 보면 잘 모르면서 넘어간 부분이 많다는 것을 알게 될 것이고, 그런 부분이 많은 과목은 보충이 필요하다.

하지만 그 과목들은 놓아 두고 우선은 모르는 것이 적은 과목들부터 확실하게 하는 것이 좋다. 이 과목들에 해당하는 중급 강의를 찾아서 기초 강의와 함께 시청하라. 자신 있는 과목이라면 고급 강의를 듣고 확실하게 점수를 얻자. 수능은 네 개 영역 중 하나를 만점 받으면 중위권, 둘을 만점 받으면 상위권에 진입할 수 있다. 따라서 모든 과목을 어중간하게 공부하는 것보다는, 잘하는 과목을 먼저 확실하게 마스터하고 못하는 과목들을 기초부터 하는 것이 더 효과적인 학습법이라 하겠다.

잘하는 과목들의 성적이 확실히 안정을 찾았다면 다시 기초 강의로 눈을 돌려라. 못하는 과목들 위주로 중점적으로 공부해야 한다. 어설프게 중급이나 고급으로 넘어가지 말고, 아는 내용이라도 두 번 세 번 반복해서 공부하는 것이 가장 빠르게 이해하고 체득하는 방법이다.

상위권 학생들에게는 거의 대부분 자신만의 공부 방법이 있을 것이므로 몇 마디만 하겠다. 성적이 일시적으로 떨어질 때 조급해하지 말고, 중급 정도의 강의로 보충해라. 그리고 초급 강의가 필요할 때가 있다는 것을 잊지 마라. 모르는 것은 반드시 선생님이나 친구들의 도움을 받아라. 가끔씩 공부하는 시간이 이리저리 움직이는 학생들이 있는데, 3학년 때에는 가급적 안정적으로 공부하는 시간을 만드는 게 좋다.

● ● ● ● ● 자신과 잘 맞는 선생님에 따라

EBS 수능 방송에는 좋은 선생님들이 꽤나 많다. 요즘에는 유명 학원 선생님들의 강의를 케이블 방송에서 보여주기도 하고, 인터넷에서 유료 서비스로 볼 수 있을 정도로 정보를 전달하는 쪽의 소위 '가르치는 기술과 능력'이 강의 선택에 큰 영향을 주고 있다. 하지만 남들이 잘 가르친다고 해서, 소문이 그렇게 났다고 해서 나에게도 잘 맞는지는 알 수 없는 것이다. 그러므로 직접 보고 판단하는 게 필요하다.

판단하는 기준은 수업을 지루하지 않게 이끌어가는지, 발음이 제대로 들리는지, 문제를 설명함에 있어 더듬거리거나 멈칫하지는 않는지 등으로 자신이 수업 내용을 알아들음에 있어서 부족한 점이 없는지를 잘 살펴야 한다. 그리고 심각한 문제가 있다면 인터넷 홈페이지를 이용해서 건의를 하거나 상담을 받아라. 자신의 스타일을 바꾸어야 한다면 과감히 고치고, 강의 방식의 변경이 필요하다면 그렇게 요구하라. 그렇게 피드백을 하면서 자신에게 잘 맞는 선생님을 찾았다면 이제 열심히 듣는 일만 남는다.

● ● ● ● ● ● 학 년 에 따 라

1, 2학년 때는 잘 모르는 것이 있으면 꼭 다시 보는 것이 좋지만, 3학년이 되고 시간이 점점 촉박해져 오면 모르는 것이 생겨도 다시 봐야 할 때와 그냥 지나쳐야 할 때를 구분해야 한다.

항상 강조하는 말이지만 조급할 필요는 없다. 하지만 3학년 때는 자신의 점수대를 확실히 잘 지켜야 하고, 페이스를 잃지 않는 것이 더욱 중요하기 때문에 특정 부분이 부족하다고 했을 때, 그 부분에 너무 많은 투자를 하는 것보다는 하던 것을 꾸준히 하면서 조금 시간을 만들어 그 부분을 보강하는 것이 좋다. 1, 2학년 때에도 마찬가지로 특별한 이유가 없다면 듣고 있는 강의를 갑자기 바꾸는 것은 좋지 않고, 항상 하던 것을 꾸준히 하면서 약간씩 중ㆍ고급 강의로 높여 본다거나 하는 것이 좋다.

위에서 강의 선택을 어떻게 해야 할지 몇 가지로 구분해서 살펴보았다. 지금 세운 기준이 누구에게나 좋은 기준이 될 수는 없다. 하지만 한 가지라도 '아, 그렇구나' 라는 생각이 드는 부분이 있다면 잘 읽어 보고 제시한 방법으로 길을 찾아보길 바란다.

 2. 시청 계획

강의를 잘 선택해도 제대로 시청하지 못하고, 제대로 활용하지 못한다면 아무 소용이 없다. 이제는 EBS 수능 방송을 언제, 어디서, 어떻게 활용할 것인가에 대해 생각해 보자.

요즘에는 학습지를 받아 보는 학생들이 없어서 잘 모르겠지만, 예전에 학습지가 성행할 때에 학습지를 보는 대다수 학생들의 고민거리가 있었는데, 바로 계속 밀리기만 하는 학습지를 어떻게 처리하면 좋을까, 하는 것이었다.

나도 수능을 공부했던 한 사람으로서 이 문제에 대해 공감한다. 이 문제는 비단 그것 하나에 국한된 것이 아니다. 평상시에 보는 문제집도 마찬가지일 것이고, EBS 수능 방송 시청도 마찬가지의 문제가 발생할 수 있다. 도대체 계획한 만큼 지키지 못하니 답답할 것이다.

이 문제의 원인으로 학습 계획의 부재, 또는 실현 불가능한 학습 계획을 들 수 있다. 대부분 학생들이 EBS 수능 방송이나 교재를 완전히 활용하지 못하는 것은, 제대로 짜여진 계획이 없기 때문이다. 계획표가 있다고 해도 자신의 생활 주기와 맞지 않는, 너무 어려워서 실천이 불가능한 계획은 없는 것보다 더 안 좋은 결과를 낳을 수도 있다. 그렇다면 EBS 수능 방송 시청에 있어서 어떻게 계획을 잡아야 할지에 대해 살펴보자.

● 하루 일과 계획하기

우선은 자신의 하루 일과를 알아보자. 언제 일어나고, 언제 밥을 먹으며, 언제 학교를 가고, 학교에서는 얼마나 시간이 남는지, 또 언제 집에 들어오고, 몇 시에 잠을 자며, 언제 얼마나 쉬는 시간을 가지는지에 대해서 구체적으로 자신의 일과를 되짚어 보라.

거의 모두 요일별로 약간씩은 다른 일과가 있을 것이므로 그것도 고려를 해본다. 이때 그냥 생각만 해볼 것이 아니라, 직접 일과표를 작성해 보면 눈에도 쉽게 들어오고 이후 계획을 잡는 데도 좋다.

일과표를 작성하기가 힘들다면 분명 생활에 일정한 주기와 리듬이 없는 경우일 것이다. 우스갯소리로 '나는 시간표에 맞춰서 오락도 하고, 놀러도 간다' 라는 말이 있는데, 어찌 보면―너무 갑갑해 보일 수도 있지만―노는 것도 시간에 맞추어서 논다면 공부 계획을 잡는 데 있어서는 괜찮은 일이다. 이때는 무언가 공부할 것을 더 찾기보다는 우선 생활 주기를 잘 맞추는 것이 더 중요하다. 규칙적인 생활을 하려고 노력하고, 하루에 조용히 혼자서 공부할 시간적 여유를 두는 것이 좋다. 하루 종일 학교에 학원에 과외에 쫓겨다니다 보면, 리듬이 깨지기도 쉽고 눈과 귀를 통해 들어온 정보를 머릿속에 넣을 시간이 없게 되니 주의하자.

하루 일과표가 작성되었다면 방금 말한 것과 같이 한 시간에서 두 시간 정도 차분히 공부할 수 있는 시간을 찾아보자. 매일 그런 시간이 없어도 좋다. 적어도 이틀에 한 번 정도만이라도 그런 시간을 만들도록 노력해라. 만들었다면 그 시간을 전후로 해서 EBS 수능 방송 시청 계획을 잡아 보자. 그 시간 직전이라면 가장 좋겠지만, 약간의 시간 간격이 있어도 괜찮다. EBS 수능 방송을 더 늦게 듣게 되면 또 따로 복습을 해야 하니 공부하는 시간을 약간은 늦은 시간으로 조정하는 것도 좋은 방법이라 하겠다. 이때 중요한 것은 EBS 수능 방송 시청 시간대를 잘 지켜야 한다는 것이다. 매일 할 수 있다면 가장 좋겠지만, 개인적 사정으로 이틀에 한 번씩 듣는다고 하더라도 그 시간만큼은 꼭 할애해서 강의를 제대로 듣는 것이 중요하다. 선택한 강의가 방송에서 하는 시간에 정확히 계획을 잡을 수 있다면 더할 나위 없이 좋겠지만, 그렇게 되지 않을 경우, 녹화를 한다거나 인터넷을 이용해 자신이 계획한 시간에 차질 없이 공부하도록 한다.

● ● ● 계획과 실천에서 주의할 점

시간표를 세울 때는 두 가지를 유의해야 한다. 겉만 번지르르한 보여주기식의 시간표를 지양해라. 그리고 실천 가능한지 심각하게 생각해라. 보여주기식 시간표는 시간표를 짜는 데 오랜 시간이 걸리는 데 비해 실제적인 생활의 변화는 거의 나타나지 않는다. 잘 짜여진 시간표를 보며 스스로 대견해하고 감탄할 수는 있겠지만, 너무 쉽게 짜여져 있으면 아무것도 안 하게 되고, 너무 어렵게 짜여져 있으면 아무것도 못하게 된다. 화려한 시간표를 작성해서 책상 앞에 붙여 둘 필요는 없다. 소신 있게 자신에게 맞는 적절한 시간표를 짜서 머릿속에 잘 집어넣고, 잊어 버리지 않기 위해 간략하게 그려서 늘 손이 가는 곳에 넣어 두는 것이 좋다. 앞에서도 잠깐 언급했지만, 아무리 잘 짜여진 계획이 있어도 밀리는 것은 어쩔 수가 없는 문제인 듯하다. 강의를 한번 놓치기 시작하면 다음 계획에도 차질이 생기고, 한 번 두 번 미루다 보면 결국 자신이 계획한 것들을 다 못하고 학기가 끝나거나, 방학이 끝나는 상황들이 생긴다.

이런 일을 막으려면 우선은 실천 가능한 계획을 잡는 것이 중요하다. 너무 많은 양을 계획하기보다는, 생각보다는 적은 양을 계획해라. 적은 듯 보이지만 필수적으로 해야 하는 부분을 잘 찾아서 계획한다. 솔직히 어렵긴 하지만, 적게 공부하고 성적이 좋으면 얼마나 기분 좋은 일이겠는가. 그러므로 계획표에는 쉬는 시간이 들어가는 것이 좋다.

연구 결과에 따르면 정보를 습득한 후, 쉬거나 자는 것이 그렇지 않은 경우보다 더 암기 효율이 높다고 한다. 굳이 쉬는 시간을 구분해서 계획하지 않더라도 50분 공부에 10분 휴식 같은 자신만의 원칙을 세워 적절히 쉬는 것을 잊지 말자.

그리고 전체적인 계획에 있어서도, 밀릴 것을 대비해 주기적으로 총 복습 시간을 두는 것도 한 대안 방법이 될 수 있다. 계획에 맞춰 잘 해왔다면 그 시간을 이용해 적절히 복습을 하고, 못한 부분이 있다면 바로 보충을 하고 다음 계획으로 넘어갈 수 있기 때문이다.

● ● ● 시간 배분하기

시간 배분은 어느 정도가 좋을까? 1, 2학년에는 기초가 중요하고, 모르는 부분에 대한 공부도 많이 하는 것이 좋다. 그러므로 시간이 된다면 하루에 3~4개 정도의 강의를 들어 보는 것이 좋다. 3학년이라도 부족한 부분이 많다면 2,3개의 강의를 듣고, 반드시 복습하는 시간을 가지는 것이 중요하다. 수업을 많이 듣는 것보다도 복습을 하면서 내 것으로 만드는 것이 훨씬 중요하기 때문에, 무엇보다도 시간 배분에 있어 강의 뒤에 한 시간 정도는 비워 두어야 한다.

많은 강의가 필요하지 않은 상위권 학생들은 고급 강의와 유형 분석 정도의 수업을 듣고, 자신이 꼭 필요한 부분만 뽑아서 듣는 것이 좋다.

3. 계획 만들기

말만으로 공부를 할 수는 없다. 이제는 앞에서 말한 것을 토대로 실제로 실천할 수 있는 시청 계획을 세워 보자. 나도 고등학생이었지만, 지금의 고등학생들이 어떤 하루를 보내는지 정확히 알 길이 없어서 시간 계획을 짬에 있어서 어려운 부분이 많다. 하지만 앞서 세운 원칙에 맞추어서 대략의 가이드 라인을 잡아 볼 생각이다.

우선 몇 가지 기준을 세워서 하나씩 살펴보자. 평일과 주말로 나누어서 하루 일정 속에 어떤 시간을 활용할 수 있을지를 살펴보고, 상·중·하위권별로 특별히 신경 써야 할 부분도 따로 다뤄 보자. 그리고 기초가 중요한 영어, 수학이 부족한 경우와 암기 과목이 부족한 경우도 나누어 보고, 3학년과 저학년도 구분해서 생각해 본다.

● 주중과 주말의 하루 일정 계획의 기초

우선은 기본적으로 하루 일정을 생각해 보자. 아침에 일찍 일어난다면 학교 가기 전 30분에서 한 시간 정도의 시간이 생길 것이고, 몇 시에 잘 건지에 따라 밤 시간 활용이 달라질 것이다. 지금은 밤 12시에 자고 6시에 일어나는 시간표를 짜는 과정을 한번 보자.

6	7	8	17	18	19	20	21	22	23
	아침	학교		저녁					

대강 잡았을 때, 하루에 사용할 수 있는 시간이 7시간 정도 나온다. 학교에 있는 시간에는 무리해서 공부 계획을 잡지 않는 것이 좋다. 점심시간에 무언가를 한다는 것은 힘만 들고 제대로 지켜지지 않아서 오히려 의욕을 떨어뜨릴 수 있다. 공부 시간이 부족하다고 생각된다면 학교에서 남는 시간에는 요점 정리 노트를 본다거나 수업 내용을 복습하는 것이 좋다. 아침 시간도 공부가 많이 필요한 경우가 아니라면 가벼운 운동이나 체조 등으로 활용해도 좋다.

하지만 시간이 조금이라도 더 필요한 경우라면 아침에 일어나서 정신을 가다듬은 후, 괜히 모호하게 그날 할 것을 예습하기보다는 무언가 특정한 것을 하는 것이 좋다. 예를 들어 EBS 수능 방송을 하나 본다거나, 영어 듣기를 한다거나, 매일 수학 문제를 몇 문제 풀어 본다거나 하는 식으로 말이다. 어중간한 시간에는 무언가 확실히 눈에 보이는 것을 계획하는 것이 효과적이다.

학교에서 집으로 돌아온 시간에는 피곤하기도 하고 긴장이 풀어져서 조금 쉬는 것이 좋다. 하지만 너무 풀어지는 것은 피하자. 왜냐하면 학교에서 수업 듣던 페이스가 있기 때문에 EBS 수능 방송을 시청하거나 수업 내용을 되짚어보기 알맞은 시간이기 때문이다.

저녁을 먹고 나서의 시간에는 본격적으로 공부 계획을 짜야 한다. 자신이 공부가 잘 되는 시간을 만들어 두는 것이 중요하다고 했는데, 그 시간의 조절이 가능하다면 내 생각에는 9시에서 11시 사이가 가장 좋은 것 같다. 저녁을 먹고 휴식을 취할 때는 너무 힘든 운동은 피하는 것이 좋고, 가급적 조금 있다 공부한다는 것을 잊지 말고, 적절한 정도로 휴식을 취하자. 저녁을 먹고 공부할 분위기를 스스로 형성하는 것이 좋다는 말이다.

이 정도의 계획이 부족하다고 느낀다면 잠을 조금 줄여 보는 방법도 있다. 하지만 한번에 잠을 많이 줄이는 것보다는 조금씩 줄여 보고, 아무리 적게 자도 5시간 이상은 꼭 잘 것을 권한다. 밤에 공부가 잘 된다고 해서 너무 늦게까지 자지 않으면 낮의 활동에 효율이 떨어지고, 수업 시간에 졸거나 쉬는 시간마다 잠이 부족해 늘어져 있게 되므로 오히려 역효과가 날 수 있다.

주말에는 학교에서 돌아오는 시간이 이르므로 좀더 많은 공부를 할 수가 있다. 하지만 계속 책상 앞에 앉아서 공부한다는 것은 생각보다 쉽지 않다. 시간이 많이 난다고 해서 너무 무리한 계획을 세우기보다는 토요일 오후와 일요일 오전을 이용해 EBS 수능 방송을 들어 보자.

앞에서 말한 총 복습 시간을 주말에 두는 것이다. 일주일에 두 시간 정도 여유를 두어서 주중에 놓친 강의도 찾아서 듣고, 다시 듣고 싶은 강의를 보충 학습한다거나 들은 내용 중에 어려운 부분을 복습하는 등의 시간으로 활용해 본다면 실천하기에 그렇게 어렵지도 않고 상당히 효율적으로 공부할 수 있다. 주말에 주의해야 할 점은, 부족한 잠을 자두는 것도 좋지만 너무 늦게 일어나서는 안 된다는 것이다. 잠이 부족하다면 오히려 일찍 자는 편이 훨씬 좋다. 하루를 늦게 시작하면 금방 저녁이 되어 버리고 신체 리듬이 하강하기 때문에 또다시 쉽게 피로를 느끼게 되므로, 주말이라도 적어도 오전 8시 전에는 일어나기를 권한다.

그리고 일요일 오전이나 오후의 시간을 잘 이용해서 일주일 동안 쌓인 스트레스를 풀어 주는 것도 중요하다. 하지만 너무 많은 시간을 낭비하는 느낌이 들어서는 안 되고 정도를 잘 조절해야 한다.

● ● ● 계 획 잡 기

하위권 학생들은 우선 학교 수업과 EBS 수능 방송을 동시에 잘 들어야 한다. 예습보다는 복습에 더 충실하고, EBS 수능 방송 시청 뒤에는 항상 복습 시간을 계획하도록 한다. '나중에 해야지' 라고 생각하면 항상 못하게 되니 주의하자. EBS 수능 방송 편성표를 확인하여 과목별로 자신에게 맞는 수준의 강의를 찾아서 일주일 계획표를 작성하는데, 처음에는 너무 많은 시간을 계획하지 말고 점차 시간을 늘려가도록 한다.

6	7		17	18	19	20	21	22	23
아침	학교		EBS	저녁	EBS	EBS	복습	(내용 복습)	

대략 이런 식으로 계획을 잡고, 남는 시간에는 그날 배운 내용의 문제를 풀어 본다거나 부족한 부분의 강의를 하나 더 듣거나 하는 시간으로 활용하면 된다. 성적이 빨리 안 오르더라도 조급하게 공부 방식을 바꾸려 하지 말고, 하던 대로 꾸준히 밀고 나가는 것이 중요하다.

주말에는 '수능 특강' 이나 '유형 분석' 중 자신에게 맞는 것을 선택하여 한두 시간 더 듣고, 반드시 복습하는 것을 잊어 버리면 안 된다. 시간 활용만 잘한다면 하위권의 성적은 중위권으로 금방 올릴 수 있으니 조금만 더 시간을 투자해라.

중위권 학생들도 비슷한 시간 계획을 잡으면 된다. 하지만 중위권 학생들은 수업이나 방송에서 중요한 맥을 짚어낼 수 있는 능력이 어느 정도 있으므로, 복습하는 시간이 더 효율적이고 짧아질 것이다. 거기서 번 시간으로 다른 강의를 더 보거나, 내용 정리를 하거나, 문제를 더 풀어 볼 수 있다.

6	7	8	17	18	19	20	21	22	23
(영어 듣기)	아침	학교	EBS	저녁	EBS	EBS	복습		

아니면 오히려 복습 시간을 길게 두어서 학교 수업 내용과 방송 강의 내용을 차근차근 복습하고, 문제도 풀고 자신만의 요약 노트를 만드는 등 혼자서 공부하는 시간을 길게 가지는 것도 좋은 방법 중 하나이다. 그리고 공부하는 습관이 슬슬 잡혀간다면 남는 시간에 틈틈이 영어 단어를 외운다거나, 부족한 과목의 요점 정리 노트를 본다거나, 문제를 풀어 보는 것이 다른 학생들보다 뛰어날 수 있는 중요한 차이점이 될 것임을 명심하자.

상위권 학생들은 아마도 거의 대부분 제대로 된 학습 패턴을 가지고 있을 것이다. 굳이 더 도움을 주려고 한다면 EBS 수능 방송을 보다 적극적으로 활용해 보라고 하고 싶다. 구체적인 방법으로는 인터넷 게시판에 질문도 많이 하고, 모르는 부분의 중급·고급 과정 강의를 뽑아서 보며, 자신의 취약 과목을 빨리 파악하여 종합편 강의로 보충하는 것 등이 있다.
그리고 확실한 고득점을 위해서 유형 분석 강의와 문제 풀이 중심의 강의를 보는 것도 좋은 방법이라 하겠다. 추가적인 EBS 수능 방송 활용은 자신의 시간표에서 남는 부분을 활용하는 것이 기존의 계획에 무리하게 집어넣는 것보다는 좋다. 예를 들면 주말의 남는 시간을 활용해 방송 수업을 집중적으로 몰아서 듣는 방법도 하나라 할 수 있다.

● ● ● 취약 과목에 따른 계획 잡기

다들 알다시피 영어와 수학은 기초가 매우 중요하다. 단순한 암기로 고득점을 얻을 수 있는 것도 아니고, 문제를 푸는 데 아주 특별한 기술이 있는 것도 아니다. 자신이 영어나 수학이 부족하다면 확실히 다른 과목보다는 많은 시간을 투자해서 공부해야 한다.
우선은 매일 영어, 수학 공부 시간을 계획에 넣는다. 적어도 하루에 한 시간 이상은 집중적으로 학습하는 게 좋다. 기초가 중요한 만큼 짧은 시간에 성적이 잘 오르지도 않지만, 매일 일정 시간 이상 공부를 하면 어느 순간부터 성적이 확 오르는 것도 이 두 과목의 매력이라고 말할 수 있다. 아침 시간을 이용해 영어 듣기나 독해를 조금씩 하고, 공부가 잘 되는 저녁 시간대를 수학, 영어에 투자한다면 성취가 있을 것이다.

영어는 역시 어휘력이 가장 큰 영향을 미치므로 단어를 많이 외워야 한다. 하지만 그냥 틈틈이 외운다는 것보다 특정 시간에는 반드시 영단어를 공부한다는 식으로 자신과의 약속을 해두는 것이 좋다. 그리고 무턱대고 외우는 것보다는 강의를 들으면서 자주 나오는 단어, 필수 단어 중심으로 공부하는 것이 효과적이다. 수학은 내용을 먼저 확실히 이해하는 것이 중요하므로 저녁 먹고 난 다음 시간을 이용해 매일 확실히 이해가 될 때까지 수학 강의를 듣기를 권한다. 그리고 무엇보다 자신의 최고 시간대에 복습과 문제 풀이를 병행하는 것이 수학을 잘하는 방법이라 하겠다.

반면에 소위 암기 과목이라 불리는 과목이 취약한 경우에는 상당한 차이점이 있다. 사회탐구영역의 과목들이 많이 해당되는데, 이 과목들은 적당한 이해력만 있으면 문제를 푸는 데는 별 지장이 없다. 수업을 들을 때도 대부분 알아듣는데 성적은 안 나오는 경향이 있는데, 이것은 복습을 중점적으로 함으로써 극복할 수 있다. 이 과목들이 부진한 학생들은 하교 직후나 저녁식사 후의 시간에 취약 과목에 대한 강의를 시청하고 복습 시간을 길게 둘 것을 권한다. 복습 시간에는 문제 풀이만 할 것이 아니라, 자신만의 요약 노트를 만드는 것이 아주 좋은 방법이다. 그리고 주말에 따로 시간을 내어 유형 분석 강의를 듣고 출제 유형에 대해 좀더 공부하는 것이 성적을 올릴 수 있는 지름길이다.

● ● ● ● ● 3학년의 시간표

1, 2학년에는 지금까지 말한 방법과 원칙을 잘 살려 계획표를 짜고 실천만 잘한다면 3학년이 되어서는 자신이 원하는 수준에 올라 있을 것이고, 공부하는 습관도 잘 들여져 있을 것이라 생각한다. 그래서 이번엔 3학년 때의 시간표에 대해 중점적으로 생각해 보자.

3학년이 되면 누구나 다 심적으로 조금씩은 쫓기게 된다. 몇 번 얘기했지만 절대 조급한 마음을 갖지 마라. 조급한 마음으로 무리한 계획을 추진하게 되면, 기껏 잘하던 부분도 흔들리게 되거나 전체적으로 진도만 많이 나갈 뿐 실속이 없게 된다는 점을 잊지 말자. 그렇다면 다른 학년과 비교해서 3학년의 하루는 어떤 식으로 하는 것이 좋을까?

우선 아침 시간을 제대로 활용할 수 있다면 매우 좋다. 아침 시간은 대부분의 상위권 학생들도 제대로 이용하지 못하는 시간인데, 이 시간에 매일 영어나 수학을 할 수 있으면 페이스도 떨어지지 않고 효과적으로 중요 과목을 공부할 수 있다. 그리고 부족한 부분이 많은 학생일수록 EBS 수능 방송을 보다 충분히 활용해 보자. 하교 후 남는 시간에 듣고 바로 복습을 한다거나, 밤에 텔레비전을 보며 놀기 쉬운 시간을 이용해 필요한 강의를 듣고 잠자기 전까지 복습하는 방법 등이 있을 수 있다. 대략의 시간표를 본다면 이렇다.

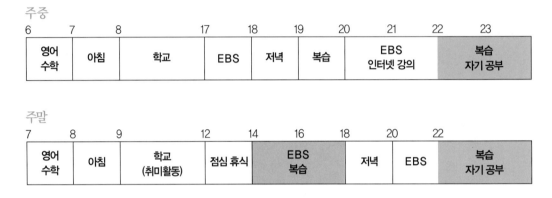

주중

6	7	8	17	18	19	20	21	22	23
영어 수학	아침	학교	EBS	저녁	복습	EBS 인터넷 강의		복습 자기 공부	

주말

7	8	9	12	14	16	18	20	22
영어 수학	아침	학교 (취미활동)	점심 휴식	EBS 복습		저녁	EBS	복습 자기 공부

그리고 3학년 때에는 자기 공부가 매우 중요하다. 특히 중·상위권 학생들에게는 스스로 요약 노트나 오답 노트를 만든다거나, 문제를 만들어 풀어 보는 등의 노력이 반드시 필요하다. 하위권 학생들은 시간에 쫓기지 않는 범위 내에서 강의 시청과 복습을 충분히 하는 것이 효율적이다. 그리고 EBS 수능 방송의 경우 주중에는 늘 듣던 과목을 듣고, 주말에는 유형 분석, 문제 풀이 중심의 강의를 듣는 것이 좋다. 특히 3학년 때에는 문제를 많이 풀어 봄으로써 감각을 잃지 않는 것에 유의한다.

시기별로 살펴보면 1학기가 2학기보다 더 길다. 수능이 2학기를 마치지 않은 상태에서 치러지기 때문인데, 그만큼 1학기 때 조금 더 여유가 있다. 그러므로 계획을 잡을 때 1학기 때는 제대로 이해해야 할 과목들, 취약 과목들 위주로 하고, 2학기 때는 문제 풀이 중심으로 계획을 세워 자신의 점수를 확실하게 하는 것이 더 중요하다. 여름방학에는 시간이 많은 만큼 총정리를 계획하는 것도 좋지만, 너무 모호한 계획보다는 구체적인 계획을 잡는 것이 중요하다. 그리고 방학을 이용해 취약 과목에 대한 마지막 보충을 하는 것도 2학기 동안 마지막 준비를 하는 과정에 도움이 될 것이다.

특히 방학에는 시간이 갑자기 많아져서 제대로 된 계획이 없다면 아무것도 못하고 시간만 보내는 수가 많은데, 학기중에 부족했던 부분의 강의를 찾아서 시청하고, 방학 때 개설되는 새로운 강의를 방송 시간에 맞추어 시청하길 권한다. 언제나 인터넷에서 다시 볼 수 있다고 생각하기보다는 방송 시간을 약간의 압박으로 이용해 보는 것이다. 스스로 공부하는 습관이 들어 있지 않은 학생들에게는 좋은 방법이 될 것이다.

4. 자신만의 노트 만들기

● 오답 노트의 필요성

자, 이제 학교수업과 EBS 수능 방송을 잘 연계해 들을 수 있게 되었다. 하지만 그것이 모든 것을 해 주리라는 생각은 갖지 말자. 하루 종일 수업만 마냥 듣고 있다고 해서 성적이 쑥쑥 올라가지는 않는다. 뻔한 얘기지만 자기 스스로 만들어가는 공부가 진짜 공부란 얘기다.

성적이 안좋은 학생들의 대표적인 공통점이 몇 가지 있다.

우선 공부하는 시간 자체가 적다. 설사 책상에 앉아 있는 시간이 길다고 해도 누군가 앞에 앉아서 실제로 공부에 집중하는 시간을 재본다면 그렇게 효율적인 공부를 하고 있진 않다는 말이다.

그리고 두 번째가 중요한데, 그것은 시험에서 한 번 틀린 문제인데 다시 나오면 또 틀린다는 점이다. 이것은 시험을 친 다음 틀린 문제를 다시 검토해 보지 않는다는 증거다. 틀린 문제는 다시는 안 틀려야만 고득점을 바라볼 수 있다. 그렇다면 다시는 안 틀리는 방법은 뭐가 있을까? 다른 방법도 많이 있을 수 있겠지만, 내가 추천하는 방법은 오답 노트를 만드는 것이다. 앞에서도 몇 번 강조한 적이 있지만, 자신만의 노트를 만드는 것은 여러 모로 많은 도움이 된다. 우선 왜 틀렸는가에 대해서 알 수 있고, 다시 한번 푸는 과정에서 중요한 내용을 암기할 수 있으며, 게다가 적어 두면 여러 번 다시 볼 수 있어서 그 효과는 배가 된다.

● ● 몇 가지 팁

틀렸든 맞추었든 확실하게 이해하지 못한 문제는 다시 한번 스스로 검토해 보고 풀어 보는 것이 좋다. 그리고 제대로 이해하는 계기가 된 내용들을 요약하거나 필요에 따라서는 길고 쉽게 풀어서 오답 노트를 만들어 적어 둔다. 이 과정에서 나는 그 문제에 대해서는 전문가가 될 수 있다. 즉, 다른 친구들에게 그 문제의 답이 왜 그것이 되는가에 대해서 설명해 줄 수 있을 정도로 제대로 이해할 수 있게 된다. 그러므로 교재의 문제를 풀거나 학교에서 내준 숙제를 할 때, 시험을 치고 나서 틀린 문제는 반드시 정답과 풀이 과정을 확인하기 바란다.

그리고 문제를 풀 때 잘 모르는 것들은 표시를 해두자. 그 문제를 맞혔다 하더라도 보기 중에 모르는 내용이나 풀이 과정에서 의심쩍은 부분들을 꼭 확인하고 넘어가기 바란다. 해설지가 이해가 되지 않더라도 그대로 다시 한번 써보는 것도 큰 도움이 된다. 수학이나 과학 같은 경우 정답지에 있는 풀이를 그대로 한번 적다 보면 풀이 과정의 구조에 대해서 알 수 있고, 그렇게 한번 적어 본 경우와 안 한 경우에 누군가 그 문제에 대해 설명을 해주면 이해하고 못하고의 차이가 생긴다. 가끔씩 해답을 봐도 안 풀리는 문제가 있다. 그런 문제도 노트에 풀이까지 적어 두었다가 선생님이나 친구들에게 물어 보도록 해라. 그냥 넘겼다가 그 문제가 시험에 출제되는 경우엔 후회하게 될 테니 말이다.

풀이집을 이용해 공부하는 방법 중에 독특한 것도 있다. 시간이 정말 없을 때 쓸 수 있는 방법인데, 바로 답지를 보면서 문제를 푸는 것이다. 풀이집을 옆에 두고 문제를 읽고 풀이를 보고 바로 답을 확인하는 것이다. 대신 풀이에 나오는 설명들을 하나 하나 읽고 문제를 푼다는 생각이 아니라, 문제로 나올 정도로 중요한 포인트를 공부한다는 생각으로 짧은 시간 동안 훑어보는 이 방법으로 쪽지 시험 등 간단한 테스트를 준비하는 것도 약간의 요령이라 할 수 있겠다.

● ● ● 자 기 가 만 드 는 요 약 , 정 리 노 트

그리고 오답 노트 외에도 자신만의 정리 노트를 만들어라. 사회탐구영역이나 과학탐구영역에서 중요한 내용들을 시기별이나 주제별로 스스로 정리하여, 새로운 나만의 교과서를 만드는 것이다. 단순한 요점 정리 노트라고도 볼 수 있겠지만, 자신이 배운 내용을 다시 구성하고, 보기 쉽게 만드는 것은 해보면 생각보다 어려운 일임을 알 수 있을 것이다.

하지만 어려운 만큼 큰 도움이 된다. 한번 만들어놓은 노트의 내용은 대강의 윤곽만 살펴보아도 전체 내용이 다 머릿속으로 지나가기 때문에 금방 공부할 수가 있다. 그리고 중간고사와 기말고사를 준비할 때에도 많은 교과서를 다 볼 필요 없이, 그 노트만 보면 단시간 내에 공부할 수가 있다.

오답 노트와 정리 노트를 만드는 것은 반복 학습이라는 측면에서 매우 효과적인 학습법이다. 아는 것을 머릿속으로 다시 한번 정리하고, 눈으로 보면서 손으로 적고, 그걸 다시 암기하는 과정을 거치기 때문에 암기해야 할 부분은 잘 외워지고 이해해야 할 부분도 잘 이해되기 때문이다. 자신이 틀린 문제를 자꾸 틀린다고 느낀다면 이 방법을 잘 이해하고 따라해 보는 것이 확실하다.

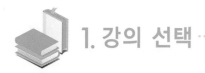

1. 강의 선택

● 성 적 별 강 의 선 택

① 상위권

상위권 학생들은 다음의 두 가지 원리를 기본으로 하여 EBS 수능 방송 시청 계획을 세워야 한다. 먼저 자신이 알고 있는 내용일지라도 보다 심도 있는 이해를 위하여 고급 강좌를 시청한다. 그리고 실전 문제 풀이 위주로 진행되는 수업을 듣는 것이다. 이때 두 가지 수업을 모두 시청하게 되면 시간적인 부담이 생기므로 1학기 때는 고급 강좌를, 여름방학 이후부터는 실전 문제 풀이 강좌를 듣는 것도 좋은 방법이다.

또한 상위권 학생들은 문제 유형을 분석해 두는 것이 좋다. 각 해마다 수능 문제가 어떻게 출제되었는지 살펴보고, 그 유형 변화를 분석해 봄으로써 올해 수능에 대한 대강의 윤곽을 그릴 수 있기 때문이다. 그리고 그 윤곽은 앞으로 일 년 동안 어떻게 공부를 해야 할지에 대한 대강의 윤곽을 제시한다.

다행히 EBS 수능 방송에는 1학기에 문제 유형 분석 강좌가 개설되어 있어, 이 강좌를 이용한다면 상위권 학생의 학습 효율을 한층 높여 줄 수 있을 것이다.

강의 시청 및
활용 계획 만들기

서울대학교 물리학과
오승훈

그리고 한 가지 더 유의할 점은, 상위권 학생들은 자신이 문제를 푸는 방식을 개선할 줄 알아야 한다는 것이다. 대부분의 상위권 학생들은 나름대로의 문제 풀이 노하우가 있다. 그러나 그 노하우가 반드시 가장 효율적이라는 보장은 없다. 따라서 설령 자신이 풀 수 있는 문제라 할지라도 어떤 방식으로 정답에 접근하는 것이 가장 효율적인지를 알아 볼 필요가 있다. 이 점에 유의하여 상위권 학생들은 실전 문제 풀이 강좌를 선택할 때 고급 과정부터 선택하지 말고, 보통 과정을 우선 시청하도록 하자. 돌다리도 두들겨 보고 건너는 것이 상책이다.

② 중위권

중위권 학생들은 전반기에는 기본 개념을 정리하는 데 총력을 기울이도록 한다. 기본 개념은 단순 암기 사항과는 달리 단기간에 정복하는 것이 불가능하므로, 전반기에 철저하게 학습하는 것이 좋다. 따라서 수험 생활의 전반기에는 개념 설명 위주의 강좌를 선택하도록 하자. 시간적으로 부담이 큰 학생들은 암기 과목 시청은 중반기로 미루고, 전반기에는 언어영역 · 외국어영역 · 수리탐구영역의 기본 강좌를 선택하면 도움이 될 것이다. 그렇다고 해서 충실한 기본 학습에만 만족해서는 안 된다. 조금만 더 노력하면 충분히 상위권으로 진입할 수 있는 능력을 가지고 있기 때문이다. 따라서 중위권 학생들은 평일에는 자신의 능력에 맞는 평범한 강좌를 시청하고, 주말에는 상위권 학생들에게 맞추어진 고급 강좌도 시청해 두는 것이 좋다. 문제를 풀 때 상위권 학생들과 자신이 어떤 점이 다르고, 무엇을 개선해야 하는지를 깨닫게 해주는 수업이 될 수 있기 때문이다.

그리고 후반기에 실전 문제 풀이 위주로 진행되는 강좌를 시청하도록 하자. 이때 주의해야 할 점은, 실전 문제 풀이 강좌는 반드시 예습을 한 후에 시청해야만 효과를 볼 수 있다는 점이다. 문제 풀이 강좌는 학생들에게 새로운 풀이법을 알려주거나 더 나은 풀이법을 설명하는 데 의의가 있다. 따라서 예습을 하지 않고 문제 풀이 강의를 시청하는 학생은 새로운 풀이 방법은 배울 수 있겠지만 자신이 가지고 있는 풀이법을 개선하는 효과는 볼 수 없을 것이다.

③ 하위권

하위권 학생들은 개념 설명 위주의 강좌를 장기간 꾸준하게 시청하는 것이 좋다. 하위권 학생들도 중위권 학생들과 마찬가지로 언어영역 · 외국어영역 · 수리탐구영역 강좌를 먼저 시청하도록 하되, 자신 없는 과목은 다른 과목보다 많게 계획을 짜도록 한다.

그리고 하위권 학생들은 중 · 상위권 학생들보다 각별하게 꾸준한 학습이 요구되기 때문에, EBS 강좌를 하루에 몰아서 보려는 계획은 가급적 피하는 것이 좋다. 매일 매일 자신이 예습하고 복습할 수 있는 분량에 맞춰서 계획을 세우는 것이 중요하다.

또한 하위권 학생들은 수험 생활의 대부분을 기본 개념을 이해하는 데 보내야 한다. 그러므로 되도록이면 여름방학까지 기본 개념을 공부하는 것이 좋다. 문제 풀이는 평소에 조금씩 해두다가 2학기가 되어서 해도 늦지 않다. 오히려 기본 개념을 충실히 쌓아둔 후에 문제 풀이 훈련을 하는 것이, 처음부터 문제 풀이를 병행하는 것보다는 훨씬 안정적인 학습 구도를 마련해 줄 것이다.

그런데 하위권 학생들 중에 한 과목만 잘해도 효과를 크게 볼 수 있다는 생각을 가지고 한 과목만 집중적으로 공부하고 나머지 과목은 포기해 버리는 학생들이 있다.

그러나 그런 발상은 매우 위험하다. 수능의 변별력은 해마다 좋을 수도 있고, 나쁠 수도 있기 때문이다. 또 같은 해에 치러진 시험이라 할지라도 각 과목마다 변별력의 차이가 존재한다. 따라서 한 과목만을 집중적으로 공부한 학생들은 그 과목에서 출제된 문제들의 변별력에 따라서 상대적으로 좋지 않은 점수를 받을 수도 있다.

● ● 시기별 강의 선택

① 1학기

공부하는 데 많은 시간이 소요되는 언어영역 · 외국어영역 · 수리탐구영역에 치중하도록 한다. 이때에는 16주 정도 진행되는 개념 설명 위주의 강좌들이 있는데, 그 강좌들을 시청하면 큰 도움이 될 것이다. 물론 전 과목을 모두 시청할 수 있다면 좋겠지만 시간적으로 부담이 클 것이다. 따라서 자신의 학습 계획이 허락하는 한도 내에서 시청할 과목을 골라야 한다. 이때에는 자신이 부족하다고 생각되는 과목부터 우선적으로 배정하도록 하자. 그리고 1학기에 시청하지 못한 과목은 여름방학을 이용하여 반드시 시청하도록 하자.

그런데 학생들 중에는 일주일 동안 방송되었던 강좌를 모두 녹화해 두었다가 주말을 이용하여 한꺼번에 보려는 학생들이 있다. 물론 한 주 동안 열심히 문제를 풀고 자신의 문제 풀이 방식이 잘못된 것인지를 알아보려는 학생들에겐 효율적인 방법일 수 있다. 그러나 개념 위주의 학습을 하려는 학생들은 이 방법을 피해야 한다. 기본 개념이라는 것이 하루 만에 제대로 잡힐 수 없는 것이고, 그것이 가능하다고 할지라도 하루에 전 과목의 중요한 개념들을 공부하기란 쉬운 일이 아니기 때문이다. 따라서 1학기에는 매일매일 꾸준하게 시청할 수 있는 계획을 짜야 한다.

마지막으로 1학기는 아직 여유가 있는 때이므로 이색적인 것을 시도해 볼 수 있는 시기이다. 예를 들어 상위권 학생들은 문제 유형 분석 강의를 들으며 한 해 동안의 공부 방향을 모색해 볼 수 있다. 하위권 학생들은 기본 개념 정리 특강을 시청하는 것이 매우 큰 도움이 될 것이다.

② 여름방학

여름방학 기간에는 자신이 배운 개념들을 총정리하는 시간을 갖도록 하자. 지금까지 제대로 이해할 수 없었던 개념이나 오해하고 있었던 개념들 위주로 정리하는 시간을 가져 보는 것이 좋다. 그러기 위해서는 여름방학 때 개설되는 단기 강좌를 이용하면 된다. 2학기에는 실전 문제 풀이 연습을 위주로 학습 계획을 짜야 하기 때문에 대대적으로 교과서의 기본 개념을 확인할 수 있는 시간이 쉽게 나지 않는다. 따라서 여름방학 안에 언어영역·외국어영역·수리탐구영역에 관한 개념 정리를 끝낼 수 있도록 매일매일 꾸준한 시청 계획을 짜도록 한다.

그리고 이 기간부터는 암기 과목 정리에 들어가도록 한다. 이것 역시 여름방학 때 개설되는 방송 특강을 이용하면 효율적인 학습이 될 것이다. 이때 효과를 높이기 위하여 방송 전에 예습을 하도록 한다. 방송을 들으며 처음 용어를 접하는 것과 알고 있는 것을 확인하는 것은 질적으로 다르기 때문이다. 암기 과목은 정기적인 복습도 매우 중요하다. 인간의 기억력은 한계가 있기 때문에 아무리 열심히 공부한 내용이라도 일정한 시간이 지나면 잊어 버릴 수가 있다. 이를 방지하기 위하여 방송을 녹화해 두었다가 2주 정도에 한 번씩 다시 보는 것도 좋다.

③ 2학기

실전 문제 풀이를 중심으로 강좌를 선택한다. 물론 이때 방영되는 대부분의 강좌가 실전 문제 풀이를 위주로 진행되지만, 강좌의 선택뿐이 아니라 본인의 공부하는 스타일도 실전 문제 풀이에 최적화되어 있어야 한다.

대부분의 학생들이 본문의 개념 학습과 실전 문제 풀이 연습을 따로 하는데, 이 시기는 수능이 얼마 남지 않은 기간이기 때문에 본문의 개념을 다시 짚어 볼 시간이 나지 않는다. 따라서 문제를 풀다가 만나게 되는 개념들을 되짚어 보는 방법을 써야 한다. 즉 본문의 개념 확인도 문제 속에서 하라는 이야기다.

마찬가지 이유로 이 시기에는 시청할 강좌의 선택도 효율적으로 이루어져야 한다. 전 과목을 모두 시청하기보다는 자신이 보충해야 할 과목을 골라서 시청하는 자세가 필요하다. 한 강좌 안에서도 자신 있게 풀었던 문제 풀이는 과감하게 뒤로 돌리고, 필요한 문제 풀이만 보는 자세가 필요하다. 이 기간에 있어서 가장 중요한 것은, 최대한 높은 효율로 학습하는 것이다. 불필요한 강좌를 시청하게 되면 그것은 시간 낭비일 뿐만 아니라, 크게 보아서는 학습 능률을 떨어뜨리는 요인이 된다.

2. 시청 계획의 원칙 ·····················

● 시 간 의 배 분

대부분의 수험생은 오후 6시경에 자율학습에 들어간다. 수험생들의 평균 취침 시간을 12시로 잡았을 때, 귀가하는 데 걸리는 시간, 세면하는 데 걸리는 시간 등을 고려해 보면 수험생 한 명에게 주어지는 자율학습 시간은 하루에 5시간 정도이다.

이 정도 시간이라면 EBS 수능 방송은 평일 하루에 1시간에서 2시간 정도 시청하는 것이 좋다. 방송 강좌 시청에 지나치게 치중하면 학생 스스로가 문제를 풀어 볼 수 있는 시간이 그만큼 줄어들기 때문이다. 또한 방송을 녹화해 두었다가 하루에 몰아서 보려는 계획도 좋지 않다. 물론 문제 풀이 위주의 수업이야 자신이 잘못 이해한 부분만 추려서 들어도 무방하기 때문에 하루에 몰아서 볼 수도 있겠지만, 개념 학습을 위주로 한 수업을 하루에 몰아서 시청하려는 데에는 다소 억지가 있게 마련이다. 따라서 EBS 수능 방송은 매일매일 조금씩 꾸준하게 듣는 것이 중요하다. 그리고 평일에 시간이 나지 않아 들을 수 없는 수업은 녹화해 두었다가 주말에 보는 것도 좋다.

● ● 시 청 전 예 습 은 철 저 하 게!

EBS 수능 방송은 학교에서 하는 강의와는 달리 학생이 궁금한 것이 있으면 그 자리에서 선생님께 질문할 수가 없다. 또한 선생님은 강좌의 목적에 맞추어 강의 난이도를 조절하기 때문에 시청하는 학생의 실력과 강좌 난이도 사이에 차이가 있을 수 있다. 이러한 난점을 해결할 수 있는 유일한 방법은 방송 강좌를 시청하기 전에 예습을 해두는 것이다. 시청할 부분을 하루 전이나 몇 시간 전에 미리 공부해 두고 이해가 되지 않는 것은 학교 선생님께 질문해 두는 것이 좋다. 그리고 요즘 EBS 수능 방송은 온라인이나 ARS를 통해 질문할 수 있는 기회가 마련되어 있으므로, 사전에 질문할 거리를 챙겨 두기만 한다면 어렵지 않게 질문할 수 있을 것이다.

이것은 문제 풀이 위주의 강좌에도 그대로 적용되는데, 사실 문제 풀이 강좌는 학생이 미리 그 문제들을 풀어 보지 않고서는 강좌의 목적이 반도 채 실현되지 않을 것이다. 학생들은 미리 자신의 스타일대로 문제를 풀어 보고, 방송중에 선생님의 문제 풀이 방식과 비교해 보아야 한다. 그리고 자신이 오해하고 있었던 개념을 다시 정리하고, 선생님의 풀이 방식이 자신보다 효율적일 때는 선생님의 방식을 받아들이도록 한다. 수능은 시간과의 싸움이라 같은 문제를 푸는 데도 보다 효율적인 방식으로 접근하는 것이 성공의 지름길임을 명심하자.

● ● ● ● 시 청 후 복 습 도 철 저 하 게 !

대부분의 학생들이 EBS 수능 방송을 시청한 후에는 아무런 복습도 없이 바로 잠자리에 든다. 그러나 이것은 방송 강의가 주는 혜택을 반으로 깎아 버리는 비효율적인 행동이다. 사람은 어떤 학습 사항을 한번 주입했을 때보다 연속적으로 반복해서 주입했을 때 훨씬 지속적으로 기억한다. 따라서 학생들은 방송 강의를 시청했으면 바로 잠자리에 들지 말고, 단 10분이라도 책상에 앉아서 그날 시청한 내용을 정리해 보는 것이 좋다. 그러면 똑같은 방송을 두 번 듣게 되는 일은 줄어들 것이다.

복습에 관련하여 한 가지 덧붙이자면, 강의중 중요한 사실들은 반드시 노트나 교재에 기록을 해두어야 한다는 점이다. 학생들 중에는 방송이 녹화되어 있으니 나중에 기억이 안 나더라도 방송을 재시청하면 될 것이라고 안심하는 학생들이 있다. 그러나 그것은 정말 비효율적인 학습 방법이다. 만일 선생님께서 강의하실 때에 받아 적고 강의가 끝났을 때 정리를 해둔다면 방송을 다시 보아야 할 이유가 없어지기 때문이다. 그리고 그렇게 학습을 하고 나면, 그 기억은 방송을 두 번 보는 것보다 훨씬 오래 간다.

● ● ● ● ● 암기 과목은 녹화해 두었다가 정기적으로 다시 볼 것

매년마다 여름방학이면 기본 개념을 단기간에 정리해 주는 강좌가 개설된다. 이러한 강좌를 활용하여 암기 사항들을 확실하게 정복할 수 있는 방법이 있다. 그것은 암기 과목 강좌를 따로 녹화해 두었다가 정기적으로 보는 것이다. 인간의 기억력은 한계가 있으므로 새롭게 공부한 내용이라면 적어도 일주일에서 2주일 사이에 다시 한번 공부해 주어야 한다. 이때 암기 과목 강좌를 녹화해 두었다가 주말을 이용해 정기적으로 다시 시청해 준다면 암기 과목에 대한 걱정이 사라질 것이다.

이때 주의해야 할 점은, 정기적으로 보아야 할 암기 과목 강의의 분량이 지나치게 많아진다는 것이다. 이를 해결하기 위해서는 사전에 치밀한 계획을 세워야 한다. 만일 2주에 한 번씩 사탐과 과탐에 관한 강의를 시청하기로 계획을 세웠다면, 첫째와 셋째 주 일요일에는 사탐을, 둘째와 넷째 주 일요일에는 과탐을 시청하는 방법이 있을 수 있다. 그리고 이런 식으로 2~3회 반복하여 시청한 후에는 다시 시청하지 않도록 한다. 지나친 반복은 비효율적인 학습이 되기 때문이다.

● ● ● ● ● ● 인터넷 게시판을 통한 질문도 활용하자!

사실 EBS 수능 방송의 가장 큰 단점은 선생님과 학생 사이에 직접적인 교류가 없다는 점이다. 이러한 점을 보완하기 위해 최근 인터넷상에서 EBS 수능 방송 선생님들이 직접 답변해 주시는 질문 게시판이 생겼다. 또 수능이 다가오면 전화를 이용해 선생님께 직접 질문할 수 있는 기회도 생겼다. 그리고 이러한 기회는 시간이 지날수록 점점 많아지고 있다. 이러한 EBS 수능 방송의 변화는 학생들에게 큰 이득이 될 수 있을 것이다.

학생들은 EBS 수능 방송을 통해 얻을 수 있는 모든 것을 얻어내야 한다. 따라서 인터넷 게시판을 적극적으로 활용하자. 그러면 EBS 수능 방송에 대한 애착도 강해지고, 보다 즐겁게 EBS 수능 방송을 시청할 수 있을 것이다. 또한 수험생 개개인이 가지고 있는 고민도 그 게시판을 통해 교류해 보는 것도 큰 의미가 있을 것이다. 수험생 각각의 고민과 건의 사항, 질문들이 자유롭게 발제될 때 EBS 수능 방송의 질은 한층 높아질 것이다.

● ● ● ● ● ● ● 시청하지 않는 강좌의 문제도 풀어 보자!

서점에 가보면 한 과목일지라도 수십 개의 출판사에서 다양한 문제집을 찍어내고 있는 것을 볼 수 있다. 그 중에는 서로 흡사한 문제집도 많지만, 난이도나 문제 유형의 차이가 커서 그 두 권의 책이 모두 수능이라는 하나의 목표를 위해서 나온 책들인가 하는 의심이 들게 하는 책들도 있다. 결국 시중에는 수능에 직접적으로 혹은 간접적으로 도움을 줄 수 있는 문제집들도 있고, 수험생에게 시간만 낭비시킬 문제집들도 있다.

그러나 EBS 수능 방송은 국가에서 관리하며 수능 출제위원회의 방침을 그대로 고수한다. 따라서 시중에 유통되고 있는 문제집들 중에서는 수능에 가장 근접한 형태를 가지고 있다고 볼 수 있다. 그러므로 비록 자신이 시청하고 있는 강좌가 아니더라도 EBS 교재라면 다른 문제집들보다는 수능에 도움을 줄 것이라고 판단할 수 있다. 실제로 외국어영역의 듣기 평가 교재의 녹음을 담당한 외국인들이 수능의 듣기 평가 녹음을 담당하기도 했다. 이런 점들을 종합해 볼 때 다른 문제집들보다는 EBS 교재를 우선적으로 택해서 풀어 보는 것도 도움이 될 것이다.

 ## 3. 오답 노트 만들기

먼저 문제집을 깨끗하게 풀어야 한다. 답은 문제집에 직접 체크하지 말고, 문제집의 여백에 표기하도록 한다. 그리고 틀린 문제는 오려서 오답 노트에 붙인다. 틀린 문제가 문제집의 앞뒤에 붙어 있으면 둘 중 한 문제를 오답 노트에 베끼거나 아니면 복사해서 붙인다. 그렇게 붙인 문제 밑에는 약간의 여백을 남겨놓아 후일에 다시 풀었을 때 몇 번 틀렸는지를 기록할 수 있도록 한다.

오답 노트는 일주일이나 열흘에 한 번씩 다시 풀어 보는 것이 좋은데, 그때마다 문제 밑의 여백에 몇 회를 다시 풀었으며 그 중 몇 번 맞았는지를 기록해 둔다. 그러다 한 달이 지났을 때 다른 노트 한 권을 준비하여, 다시 풀어도 계속 틀리는 문제들을 따로 모아 둔다. 결국 한 달 뒤에 만들어지는 또 다른 노트는 오답 노트의 오답 노트인 것이다. 이런 식으로 작업을 반복하면 아무리 많은 문제집을 풀어도 최종적인 오답 노트는 한 권으로 요약된다.

일부 재수생들은 이렇게 얻어진 오답 노트를 일러 '진국'이라 한다. 문제 중의 문제를 고르고 또 골라내어 만든 노트이기 때문이다. 수험생들은 자신이 풀었던 문제집을 방 한구석에 쌓아 두고 보면 기분이 흡족해진다. 그러나 마음 한편에는 저 문제집들 속의 모든 문제들을 풀 수 있을지에 대한 의문이 남는다. 그러나 앞서 제시한 대로 오답 노트를 만들어 두면 그런 걱정은 할 필요가 없다. 결국 자신에게 꼭 맞는 참고서는 자신이 직접 만든 오답 노트이다.

4. EBS 수능 방송 시청 계획의 예

● 상 위 권 학 생 의 예

	월	화	수	목	금	토	일
1학기	고급 과정 언어영역	고급 과정 수리영역	고급 과정 과학/사회	고급 과정 외국어	출제 유형 분석 강의	출제 유형 분석 강의	암기 과목 다시보기
여름방학	수능 특강 심화 과정 언어영역	수능 특강 심화 과정 수리영역	수능 특강 심화 과정 과학/사회	수능 특강 심화 과정 외국어	고급 과정 2단계 언어, 수리	고급 과정 2단계 과학/사회, 외국어	암기 과목 다시보기
2학기	고급 과정 언어영역 (3단계)	고급 과정 수리영역 (3단계)	고급 과정 과학/사회 (3단계)	고급 과정 외국어 (3단계)	실전 모의고사 강의	실전 모의고사 강의	실전 모의고사 강의

위의 학생은 상위권에 속하는 학생이라 1학기 때부터 출제 유형 분석 강좌를 듣는다. 출제 유형 분석 강좌는 올해 수능이 어떻게 출제될지 정확한 예측을 할 수 있게 만들어 주지는 않지만 대강의 윤곽은 제시해 준다. 그러므로 이 수업은 수험 생활의 전체적인 흐름을 제시해 줄 수 있는 유익한 수업이 될 것이다. 또한 최종 3단계로 이루어져 있는 고급 과정을 수강하고 있는데, 한 가지 코스를 꾸준하게 밀고 나가는 방식은 시험 준비에 단조로움을 줄 수는 있으나 수능을 안정성 있게 대비할 수 있도록 도와준다. 종종 한 가지 코스에서 쉽게 다른 코스로 변경하여 시청하는 학생들이 있는데, 그런 학생들은 변경 전 강좌의 선생님께서 준비해 두신 과정을 다 학습하지 못하고 다른 과정으로 변경한 것이 된다. 그리고 변경 후 강좌의 선생님께서 이전에 자신이 강의한 내용을 학생들이 모두 알고 있다는 가정하에 강의를 하므로, 중간에 코스를 변경한 학생이 다소 당황할 수 있다. 이런 점들을 종합할 때 한 가지 코스를 꾸준하게 시청하는 것이 성적 향상에 도움을 준다고 할 수 있다.

마지막으로 이 계획의 단점을 제시해 본다면, 보통 과정을 시청할 계획이 전혀 없다는 것이다. 물론 이 학생이 보통 과정의 문제를 완벽하게 풀어낼 수 있을지도 모른다. 그러나 이 학생이 문제를 푸는 방식이 절대적인 방식이 아니다. 한 문제를 푸는 데에는 여러 가지 접근 방식이 존재하고, 수험생은 그런 방식들 중에 가장 효율적인 방식을 습득해야 한다.

아무리 고득점자라 할지라도 자신의 비효율적인 풀이 방법을 반성해 보고, 더 효율적인 방식을 받아들일 수 있는 기회를 갖는 것은 중요하다.

● ● ● 중위권 학생의 예

	월	화	수	목	금	토	일
1학기	EBS 수능 특강 언어영역	EBS 수능 특강 수리영역	EBS 수능 특강 과학/사회	EBS 수능 특강 외국어	고급 과정 언어영역	고급 과정 수리영역	고급 과정 외국어
여름방학	10주 완성 수능 특강 언어영역	10주 완성 수능 특강 수리영역	10주 완성 수능 특강 과학/사회	10주 완성 수능 특강 외국어	고급 과정 2단계 언어, 수리	고급 과정 2단계 과학/사회	고급 과정 2단계 외국어
2학기	실전 모의고사 언어영역	실전 모의고사 수리영역	실전 모의고사 과학/사회	실전 모의고사 외국어	고급 과정 3단계 언어, 수리	고급 과정 3단계 과학/사회	고급 과정 3단계 외국어

위 학생은 중위권에 속하는 학생으로 보통의 수능 특강 강좌를 주중에 시청하고, 금요일을 포함한 주말에는 고급 과정을 시청하고 있다. 결국 이 학생은 주중에는 자신의 성적에 맞는 수업을 충실히 받으며, 주말에는 이해의 폭을 한층 심화시킬 수 있는 고급 과정 수업을 듣고 있는 것이다.

중위권 학생들에게 필요한 강좌 선택의 핵심은 바로 이것이다. 기본에 충실하면서 고급 과정에 한 발짝씩 다가서는 것, 이것이야말로 중위권 학생들이 단기간에 성적 향상을 꾀할 수 있는 가장 좋은 방법이다. 여름방학 동안 이 학생은 10주에 각 과목의 전 범위를 개괄해 주는 수업을 시청하고 있다. 이는 여름방학 내에 기본 개념에 대한 정리를 확실히 마치겠다는 의지를 표현하고 있는 것이다. 또 한 이 학생은 주중에는 보통의 수능 강좌를, 주말에는 고급 과정을 시청함으로써 개념에 대한 이해 의 질을 높이고 있다.

이는 상위권으로 넘어가려는 중위권 학생에게는 매우 바람직한 자세이다. 이 기간 동안에는 암기 과 목의 정리가 이루어지므로 앞서 언급한 대로 일주일이나 2주일에 한 번씩 시청했던 암기 과목 수업 을 다시 시청하는 기회를 갖도록 한다.

그리고 이 학생은 2학기에도 1학기와 비슷한 패턴으로 주중에는 실전 모의고사를, 금요일을 포함한 주말에는 고급 과정을 시청하고 있다. 그러나 1학기 때와 2학기 때의 양상은 사뭇 다르다. 1학기 때 는 일주일 내내 새로운 내용에 대한 학습이었지만, 2학기의 주중에는 실전 모의고사 수업을 위주로 하여 문제 풀이에 치중하고 있기 때문이다. 이 기간에는 자신의 문제 푸는 스타일을 교정하면서 개 념에 대한 오해를 조금씩 고쳐 나가는 것이 중요하다. 그리고 이 기간 동안에 고급 과정 3단계를 시 청하는 것이 시간적으로 부담스러울 수가 있는데, 그런 학생은 고급 과정 3단계를 과감하게 생략하 는 것이 좋다.

	월	화	수	목	금	토	일
1학기	초급 과정 1단계 언어영역	초급 과정 1단계 수리영역	초급 과정 1단계 과학/사회	초급 과정 1단계 외국어	EBS 수능 특강 언어영역	EBS 수능 특강 수리영역	EBS 수능 특강 외국어
여름방학	초급 과정 2, 3단계 언어영역	초급 과정 2, 3단계 수리영역	초급 과정 2, 3단계 과학/사회	초급 과정 2, 3단계 외국어	10주 완성 수능 특강 언어, 수리	10주 완성 수능 특강 수리영역	10주 완성 수능 특강 외국어
2학기	실전 모의고사 언어영역	실전 모의고사 수리영역	실전 모의고사 과학/사회	실전 모의고사 외국어	핵심 유형 500제 풀이	핵심 유형 500제 풀이	핵심 유형 500제 풀이

위의 학생은 하위권에 속하는 학생으로서 주중에는 각 과목의 초급 강좌를 시청하고 주말에는 중위권 학생들에게 난이도가 맞추어진 수능 특강을 시청하고 있다. 이는 기본에 충실하고자 하는 의지를 보여주는 것이다. 하위권 학생들에게 있어서 가장 중요한 것은 기본 개념에 대한 이해이다. 따라서 하위권 학생은 2학기 마지막 때 문제 풀이 훈련에 들어가도록 한다. 그리고 1학기와 2학기 동안에는 꾸준한 반복을 통해서 기본 개념을 확실히 이해할 수 있도록 한다.

위와 같은 계획대로라면 학생의 실력 향상의 비결은 꾸준한 반복 학습에 있다. 초급 과정만 해도 1·2·3단계, 즉 3단계로 구성되어 있으며, 1학기 수능 특강에 여름방학 10주 완성 수능 특강까지 같은 내용을 반복하는 수업들로 구성되어 있다. 따라서 이 학생의 경우는 적어도 5번 이상 같은 내용을 반복하게 되는 것이므로, 기본 개념은 다른 코스에 비해 확실하게 이해할 수 있을 것이다.

그러나 여기서 주의해야 할 점이 있다. 지나치게 개념 원리 위주의 학습을 강행할 경우 문제를 푸는 능력은 늘지 않기 때문이다. 이를 방지하기 위하여 나름대로 방송에서 개념을 공부한 분량만큼의 문제를 풀어 두는 것이 좋다.

또한 2학기에는 파격적으로 문제 풀이 강좌만을 시청하는 형식으로 시간표가 구성되어 있는데, 이 기간이라고 해서 기본 개념에 대한 공부를 소홀히 해서는 안 된다. 물론 따로 시간을 들여서 개념 학습 강좌를 들으라는 소리는 아니다. 개념 학습은 스스로 하되, 방송 시청중에는 문제 풀이 속에서 개념을 확인할 수 있도록 하라는 것이다.

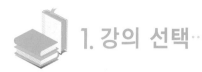

1. 강의 선택

● 수준별로 살펴보기

① 상위권

상위권의 성적을 유지하는 학생들은 아마 고3의 첫 번째 학기가 시작되기 전에 이미 수리영역, 언어영역, 외국어영역이 머릿속에 어느 정도 제대로 들어와 있는 상태일 것이다. 이런 학생들의 경우 이미 알고 있는 기본 개념을 토대로 더 심도 있는 학습을 해나가는 것이 중요하다. 그리고 심도 있는 학습과 함께 응용 문제를 많이 다루어 보는 것이 필요하다. 또한 기출 문제를 많이 풀어 볼수록 좋다.

우선 1학기 초반에는 기본 개념을 확실히 하면서 더 깊이 있게 파고 들어가는 심화 학습에 포커스를 맞춰야 한다. 특히 더 많이, 더 폭넓게 알고 있을수록 유리한 언어영역이나 사회탐구영역은 더욱 그러하다.

이 시기에는 4월부터 개설되어 진행중인 고급 과정 강좌 중, 특히 그 영역의 내용을 깊이 파고 들어가면서 내용의 폭을 넓혀 주는 강좌를 선택하는 것이 좋다. 그리고 심도 있는 학습과 함께 응용 문제를 많이 다루어 보는 것도 아주 중요하다. 내용을 폭넓게 또한 깊이 있게 배웠다 해도 내 머릿속에서 그 지식들을 종합, 정리해서 주어진 문제를 풀어가는 데 유용하게 쓸 수 있는 능력이 계발되지 않으면, 앞서서 말한 심화 학습은 사실 아무 소용이 없게 된다. 이런 맥락에서 보면, 심화 학습과 응용 문제를 꼼꼼히 많이 풀어 보는 것은 함께 병행해서 나아가는 게 최선의 방법이다. 즉, 응용 문제를 풀어가는 과정을 통해서 그 내용을 좀더 깊게 이해하게 되고 또 확실히 기억하게 될 것이다.

정리하면, 상위권에 있는 학생들은 좀더 많은 내용을 알아가고 좀더 어려운 내용으로 파고 들어가는 것에 시간과 노력을 아낌 없이 투자할 뿐 아니라, 그와 함께 응용 문제를 많이 다루어 실제적인 응용력을 기르는 데도 그만큼의 노력을 기울여야 한다.

이와 같은 과정을 거치면서 핵심적인 내용을 다시 한번 짚어 주며, 익힌 내용을 토대로 문제 풀이에

**강의 시청 및
활용 계획 만들기**

서울대학교 약학과
이 원 아

집중하는 것이 필요하다. 4월부터 꾸준히 위의 과정을 거쳐 온 다음, 6월부터 시작하는 상위권 단기 특강과 핵심 유형 문제 풀이 강좌를 들으면 아주 유익할 것이다. 그리고 여름방학 때부터 시작되는 고득점 실전 특강을 통해 문제를 풀어가는 감각을 익히고 실전 문제의 유형을 익히게 되면, 훨씬 자신감이 생기고 또 그만큼 실력도 늘어나게 될 것이다.

② 중위권

중위권의 학생들은 어느 정도는 기본 개념을 알고 있다. 그렇지만 문제를 풀려고 하면 막막하고, 풀어도 잘 맞지 않아서 답답한 경우가 많을 것이다. 어느 정도 기본 개념을 알고는 있지만 문제를 잘 풀지 못하는 것은 응용력 자체의 문제라기보다, 그 내용을 알긴 해도 확실히 알지 못하기 때문인 경우가 많다.

중위권에 있는 학생들은 문제를 잘 풀기 위해서 더 많은 내용을 알고 더 어려운 내용을 알아야 하기보다는, 기본 개념을 확실히 이해하는 것이 더 급선무이다. 우선, 성적을 어서 올려야 한다는 조급함을 지우고 기본 개념으로 돌아가는 과정이 필요하다.

그런데 기본 내용을 다시 보며 기초를 튼튼히 하는 것이 대부분 잘 되지 않는데, 그 이유는 자신이 이미 어느 정도 알고 있다고 생각하며 또 실제 어느 부분이 확실하지 않은지 잘 모르기 때문이다. 이 시기쯤 되면 성적을 올려야 한다는 부담감 때문에 기본 내용을 보기보다는 문제를 더 많이 풀어 보는 것이 시급하다는 생각이 들어 기본 개념으로 돌아가기가 쉽지 않다.

이렇게 시간이 충분하지 않고, 또 자신이 이미 어느 정도 알고 있는 상태에서 기본 개념으로 어떻게 돌아갈지 잘 모르는 상황에서는 체계적으로 개념을 정리해 주고 핵심을 짚어 주는 강좌를 듣는 것이 필요하다. 그런 의미에서 6월까지 기본 개념을 정리하는 데 포커스를 맞추어 진행되는 강좌는 도움이 될 것이다. 이 강좌는 핵심적인 기본 개념을 확실히 짚고 넘어가는 과정이 될 것이고, 이를 통해 머리에 어렴풋이 들어와 있는 내용들을 좀더 체계적으로 정리하게 될 것이다.

성적을 올리기 위해서는 좀더 어려운 내용을 알아야 할 것 같고, 더 많이 알아야 할 것 같지만, 의외로 기본 개념을 확실히 이해하고 그 내용을 잘 소화했을 때만 성적이 올라가게 된다. 특히 기본 개념을 확실히 잡는 것이 중요한 수리영역이나 과학탐구영역 같은 경우, 이 강좌를 통해서 많은 도움을 얻게 될 것이다.

그런데 여기서 주의할 점은 기본 개념을 정리하는 데만 1학기 초반의 시간을 모두 써서는 안 된다는 것이다. 기본 개념을 확실히 정리하는 것과 각 영역의 내용을 더 알아가고 문제를 풀어가는 것은 병행해 나가야 할 것이다. 기본 개념을 확실히 정리하지 않고 문제만 풀었을 때 실력이 늘기 힘들 것이므로 기본 개념 정리를 강조한 것이지, 이것만을 해야 한다는 말은 아니다. 기본 개념을 정리하는 데 특별한 노력을 들이되, 문제를 통해 그 내용을 확인해 가는 과정을 절대 게을리해서는 안 된다.

기본 개념이 정리가 되면, 문제를 푸는 데 집중하는 것이 좋다. 이때, 문제를 푸는 과정 자체에 집중하지 말고 문제를 푸는 것도 공부를 한다는 생각으로 임하는 것이 좋다. 문제를 푼 후 해답의 설명을 꼼꼼히 읽어 보며 내용을 재차 확인하고 정리하는 방법을 권하는데, 바로 이 과정을 통해 내용을 확실히 알게 될 것이고 문제를 푸는 실력도 늘게 될 것이기 때문이다.

이 연습이 어느 정도 되었을 때 실전 모의고사 문제를 풀면서 문제 유형을 익히고, 또 되풀이되는 핵심 내용을 체크하며 공부해 가면 문제를 풀 수 있는 실력은 충분히 갖출 수 있게 될 것이다. 또 2학기 쯤 되어서 개설되는 실전 모의고사 강좌는 이 과정을 도와줄 수 있을 것이다.

③ 하위권

하위권에 있는 학생들은 무엇보다 기초적인 내용에서부터 확실히 이해하고 넘어가는 것이 필요하기 때문에 기본 개념 설명에 초점을 맞춘 강좌를 듣도록 하자. 4월부터 시작되어 진행중인 하위권 학생들에게 맞추어진 유용한 강좌들이 많다.

이때에는 혼자 공부하는 시간에 욕심을 내기보다는, 자신에게 필요한 내용에 초점이 맞추어진 강좌를 통해 공부에 도움을 얻는 것이 현명하다. 그러나 강좌에만 의존하려는 마음이나 욕심을 내어 좋아 보이는 모든 강좌를 다 들으려고 한다면 금세 지치고 질려 버리기 쉬우므로, 취약하고 자신 없는 과목 위주로 계획을 짜는 것이 필요하다. 이런 의미에서 6월부터 시작되는 취약 과목 특강은 특별히 시간과 노력을 투자하며 들어 두는 것이 좋을 것이다.

처음부터 내용을 차근차근 배운 다음, 그 내용을 내 것으로 충분히 소화시킨 후에 문제를 풀며 그 내용을 익히고 응용력을 기르는 식으로 해나가려고 하면 시간이 많이 걸린다. 이런 의미에서 유형별로 문제를 보고 익히는 것은 상당한 시간을 절약할 수 있고, 내용을 제대로 정리할 수 있는 기회가 될 것이다. 이때는 6월부터 시작하는 유형 학습에 초점을 맞춘 강좌를 선택하여 듣는 것이 좋다. 이 강좌를 들으며 익히게 된 유형을 다른 문제집을 통해서 확인하며 복습하는 것도 적극 추천한다.

2학기가 시작되며 개설되는 핵심 유형 500제 풀이 강좌는 수능에 맞추어 선별된 문제의 유형들을 체계적으로 정리하며, 그 유형에 맞는 쉬운 풀이 방법과 중요한 내용을 확인하며 익히는 데 도움이 될 것이다. 계속해서 풀리지 않는 문제의 유형이나 이해가 안 되는 단원의 내용은, 앞서 방영된 강의를 다시 듣고 확실히 해두는 것이 좋다.

유형별 문제 풀이에서 주의할 점은, 여러 가지 문제 유형을 듣고 그에 따른 풀이를 해주는 강좌를 듣는 것 자체가 곧 내 지식으로 바로 연결되지 않을 수 있다는 것이다. 여러 중요한 유형을 다루어 주고 친절히 설명이 덧붙지만, 스스로가 주의 깊게 듣고, 그 유형을 이해하고, 문제를 풀 수 있는 데까지 나아가야 한다는 것을 잊어서는 안 된다. 강의 내용이 이해가 안 가거나 개념이 명확히 들어오지 않는 것이 있다면, 따로 체크해서 1학기 때 강좌를 찾아서 다시 듣든가 선생님께 물어 꼭 이해하고 넘어 가자.

● ● 시 기 별 로 살 펴 보 기

① 1학기

상위권이나 중·하위권이나 1학기 때는 문제를 푸는 데 집중하기보다는 개념을 명확히 이해하고, 그 내용을 확실히 익히는 데 주력하도록 하자. 그 내용을 익히고 머리에 확실히 집어넣는 방법 면에서 개인적인 차이와 수준별 차이가 있겠지만 각자 자신의 위치가 어디쯤 있든지, 1학기에는 내용을 확실히 이해하고 정리하는 방향으로 정하는 것이 좋다. 기출 문제 풀이 등의 문제 풀이 강좌는 빠르면 1학기 중·후반부터 해도 되지만, 사실 여름방학 때부터 시작해도 늦지 않다.

우선 자신의 수준에 맞는 강좌를 현명하게 선택해야 한다. 기본 개념을 어느 정도 알고 있다면 더 깊이 들어가면서 그 폭을 넓힐 수 있는 강좌를 선택하는 것이 좋고, 기본 개념 형성이 미약하다면 내용을 설명해 주고 개념을 정리해 주는 데 초점을 맞춘 강좌를 선택하는 것이 좋다. 또 기본 개념 형성이 전혀 되어 있지 않다면, 기초부터 친절하게 설명해 주는 초급 과정을 선택한다.

1학기 중반을 넘어서 후반으로 가면, 문제 유형을 익히고 응용력을 키우는 데 노력을 기울이는 것이 좋다. 이 시기쯤 되면 문제를 유형별로 다루는 강좌가 많이 개설될 것이다. 그렇지만 1학기 때부터 문제를 많이 풀고 기출 모의고사를 다루어야 하는 부담감을 가질 필요는 없다. 오히려 이때부터 모의고사나 문제 유형에만 매달리다 보면 공부의 폭이 좁아질 위험이 있기 때문이다. 이 시기에는 문제 풀이 위주의 학습보다는, 문제의 유형을 익히며 그 과정을 통해 확실하지 않은 내용을 보충하기 위한 방편으로 사용하는 것이 좋다.

② 여름방학

여름방학은 성적을 확실히 올릴 수 있는 아주 중요한 시기이다. 이 시기에 얼마나 열심히 하느냐에 따라 수능 점수의 폭이 달라진다. 우선 방학의 중반기까지는 지금까지 배운 내용을 총정리하는 데 주력하자. 이때 새로운 내용을 더 깊이 알아가는 것에 많은 시간을 쓰는 것은 별로 유용하지 못하다. 이 시기는 그 동안 배운 내용을 다시 확인하며, 알고 있는 내용을 놓치지 않고 확실히 기억하기 위해 내용을 총정리하는 시간이다.

이때쯤 해서 단기 특강이 개설될 것이다. 단기 특강좌 개설 시기가 여름방학의 전부터라고 해도, 지난 방송을 다시 볼 수 있으니 충분히 조정할 수 있다. 이 강좌와 함께 내용을 훑으며 다시 확인하는 과정을 거치다 보면, 선생님이 마구잡이로 집어넣어 주었던 방대한 내용이 어느새 머릿속에서 정돈되어 있는 것을 느끼게 될 것이다.

그리고 방학 중반기 이후로는 실전 문제집, 기출 모의고사 문제집을 많이 풀어 보는 것이 좋다. 방학 초기부터 기본 개념을 확실히 한 후에 이 과정을 충실히 거치면, 뚜렷한 성적 향상을 기대할 수 있을 것이다. 이 시기에 EBS 실전 특강 강좌가 많은 도움이 된다. 그렇다고 해서 강의에 그대로 끌려 다니지 말고, 자신의 공부 계획을 먼저 세우고 EBS 수능 방송을 자신에게 맞게 이용하는 자세로 임한다.

사회탐구영역과 같이 암기가 필요한 과목은 실전 문제를 풀다가 기억이 나지 않거나 그 내용이 잘 연결이 안 될 때는 다시 책을 찾아 보면서 그 부분을 정리하고 넘어가는 것이 좋다. 암기 과목은 계속적으로 반복 학습해 주는 것이 좋기 때문에, 문제에만 매달리지 말고 문제를 풀며 다시 해당 내용으로 돌아가서 확인하고 기억해 주는 과정이 중요하다.

③ 2학기

이때는 실전 문제 풀이, 기출 모의고사 풀이에 주력하는 것이 좋다. 이 시기에는 내용을 정리하고 확인하는 것에 시간을 할애하기보다, 문제를 통해 그 내용을 확인하고 기억하는 것이 필요하다. 앞서 여름방학 후반기 때 얘기했던 것처럼, 문제를 풀다가 확인하고 싶은 내용이나 잘 모르는 내용이 있으면 책으로 돌아가 그 내용을 익히고 정리하는 학습 방법이 이 시기에 효과적이다. 그에 맞추어 실전 특강과 핵심 문제 유형을 다시 짚어 주며 확인하는 식의 강좌를 선택하는 것이 좋다.

실전 문제 위주의 강좌를 들을 때 주의할 점은, 강의를 듣기 전에 먼저 문제를 풀어 보고 듣는 것이다. 먼저 풀어 보지 않고 선생님의 강의만 듣고 있으면, 실제 자신의 실력으로 쌓이기보다 그저 듣고 흘려 버릴 수 있기 때문이다.

여기서 강조하고 싶은 것은, 문제를 풀 때의 마음가짐이다. 문제를 많이 풀어 보되, 그 문제를 통해서 내용을 확인하고 또 모르는 내용을 발견해 간다는 생각으로 임해야 한다. 잘 모르고도 우연히 맞히는 문제도 있을 텐데, 문제가 맞고 틀리는 것에만 신경을 쓰다 보면 실제로는 모르는 내용인데도 답이 맞았기 때문에 그냥 넘겨 버릴 수 있기 때문이다. 그러므로 문제를 다룰 때는 껍데기 안에 있는 핵심을 놓치지 않고 파악하겠다는 마음을 가져야 한다.

 ## 2. 시청 계획의 원칙

● 선생님이 내 공부의 흐름에서 주도적 위치를 가져서는 안 된다

EBS 수능 방송에서 발표한 많은 강좌 중에는 유익한 강좌가 참 많다. 그러나 강의를 그저 수동적으로 듣는 것에서 그치면 실제 실력이 자라지 않는다는 것을 알아야 한다. 선생님의 설명과 정리가 내 공부의 흐름에서 주가 되고, 나는 그저 그것을 받기만 해서는 안 된다. 나의 공부 스케줄을 먼저 세우고, 그 흐름 중의 하나로 강의를 이용하면서 도움을 받자. EBS 수능 방송의 강좌들을 무분별하게 많이 듣거나, 강의의 흐름대로 그저 따라가기만 하면 정말 나에게 필요한 것을 놓칠 수 있고, 그 시기에 내가 꼭 거쳐야 하는 과정을 그냥 지나쳐 버릴 수 있다.

그러므로 먼저 자신의 상황을 직시하고 자신에게 필요한 것을 체크한 다음, 그에 맞게 공부할 방향과 계획을 세우고, 그 방향으로 나아가는 데 필요한 하나의 도구로 EBS 수능 방송을 취사 선택해 이용하자. 듣고 싶은 강좌가 개설되었지만 만약 내가 먼저 해결해야 하는 시급한 부분이 있다면, 그 과정을 먼저 거친 후에 강좌를 다시 찾아서 듣는 방법을 취해야 한다. 내가 주체가 되어서 공부하는 중에 강좌를 적절하게 선택해야만 공부하는 데 효율적이다.

그리고 시청하는 것만으로 만족해서는 안 된다. 강의에서 풀게 되는 문제, 다루게 되는 내용만 알게 된 다음, 거기서 더 나아가지 않는 것은 철저히 강의 의존적인 태도이다. 강의를 통해서 내가 잘 모르고 있는 부분을 새롭게 보게 될 수도 있고, 좀더 보충이 필요할 것 같은 단원을 발견할 수도 있고, 내가 자주 틀리는 유형을 알 수도 있다. 그러므로 내가 공부해야 하는 분량 중 강의를 듣고 공부하는 것은 반 정도이고, 남은 분량은 내가 스스로 공부해 나가야 하는 것이다.

예를 들어, 학기 초에는 기본 개념 확립에 시간을 투자해야 하며, 강좌도 이와 관련된 것을 기준으로 선택할 것을 추천하였다. 그렇지만 여기에 중심을 두라는 것이지, 다른 것이 필요 없다는 얘기는 아니다. 즉, 기본 개념을 다루어 주는 강좌를 통해서 좀더 쉽게 이해하면서 함께 병행해 주어야 하는 것이 바로 복습이다. 또 그 내용과 관련된 문제를 풀어 보며 확인하는 것이다. 즉, 그만큼의 분량은 내가 해야 하는 것이다.

또 다른 예로 실전 문제 풀이 강좌를 들으면서 어떤 문제를 접했는데, 그 내용이 기억이 나지 않거나 생소한 내용일 수 있다. 그런데 선생님은 아주 잘 알고 계시기 때문에 쉽게 풀이하고 넘어간다. 그럴 때는 그 부분을 체크하고 따로 시간을 내어서 그 단원을 짚고 넘어가야 한다. 즉 나의 몫이다. 또는 선생님이 강의하시는 부분에서 내가 알고 있는 것과 좀 다른 얘기가 나올 수 있다. 그럴 때도 그 부분을 찾아보고, 다시 확인하며, 그 내용을 확실히 하는 과정을 완수해야 한다. 의문이 생기고 헷갈리는 부분이 있는데 이상하다고 생각하면서도 그저 듣고만 있고 그대로 넘어갈 경우, 다음에 그와 비슷한 문제를 만났을 때 또 헷갈릴 것이다. 그렇지만 언제나 선생님이 얘기해 줄 수 없고, 누구에게 물어 볼 수 없기 때문에, 강의를 들으면서 헷갈리거나 의문이 생기는 부분은 그때마다 바로 확인하는 과정을 통해 확실히 이해하고 넘어가야 한다.

● ● 문제는 꼭 미리 풀어 보기

학원을 다니지 않고, 과외도 안 하고, 혼자 공부해서 서울대에 합격했다는 신기한 사람들을 봐왔을 것이다. 사실 그 사람들이 머리가 좋아서 그런 탓도 있겠지만, 학원이나 과외의 도움 없이 공부를 잘하는 사람은 스스로 고민하고 깊이 사고하며 내용을 종합하고 연결 짓는 훈련이 잘된 사람이다. 이처럼 실력은 배운 내용을 가지고 고민하며 수학적으로 혹은 과학적으로 깊이 사고하는 과정을 통해서 이루어진다. 그런데 학원에 다니거나 과외를 하다 보면, 또는 여기서 말하고 있는 대로 EBS 수능방송에서 친절하게 설명해 주고 맞추어 주는 강좌를 듣다 보면 이 과정이 무시되기 쉽다. 특히, 문제를 풀 때 이 과정이 계속해서 무시되고 그저 따라가기만 한다면, 실력은 결코 자랄 수 없다.

수능에서 접하게 될 문제는 단순한 단답형 문제이거나 달달 외운 것을 그대로 쓰는 것보다는, 사고를 통해 알고 있는 지식들을 종합·정리·연결하는 과정이 필요한 것들이다. 바로 사고력이다. 빨리 답할 수 있는 문제든, 많이 생각해야 하는 문제든 이 사고의 과정을 거치게 되어 있다. 그런데 이 사고의 과정을 거치지 않고, 문제에 대해서 고민해 보지 않고, 자신에게 있는 지식들을 연결시키고 종합시키는 과정을 겪어 보지 않고, 그저 선생님이 알려주는 것만 일방적으로 받아들여 기계적으로 문제를 풀어서는 실력이 자랄 수 없다.

그러므로 실전 문제를 다루게 되는 강좌를 들을 때는 먼저 문제를 풀어 보고 강의를 듣는 것이 좋으며, 내용을 배우며 함께 문제를 풀어가는 강의를 들을 때는 문제를 풀기 전에 잠깐 멈추고 자신이 문제를 먼저 대해 보는 것이 좋다.

● ● ● 시 간 배 분

앞서 말했듯이 EBS 수능 방송을 듣는 것이 내가 공부하는 전부가 아니기 때문에, 내가 나아가는 전체적인 공부의 흐름 속에서 필요한 강좌를 적절히 이용하고 강의 듣는 시간을 적절히 배분하는 것이 중요하다. 학교에서 언제까지 수업이 있고, 또 자율학습이 언제까지냐에 따라 자신에게 주어진 시간이 다르겠지만, 그 시간 자체가 중요하다기보다 하루 전체에서 어느 부분을 EBS 수능 방송을 듣는 데 할애하는 것이 효율적인가를 생각해야 한다.

강의를 듣는 시간은 학교에서의 일과를 마치고 집에 돌아온 직후가 가장 적절하다는 생각이 든다. 학교에서 자율학습을 하느냐, 수업이 끝나면 바로 마치느냐에 따라 그 절대적인 시간은 달라지겠지만, 그와는 별개로 학교 일과를 마치고 돌아온 때가 적절하다는 말이다. EBS 수능 방송은 학교나 학원의 수업처럼 한 반의 전체적인 분위기가 잡힌 상태에서 듣는 것이 아니라 자유로운 시간과 장소에서 듣는 것이기 때문에, 집중력이 흐트러지기 쉽고 시간을 정해놓지 않으면 흐지부지되기 쉽다는 단점이 있다. 그렇기 때문에 학교에서 공부하던 흐름이 끊어지지 않은 시간에 시작하는 것이 가장 효율적이다.

그리고 내용을 배우고 익히는 강좌를 들을 때는, 너무 많은 양의 강의를 듣는 것을 삼가한다. 앞서 말했듯이 강의를 듣는다고 다 된 것이 아니고, 그 내용을 이해하고 익히는 것이 중요하기 때문이다. 그날 듣는 내용을 소화할 수 있을 만큼만 듣는 것이 가장 좋다.

강의는 시간을 정해 두고 듣는 것이 좋은데, 이때 강의를 듣는 시간만 생각하지 말고 전체적인 공부의 흐름을 생각해야 한다. 강의를 들은 후 그 강의에서 공부한 내용을 복습할 시간까지 생각해야 한다는 말이다. 그리고 강의와 함께 복습과 확인, 점검의 시간을 생각하면 강의를 듣는 데 너무 욕심을 내면 지칠 수 있기 때문에, 하루에 1~2시간 정도가 적당할 것으로 생각된다. 학교에서 자율학습을 하지 않고 바로 마치는 경우에는 좀더 시간을 할애해 보는 등의 능동적인 대처도 가능하다. 문제 풀이 강좌를 들을 때는 융통성 있게 시간을 다시 조정할 수 있을 것이다. 문제 풀이 강좌는 내용을 배우고 익히는 강좌보다 에너지가 비교적 적게 들고, 또 미리 풀어 보고 듣는 것이기 때문에 시간을 좀더 길게 잡을 수 있을 것이다. 충분히 아는 문제라면 내가 푼 방법보다 더 효율적인 방법이 있는지 편하게 들어 보면 되는 것이고, 모르는 문제이고 헷갈리는 문제라면 좀더 집중해서 열심히 들으면 된다. 그렇기에 이런 강좌를 들을 때는 시간이 많은 주말을 이용하여, 강의 듣는 시간을 좀더 길게 잡아 보는 것도 괜찮은 방법이다.

3. 계획 만들기

● 상위권

		목표	월	화	수	목	금	주말
1학기	상반기	심화 학습 및 교과 내용의 폭 넓히기	고급과정 고품격 문학 특강	고급 수능 문법	수1 고급	수2 고급	사회탐구영역 매주 과목 돌아가며 듣기	과학탐구영역 매주 과목 돌아가며 듣기 문제 풀기
	후반기	응용 문제, 유형별 문제를 풀며 내용 정리	비문학 독해/ 언어영역 핵심 유형 문제 풀이	영어 독해/ 외국어영역 핵심 유형 문제 풀이	수리영역 핵심 유형 문제 풀이	수리영역 핵심 유형 문제 풀이	사회탐구영역 핵심 유형 문제 풀이	과학탐구영역 핵심 유형 문제 풀이
여름 방학	상반기	각 영역별 내용 총정리	언어영역 단기 특강/ 언어영역 오답 줄이기	외국어영역 단기 특강/ 1등급 수능 어휘 특강	수리영역 단기 특강	수리영역 단기 특강	사회탐구영역 단기 특강	과학탐구영역 단기 특강
	후반기	기출,실전 모의고사 문제 풀며 내용 정리도 함께 병행	언어영역 고득점 실전 특강	외국어영역 고득점 실전 특강	수리영역 고득점 실전 특강	수리영역 고득점 실전 특강	사회탐구영역 고득점 실전 특강	과학탐구영역 고득점 실전 특강
2학기	상반기	실전 문제 많이 풀기						
	후반기	실전 문제 풀며 틈틈이 내용 정리하고 반복하기						

상위권 학생은 1학기 상반기에는 기본 개념을 정확히 알고, 폭넓고 깊이 있게 내용을 이해하는 것에 초점을 맞출 필요가 있으므로, 그에 맞추어 강좌를 선택하였다. 또 하루에 여러 과목을 하면 깊이 있게 다룰 수 없고, 지칠 수도 있으므로 요일별로 과목을 달리 하여 집중도를 높인다. 주말에는 비교적 시간이 많으므로 문제를 많이 풀면서 그 내용도 함께 자세히 봐야 하는 사회탐구와 과학탐구를 배치하였다.

1학기 하반기에는 응용 문제를 풀면서 내용을 다시 한번 점검하고, 유형별 문제를 풀면서 개념을 확실히 하며, 그 내용에 관한 지식으로 문제를 푸는 방법을 익혀간다. 이에 맞게 강좌도 문제에 접근하는 방법과 적절한 풀이법을 제시하는 강좌를 택하며, 마찬가지로 요일별로 과목을 정하는 것이 좋다.

여름방학 상반기에는 각 영역별 내용을 총정리하는 시간이 필요하다. 그 흐름에 맞게 전체적인 내용을 단기간에 체계적으로 정리하는 강좌를 택한다. 방학은 시간이 많으므로 내용뿐만 아니라 실전과 관련 있으면서도 본격적인 실전 문제 풀이 정도의 강도는 아닌, 언어 오답 줄이기나 수능 어휘 특강과 같은 강좌를 들어 두는 것도 좋다.

여름방학 하반기부터는 실전 모의고사 문제를 많이 풀어 보는 것이 필요하다. 이때부터 2학기까지 계속해서 실전 특강을 듣는 것이 좋다. 앞서 얘기했듯이, 문제를 많이 푸는 것 자체에만 집중하지 말고, 문제를 통해 내용을 정리하고 확인하는 것에도 시간과 수고를 아끼지 말아야 한다. 특별히 사회탐구와 같은 경우, 문제를 풀며 그에 관련된 내용을 그때마다 정리하며 확인하고, 암기하면서 넘어가는 것이 좋다.

2학기 상반기부터는 본격적으로 실전 모의고사 문제와 기출 문제 풀이에 몰두한다. 문제를 많이 다루어 보고 여러 유형을 경험해 보는 것이 중요하다. 이때는 새로운 내용을 공부하는 것보다, 문제를 풀면서 보게 되는 개념을 정리하고 해답을 통해 그 내용을 보충하는 형식의 공부 방법이 효과적이다. 2학기 하반기부터는 문제를 계속해서 많이 풀되, 아는 내용도 한번쯤 더 봐주며 재차 확인하고 정리하는 과정이 필요하다. 새로운 내용이나 더 어려운 내용을 보려 하지 말고, 내가 알고 있는 내용과 그 동안 배웠던 내용은 놓치지 않겠다는 마음으로 확인하는 작업을 해주는 것이 좋다.

여름방학 하반기부터 2학기 하반기까지 실전 문제를 다루는 강좌를 듣는 것이 좋다. 문제만 푸는 것이 아니라 내용 정리 및 확인 작업이 반드시 같이 병행되어야 하는데, 이때 다시 개념을 훑어보고 정리하는 강좌를 듣기보다 문제를 풀면서 또는 문제 풀이를 들으면서 확실히 정리해 두고 싶은 단원이나 어떤 개념을 체크해서 그때마다 봐두는 것이 효과적이다.

● ● ● 중위권

		목표	월	화	수	목	금	주말
1학기	상반기	기본 개념 확실히 정리하고 이해하기	EBS 수능 특강 언어영역/고품격 문학 특강	EBS 수능 특강 외국어영역	EBS 수능 특강 수리영역	EBS 수능 특강 수리영역	EBS 수능 특강 사회탐구영역	EBS 수능 특강 과학탐구영역/문제 풀기
	후반기	유형별로 문제 살펴보며 내용을 확인, 정리	언어영역 핵심 유형 문제 풀이	외국어영역 핵심 유형 문제 풀이	수리영역 핵심 유형 문제 풀이	수리영역 핵심 유형 문제 풀이	사회탐구영역 핵심 유형 문제 풀이	과학탐구영역 핵심 유형 문제 풀이
여름 방학	상반기	각 영역별 내용 총정리	언어영역 단기 특강	외국어영역 단기 특강	수리영역 단기 특강	수리영역 단기 특강	사회탐구영역 단기 특강	과학탐구영역 단기 특강
	후반기	기출.실전 모의고사 문제 풀며 내용 정리도 함께 병행						
2학기	상반기	실전문제 많이풀기	언어영역 고득점 실전 특강	외국어영역 고득점 실전 특강	수리영역 고득점 실전 특강	수리영역 고득점 실전 특강	사회탐구영역 고득점 실전 특강	과학탐구영역 고득점 실전 특강
	후반기	실전 문제 풀며 틈틈이 내용 정리하고 반복하기						

중위권 학생은 1학기 상반기에 무엇보다 기본 개념을 확실히 정리하고 소화시키는 것이 중요하다. 그러므로 모든 강좌는 개념을 차근차근 짚어 주고 명확히 정리해 주는 것으로 선택했다. 이때 강의를 듣고 알게 되는 것에만 만족하지 말고, 그날 배운 내용은 확실히 이해하고 난 후 넘어가는 태도가 중요하다. 내용을 알고 이해하는 것뿐만 아니라, 내 것으로 소화시키기 위해 강의를 듣고 난 후 철저히 복습하며, 의문 나는 부분이나 어려운 부분은 다른 책을 참고로 해서 공부하는 시간까지 생각해서 시간을 배분해야 한다.

1학기 하반기는 문제 풀이 강좌로 바꾸도록 한다. 그렇지만 이때 문제 풀이에 초점이 맞추어진 접근이 아니라, 문제를 통해 내용을 다시 검토하고 정리하기 위한 접근을 해야 한다. 문제를 통해 취약한 부분을 발견하고, 그 부분을 다시 공부하고 이해하는 방식이다.

여름방학 상반기에는 내용을 명확히, 그리고 포괄적으로 정리하는 과정이 필요하다. 중위권 학생은 단기 특강에만 의존하지 말고, 그 외의 내용을 체계적으로 잘 정리해놓은 정리집을 따로 구입해서 차근차근 종합적으로 정리한다. 단기 특강은 정리집을 통해서 어느 정도 이해가 되었을 때 최종적으로 정리할 목적으로 듣는 것이 좋다.

그리고 취약한 과목을 따로 공부하는 것이 좋은데, 여름방학 초부터 시작하는 게 좋다. 1학기 때 기본 개념을 짚었던 것을 토대로 전반적인 내용을 집중적으로 공부한다. 좀더 자신 있는 과목을 병합해서 같은 날 공부하고, 취약 과목은 따로 날을 정해서 문제 풀이를 병행하며 집중하는 것이 좋다.

여름방학 하반기에는 실전 모의고사를 풀도록 하고, 실전 문제를 많이 다루어 주는 강좌를 선택한다. 그렇지만 실전 문제를 풀어 주는 강좌를 수동적으로 듣고 있지만 말고, 문제를 먼저 풀어 보고, 또 풀이 과정 중에 확실히 모르는 것은 꼼꼼히 체크해 두었다가 다시 개념을 정리하고 확실히 하는 적극적인 자세로 임한다. 이때는 실전에 많이 출제되는 유형 문제와 반복되어 나오는 내용들을 익히고, 그와 관련된 내용을 정리해 두는 것이 필요하다. 이때쯤 좀 난이도가 높은 실전 모의고사 문제집을 풀어 보는 것도 좋은 방법이다. 대신 몇 안 되는 난이도 높은 문제를 풀기 위해서 기본 내용을 계속해서 정리하고 확인하는 작업을 게을리해서는 안 된다.

2학기 상반기에는 실전 문제를 많이 풀어 보고 문제 유형을 익히며, 실전 문제를 푸는 감각을 익히도록 한다. 실전 문제를 풀어가는 강좌를 듣되, 그와 함께 다른 실전 문제집도 구입하여 많은 문제를 다루어 보는 게 좋다.

● ● ● 하 위 권

하위권 학생들은 무엇보다 기본 개념을 확실히 알고, 처음부터 차근차근 공부해 나가는 것이 우선이다. 절대 조급해하지 말고, 2학기까지 멀리 내다보며 공부 계획을 잡는 것이 필요하다. 굳이 시기별로 나누지 않더라도 처음에 기초적인 내용부터 확실히 이해하는 것을 목표로 초급 과정을 듣고, 그 내용을 익히고 이해하여 내 것으로 만들기 위해 집중적으로 공부하는 시간을 가진다. 무엇보다 이 과정에 많은 시간과 노력을 투자해야 할 것이다.

그리고 미리 취약 과목을 포기하지 말고, 여름방학을 이용해서 과목 특강을 이용하며 집중적으로 공부한다. 무엇보다 취약 과목을 잘 이해하고 문제를 푸는 데 있어서 자신감이 생기는 수준까지 끌어올리기 위해서 많은 시간을 쓰는 것이 좋고, 계획표에서 취약 과목을 공부하는 날을 더 늘려도 상관없다. 그렇다고 해서 다른 공부를 아예 놓지는 말아야 한다. 즉, 취약 과목을 공부하는 날은 완전히 그 과목에 집중하여 공부하는 것이 필요하지만, 다른 과목을 하기로 계획한 날은 성실히 그 과목을 공부해야 한다.

여름방학 후기와 2학기를 지나면서 실전 문제들을 풀어 보는 것이 좋은데, 이때 오답 정리를 열심히 해야 한다. 틀린 문제를 확실히 하지 않고 넘어가면 틀렸던 것을 계속 틀리기 때문에 특별히 오답 정리에 노력을 많이 기울이자.

		목표	월	화	수	목	금	주말
1학기	상반기	기초를 튼튼히 다지는 기본적인 개념부터 이해하기	현대시 100선	영어 독해 기법	수1 초급	수2 초급	EBS 수능 특강 사회탐구영역	EBS 수능 특강 과학탐구영역/ 문제 풀기
	후반기	내용을 정확히 이해하고 기억하기 위해 공부한다	EBS 수능 특강 언어영역	EBS 수능 특강 외국어영역	EBS 수능 특강 수리영역	EBS 수능 특강 수리영역	EBS 수능 특강 사회탐구영역	EBS 수능 특강 과학탐구영역/ 문제 풀기
여름방학	상반기	핵심 유형별 문제를 풀며 내용을 확인한다/ 취약과목 집중적으로 시작한다	언어영역 핵심 유형 문제 풀이	취약과목공부	외국어영역 수리영역 핵심 유형 문제 풀이	취약 과목 공부	사회탐구영역 핵심 유형 문제 풀이	과학탐구영역/ 핵심 유형 문제 풀이
	후반기	내용을 총정리한다	하위권 언어영역 단기 특강	하위권 외국어영역 단기 특강	하위권 수리영역 단기 특강	하위권 수리영역 단기 특강	하위권 사회탐구영역 단기 특강	하위권 과학탐구영역 단기 특강
2학기	상반기	실전모의고사 문제를 풀며 내용을 정리한다	언어영역 고득점 실전 특강	외국어영역 고득점 실전 특강	수리영역 고득점 실전 특강	수리영역 고득점 실전 특강	사회탐구영역 고득점 실전 특강	과학탐구영역 고득점 실전 특강
	후반기	실전문제를 많이 풀어보고 오답 정리를 확실히 한다						

 # 4. 오답 노트 만들기

나는 오답 정리 노트를 따로 만들지는 않았다. 문제와 해답을 일일이 오려 붙여서 자신이 틀렸던 문제들을 모은 또 하나의 문제집을 만드는 친구들도 있었지만, 나는 내가 풀었던 문제집에 다시 봐야 할 문제에 특별히 표시를 해두어서 오답 정리를 했다.

우선 문제를 푼 다음, 채점을 한 후 틀린 문제는 한 번 더 풀어 본다. 그 문제를 정말 몰라서 틀릴 수도 있지만 알면서 틀리는 경우도 있기 때문이다. 그렇게 한 번 더 풀어서 맞았을 때는 틀린 표시 위에 다시 동그라미 표시를 한다. 그런데 이때도 풀지 못한 문제는 특별한 표시를 해두고 문제를 풀어 보기 위해 고민하다가 그래도 모를 때 해답을 본다. 이때 해답의 내용을 그냥 읽으며 지나가지 않고, 해답을 덮은 뒤 그 내용을 내가 다시 정리해서 문제 옆에 쓴다. 자신만의 말로 정리하기 위해서는 그만큼 해답을 꼼꼼히 집중해서 봐야 할 것이다. 다시 정리해 보는 것은 나의 단기 기억력을 테스트하기 위한 것이 아니라, 그만큼 내가 집중해서 그 내용을 이해하고 풀이할 수 있을 정도로 알고 넘어가려는 생각에서 하게 된 것이다. 그리고 필요할 때는 그 내용과 관련된 단원을 찾아서 책의 내용을 참고로 붙여 두기도 한다.

만약, 그 문제의 내용을 쉽게 잊어 버리거나 쉽게 틀리는 문제라면, 그 페이지를 접어 두거나 따로 쪽지에 그 내용을 적어서 책상 앞에 붙여 둔다. 그래서 그 내용은 계속 반복해서 보고 익히도록 한다. 또는 그런 내용들을 적은 노트를 하나 만든다. 그리고 그 내용의 핵심이 되는 키워드를 크게 쓰고 밑에 그와 관련된 내용들을 정리한다. 이것은 문제 자체를 옮겨 적고 문제와 관련된 해설을 쓰는 오답 노트가 아니라, 자주 잊어 버리거나 헷갈리는 내용을 따로 정리해서 좀더 자주 보기 위해서 정리해 두는 것이다. 키워드를 크게 써두면 나중에 그 내용을 찾을 때도 편하며, 쉬는 시간이나 다른 여유 시간에 부담 없이 펴두고 보는 데도 좋다.

이렇게 정리해 둔 노트는 수능 직전까지 유용하다. 그때는 새로운 내용을 보는 것보다는 알고 있는 내용을 제대로 정리하여 잊어 버리지 않도록 하는 것이 중요한데, 공부하면서 잊어 버리기 쉬운 내용, 혼돈되기 쉬운 내용을 그때마다 미리미리 정리해 둔 것이기 때문에 틈틈이 보면 매우 큰 도움이 될 것이다.

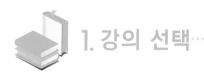

1. 강의 선택

EBS 수능 방송이 좋다고는 하지만 현실적으로 모든 강좌를 다 들을 수는 없다. 학교 수업에, 내신 준비에, 수능 준비까지 하려면 몸이 세 개쯤은 필요하지 않겠는가. 시간은 누구에게나 똑같이 주어지지만 어떻게 사용하느냐 하는 문제는 전적으로 개인의 능력이다. 그러므로 11월 수능까지 시간을 효율적으로 사용하기 위해서는 계획을 잘 짜야 한다.

우선 내가 가고자 하는 대학에 대한 정보를 정확히 파악한다. 내가 목표로 한 대학에 갈 수만 있다면 더 바랄 것이 없겠지만, 여러 가능성을 염두에 두고 우선순위를 정하자. 선택 과목이 어떻게 반영되는지, 혹 수능이 아닌 다른 전형 조건은 없는지 살펴본다. 그러고 나서 나에 대한 파악이 필요하다.

지난 2년 동안 어떻게 공부해 왔는지에 따라 다양한 상황이 펼쳐질 수 있기 때문이다.

방학 동안 수학을 집중적으로 공부해서 기본적인 개념들을 마무리해 놓았을 수도 있고, 어휘 암기에 주력해서 외국어영역에 자신감을 갖고 있을 수도 있다. 하지만 몇몇 친구들은 벌써 '수학은 너무 싫다' '영어는 도저히 못하겠다' 는 좌절감에 빠져 있을 수도 있다. 또 어떤 친구들은 '언어영역은 우리나라 말이니까 걱정 안 해도 되겠지' 라는 낙관적인 생각만 가지고 있

을 수도 있다. 지금 이 순간 나의 상황이 어떠한지 냉정히 생각해 보자.

우선 지금까지 본 모의고사 성적표를 잘 살펴보자. 어떤 영역에서 성적이 많이 뒤쳐져 있는지 꼼꼼히 본다. 그러면 대충 내가 집중해야 할 과목이 무엇인지 알 수 있을 것이다. 모의고사에 익숙하지 않기 때문에 내신 시험과는 다소 차이가 나서 당황하거나 실망할 수도 있을 것이다. 하지만 모의고사는 모의고사일 뿐, 우리의 최종 목표는 수능임을 생각하고 벌써부터 잘 봤다고 마음을 놓거나 점수가 안 나온다고 낙담할 필요는 없다. 아직 늦지 않았고, 기회는 충분하다.

강의 시청 및 활용 계획 만들기

서울대학교 약학과
천국화

● 상반기 (3월 ~ 6월)

① 상위권

성적이 상위권이고 외국어영역을 잘한다면 상반기까지는 언어영역과 수리탐구에 집중한다. EBS 수능 방송 특강 중에서 언어영역 특강은 '7차 언어영역으로 시작하기(초급)', '비문학 독해(고급)', '언어 오답 줄이기(고급)', '현대시 100선(초급)', '고품격 문학 특강(고급)', '언어 종합(고급)', '수능 특강(중급)', '오답 노트(공통)', '수능 출제 유형 분석(중급)' 이 있는데, '고품격 문학 특강' 과 '비문학 독해' 를 선택해서 들어 본다. 독해 부분에 자신이 있다면 '고품격 문학 특강' 만 듣는 것도 괜찮을 것 같다.

다른 방법으로는 '수능 특강' 을 듣는 방법이 있는데, 수능 특강은 시 · 산문 · 희곡 · 수필 · 시나리오 등 여러 가지 부분으로 나누어 강의하고 있으므로 특별히 필요하다고 생각되는 것을 골라 들으면 좋을 것 같다. 중위권을 위한 강좌이지만, 상반기라 처음 시작하는 상위권 학생들에게도 맞을 것이다. 방송 강의라서 이미 많은 부분이 인터넷에 올라와 있으므로 좀더 빨리 강의로 정리하고 싶다면 '수능 특강' 을 추천한다.

언어영역은 일단 교과서의 문학 작품들을 확실히 공부한다. 교과서를 본 다음 자습서로 공부하고 자습서에 나와 있는 문제를 푼다. 그런 다음 문제집을 풀어 본다. 이 과정은 3월이 되기 전에 끝내야 한다. 아직 이렇게 정리하지 못한 상황이라면 교과서만이라도 정독하면서 수업 시간에 필기한 부분과 함께 본다. 그리고 여름방학 때 시간을 내어 자습서를 풀어 볼 수 있다.

교과서 정리와 동시에 EBS 수능 방송 언어영역 문제집을 준비해서 같이 풀어 본다. 언어영역 문제집을 풀 때에는 각 지문을 분석해서 정리한다. 예를 들어 시가 나오면 이 시의 주제는 무엇인지, 어떤 느낌인지, 어떤 종류의 시인지, 시어의 의미가 무엇인지 등을 생각하면서 주의 깊게 감상한다. 그리고 문제를 푼 후에는 반드시 지문에 대한 해설을 읽어 보고, 내 생각과 비교해 틀렸다면 왜 그런 답이 나와야 하는지 체크하고 넘어간다.

상위권 학생이라면 지금까지 배운 수학의 내용을 처음부터 정리해야 할 필요는 없을 것이다. 상반기에 개설된 수리영역 강좌는 '수학 II (고급)', '수학 II (초급)', '수학 I 심층 분석', '수학 I (초급)', '수학 I (고급)', '수능 특강', '오답 노트', '수능 출제 유형 분석' 이 있다.

어느 정도 기본 개념 정리가 되어 있는 상태라면 '수능 출제 유형 분석' 을 통해 문제를 접해 본다. 하지만 강좌 수가 너무 많이 있기 때문에 다 듣는 것보다 부족한 부분을 선택해서 골라 들으면 좋을 것이다. 그리고 '수학 Ⅰ 심층 분석'을 들어 본다. 아직 개념 정리가 더 필요하다고 느낀다면 수학 고급 강좌를 듣는 것도 좋은 방법이다. 사회탐구와 과학탐구는 주말과 공휴일을 이용해서 방송을 듣는다. 공부할 수 있는 시간이 적기 때문에, 반드시 강의를 듣기 전에 짧게라도 예습하고, 방송이 끝나면 그 자리에서 바로 복습해야 한다.

외국어영역은 시간이 많이 걸리고 공부한 효과가 오래 지속되는 영문법을 공부해 두는 것이 좋다. 그리고 하루 일정량의 독해와 단어 암기로 감각을 길러 나간다. 시간을 낼 수 있고 내 독해 방법이 뭔가 부족하다고 느낀다면, '영어 독해 연습'을 통해 나만의 노하우를 키워 나가는 것도 괜찮다.

② 중위권

중위권 학생들은 4, 5, 6월 동안 언어영역·외국어영역·수리영역에 집중하고 동시에 선택 과목의 기초도 준비해야 한다. 하지만 아직 시간이 있으므로 다급해하지 말고 느긋하게 준비하자.

언어영역은 문학·비문학·고전 문학 등으로 나눠진 문제집을 사서 공부한다. 지문을 이해하는 능력을 기르기 위해서이다. 동시에 수능 특강을 통해 각 파트별로 개념을 확립한다면 더욱 좋다.

수리영역은 수능 특강을 통해 개념을 다진다. 수학은 이해하고 응용하는 능력을 필요로 하는 과목이므로 내용에 대한 정확한 이해가 중요하다. 그저 대충 알아서는 수능 문제를 풀기가 어렵다. 시간이 좀 걸리겠지만 상반기에 때를 놓치면 제대로 공부할 기회가 없으므로 인내심을 가지고 정리하자.

외국어영역은 우선 하루에 단어를 열 개씩 외우는 습관을 기른다. 동시에 수능 특강을 보고 문제를 푸는 방법을 익히며 기본 실력을 쌓는다. 독해 문제집도 반드시 함께 풀어 나가야 한다. 사회탐구와 과학탐구는 EBS 수능 방송 특강 중, 선택한 강좌의 진도에 맞춰서 교과서를 함께 읽어 나간다.

③ 하위권

우선 언어영역은 '7차 언어 유형으로 시작하기'를 본다. 하위권은 기본 개념이 부족한 경우가 많으므로 조급해하지 말고 차근차근 강의를 따라가며 풀어 본다. 하위권 학생이 언어영역을 공부하기 위해서 가장 먼저 해야 할 일은 교과서에 제시된 문학 작품이나 글들을 꼼꼼히 읽어 두는 것이다. 교과서에 있는 글은 수능에 나올 확률이 높기 때문이다.

수리탐구영역 역시 기초 확립을 위해 초급 강좌를 듣는다. 강좌를 들을 때 이해가 되지 않는 부분은 선생님께 질문하거나 수학을 잘하는 친구에게 물어서 꼭 짚고 넘어가도록 한다. 혼자 알아내려다가 진도도 나가지 못한 채 지치는 경우를 많이 보았다. 그렇게 되면 의욕도 떨어져서 영영 수학을 공부할 기회를 놓칠 수도 있다.

④ 재수생

재수생은 재학생에 비해서 시간적인 여유가 많다. 그래서 EBS 수능 방송의 최대 수혜자라고 할 수 있다. 공부 패턴은 재학생과 비슷하게 잡을 수 있겠지만, 상위권의 재수생이라면 상반기부터 문제 풀이에 더 중점을 두고 일 년 간 계속되는 공부에 지치지 않도록 리듬감 있게 계획을 세우는 것이 필요하다. 언어영역은 '수능 출제 유형 분석 + 언어 오답 줄이기' 를 듣거나, '고품격 문학 특강', '비문학 독해', '언어 종합(고급)' 을 듣는다.

★★★ 상반기에는 모두 개념 정리 위주로 공부한다. '오답 노트' 강좌에는 수능, 예비고사 등 다음 수능 경향을 반영할 수 있는 시험 문제들을 풀이하므로 수능 경향을 예측해 보고, 틀린 부분에 대해서 반드시 확인할 수 있도록 한다. 그리고 수시 심층면접에 대한 강좌도 준비되어 있으니 1학기 수시를 준비하는 입장이라면 들어 보는 것이 좋다.

● ● 중 반 기 (7 월 ~ 8 월)

① 상위권

중반기는 기말 시험이 끝나고 본격적으로 공부할 수 있는 시기이다. 시간 여유가 생겼으니 그 동안 미뤄놓았던 사회탐구영역과 과학탐구영역을 공부한다. 강의가 필요한 부분은 심화 과정의 수능 특강 선택 강좌를 이용하여 정리한다. 이때는 교과서와 강의, 문제집을 동시에 다 공부한다. 교과서를 읽으면서 정리하다가 이해되지 않는 부분들은 강의를 통해 보충한다. 그리고 문제집을 이용해 개념을 내 것으로 만든다. 상위권은 많은 문제를 풀어서 실점을 최소화해야 하므로, '고득점 실전 특강' 을 들으면서 문제를 많이 풀어 보는 것이 좋다.

언어영역은 문제를 풀면서 유형별로 답을 맞히는 기술을 키워야 한다. '언어 오답 줄이기(고급)' 강좌를 듣고, '오답 노트' 강좌를 같이 보면서 많은 학생들이 틀리기 쉬운 어려운 유형을 익혀 나간다. 그러고 나서 한 과목씩 모의고사 형태로 정리된 문제집을 본격적으로 많이 풀어 본다. 이때 반드시 시간을 체크하며 실전에 대비한다.

수리탐구영역에 배분하던 시간을 조금 줄였지만 자연계열 학생이라면 여전히 상당 시간을 수리탐구영역에 두어야 한다. 인문계열 학생이라면 언어영역에 조금 더 배분한다. 수리탐구영역도 '고득점 실전 특강'을 듣고, 문제가 많은 모의고사 형태를 반복해서 풀면서 문제 푸는 속도를 높인다.

외국어영역 역시 많은 문제를 풀어야 한다. 전체를 공부하기보다는 '단기 특강'으로 부족한 부분들을 보충한 다음, '고득점 실전 특강'을 들으면서 문제를 풀어 나간다.

② 중위권

중위권 학생들은 지금까지 쌓은 실력을 방학 동안 정리하면서, 동시에 문제집을 이용하여 문제 풀이 능력을 키운다. 언어영역은 '10주 완성 EBS 수능 방송 특강'을 들으면서 수능 형태의 문제 풀이를 익힌다. 중위권의 경우에는 상위권 학생처럼 많은 문제를 풀기보다는, 똑같은 문제집을 여러 번 보면서 유형을 익히는 것도 좋은 방법이다.

수리탐구영역은 문제 풀이에 몰두하는 것이 좋다. 중위권 학생들은 문제 풀이 시간이 모자라는 경우가 많으므로, 문제 유형을 익혀서 어떤 방향으로 풀 것인지에 대해 빠르게 인식하는 연습을 한다. 수학 문제는 많이 풀어 볼수록 속력이 배가 된다. 시간을 정해놓고 그 안에 모두 푸는 연습을 하여 시간 배분 연습과 속도 향상 연습을 한다.

사회탐구영역과 과학탐구영역 역시 심화 과정 EBS 수능 방송을 보고 문제를 함께 푼다. 그리하여 공부한 것은 확실히 이해하고 넘어갈 수 있도록 한다. 문제를 풀면서 수능형의 실생활 내용과 관련하여 살을 붙여 나가는 것이 좋다.

외국어영역은 그 동안 쌓은 단어 실력을 바탕으로 독해 문제집을 푸는 데 주력한다. 그리고 문법 문제집을 통하여 자주 나오는 문법 유형을 정리한다.

③ 하위권

중위권과 마찬가지로 개념을 문제와 연결시키는 연습이 필요하다. 언어영역, 수리탐구영역 등 모든 영역에서 하위권 '단기 특강'을 통해서 유형별로 문제를 어떻게 푸는지 익힌다. 특별히 언어영역은 방학 기간을 이용해 중위권을 위한 기본 개념 정리 부분의 '수능 특강'을 들어 보면서 지문을 분석하는 능력을 기른다.

④ 재수생

공부에 탄력을 받아야 할 시기이다. 똑같은 내용을 다시 되풀이한다는 것이 지치고 쉽진 않겠지만, 마음을 다잡고 지금까지 공부해 왔던 자료들을 종합해서 혹시 모르고 지나친 것은 없는지 개념을 다시 한번 확인한다. 그리고 문제 풀이에 몰두한다. 재수생도 실력 차이가 많은데, 중·상위권의 재수생이라면 재학생과 마찬가지로 고득점 실전 특강을 보고 필요한 부분을 보충받을 수도 있을 것이다.

★★★ 방학 기간을 이용하여 반드시 해야 할 일이 있는데, 바로 지금까지 본 모의고사를 분석해서 내 중간 실력을 평가해 보는 것이다. 상반기 동안의 결과를 반성하고 나의 현재 실력을 보충하기 위해 어떻게 해야 하는지를 생각한다. 남은 시간 동안 좀더 집중해야 할 과목에 대한 계획 수정도 필요하다. 그리고 각 과목별로 자주 틀리는 부분을 체크해서 개념이 부족한 부분들을 보충해 주어야 한다.

강좌 선택시 각 과목마다 강의를 들어 보고, 강의가 너무 쉽다 싶으면 단계를 올리고 너무 어려워서 따라가지 못하겠으면 단계를 낮춰서 듣는 것이 좋다. 중요한 것은, 내가 지금 어떤 단계를 듣느냐가 아니라 들어서 얼마나 발전할 수 있느냐이다.

● ● ● 하반기(9월~10월)

① 상위권

이제 수능 형태의 문제를 계속해서 풀어 본다. 언어영역은 지문을 빠르게 읽는 연습을 한다. 지문별로 시간이 얼마나 걸리는지 체크해 보는 것도 좋은 방법이다. 문제를 많이 풀게 되는 시기인데, 문제를 풀 때 지문에 대한 해설을 읽으면서 틀린 부분은 반드시 확인하고 넘어간다. 전체적인 시간을 조금 모자라게 잡아서 문제 푸는 연습을 하면, 속도가 빨라지게 될 것이다. '고득점 실전 특강'이 계속되고 있으므로 강의가 꼭 필요한 부분만 방송을 듣도록 한다.

② 중위권

수능 형태의 문제 연습이 계속 되어져야 한다. 정해진 시간을 꼭 지켜서 문제를 풀어 보고, 'EBS 파이널 실전 모의고사' 강좌를 듣는다. 이 시기는 자신감을 잃지 않는 것이 중요하다. 얼마 안 남았다고 지레 포기할 것이 아니라, 누가 끝까지 최선을 다하느냐가 중요한 요인이라는 것을 항상 기억하고, 문제를 풀다가 틀린 부분에 대한 내용을 찾아 가면서 공부한다.

③ 하위권

문제를 많이 푸는 연습을 통해 시험장에서 시간 배분을 잘할 수 있도록 한다. '핵심 유형 500문제' 강좌를 선택하여 듣는다. 자신이 가장 자신 있는 전략 과목을 정해서 그 과목의 점수를 최대한으로 받기 위해 집중하는 것도 좋은 방법이다.

④ 재수생

재수생은 내신 시험의 걱정이 없으므로 수능 공부에 완전히 몰두할 수 있다. 시간의 우위를 이용해서 'EBS 파이널 실전 모의고사'와 '고득점 실전 특강'을 들어 본다. 지난 2년 동안 모은 오답 노트 등 자기만의 학습 자료들을 이용하면서 지금까지 공부했던 내용들을 되새겨 본다. 재수생은 어떤 것보다 심리적인 부담감이 가장 큰 문제이므로, 시험을 잘 볼 수 있다는 마인드 컨트롤 등을 이용하여 안정감을 가지고 공부하는 것이 중요하다.

★★★ 하반기는 지금까지 한 공부를 마무리하는 시기이다. 문제를 풀면서 모르는 부분은 반드시 메모한다. 지금 다시 모든 교과 내용들을 살펴보기는 어렵지만, 모르는 부분을 체크하여 짚고 넘어간다면 시간을 줄일 수 있다. 2학기 마지막 공부를 하다 보면 시간이 얼마 남지 않았다는 불안감에 휩싸일 수 있는데, 그럴 때면 스케줄 노트를 살펴보면서 내가 어떻게 공부했는지를 떠올려 보는 것도 도움이 될 수 있다.
수능 시험이 끝난 뒤에는 '논술 특강'을 통해 논술을 대비하고, 대학 정보나 진학 정보 등의 강좌를 시청해 대학 입시에 필요한 정보를 얻는다.

2. 시청 계획의 원칙

● 평일 하루에 두 시간을 넘지 않는다

강의를 듣는 것도 중요하지만, 스스로 학습하는 시간 또한 중요하기 때문이다. 보통, 고등학생이 수업을 마치고 자율학습까지 하게 되면 밤 10시가 되고, 집에 와서 강의를 들으면 새벽 1시가 넘게 된다. 새벽까지 공부하는 것도 좋지만, 1시가 넘어가게 되면 다음날 일찍 일어나기가 힘들어져서 거의 모든 시간을 학교에서 보내는 수험생들에게 좋은 방법이 아니다.

● ● 방안보다 공동생활 공간에서 보는 것이 좋다

방안에서 혼자 컴퓨터를 하게 되면 인터넷이나 게임 등 여러 가지 유혹 요소가 너무 많다. 그리고 혼자 조용히 보면 집중이 잘될 수도 있지만, 일방적으로 듣고 있는 화상 강의의 특성상 졸기도 쉽다. 졸 때마다 가끔씩 물 마시러 나오는 가족들의 격려가 있으면 깨면서 들을 수도 있을 것이다.

● ● ● 선생님과 대화하면서 듣는다

물론 나의 반응이나 목소리가 선생님께 들리는 것은 아니지만 강의에 반응함으로써 집중도를 높이고 능동적인 학습을 할 수 있다. 멍하니 보고만 있는 것이 아니라 같이 생각하고 의문점을 가지면서 사고할 수 있다. 수능은 암기만이 아니라 깊은 사고의 과정이 필요한 문제들이다. 따라서 이런 과정을 통해 응용력과 사고의 유연성을 기를 수 있다.

예습, 복습은 철저히 한다

문제를 풀어 보지 않고 수업을 듣는다는 건 수험생에게 금 같은 시간이 조금 낭비되어도 괜찮다는 의미이다. 그리고 나의 생각하는 능력을 포기하고 유명 선생님의 설명으로 대체하겠다는 것이다. 수능 시험장에 선생님이 나와서 친절히 가르쳐 주시지 않을 거라는 걸 안다면 참으로 미련한 짓이다. 복습은 뭘 배웠는지 나름대로 간단히 메모해 보는 것만으로도 나중에 한 시간 공부하는 것보다 큰 효과를 낼 수 있다.

중요한 포인트는 꼭 메모한다

강의를 들으면 선생님들이 꼭 강조하는 부분이 있다. EBS 수능 방송 선생님들은 현직 교사나 강사 분들로 실제 경험이 많다. 내가 중요하다고 생각하는 것보다 훨씬 효과적일 수 있으니 주의 깊게 듣고 메모하는 습관을 기른다. 그리고 내가 모르는 부분은 반드시 메모해 놓았다가 찾아보도록 한다.

3. 계획 만들기

우선, 장기 계획을 크게 세운다

수험 생활을 보통 마라톤에 비유하는데, 마라톤 코스를 완주하기 위해서 많은 준비와 계획이 필요한 것처럼 공부도 계획성 있게 해야 한다.

이 학생은 자연계열 학생이고 과학을 잘하는 상위권의 학생이다. 따라서 수학이 가장 큰 비중을 차지하고 있다. 그런데 언어영역의 점수가 상대적으로 낮기 때문에 방학 때 집중적으로 공부하고, 1학기 중에도 언어영역에 많은 시간을 배분했다. 그리고 중간고사와 기말고사가 있을 때에는 내신 공부와 더불어 과학탐구를 같이 정리할 수 있게 시간을 짰다. 외국어영역도 잘하는 편이라 1학기 초반에 영문법에 집중할 수 있는 시간만 좀더 배분하고 일 년 동안 꾸준히 감각을 유지하며 준비할 계획이다. 그리고 9, 10월에는 모든 과목에 고르게 시간을 배분하여 실전 대비 연습을 할 것이다.

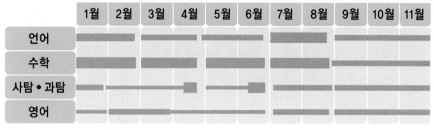

*선의 굵기는 집중도를 나타낸다.

● ● 분 기 별 계 획 을 잡 는 다

집중도에 대한 계획이 세워졌으면, 재학생의 수능 곡선은 방학과 학기로 나눠지므로 2학년 겨울방학, 3학년 1학기, 3학년 여름방학, 3학년 2학기 이렇게 4부분으로 나누어 생각할 수 있다. 그런 다음 각 학기별로 무엇을 어떻게 공부할 것인가를 그리고, 목표를 세워 본다.

	겨울방학	1학기	여름방학	2학기
언어	문학 국어 교과서 읽기 자습서 풀이 언어영역 문제집 교과서 완전 정리	각 파트별 문제집+ 언어영역 문제집 풀이+ 고전 정복 교과서 완전 정리	기출 문제+ 수능형 문제+ 언어영역 종합편 실전 연습	모의고사 문제 풀이 오답 노트 활용 수능시험장 대비
수학	수학I,II 교과서 문제집 풀이 수 I,II 개념 이해 정의 증명 정리	수학 문제집 (내신형+수능형) 개념 적응력 기르기	기출 문제+ 수능형 문제집 문제 적응력 기르기	수능형 문제집 수능시험장 대비
과탐 (사탐)	물리II 교과서 공부 문제집 풀이 물리II 예습 개념 이해	화학I 지학I 물리 교과서 정리 EBS강의 개념 이해	과탐 문제집 풀이 수능형 문제집 풀이 개념 적응력 기르기	오답 노트 활용 수능형 문제집 풀이 수능시험장 대비
영어	교과서 단어 정리 독해 문제집 풀이 수능 기본 단어 마스터!	영문법 강의 듣기 독해 연습 개념 이해	독해 종합편 수능형 문제집 풀이 듣기 연습 실전 연습	수능형 문제 풀이 수능시험장 대비

● ● ● ● 시작하는 달마다 일주일 계획을 잡는다

일주일의 첫날에 대강 계획을 세운 다음, 저녁마다 그날의 공부를 체크하면서 다음날의 계획을 세밀하게 세운다. 예를 들어 언어영역 공부 계획인 경우, 이번 달 첫 번째 주는 야자수 유형별 문제집을 다 끝내기로 했다고 가정하자. 그러면 총 6과가 되니까, 하루에 소단원 하나씩 18페이지 정도 된다고 치면 문제집의 차례에 날짜별로 표기를 해둔다.

오늘 해야 하는 일이

① 쉬는 시간에 수학 수업 교재 두 문제씩 열 문제 풀기

② 언어 문제집 1과

③ 영어 독해 10문제, 단어 정리

④ 수학 II 오늘 배운 부분 문제집 풀이

⑤ 지구과학 문제집 한 단원 풀기

이었다고 한다면 ○, △, × 표시를 해서 △나 × 표시가 된 것은 다음날 계획에 반영한다.

● ● ● ● ● 상위권 학생의 방송 시청 계획

상위권 학생은 어느 정도 개념이 잡힌 상태이므로 스스로 공부하는 시간을 많이 배분하는 편이 좋다. 하지만 모든 과목을 고르게 잘하지는 못하므로 자신이 조금 부족하다고 느끼는 과목은 골라서 듣는다. '수능 특강'과 '파이널'은 중위권을 위한 것이지만, 과학탐구와 사회탐구는 같이 보아도 무리가 없을 것 같다.

	5월~6월	7월~8월	9월~11월
언어영역	고품격 문학특강	언어 종합, 실전 특강	실전 특강, 모의고사
수리영역	수 I 심층 분석	단기 특강, 실전 특강	실전 특강, 모의고사
과학탐구영역	선택	단기 특강, 수능 특강	파이널, 실전 특강
사회탐구영역	선택	단기 특강, 수능 특강	파이널, 실전 특강
외국어영역	수능 영문법	고급영어 독해 연습	실전 특강, 모의고사

● ● ● ● ● ● 중위권 학생의 방송 시청 계획

중위권 학생들은 '수능 특강'을 통해 개념을 정리한 다음, '수능 출제 유형 분석' 문제를 풀어 본다. 기초가 튼튼하지 않고 문제 풀이에만 익숙해서는 모의고사 점수 정도는 잘 나올 수 있을지 모르나, 개념을 깊게 파고드는 수능 문제에서 요구하는 능력을 키우지 않으면 안 된다.

원래 EBS 수능 방송이 중위권 학생들 대상으로 시행되고 있었으므로 EBS 수능 방송을 본다면 무난할 것 같다. 어느 정도 개념이 잡힌 재수생들은 '수능 출제 유형 분석'을 바로 풀어 보는 것이 좋다.

	3월~6월	7월~8월	9월~11월
언어영역	수능 특강 오답 노트	수능 출제 유형 분석 10주 완성 수능 특강	파이널
수리영역	수능 특강 오답 노트	수능 출제 유형 분석 10주 완성 수능 특강	파이널
과학탐구영역	수능 특강 선택 오답 노트	수능 출제 유형 분석 10주 완성 수능 특강	파이널
사회탐구영역	수능 특강 선택 오답 노트	수능 출제 유형 분석 10주 완성 수능 특강	파이널
외국어영역	수능 특강 오답 노트	수능 출제 유형 분석 10주 완성 수능 특강	파이널

● ● ● ● ● ● ● 하위권 학생의 방송 시청 계획

하위권 학생들 역시 상반기에는 개념 정리를 중심으로 공부하고, 중반기에는 그 과정을 심화시켜 문제를 풀어간다. 하반기에는 '핵심 유형 500제' 문제로 최종 마무리한다. 최종 마무리 연습시 시간을 재면서 문제를 푸는 것이 중요한데, 실제 수능에서 시간이 모자라는 경우가 많으므로 속도를 높이는 연습을 병행한다.

	3월~6월	7월~8월	9월~11월
언어영역	7차 언어 유형으로 시작하기	현대시 100선 단기 특강	핵심 유형 500제 문제
수리영역	수학 초급	단기 특강	핵심 유형 500제 문제
과학탐구영역	수능 특강	단기 특강	핵심 유형 500제 문제
사회탐구영역	수능 특강	단기 특강	핵심 유형 500제 문제
외국어영역	영어 독해 기법	단기 특강	핵심 유형 500제 문제

4. 오답 노트 만들기

오답 노트는 만드는 데 시간이 많이 걸리고 번거롭기는 하지만 그것이 모이면 많은 도움을 준다. 사람의 기억력은 한계가 있기 때문에 틀린 문제를 잘 모르고 넘어가면 또 틀리게 된다. 이해했다고 넘어가도 생각 나지 않아서 다시 틀리는 경우가 많다. 오답 노트를 만들게 되면 모르는 부분에 대해서 압축적으로 정리되어 있기 때문에 빠른 시간 내에 공부한 내용을 살피고 기억을 되살릴 수 있다

모든 과목에서 오답 노트가 있지만, 보통 모의고사를 모아서 오답 노트를 만든다. 문제집을 풀다가 나온 것을 그때 그때 정리해서 만들어놓은 친구들 걸 보면 학기말쯤에는 꽤 두툼한 노트가 되어 있다. 공책에 문제를 오려서 붙인 다음, 그 문제와 관련한 내용을 같이 찾아서 적어 두면 많은 도움이 된다. 수학은 문제 풀이를 안 보이는 면에 적어 두었다가 나중에 다시 풀었을 때 맞춰 봐서 맞았는지 틀렸는지 여부를 횟수와 함께 표시하는 것도 좋은 방법이다. 걸린 시간을 적어 두는 것도 좋다.

나는 오답 노트를 만들려다가 실패해서 수학 문제집 자체를 오답 노트로 활용했다. 문제집을 풀 때 풀이를 절대 책에 적지 않는다. 연습장을 반으로 접어서 세로로 문제를 풀어 나갔다. 이렇게 하면 시험지에 풀이할 때도 깨끗하게 풀 수 있는 연습이 되었고, 급박한 시험 시간에 검산하기가 편하다. 답이 없을 경우도 당황하면서 처음부터 다시 푸는 것이 아니라, 중간 과정에서 무엇이 잘못되었는지 찾아낼 수 있다. 이 방법은 중학교 때 수학 선생님께서 가르쳐 주신 것이다.

채점시 틀린 문제나 맞았더라도 잘 모르는 문제가 있으면 다시 봐야 한다는 의미로 R이라고 적는다. 그리고 첨자로 등급을 매긴다. 아주 어려운 문제는 H로 R의 오른쪽 위에 첨자로 표시한다.

복습은 몇 시간 주기로 하거나 이틀이 되기 전에 하는 것이 효과적이라고 한다. 그래서 이틀이 되기 전 다시 그 문제를 풀어서 풀리면 등급을 낮춰간다. 3, 2, 1로 표시했다. 그렇게 문제집을 풀면 짧은 시간에 서너 번을 볼 수 있게 된다. 그럼 그 문제집은 완전히 내 것이 되는 것이다.

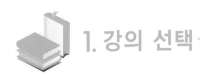

1. 강의 선택

공부를 해보면서, 또 가르쳐 보면서 느낀 점은 이것이다. 어쩌면 이리도 많은 유형의 사람들이 있을까. 큰 분류를 적용한다면 상·중·하위권 성적의 학생들이 있겠지만, 그 안에서도 영어는 잘 하는데 수학은 못하는 사람, 국어는 잘하는데 암기 과목은 꽝인 사람 등 너무도 차이가 많다. 앞으로 최대한 세세하게 이런 사람들을 분류해 보겠다. 혹 자신의 스타일이 들어 있지 않다고 너무 좌절하지는 않기를 바란다. 겹쳐지는 부분의 방법들을 섞어서 공부하면 되는 것이니까.

일반적인 이야기를 해보자. EBS 수능 방송은 수준별로 초·중·고급으로 나눠서 자신에게 맞는 강좌를 선택할 수 있도록 하였다. 물론 초·중·고급 강좌의 기준은 시험 성적에 기준한다.

초급은 기초를 잡아주는 내용으로 이루어져 있으며, 대부분의 경우 학교에서 가르치는 정도의 수준이거나 그것을 보충하는 정도이다. 주로 인터넷상에서 강의가 이루어지므로 일정을 따라가는 것만으로도 무난히 활용할 수 있을 것이다.

중급은 대체로 문제를 풀며, 문제를 이해해 나가는 과정이 포함되어 있다. 중급이 텔레비전 활용도가 가장 높다. 텔레비전 방송은 중급을 기본으로 하며, 이 때문에 시간 관리를 가장 잘해야 되는 수준이기도 하다.

강의 시청 및 활용 계획 만들기

서울대학교 응용화학부
홍 석 구

다음은 상급인데, 대부분 인터넷상에서 강의가 이루어지기 때문에 시간적인 여유를 가질 수 있다. 강의도 강의지만, 그보다 함께 제공되는 학사 관리를 적극 이용할 것을 권한다. 아무래도 상급을 들을 정도의 학생들은 자신만의 공부 방법이 확립되어 있는 경우가 많기 때문에 EBS 수능 방송이 자신에게 맞을 수도 있고, 아닐 수도 있다. 자신과 EBS 수능 방송이 잘 맞는 경우라면 시너지 효과를 내겠지만, 그렇지 않은 경우에는 강의를 집중해서 듣는 것보다는 자신의 방식을 고수하되 잘 되지 않을 때에만 강의를 참조하는 정도가 좋다.

● 초급 과정

자신의 성적이 하위권이라면 대체로 초급을 선택할 것이다. 초급 과정은 앞에서도 말했듯이 대부분의 강의가 인터넷상에서 이루어진다. 그런데 초급 과정만을 마쳤을 때는 수능에서 높은 점수를 기대하기는 어렵다. 가장 일반적이고 가장 넓은 범위를 다루기는 하지만, 역시 실제로 문제를 풀어 보는 양에서는 중급이나 고급에 미치지 못하기 때문이다.

하위권 학생들은 대부분 자신의 학년보다 낮은 학년의 과목을 제대로 이해하지 못하고 있는 경우가 많다. 암기 과목 같은 것은 급하게 암기하려면 체할 수가 있다. 그러므로 확실하게 EBS 수능 방송의 시간표를 따라가도록 한다. 그러면서 하나씩 복습하고 예습하는 꼼꼼함이 필요하다.

언어영역의 경우에도 EBS 수능 방송의 계획을 따라가는 것이 좋다. 앞의 학년에서 배운 것과의 연계가 많지 않기 때문에 새롭게 시작하는 마음으로 EBS 수능 방송의 계획을 따라서 공부한다면 많은 향상이 있을 것으로 기대된다. 반면, 수리탐구와 과학탐구 그리고 외국어영역은 문제가 좀 있다. 그러므로 EBS 수능 방송에서 기대할 수 있는 부분은 취약 과목 보충 시간이다. 이 시간에는 상당히 앞에서부터 되짚어오기 때문에, 어느 정도 공부를 하고 있던 학생이라면 자신의 실력을 재점검할 수 있는 시간이 될 것이다. 하지만 공부를 전혀 하지 않고 있었다면 노력이 훨씬 많이 들어가야 할 것이다. 아무래도 뒤떨어진 공부를 다시 끌어올리기 위해서는 남들이 이미 한 만큼 몰아서 노력해야 하기 때문이다.

초급을 선택했을 경우 가장 많이 접하게 될 강좌는 유형을 분석하고 그에 대한 문제를 풀어 나가는 강좌다. 유형별로 문제에 접근할 때에는, 그 유형을 내 것으로만 만든다면 광범위한 문제들을 풀 수 있는 능력을 기를 수 있다는 장점이 있다. 그렇기 때문에 가장 중요한 것은 그 유형들을 정리하는 것이다. EBS 수능 방송 교재에도 정리는 되어 있을 것이지만, 사람마다 이해하는 방식이 다르기 때문에 자신이 정리해 보는 것이 도움이 된다. 순서만 살짝 바꿔도 이해가 훨씬 빠르게 되는 경우가 있다. 자신의 흐름에 맞추어서 공부하는 것이 공부를 쉽게 하는 비결이며, 그것을 찾아내는 것 또한 공부의 능력이 될 것이다.

유형을 잘 정리했다면 다음은 그 유형으로 문제를 풀어야 한다. EBS 수능 방송 역시 이와 같은 방법을 사용하고 있어서 마지막에 500문제를 푸는 강좌를 편성해 놓았다. 여기서 중요한 것은, 앞에서 정리한 유형을 사용해서 문제를 풀어 보는 것이다. 아무 생각 없이 강좌 진도에 맞추어서 문제를 풀면 그때 그때 제시된 문제만을 풀어내는 데 그치게 마련이다.

수능에서 출제되는 문제들은 응용력을 필요로 하는데, 그렇게 본다면 EBS 수능 방송 교재에 나온 문제들이 나올 확률은 그다지 많지 않다. 수능에 출제되는 문제들은 대부분 너무 일반적이지 않되, 너무 벗어나지도 않은 문제들이 나온다. EBS 수능 방송에서 풀어 볼 문제들은 유형에 가장 충실한 기본적인 문제들일 것이기 때문에, 그 문제들만 풀 수 있게 되었다고 해서 수능에서 좋은 점수를 내기는 힘들다. 좀더 응용력이 필요하고, 그러기 위해서는 유형을 확실히 익혀 둘 필요가 있다.

현재 성적이 하위권인 학생들은 초급 과정을 충실히 따라갈 뿐만 아니라 중급까지는 따라가서 실전 문제들을 조금 더 접해 볼 필요가 있다. 가장 바쁠 때이지만 가장 공부를 많이 하는 때는 역시 고3 말이다. 이때는 EBS 수능 방송의 초급 과정에서도 문제를 풀기 시작하지만, 아무래도 가장 기초적인 문제만 풀어서는 실전에서 점수를 내기가 힘들다. 마치 면허 시험에서 높은 점수를 받았어도 실제 운전하는 데에는 별 도움이 안 되는 것과 비슷하다. 그 때문에 중급 쪽에 관심을 기울일 필요가 있다. 고3 말 즈음의 중급 과정은 실전 모의고사를 풀고 있을 것이다. 이 과정은 수능과 가장 근접한 유형의 문제들이기 때문에 실제로도 도움이 많이 된다. 조금 여유가 있다면 이런 문제들을 함께 풀어 보도록 하자. 만일 기본이 제대로 잡히지 않은 상황에서 이런 문제들을 접한다면 당황할 수 있으므로 조금은 여유가 있을 때에 접근하도록 하자.

성적이 하위권인 학생들이 공부를 시작하려면 막막한 경우가 많다. 도대체 어디서부터 시작해야 이 많은 것을 다 해낼 수 있을지 걱정이다. 하지만, 짧더라도 공부의 방법을 확실히 알 수 있다면 의외의 결과가 나타날 수 있다. 공부하는 시간이 길면 좋을 것 같지만, 50의 효율로 2년을 공부한 결과와 100의 효율로 1년을 공부한 경우 후자가 훨씬 좋은 결과를 낼 수 있다. 그만큼 잊어 버리지 않기 때문이다. 그러므로 너무 빨리 포기하는 것은 옳지 못하다. 오히려 그만큼 열심히 하겠다는 각오가 필요하다. EBS 수능 방송은 가장 효율적으로 성적을 끌어올리는 방법을 택하고 있다. 적극적으로 활용하자.

● ● ● 중 급 과 정

중급은 기초가 부족하다고 느끼는 상위권 학생이나 중위권에 속해 있는 학생들이 많을 것이다. 중급은 대부분의 강의가 텔레비전으로 이루어지기 때문에 시간을 관리하는 데 각별히 신경을 써야 할 것이다. EBS 수능 방송은 재방송도 안 하기 때문에 한번 놓치면 정말 끝이다. 그렇기 때문에 시간표 등을 짜놓고 그에 맞추어 실천할 필요가 있다.

중위권 학생들은 대략 두 부류로 나눠 볼 수 있다. 첫 번째는 기본이 명확히 잡혀 있지 않은 상황에서 많은 문제를 풀어서 성적을 유지하고 있는 경우이다. 그리고 두 번째는 기본은 명확히 잡혀 있으나 문제를 많이 풀어 보지 않아서 문제에 취약한 경우이다. 꼭 짚어서 말하자면 후자가 더 나은 상황이다. 어떠한 과목이든 기본이 잡혀 있으면 위에 실력을 쌓는 것이 빠르기 마련이다. 단단한 반석 위에 집을 쌓는 것이 훨씬 튼튼할 테니까 말이다. 하지만, 모래 위에 집을 지었다고 하더라도 밑에 반석만 깔아 준다면 그다지 걱정할 필요는 없다. 수능이라는 집이 그다지 큰 집이 아니기 때문이다. 수능은 범위가 많고 과목이 많지만 그만큼 깊이 파고 들어가지는 못하게 되어 있다. 그 때문에 문제를 모두 풀어 본다면 그 문제 중에 대부분의 수능 문제가 들어 있게 마련이다. 그렇기 때문에 매년 수능 문제의 출제 동향을 알아보고, 그것을 바탕으로 내년 수능을 예측할 수 있게 된다.

먼저 기본이 명확히 잡혀 있지 않은 경우를 생각해 보자. 이런 경우 중급 과정은 잘 어울리는 상황이다. 중급 과정의 처음은 기본을 다시 한번 정리하는 데에서부터 시작한다. 초급 과정은 기초이기는 하지만 기본에 문제가 있는 경우를 가정하고 그 문제를 해결해 주는 것으로부터 시작한다. 하지만 중급 과정은 기본을 처음부터 다져 주는 방식을 택하고 있다. 이 때문에 초반에 기본을 다시 한번 다지고, 후에 문제로 그 위에 실력을 쌓는 방법이라면 문제 없이 실력을 향상시킬 수 있을 것이다.

우선 텔레비전을 시청하면서 반드시 필기를 하도록 한다. 기본을 확실히 잡는 것이 중요하다면 초반의 강좌들을 매우 집중해서 들을 필요가 있다. 기본이 없는데도 중위권에 속해 있다면, 이것은 문제를 꽤 많이 풀어서 기본 없이도 문제의 유형을 파악했다는 말이기 때문에 유형을 특별히 정리할 필요는 없을 듯하다. 그러므로 문제를 풀 때 지금껏 해왔던 대로 하면 될 것이다. 혹 기본을 정리하다가 잘 모르는 점이 많고, 자신의 기본에 문제가 있다고 판단될 시엔 초급 강좌를 이용해 보자. 문제점이 있다면 그것을 해결하는 데 상당한 도움을 줄 수 있을 것이다.

다음은 기본은 확실히 잡혀 있으되 문제를 풀어 보지 않은 경우이다. 이 경우 오히려 EBS 수능 방송의 계획이 어울리지 않는다. 앞의 사람보다는 유리한 상황임에도 불구하고 그 유리한 상황을 제대로 살리지 못한 경우이다. 초반에는 EBS 수능 방송을 활용하기보다는 문제를 푸는 쪽이 실력 향상에 더 도움이 되리라고 본다.

상위권으로 들어갈 수 있는 여력도 있기 때문에, EBS 수능 방송의 중급 과정에 연연하기보다는 빨리 많은 문제를 풀고 상위권으로 진입하는 것이 좋다. 아니면, 처음부터 EBS 수능 방송 고급 강좌를 신청해 보고, 수준이 아직 되지 않는다 싶을 때에는 다시 중급 강좌를 듣는 것이 좋다.

중급 과정의 경우 중반부터는 문제를 풀어 나가기 시작하기 때문에, 그때부터는 유형을 정리해 나가면서 중급 방송을 이용해 보는 것이 좋을 것이다. 기본이 정리되어 있음에도 문제를 별로 풀어 보지 않았다는 말은 성격이 게으르다는 말도 된다. 이 때문에 텔레비전 방송을 주로 봐야 하는 중급 시스템이 맞지 않을 수도 있지만, 오히려 좋은 계기가 될 수도 있다. 그러므로 시간표를 철저히 짜서 반드시 지키도록 하자. EBS 수능 방송과 연계해서 확실히 해나가기만 한다면 상당히 많은 양을 공부할 수 있을 것이다.

중급 강좌를 선택했을 시는 후반에 '실전 모의고사' 라는 강좌가 있다. 수능은 전년도 문제들로부터 앞으로의 문제를 예상할 수 있도록 유형이 정해져 있다. 갑작스럽게 문제의 유형이 바뀐다면 많은 혼란을 가져다 줄 수 있다. 또 수험생 수준에 맞추어서 문제를 내야 하기 때문에, 수험생간의 역량이 크게 변하지 않는 한은 계속해서 비슷한 수준으로 비슷한 유형의 문제들을 낼 수밖에 없다. 그러므로 후반의 실전 모의고사가 가장 중요한 자료가 될 수 있을 것이다. 후반에 집중력을 발휘하기 바란다. 유형별로 정리해 나가면서 듣는 것도 필요할 것이고, 녹화나 녹음을 통해 강좌를 한번 더 보는 것 역시 도움이 될 것이다.

중위권 학생들 역시 상위권에 진입하려 노력해야 할 것이다. 하지만 EBS 수능 방송의 중급 과정은 사실 상급보다 더 알차게 짜여 있는 듯하다. 가장 필요한 문제를 푸는 방송과 실전에서 나올 법한 모의고사를 풀어 주는 방송이 가장 많이 편성되어 있고, EBS 수능 방송 원래의 매체였던 방송 역시 중급 수준에 가장 많이 편성되어 있다.

인터넷은 잘 활용하면 강력한 매체가 될 수 있겠지만, 아직 멀티미디어를 완벽히 지원하기에는 미비한 점이 많다. 비디오나 오디오는 압축되어서 보내져야 하며, 이 때문에 컴퓨터에서 나오는 강의는 알아듣기도 힘들고 보기도 힘든 경우가 많다. 특히 컴퓨터에서 나오는 방송에서 글자를 읽기는 쉽지 않다. 중급의 경우 좋은 매체와 함께 알차게 짜여 있는 프로그램이 있으므로 중급 강좌들을 잘 활용하도록 하자.

더욱 성적을 올리고 싶다면 상급 과정의 '오답 줄이기' 등의 강좌를 활용하면 된다. 사실 수능에서 그렇게 어려운 문제들이 나오는 것은 아니기 때문에, 실수를 줄이는 편이 점수를 올리는 데 도움이 된다.

● ● ● ● 고급 과정

고급 과정을 선택한 경우 성적이 상위권에 속해 있는 경우가 많다. 이런 경우 대부분의 학생들은 자신만의 공부 방법을 가지고 있기 마련이다. 이런 방법들을 꺾을 생각은 전혀 없다. 자신의 방법이 가장 잘 맞는 방법이기 때문이다. 이 때문에 EBS 수능 방송에서도 역시 짧은 특강과 수많은 문제 풀이 강좌를 편성해 놓았다. 고급 강좌는 대부분 인터넷으로 이루어진다. 이 때문에 시간에 조금은 탄력이 생길 수 있다.

특강은 특별한 것보다는 기본을 짧게 다시 정리하는 것이다. 가벼운 마음으로 짧은 기간 동안 자신을 돌아보고, 필요한 부분은 조금 더 공부해놓고, 아는 부분은 복습하도록 하자. 그 다음은 바로 문제 풀이와 오답 노트를 작성하게 된다. 문제를 풀 때 역시 유형별로 정리하면서 풀도록 하자. EBS 수능 방송 교재에 정리가 되어 있겠지만, 자신의 방식으로 한번 더 정리해 보는 것이 언제나 도움이 된다. 핵심 유형의 문제들과 응용 문제, 또 고급 문제들에 대해 특강이 있는데, 그 다음에 있을 1000문제 풀이의 근간이 될 것이다. 개인적으로 특강은 그다지 추천하지 않는다.

상위권 학생이라면 대부분 기본은 정리되어 있을 것이므로, 한번 더 복습하는 것보다는 문제를 바로 풀어서 기본에 대한 정리 역시 문제 속에서 발견해내길 바란다. 문제를 많이 풀면 유형이 보이고, 유형을 모으면 기본기가 되는 것이기 때문에 굳이 기본을 다시 닦을 필요가 없다고 본다. 중·후반에는 계속 문제를 풀게 되며, 나중 얼마 동안은 그보다 약간은 쉬운 수준의 실전 모의고사를 듣게 된다. 어려운 문제를 풀다가 쉬운 문제를 풀게 되면 훨씬 여유를 가지고 문제를 보고 풀 수 있게 된다. 그 때문에 실전 문제가 쉬워 보일 수 있으나 실수는 하지 않도록 하자. 실수를 해도 별 것 아니라고 넘어가다 보면 결국 진짜 수능에서도 실수를 하게 되기 때문이다. 문제가 쉽다고 방심하면 한순간에 많은 것들을 잃게 될 수도 있다. 어려운 문제들을 풀다가 쉬운 문제를 보면 서둘러 풀게 되는 경향이 있는데, 이를 방지하기 위해서 중급의 실전 모의고사 강좌에 시선을 돌릴 필요가 있다. 상위권 학생이고 어려운 문제에도 어느 정도 강한 면을 보인다면, 오히려 중급 강좌로 돌아가 실전 모의고사 문제들로 자신을 시험에 적응시켜놓을 필요가 있다. 가장 편안하게 시험을 치르려면 시험에 익숙해지는 것이 필요하기 때문이다.

상위권 학생들은 EBS 수능 방송을 참고 자료로만 사용해야 할 것이다. EBS 수능 방송은 상당히 강력한 프로그램을 제공하면서 학생들의 공부 방식에까지 파고들려 하고 있다. 이 때문에 공부하는 방식이 완전히 잡혀 있는 상위권 학생들은 혼란스러울 수 있기 때문이다.

내 후배 중 한 명이 실제로 그러하였다. 공부하는 방식이 달랐는데, EBS 수능 방송에 익숙해지려고 무단히 노력하다가 성적이 매우 떨어져 버렸다. 자신의 공부 방식으로 상위권이 유지될 수 있다면, 그것을 깨려고 노력할 필요는 없다. 설사 그것이 EBS 수능 방송의 방식에 전혀 맞지 않는다 하더라도. 상위권 학생들은 질의 응답을 더 활용해야 한다. 이해가 되지 않는 부분에 대해서, 또 이해는 되지만 명확하지 않은 부분에 대해서도 질문해야겠지만, 혹 '다른 방법으로 이해할 수 있지 않을까?' 하는 의문이 드는 문제에 대해서도 질문하자. 뭔가 얼핏 떠오르기는 했는데 자신의 방식이 아닌 다른 방식으로 접근해야 할 것 같은 문제들이 있기 마련이다.

인터넷상이기 때문에 물어 보는 데 제약이 있겠지만, 이런 경우에 질의 응답을 활용하면 좋다. EBS 수능 방송의 경우 쌍방향 소통이 되지 않는 것이 상당한 약점이었는데, 그나마 이렇게 물어 볼 수 있게 된 것도 다행이라고 생각한다. 많은 질문을 하다 보면 자신이 몰랐던 새로운 길이 열리는 경우가 있다. 꼭 경험해 보기 바란다.

● ● ● ● ● 영 역 별 강 좌 선 택

① 언어영역

취약 과목에 따라서도 활용해야 할 강좌가 달라지게 마련이다. 앞의 예는 대부분 수리탐구영역과 과학탐구영역에 초점이 맞추어져 있었다. 하지만, 만일 자신이 언어영역이 약하다고 가정해 보자. 언어영역의 경우 매우 곤란한 부분이어서 범위도 넓고 새로운 문제를 만들어내기가 매우 쉬운 과목이기도 하다. 이럴 때에는 중급의 22주 동안 개념을 정리해 주는 방송을 듣도록 하자. 전반적인 부분을 다루기 때문에 언어영역의 범위를 공부할 수 있는 좋은 강좌가 될 것이다. 여기서 익힌 개념을 가지고 문제를 많이 푼다면 좋은 결과를 기대할 수 있을 것이다.

언어영역의 경우에는 책을 많이 보는 것이 도움이 되지만, 시간이 촉박할 시에는 이러한 느린 방법을 사용할 수 없다. 이런 경우에는 유형을 정리하는 것이 도움이 되지만, 이 역시 기억하는 데에 한계가 있다. 그래서 문제를 많이 풀어 봐야 한다.

결국, 언어영역의 문제 역시 그 유형의 변화에는 한계가 있게 마련이다. 새로운 문제가 나온다 하더라도 새로운 글에 같은 유형의 문제를 낼 수밖에 없는 것이다.

방송중에 나오겠지만, 버려야 할 부분은 과감히 버리는 것이 좋다. 예를 들어, 작년 수능에 이런 지문이 나왔다면 다음 수능에서 나올 확률은 희박하다. 그렇기 때문에 작년 수능에 나온 것은 공부하지 않는 등의 전략이 필요하다. 언어영역은 범위가 넓기 때문에, 모든 것을 공부할 수 없다. 결국 포기할 것은 과감하게 포기해야 한다. 방송에서 그런 것 또한 귀띔을 해주기 때문에, 잘 듣고 정리하는 것이 좋다. 이 때문에 필기는 반드시 해주어야 한다. 하지만 선생님이 너무 많은 것을 짚어 주려는 경향이 있기 때문에, 그 중에서도 중요한 것만을 판별해내는 것이 좋다.

② 외국어영역

외국어영역의 경우 수능에 관련된 방송보다는 회화와 독해 등 실제로 활용할 수 있는 영어를 선호하는 경향이 높다. 이 때문에 이것도 저것도 안 되는 경우가 많은데, 하나만을 확실히 해야 한다. 영어 문제를 푸는 것과 영어를 쓰는 것은 완전하게 다른 문제이며, 이를 혼동하지 말아야 한다. 문제를 풀다 보면 영어를 잘 쓸 수 있을 것이라고 생각하는 것은 매우 위험하다. 반면, 영어를 잘 쓸 수 있게 되면 영어 시험도 잘 볼 것이라는 생각은 그나마 조금은 맞다. 하지만 영어를 잘 쓰게 된다는 것은 많은 시간을 필요로 한다. 이는 영어를 잘 쓰는 사람이 외국에서 살다 온 사람들을 빼고는 그다지 많지 않다는 점에서도 알 수 있다.

EBS 수능 방송의 내용은 영어 문제를 푸는 방법이다. 수능에서 좋은 점수를 내고 싶으면 이 방송을 봐야 한다. 또한 EBS 수능 방송은 유형별로 문제를 정리하며, 그 문제를 풀 수 있게 해준다. 단, 영어는 예외가 매우 많은 언어이며, 법칙도 많은 언어이다. 어순도 우리나라 말과는 반대이고, 어원 역시 틀리기 때문에 배우기가 어렵다. 이 때문에 영어가 취약 과목일 경우 초급을 선택하길 권한다. 초급의 경우 가장 기본적인 독해로 시작하기 때문에, 독해 문제가 대부분인 수능의 출제 경향과도 맞는다고 할 수 있다. 단, 중급에 있는 외국어영역 특강 역시 놓쳐선 안 된다. 언어영역의 경우에도 말했지만, 영어 역시 언어이기 때문에 낼 수 있는 문제가 정말로 많고, 유형 역시 매우 많아 다 공부하기가 힘들 정도이다. 영어의 경우 공부를 안 했다면 따라가기가 정말 힘이 들 것이기 때문에, 만일 초급조차도 할 수 없는 실력이라면 정말 죽을 듯이 공부해야 한다.

독해가 가장 문제도 많고 배점도 많기 때문에 독해를 우선적으로 공부하자. 독해의 경우에는 단어와 표현이 중요하다. 숙어 등도 자주 나오는 단골 메뉴이지만, 너무 많기 때문에 취약 과목인 경우 과감하게 포기해도 좋을 것이다.

이렇듯, 외국어영역이 취약 과목일 경우에는 변수가 매우 많다. 이 때문에 취약 과목의 경우 유형을 확실히 정리해 놓아야 한다. 문제를 덜 풀어 보아도 그나마 시험에서 생각할 수 있게 도움을 주는 것은 유형이기 때문이다. 그 때문에 유형을 정리하는 데 가장 많은 시간을 할애해야 할 것으로 생각된다. 독해를 우선으로 놓지만, 22주 정리를 통해서 유형을 정리해 나가도록 하자.

③ 암기과목

암기 과목에 문제가 있다면 어떻게 하는 것이 좋을까? 우선 EBS 수능 방송이 암기를 도와주는 데에는 상당히 기여할 것이다. 시각으로만 정보를 얻던 것을 시각과 청각 두 가지를 통해서 들어오게 되기 때문에 오랫동안 암기를 지속시킬 수 있다. 암기 과목은 보고, 듣고, 쓰면서 외우는 것이 좋다. 그 때문에 EBS 수능 방송을 보면서도 중요한 부분은 반드시 적어 보자. EBS 수능 방송을 보면 선생님이 농담을 하기도 하고, 또 외우는 방법을 알려주는데 이런 것들은 놓치지 말고 반드시 활용해야 한다. 중급이 가장 적합한 방송이 될 것이며, 문제를 푸는 고급 과정은 확실히 외우고 나서 나중에 접근해 보도록 하자.

초반에는 EBS 수능 방송을 활용하되, 암기 과목의 경우 시간이 지날수록 점차 잊어 버리기 때문에 실전에 앞서 단기간의 노력으로 확실히 외우는 것도 필요하다. 벼락치기가 오히려 효과적인 과목이 바로 암기 과목이라 생각한다.

2. 강의 시청 계획하기

● 계획을 수정하는 것을 두려워하지 마라

자신에게 필요한 방송 또는 강좌가 어떤 것인지 알았다면, 그것을 언제 어떤 식으로 활용할 것인지를 정해야 한다. 방송인 경우에는 시간이 정해져 있기 때문에 그것에 맞추어서 계획을 짜야겠지만, 솔직히 EBS 수능 방송의 시간을 맞추기가 쉽지 않기 때문에 녹화를 하는 방법을 추천한다. 복습의 효과도 있어서 녹화를 해두는 것이 좋다.

인터넷 강좌의 경우 시간의 여유는 있지만, 제공되는 기간이 있기 때문에 너무 큰 여유를 두는 것은 좋지 않다. 계획을 짜서 공부하는 경우에는 한번 밀리기 시작하면 복구한다는 것이 매우 힘이 들기 때문에 미리 각오해 두어야 할 것이 하나 있다. 바로, 계획을 수정하는 것을 두려워하지 않는 것이다. 계획은 어떻게든 결국에는 깨지게 되어 있다. 처음에 짠 그대로 실천한다는 것은 매우 힘든 일이다. 그 때문에 끊임없이 계획을 수정하고, 실패한 부분은 과감하게 버릴 필요가 있다.

지난번에 못 본 강의 때문에 이번 강의를 다시 놓치고, 그렇게 자꾸 강의를 놓치게 되니까 짜증도 나고, 나중에는 습관이 되어 결국 EBS 수능 방송 자체를 포기한다면, 못 들은 강의를 하나 포기하고 새로운 계획을 짠 것보다 훨씬 못한 결과가 된다. 느슨한 계획은 때론 없는 것만 못할 때가 있기 때문에, 이보다는 끊임없는 수정을 통해 자신에게 맞는 계획을 세워 나가야 할 것이다.

● ● 예 습 과 복 습 은 필 수 !

시청 계획을 세우는 데 있어서 중요한 것은, 각자의 수준과 시간을 고려해 계획을 짜는 일이다. 그전에 선행되어야 할 것이 있다. 강의를 듣기 전에 교재를 미리 풀어 보고, 강의를 듣고 난 후에는 오답 노트를 작성할 시간을 갖는 것이다. 교재를 풀기 위해 1시간 정도를 할애한다. 그 다음에 강의를 듣고 오답 노트를 작성하고 질문하는 시간을 30분 정도로 잡는다.

하루에 배정할 수 있는 최대 과목 수는 두 과목 정도이다. 그보다 더 많은 과목을 배정한다면 힘이 든다. 만약 5개 과목이라고 한다면 '월·수·금'과 '화·목·토'로 나누어서 배정하도록 하자. 일요일에는 정리와 휴식을 하도록 한다. 그러므로 EBS 수능 방송을 활용한 공부는 하루에 5시간이라는 계산이 나온다. 하지만 이 정도면 상당히 많은 양이다. EBS 수능 방송을 활용할 과목이 있고, 그렇지 않은 과목이 있을 것이고, 또 시기에 따라서 상황도 변할 것이기 때문에 실제로 활용할 수 있을 시간은 약 3시간 가량이 된다. 욕심 부리지 말고 하루에 한 과목, 3시간 정도면 충분하다.

EBS 수능 방송을 듣는 데 있어 가장 중요한 것은 뭐니 뭐니 해도 집중이다. 텔레비전 방송은 녹화로 보고 인터넷은 스트리밍으로 본다면 둘 다 정지가 가능하다. 혹 보다가 집중력이 떨어진다면 정지하고 잠시 쉬었다가 다시 보는 것을 권한다. 아무 생각 없이 진도만 나가면 결국 남는 것은 하나도 없다. 특히 방송은 틀어놓고 자더라도 진도는 혼자 계속 나가기 때문에, 모든 것은 자기 자신에게 달려 있다고 해도 과언이 아니다. 챙겨 줄 사람이 없다는 것이 EBS 수능 방송의 약점 중 하나라고 할 수 있는데, 쌍방향 소통이 되지 않기 때문에 학생을 관리할 수가 없다. 그러므로 스스로에게 막중한 책임감을 느끼기 바란다.

● ● ● 듣 는 것 으 로 도 충 분 하 다

EBS 수능 방송을 활용한 공부는 대부분 집에서 이루어진다. 가장 편안하게 공부할 수 있는 곳이기 때문이다. 집에서 할 때에는 귀가 시간에 따라 학습 계획을 짜야 할 것이다.

정 시간이 안 될 경우에는 학교 등에서 공부하는 방법도 생각해야 할 수 있는데, 이런 경우에는 녹음된 매체를 이용하도록 한다. 이 경우, 교재가 있고 음성만 들리면 대부분의 경우에 공부가 가능하다. 가끔 휴대용 카세트로 노래를 듣지 않고 EBS 수능 방송을 들으면서 다니는 학생을 보기도 하였다. 자습 시간 등을 활용해 공부해야 한다면 이 방법을 써보도록 하자.

 ## 3. 오답 노트 만들기

EBS 수능 방송 교재를 효율적으로 활용하기 위해서는 먼저 풀어 보고, 틀린 부분을 체크한 후 왜 틀렸는가를 정리하는 것이 중요하다. 물론, 여기에는 문제의 유형을 정리하는 내용도 포함되어야 할 것이다. 이런 것들을 포괄해서 '오답 노트' 라고 한다.

오답 노트도 작성하는 요령이 있다. 일단은 자신의 생각이 어떻게 흘러갔으며, 어떤 식으로 문제를 풀었는가를 적는 일이다. 자신을 판단하고 점검하는 것이 무엇보다 중요하기 때문이다. 그 다음에는 정답자가 어떻게 생각하고, 어떻게 풀었는가 비교해야 한다. 대부분의 오답 노트가 정답자가 어떻게 생각하는지만 적어놓는 경우가 많은데, 실제로 중요한 것은 그 정답자의 생각에 나를 동화시키는 것이 아니라, 내가 생각하는 방법이 왜 틀렸는가를 깨닫고, 그 다음에 스스로 문제를 풀어 나가는 방법을 익히는 것이다. 그렇기 때문에 오답 노트는 반드시 자신의 생각을 적고, 그것과 비교해서 활용해야 한다.

객관식이라면 우선 자신이 선택한 답 옆에 어째서 이것이 답이라고 생각했는지를 적는다. 그 다음에는 정답 옆에 왜 정답이 되었는지를 적는다. 색깔이 다르면 더 좋다. 논리적으로 생각해서 자신이 왜 틀렸고, 정답이 왜 맞았는지 이해되었다면 그 문제는 해결된 셈이다. 만일 내 답은 왜 안 되는지 이해가 되지 않거나, 정답이 확실히 맞는지 의심된다면 한번쯤 다시 풀어 보고, 그래도 안 되면 질의 응답에 물어 보면 된다. 대부분의 경우 답이 틀리는 것보다는 잘못 푼 경우가 많다. 그 때문에 답이 틀렸다는 가정보다는 자신이 왜 틀렸는가를 생각한다. 정 이해가 안 된다면 답이 틀렸다는 가정도 해보면 좋다.

오답 노트의 핵심은 자신의 논리성을 확립해 나가는 과정의 기록이다. 그 때문에 비교를 하는 것이고, 나중에 다시 봤을 때 확연히 이해가 되어야 한다. 주관식인 경우에는 단답식이 아닌 이상, 과정 중에 자신의 논리적 흐름이 나와 있기 때문에 정답만 적어 주는 것으로도 비교해 볼 수 있다. 단, 정답이 완전히 벗어나 있는 것이 아니라면, 틀린 부분의 바로 옆에 적어 주는 것이 좀더 알아보기 쉽다. 혹 선생님이 포인트 같은 것을 짚어 주었다면 그것 역시 적어 두는 것이 좋다.

오답 노트는 유형을 정리해 나가는 데 있어서도 유용하게 사용될 수 있다. 교재를 보면 비슷한 유형의 문제들이 묶여서 나오게 마련인데, 앞뒤 문제와 비교해 보았을 때 이 문제가 어떤 공통점이 있고 어떤 차이점이 있는가를 보면 문제의 경향을 이해할 수 있는 경우가 많다. 그렇기 때문에 오답 노트는 따로 쓰는 것이 아니라 풀어 본 그 문제집 위에 혹은 공책 위에 바로 써야 한다. 바로 볼 수 있어야 하며, 문제와 붙어 있어야 하기 때문에 그 자리에 쓰는 것이다. 오답 노트가 있으면 자신이 실수했던 부분도 알 수 있고, 또 생각의 흐름이 정답 쪽으로 흘러가는 데에 도움이 된다.

나는 문제집에 문제를 풀지 않는다. 대부분 공책에 푼다. 문제집이 좁기도 하고, 새 문제집에 글씨를 쓴다는 것도 좀 미안하고, 또 한 번만 풀지 않기 때문이다. 가장 중요한 것은 공책에 풀면 푸는 과정을 자세히는 아니라도 가볍게 쓸 수 있다는 점이다. 그러면 생각의 흐름을 밝히게 되고, 틀린다면 바로 그 옆에 오답 노트를 쓰게 되는 것이다. 이렇게 해놓으면 나중에 같은 유형의 문제가 나왔을 때 세부 유형의 문제를 틀리지 않게 된다.

공책은 과목과 시기별로 정리해서 꽂아 두었다. 시험을 보기 전에는 새로운 사실을 다시 공부하기보다는 알고 있는 내용에 확신을 더하거나 좀더 강화시키는 정도가 할 수 있는 전부이다. 이런 때 정리해 둔 공책을 펼쳐 든다. 틀렸던 문제들을 보고, 논리적인 흐름을 다시 고치고, 암기 과목의 경우에는 연상 작용을 새롭게 고친다. 유형도 다시금 정리되고, 문제들도 다시 떠오를 것이다.

재수생이 강세라고 한다. 1년 더 공부했다는 것은 확실히 시간을 더 투자하여 유리한 고지를 점령했다는 의미이다. 시간도 시간이지만, 그 시간 동안에 모인 정보라는 것이 더욱 큰 힘으로 작용할 것이다. 그 중에서 오답 노트가 있다면 의지할 만한 정보가 될 수 있을 것이다. 이런 정보력에서의 강세라면 재수생의 강세가 계속해서 지속될 만도 하다.

EBS 수능 방송을 활용하여 공부하는 것은 분명 강력한 도구가 될 수 있다. 도구가 좋다고 해서 공부를 잘할 수 있는 것은 아니나, 분명 좋은 도구를 쓴다면 더 깊이 파고들 수 있을 것이고, 좋은 결과를 낼 수 있을 것이다. 하지만, 결국 공부하는 사람은 나 자신이다. 내가 얼마나 값지게 시간을 쓰느냐에 따라 그 결과가 결정된다.

위에 제시된 방법들은 모두 일반적인 방법이다. 앞에서도 말했듯이 사람은 워낙 다양해서 각자에게 알맞은 방법들은 모두 다를 것이다. 그러므로 얼마나 빨리, 확실한 자신만의 공부법을 확립하느냐에 따라 그 성패가 좌우된다.

3,

강의
들여다보기

강의들여다보기강의들여다보기강의들다보기강의들다보기

강의들여다보기강의들여다보기강의들다보기강의들다보기

[언·어·영·역]

1. 강좌명 7차 언어 유형으로 시작하기

2. 강의 수준 고급

3. 강의 정보

① 방송 시간(인터넷 강의) 홈페이지 입시 정보/알림방 강의 업로드 일정 참고.

2004년 4월 2일~5월 31일

☑ EBS Plus 1 채널 심야 시간대(02:10~06:00) 시청 가능 – 편성표 참고.

② 강의 구성

엄선된 문제들에 대한 유형별 학습을 통해, 지문을 논리적이고 효과적으로 독해할 수 있는 방법을 강의한다. 총 15강으로 구성되어 있다(본 구성은 보충 강의 추가 등으로 인해 달라질 수 있음).

1강	비문학–비판/다른 상황에 적용하기
2강	비문학–논지 전개 방식/글의 구조
3강	비문학–일치/주장의 근거
4강	비문학–추론/단어 사이의 관계
5강	비문학–주제/제목
6강	비문학–글쓴이의 태도/독자의 반응
7강	비문학 어휘/한자성어와 속담
8강	1부 비문학 종합
9강	문학–작품의 공통점 찾기/시어의 의미와 이미지
10강	문학–표현상의 특징/화자의 정서, 어조
11강	문학–인물의 심리, 태도/기능
12강	문학–고쳐 쓰기의 효과/다른 장르로 바꾸기

13강   문학–감상 방법/작품의 종합적 이해

14강   문학 종합

15강   쓰기–구상/자료/개요/집필/퇴고/어휘, 어법

③ 강의 진행 방식

기본적으로 한 시간에 한 가지 문제 유형을 학습한다. 이를 위하여 한 유형당 4문제를 강의하게 된다. 선생님은 매 강의 초에 그날 공부할 유형을 풀어 나갈 기본적인 논리 전개 방법을 제시한다. 그리고 강의 시간 내내 그 논리를 관철하여 정답을 찾아 나갈 수 있는 구체적인 방법을 제시한다.

④ 매력 포인트 vs. 아쉬움

◈ **매력 포인트 : 논리적 사고 상승**

실전 문제 풀이에서 학생들이 비약적으로 전개하기 쉬운 논리적 사고 방식을 꼼꼼하게 체크해 주는 강의이다. 따라서 평소 언어영역 문제 풀이를 자신의 감각에 의존하는 잘못된 풀이 습관을 고칠 수 있는 유익한 강의이다.

◈ **아쉬움 : 실전 위주의 강의**

강의 자체가 학생들의 그릇된 문제 풀이 습관을 고치는 데 초점이 맞추어져 있으므로, 실전 문제 풀이에 지나치게 치중하여 본문에 대한 기본적인 학습은 부족한 감이 있다. 또한 강의가 전체적으로 쉴 틈 없이 꽉 차 있으므로 학생들에게 다소 지루하게 느껴질 수도 있으며, 후반부에서는 집중력을 떨어뜨릴 수 있다.

4. 강사 정보

① 강사명 윤석준 선생님

② 학력 고려대, 한국정신문화연구원 부속대학원 졸업.

③ 경력 前 강남대성학원 강사

5. 학습 전략 및 강의 효과

① 학습 전략

본 강의의 주목할 만한 특징 중 하나는 강의 속도가 빠르다는 점이다. 하루에 4문제를 풀기 때문에

학습할 내용이 적다고 생각하면 큰 오산이다. 속도가 빠르면서도 한 강의당 4문제만 풀이하는 것은, 그 문제들을 풀기 위해서 설명해야 할 논리 전개 방식이 그만큼 많다는 이야기다. 따라서 학생들은 강의를 듣기 전에 반드시 예습하도록 한다. 그렇지 않으면 강의를 따라가기가 어려울 것이다. 또한 본 강의가 유형별 문제 풀이를 기본으로 구성되어 있기 때문에, 학생들은 문제 유형의 이해에 주의하고 수업에 임하도록 한다. 수업이 끝난 후에도 반드시 실전 문제를 유형별로 나누어 수업 시간에 배운 방식을 그대로 적용하는 훈련을 하도록 한다.

② 강의 효과

본 강의의 학습 주안점은 학생들의 논리적 지문 독해 능력을 향상시키는 데 있다. 이를 위해서 강의 중에는 제시된 문제에서 학생들이 잘못 판단하기 쉬운 부분들에 대한 설명이 대부분을 차지한다. 따라서 본 강의를 충실하게 수강한 학생이라면, 언어영역을 풀이하는 잘못된 습관을 대거 교정할 수 있다. 선생님은 강의중에 정답을 찾아가는 과정만을 설명하지 않는다. 학생들이 선택하기 쉬운 오답을 일러주고, 그들이 왜 그런 오답을 택했는지에 대해서 설명한다. 정답을 찾아가는 과정과 오답을 선택하는 과정을 비교·분석함으로써, 자신의 문제 풀이 습관을 돌이켜 볼 수 있는 것이다.

6. 강의 평가

① 샘플 1강(비문학-비판/다른 상황에 적용하기), 2강(비문학-논지 전개 방식/글의 구조), 3강(비문학-일치/주장의 근거)

② 평가자 정재홍(물리학과), 최서현(수학과), 오승훈(자연과학부), 박정현(화학과)

강의 평가 점수표

정보의 정확한 전달력 ★★★★	흥미 유발 ★★★★★
강의 속도는 적당한지 ★★★	수준을 고려한 강의 ★★★★★
완급 조절 ★★★★	듣기 편한 강의(톤과 사투리 유무) ★★★★

평가 4.17 ★★★★★

추천 수준 상위권에게 적합하나 중·하위권 학생들 중에서도 자신의 문제 풀이 습관을 고치고 싶은 수험생들에게는 큰 도움이 되는 강좌이다.

1. 강의명 **오답 줄이기**

2. 강의 수준 **고급**

3. 강의 정보
① 방송 시간(인터넷 강의) 알림방 강의 업로드 일정 참고.

　　2004년 4월 2일 ~ 5월 31일

　　☑ EBS Plus 1 채널 심야 시간대(02:10~06:00) 시청 가능 – 편성표 참고.

② 강의 구성

실전에서 학생들이 실수하기 쉬운 유형의 문제들을 엄선하여, 학생들의 논리 전개 중 틀리기 쉬운
부분에 대해서 집중적으로 강의한다.

1강	언어 지존
2강	문장의 의미를 있는 그대로 파악하는 방법
3강	관련될 수 있는 의미와 관련될 수 없는 의미의 구분
4강	화제가 무엇인지 파악하면 답이 보인다
5강	화제가 전개되는 원리를 알면 문제 해결의 실마리가 보인다
6강	화제의 성격을 비교하면서 읽으면 글쓴이의 의도가 보인다
7강	문단 구성 원리를 이해하는 것은 독해의 첫걸음이다
8강	글의 성격을 이해하면서 문제를 해결하자 (1)
9강	글의 성격을 이해하면서 문제를 해결하자 (2)
10강	독해 지존이 되기 위한 연습 (1)
11강	독해 지존이 되기 위한 연습 (2)
12강	처음 보는 시를 대할 때 (1) – 시인의 생각과 언어
13강	처음 보는 시를 대할 때 (2) – 시상 전개 방식
14강	처음 보는 시를 대할 때 (3) – 객관적 상관물의 주관적 변용
15강	처음 보는 시를 대할 때 (4) – 시적 화자가 노래하는 방식

③ 강의 진행 방식

선생님의 수업은 강의를 통해 학생 스스로가 정답에 이르는 사고 과정을 면밀히 검토하고 그릇된 논리 전개 습관을 개선해 나가는 데 초점이 맞추어져 있다. 따라서 학생들이 치밀한 사고 없이 오답을 내는 문제들을 제시하여, 과연 학생들이 어떤 상황에서 그릇된 논리 전개를 하는지를 꼬집어 준다. 강의는 전체적으로 문제 풀이 위주로 진행되며, 문제 풀이 과정 내에 전개되는 논리적 과정을 되짚는 데 많은 시간이 할애된다.

④ 매력 포인트 vs. 아쉬움

◈ **매력 포인트 : 세세한 논리적 분석이 돋보이는 강의**

대부분의 언어영역 강좌가 전체 지문 중에서 문제 풀이에 필요한 부분만을 강의하거나 지문의 전체적인 맥락을 파악하는 데 주력을 다하는 데 반해, 본 강좌는 문장 단위의 논리적 분석에 이르기까지 그 꼼꼼한 준비가 엿보인다.

◈ **아쉬움 : 문제 풀이 위주의 강의**

지나치게 논리 전개 방식에 대한 강의에 치중을 하다 보니, 한 강의당 수업할 수 있는 실전 문제의 수가 적고, 문학 작품의 본문에 대한 근본적인 감상이 결여되어 있다.

4. 강사 정보

① 강사명 유국환 선생님
② 학력 서울대 국어국문학과 졸업, 동 대학원 졸업.
③ 경력 학평 수능 모의고사 출제위원, 학평 논술 모의고사 출제위원

5. 학습 전략 및 강의 효과

① 학습 전략

본 강좌의 강좌 내용은 하루 아침에 몸에 배일 수 있는 성질의 것이 아니므로 끊임없는 반복 학습이 요구된다. 따라서 본 강좌를 효과적으로 수강하기 위해서는, 학생들은 본 강좌를 통해 자신이 평소에 논리적 비약을 일으키던 상황들을 되돌아보고, 모든 문제를 풀 때 논리적으로 순차적인 풀이를

적용할 수 있도록 강의 후에 많은 훈련을 해야 한다.

강좌를 시청하고 난 후에 실전 문제를 접할 때에도 자신의 논리 전개 방식을 면밀히 검토하고, 강좌 시간에 배운 논리 전개 방식과 어떤 점에서 다른지를 주의 깊게 따져 보는 습관을 기르도록 한다. 그리고 그러한 차이점을 극복하기 위해서 자신은 스스로 어떤 노력을 해야 할지에 대해 고민해 볼 필요가 있다.

예를 들어, 어떤 문제에서 문학 작품 속의 한 구절에 대한 해석을 질문했다고 하자. 그리고 선생님은 그 지문에 대한 기초적인 지식을 바탕으로 그 문제를 해결했다고 하자. 만일 내가 그 문제를 풀지 못했다면 그것은 내가 그 문학 작품에 대한 기초적인 지식이 모자란 것이다. 따라서 나는 그 지문에 대한 기초적인 지식을 학습하고, 나아가 내가 접할 수 있는 모든 문학 작품에 대한 학습을 새롭게 해야 할 것이다.

이렇게 선생님의 문제 풀이 방식과 나의 잘못된 풀이 방식 사이에서 차이점을 인식하고, 그 차이점을 극복하는 방안을 제시하려는 노력은 수능 점수의 향상을 위해 없어서는 안 될 과정이다.

② 강의 효과

실전 문제 풀이 향상을 목표로 하면서도 최근 문제 풀이의 동향보다는 학생들의 논리력, 독해력 향상에 치중하고 있다는 점이 특이할 만한 점이다. 운동을 할 때에 기본적인 체력의 연마와 기술 연마가 병행되어야 하듯이, 언어영역을 공부할 때에도 논리적 독해 능력의 향상과 최근 기출 문제에 대한 감각의 습득은 병행되어야 한다.

따라서 선생님의 강좌와 같은 언어영역의 기초적 능력 향상을 목표로 한 수업은 학 생활 초기에 반드시 거쳐가야 할 단계이다. 본 강좌를 충실하게 수업한다면 언어영역 문제 풀이의 기초적 논리력을 향상시키는 데 도움이 될 것이다.

6. 강의 평가

① 샘플 1강(언어 지존), 2강(문장의 의미를 있는 그대로 파악하는 방법), 3강(관련될 수 있는 의미와 관련될 수 없는 의미의 구분)

② 평가자 정재홍(물리학과), 최서현(수학과), 오승훈(자연과학부), 박정현(화학과)

강의 평가 점수표

정보의 정확한 전달력 ★★★★	흥미 유발 ★★★
강의 속도는 적당한지 ★★★★	수준을 고려한 강의 ★★★★
완급 조절 ★★★★	듣기 편한 강의(톤과 사투리 유무) ★★★★

평가 3.83 ★★★★

추천 수준 문제 풀이에서 논리력이 다소 부족한 학생들은 학기 초에 꼭 이 강의를 듣도록 하자!

1. 강좌명 **비문학 독해**

2. 강좌 수준 **고급**

3. 강좌 정보

① 방송 시간(인터넷 강좌) 알림방 강의 업로드 일정 참고.

  2004년 4월 2일~5월 31일

② 강의 구성

비문학 지문들에 대해서 출제될 수 있는 엄선된 문제들을 유형별로 나누어 풀이한다. 총 16강으로 구성되어 있다(본 구성은 보충 강의 추가 등으로 인해 달라질 수 있음).

1강	인물 – 철학·문명	**9강**	기술(1) – 신소재·컴퓨터
2강	인물 – 인간·종교	**10강**	기술(2) – 신기술·유전공학
3강	인물 – 역사·사상	**11강**	예술(1) – 전통놀이·예술사
4강	사회(1) – 여성·정치	**12강**	예술(2) – 음악·사진
5강	사회(2) – 경제·보험	**13강**	예술(3) – 건축·회화
6강	사회(3) – 관광·교육	**14강**	언어(1)
7강	과학(1) – 과학 사상·물리	**15강**	언어(2)
8강	과학(2) – 의학·천문학	**16강**	언어(3)

③ 강의 진행 방식

한 강의당 한 분야의 비문학 지문에 대한 학습을 기본으로 한다. 우선 강의 초에 그날 배울 문제 유형에 대한 해설을 한다. 그리고 그 유형의 문제를 풀어 나갈 구체적인 방법론을 제시하고, 그 방법을 통해 같은 유형의 문제를 풀이하는 시범을 보인다.

이어서 실전 문제 두 개를 풀이하고, 강의의 하이라이트인 읽기 자료 해설로 강의를 마무리한다. 여기서의 읽기 자료에는, 문제를 출제할 때의 출제자의 의도에 대한 글과 같은, 독해력을 향상시킬 수 있는 자료들이 실려 있다.

④ 매력 포인트 vs. 아쉬움

❈ **매력 포인트 : 폭넓은 지문을 접할 수 있는 강의**

본 강좌는 다른 어떤 강좌보다도 성실하고 알찬 강의이다. 그것은 학습 내용이 다른 강좌에 비해 폭넓고 다양하기 때문이다. 타 강좌들은 구체적인 목적을 가지고 학생들의 특정한 능력을 배양하는 데 초점이 맞추어져 있는 데 반해, 본 강좌는 비문학 독해 능력 향상이라는 폭넓은 목표를 가지고 있기 때문이다.

❈ **아쉬움 : 여유가 부족한 강의**

수업 시간중에 강의하고자 하는 내용이 많아서 전반적으로 수업이 빠르게 진행되고, 한 문제당 할당되는 풀이 시간이 강의 뒷부분으로 갈수록 줄어드는 양상을 보인다. 강의 후반부의 문제 풀이에서 강의 내용이 다소 부족한 점이 있다.

4. 강사 정보

① 강사명 김인봉 선생님

② 학력 중앙대학교 대학원 졸업(현대 문학 석사).

③ 경력 現 잠실여자고등학교 교사 , 前 신성고등학교 교사

5. 학습 전략 및 강의 효과

① 학습 전략

고급 과정 강좌인 데다, 한 시간 안에 많은 내용을 강의하려다 보니 학생들이 알고 있다고 전제하는 내용이 종종 있다. 아무리 고급 과정을 수강하는 학생들이라도 한 지문에 관련된 모든 것을 안다는 것은 무리가 있으므로, 학생들은 수업에 임하기 전에 그날 학습할 지문에 관련된 기초적인 지식을 스스로 찾아보고 학습하도록 한다. 그리고 수업 전에 찾을 수 없었던 내용인데 수업중에 학생들 모두가 알고 있다고 전제되는 내용이 있다면, 인터넷 홈페이지를 통해 질문할 수 있도록 한다.

또한 강의 마지막 부분에 있는 읽기 자료는 비문학 지문을 빠르고 정확하게 독해할 수 있는 일반론적인 방법이 제시되므로, 메모해 두었다가 다른 비문학 문제를 풀 때마다 되새겨 보는 것이 효과적이다. 비문학 지문을 풀이하는 방식은 대개 학생들의 습관에 의존하는지라, 한번 그 방식이 굳어지고 나면 다시 고치기란 쉬운 일이 아니다. 그러나 독해를 빠르고 정확하게 하는 방식을 자주 읽다 보면 자신의 문제 풀이 과정 속에 그 방식들이 자연스럽게 배어가는 것을 알 수 있을 것이다.

② 강의 효과

본 강좌는 '비문학 독해 능력 신장'이라는 거대한 목표를 잡고 있다. 따라서 다른 세부적인 능력을 배양하기 위해 개설된 강좌와는 달리, 다양한 내용을 가지고 강의하게 된다. 따라서 수험 생활 초기에 언어영역의 기본을 다지고자 하는 학생에게는 큰 도움이 될 것이다.

학생들은 본 강좌를 통해서 다양한 분야의 비문학 지문을 학습할 수 있으며, 강의 후반부의 읽기 자료를 통해 올바른 논리적 사고 방식에 대해서 배울 수 있다. 또한 강의 시간의 대부분을 차지하는 선생님의 실전 문제 풀이 과정 시범을 지켜봄으로써, 자신의 문제 풀이 습관을 반성해 볼 수 있는 기회가 된다. 다만 강의 자체의 수준이 다소 높아서 상위권 학생들에게 추천할 만한 강좌라는 점을 명심해야 할 것이다.

6. 강의 평가

① 샘플 1강(철학·문명)

② 평가자 정재홍(물리학과), 최서현(수학과), 오승훈(자연과학부), 박정현(화학과)

 강의 평가 점수표

정보의 정확한 전달력 ★★★★	흥미 유발 ★★★★
강의 속도는 적당한지 ★★★	수준을 고려한 강의 ★★★★★
완급 조절 ★★★	듣기 편한 강의(톤과 사투리 유무) ★★★★

평가 3.83 ★★★★

추천 수준 상위권의 학생들 중에서 비문학의 기초를 다지고 싶은 학생이라면 꼭 시청하자!

1. 강좌명 **현대시 100선**

2. 강좌 수준 **초급**

3. 강좌 정보

① 방송 시간(인터넷 강좌) 홈페이지 입시 정보/알림방 강의 업로드 일정 참고.

2004년 4월 2일 ~ 5월 31일

② 강의 구성

선생님과 학생 모두, 시 작품에 대한 아무런 지식이 없는 상태에서 함께 생각해 보는 시간을 갖도록 짜임새 있게 구성된 강의이다. 총 33강으로 구성되어 있다(본 구성은 보충 강의 추가 등으로 인해 달라 질 수 있음).

1강	고은–눈길/고은–머슴대길이/곽재구–사평역에서
2강	구상–초토의 시/김광규–희미한 사랑의 그림자/김광균–추일서정
3강	김광섭–생의 감각/김규동–나비와 광장/김규동–두만강/김기림– 바다와 나비
4강	김남조–겨울바다/김남조–설일/김명수–하급반 교과서
5강	김소월–산유화/김소월–초혼/김소월–바라건대는 우리에게 우리의 모습 대일 땅이 있었다면
6강	김수영–눈/김수영–사령/ 김수영–어느날 고궁을 나오면서
7강	김수영–푸른하늘을/김수영–풀/김억–오다 가다
8강	김영랑–모란이 피기까지는/김종길–성탄제/김종길–여울
9강	김지하–타는 목마름으로/김춘수–꽃/김춘수–꽃을 위한 서시
10강	김현승–눈물/김현승– 플라타너스/노천명–남사당
11강	도종환–옥수수밭 옆에 당신을 묻고/박남수–새/박남수–종소리
12강	박남수–아침 이미지/박두진–도봉/박두진–강 2
13강	박두진–어서 너는 오너라/박목월–만술 아비의 축문/박목월–산이 날 에워싸고
14강	박목월–가정/박목월–하관/박용래–연시
15강	박성룡–교외 3/ 박재삼–울음이 타는 가을 강/박재삼–흥부 부부상

③ 강의 진행 방식

본 강좌의 가장 큰 특징은 '정답이 없는' 수업이라는 점이다. 본 강좌는 어떤 문학 작품을 감상할 때에 그 작품을 해석하는 방법은 무수히 존재한다고 생각한다. 따라서 강좌 시간에는 누구나 받아들일 수 있는 최소한의 사항만을 합의하고, 그 합의 사항을 바탕으로 정답에 접근하는 길을 제시한다. 따라서 과거 주입식 교육의 주된 학습 사항인 암기 사항을 학습하기보다는, 오히려 학생이 모든 선입견(혹은 암기해서 얻은 지식)을 버린 상태에서 스스로 옳은 추론을 할 수 있도록 순차적으로 질문을 던지고 논리 전개 과정을 이야기한다.

④ 매력 포인트 vs. 아쉬움

❖ **매력 포인트 : 학생 중심적인 수업**

과거 대부분의 언어영역 강좌가 단순 암기 사항의 반복적 학습에 초점을 맞춘 데 비해, 이 강좌는 학생과 함께 백지 상태에서 처음 그 문학 작품을 대했다고 생각하고 함께 논리를 전개시키는 학생 중심적인 수업이다.

❖ **아쉬움 : 최하위권에겐 부담**

수업 방식이 언어영역 점수 향상의 근본적인 해결책이긴 하나, 다소 시간적 부담이 큰 최하위권의 학생들에게는 따라가기 힘든 수업일 수 있다.

4. 강사 정보

① 강사명 김주혁 선생님

② 학력 미게재

③ 경력 現 EBS TV 상사

　　　　前 영파여자고등학교 교사, 대치동 언어전문학원 강사

5. 학습 전략 및 강의 효과

① 학습 전략

본 강좌는 시 작품을 처음 대하는 학생의 입장에서 함께 생각하는 방식으로 진행되므로, 강의를 시작하게 되면 작품에 대한 모든 선입견을 버리고 선생님의 진행을 따라가는 것이 좋다. 그렇지 않고 과거에 학습한 단순 암기 사항에 사로잡혀 있다면, 그것은 본 강좌의 취지와 정면으로 상충되어 학습 효과를 얻기가 어렵다. 그리고 실전 문제 풀이 훈련이 다소 모자란 감이 있으므로, 수업이 끝난 뒤에는 반드시 그날 배운 작품에 관련된 문제를 스스로 찾아서 풀어 보는 노력이 필요하다.

물론 스스로 문제를 찾아서 풀 때에도 수업 시간에 배운 문제 풀이 방식에 따라서 정답을 찾아 나가도록 한다. 즉 백지 상태에서 시작하여 시 작품을 하나 하나 해석해 나가는 것이다. 이러한 학습 방법은 많은 시간이 소요될 테지만, 수능 시험을 치기 전에 반드시 거쳐가야 할 과정이다. 따라서 2학기보다는 1학기나 여름방학 동안에 본 강좌에서 제시한 풀이 방식을 훈련하도록 한다.

또한 본 강좌는 수업중에 선생님이 미리 준비한 읽기 자료를 활용할 때가 있다. 그것은 교재에 첨부되어 있지 않고 EBS 수능 방송 홈페이지에 링크되어 있으므로, 강의 전에 미리 출력해서 읽어 두어야 한다. 만일 사전에 읽지 못했다면 수업을 잠시 정지시켜놓고 읽기 자료를 충분히 읽은 뒤에 이어서 수업을 받는 것이 효과적이다.

② 강의 효과
본 강좌는 하위권의 학생들을 위한 강좌인 만큼 시 작품에 대한 근본적인 감상법을 제공한다. 기존의 주된 학습 방법인 암기 위주의 주입식 강의를 거부하고, 학생들과 함께 백지 상태에서 작품을 해석한다. 따라서 본 강좌를 충실하게 수강한 학생이라면 시에 대한 기본적인 감상 능력을 가지게 되어, 수능 시험에서 자신이 감상한 바 없는 새로운 작품이 출제되어도 당황하지 않을 수 있다.

6. 강의 평가
① 샘플 1강, 2강, 3강
② 평가자 정재홍(물리학과), 최서현(수학과), 오승훈(자연과학부), 박정현(화학과)

강의 평가 점수표

정보의 정확한 전달력 ★★★★	흥미 유발 ★★★★★
강의 속도는 적당한지 ★★★★	수준을 고려한 강의 ★★★★★
완급 조절 ★★★★	듣기 편한 강의(톤과 사투리 유무) ★★★★

평가 4.33 ★★★★★

추천 수준 하위권의 학생들에게 권장할 만한 강의이지만, 중·상위권의 학생 중에서 시에 대한 기본적인 감상 능력이 부족한 학생들이라면 꼭 한번 들어 보자!

1. 강좌명 고품격 문학 특강

2. 강좌 수준 고급

3. 강좌 정보

① 방송 시간(인터넷 강좌) 홈페이지 입시 정보/알림방 강의 업로드 일정 참고.

2004년 4월 2일 ~ 5월 31일

☑ EBS Plus 1 채널 심야 시간대(02:10~06:00) 시청 가능 – 편성표 참고.

② 강의 구성

총 4부 20강으로 구성되어 있다(본 구성은 보충 강의 추가 등으로 인해 달라질 수 있음).

• 1부 시 문학 특선(1강~7강)

① 시 문학 1 정읍사/속미인곡/창밖이~

② 시 문학 2 탐진촌요/ 두터비~/ 안민가/ 용비어천가

③ 시 문학 3 추야우중 / 제가야산독서당 / 어부가

④ 시 문학 4 서경별곡/ 동동/ 나모도~

⑤ 시 문학 5 사리화 / 가마꾼 / 일신이

⑥ 시 문학 6 등고/누항사

⑦ 시 문학 7 사평역에서 / 삶이 그대를 속일지라도

⑧ 시 문학 8 새들도 세상을 뜨는구나 / 그릇 1

⑨ 시 문학 9 생활 / 가정 / 아버지의 귀로

⑩ 시 문학 10 길 / 와사등 / 기항지 1

⑪ 시 문학 11 농무 / 저문강에 삽을 씻고

⑫ 시 문학 12 종소리 / 외인촌

⑬ 시 문학 13 풀 / 사물의 꿈 1

⑭ 시 문학 14 바라건대는~ / 눈길/ 우리가 눈발이라면

⑮ 시 문학 15 정과정/ 초혼

• 2부 소설 문학 특선(8강~13강)

① 소설 문학 1 장끼전

② 소설 문학 2 운영전

③ 소설 문학 3 만복사저포기

④ 소설 문학 4 호질

⑤ 소설 문학 5 옥단춘전

⑥ 소설 문학 6 임진록

⑦ 소설 문학 7 황혼

⑧ 소설 문학 8 불신 시대

⑨소설 문학 9 모래톱 이야기　　　⑬소설 문학 13 뫼비우스의 띠

⑩소설 문학 10 서울, 1964년 겨울　　⑭소설 문학 14 어둠 속에 찍힌 판화

⑪소설 문학 11 매잡이　　　　　　⑮소설 문학 15 할머니의 죽음

⑫소설 문학 12 별

• 3부 극 문학 특선(14강~16강)

①극 문학 1 양주 별산대 놀이

②극 문학 2 허생전

③극 문학 3 토막

④극 문학 4 만선

⑤극 문학 5 동승

⑥극 문학 6 새야 새야 파랑새야

⑦극 문학 7 성난기계/ 미운 간호부

⑧극 문학 8 시집가는 날

⑨극 문학 9 서편제

• 4부 수필 문학 특선(17강~20강)

①수필 문학 1 차마설/ 경설

②수필 문학 2 조침문

③수필 문학 3 적벽부/ 일야구도하기

④수필 문학 4 수학이 모르는 지혜

⑤수필 문학 5 초동 시절

⑥ 수필 문학 6 양잠설

⑦수필 문학 7 풍란/ 가구

⑧수필 문학 8 다듬이

⑨수필 문학 9 어머니/ 석류일기

③ 강의 진행 방식

우선 강의 초에 그날 공부할 장르에 대한 일반적인 설명을 한다. 그리고 문제에 제기된 작품에 대한 직접적인 해석을 제시한다. 그런 후에 문제 풀이 강의로 들어가는데, 이때 문제 풀이의 주된 방식은 출제자의 의도를 파악하는 데 있다. 선생님의 과거 출제 경험담들을 제시하며, 학생들을 학생의 사고방식에서 벗어나 출제자의 관점에서 문제를 바라볼 수 있는 기회를 제공한다.

④ 매력 포인트 vs. 아쉬움

※ 매력 포인트 : 출제 경험을 바탕으로 한 알찬 강의

본 강좌의 최대 장점 중 하나는 엄선된 문제에 있다. 선생님의 풍부한 출제 경험과 EBS 집필진의 치밀한 분석으로 검증된 문제들이기 때문에, 일단 강의 교재 자체가 탄탄하다. 그리고 강의 내용 역시 교재에 걸맞게 알차게 구성되어 있어 수험생들의 언어 능력 향상에 큰 기여를 할 수 있다.

❖ 아쉬움 : 기출 문제 위주의 강의

수업 자체가 과거에 출제되었거나 소개되었던 유형의 문제들로 구성되어 있어, 새로운 문학 작품에 대한 접근 방식의 학습이 다소 부족하다. 따라서 수험생들은 문학 작품을 처음 대할 때 지녀야 할 기본적인 감상 방식을 따로 공부해야 한다.

4. 강사 정보

① 강사명 오찬세 선생님

② 학력 서울대학교 국어교육과 졸업.

③ 경력 現 한성과학고 교사, EBS 수능 언어영역 강사, 서울시 교육청 전국연합학력평가 출제위원,
　　　　7차 고등학교 독서 교과서 저자, EBS 수능 언어영역 교재 집필진
　　　　前 한국교육과정평가원 평가기준 개발 연구 협의진

5. 학습 전략 및 강의 효과

① 학습 전략

본 수업 시간에 학습하는, 출제자의 의도를 파악하는 방식이 학생들에게 습관으로 남을 때 가장 큰 효과를 기할 수 있다. 따라서 학생들은 강의가 끝난 후에도 실전 문제 풀이에 많은 시간을 할애해야 하며, 각각의 문제에서 출제자의 의도를 파악하려는 노력이 필요하다.

또한 본 강좌 내에서 제시하는 문제들은 과거 출제되었거나 최근 동향에 맞추어 제작된 문제이기 때문에, 다소 정형화된 문제이기 쉽다. 따라서 학생들은 실전에서 새로운 유형의 문제를 만나도 당황하지 않도록 문학 작품에 대한 기본적인 감상 능력을 향상시키는 데 많은 노력을 기해야 한다.

또한 본 강좌의 수업 진행 속도가 다소 빠르다. 따라서 학생들은 사전에 그날 학습할 지문에 대한 기본적인 학습을 마친 상태에서 수업에 임하도록 한다. 가급적이면 문제 정도는 미리 풀어 두는 것이 좋으며, 시간이 허락된다면 지문에 대한 구체적인 설명을 스스로 찾고 학습하도록 한다. 그래야만 빠른 속도로 진행되는 강의를 무난하게 따라갈 수 있으며, 강의의 전체적인 맥락도 파악할 수 있을 것이다. 또한 수업이 끝난 후에 그날 학습한 문제를 유형별로 정리해 두는 것도 좋은 학습 방법이다.

② 강의 효과

본 강좌의 선생님은 문제 출제 위원으로 활동한 경력이 많다. 따라서 다른 선생님들에 비해서 출제자의 의도를 파악하는 방식을 제공하는 능력은 단연 으뜸이다. 종종 문제 풀이 시간에 들려 주는 출제자의 의도를 들으면 문제를 풀 수 있는 새로운 단서를 얻게 된다. 따라서 본 강좌를 충실하게 수강한 학생이라면 자기 본래의 문제 풀이 방식에서 벗어나 출제위원들의 문제 출제 의도를 파악함으로써 보다 정확한 문제 풀이를 할 수 있게 된다. 또한 본 교재의 문제들은 EBS 출제위원들에 의해 엄선된, 올 수능에 반영될 가능성 높은 문제들이므로 학생들은 보다 안정된 학습을 할 수 있다.

6. 강의 평가

① 샘플 1강, 2강, 3강

② 평가자 정재홍(물리학과), 최서현(수학과), 오승훈(자연과학부), 박정현(화학과)

 강의 평가 점수표

정보의 정확한 전달력 ★★★★★	흥미 유발 ★★★★
강의 속도는 적당한지 ★★★★	수준을 고려한 강의 ★★★★
완급 조절 ★★★★	듣기 편한 강의(톤과 사투리 유무) ★★★★★

평가 4.33 ★★★★★

추천 수준 출제자의 의도를 파악하는 문제 풀이 방식을 배워 보고 싶은 수험생이라면 성적대에 상관없이 추천한다!

1. 강좌명 **언어영역 종합편**

2. 강좌 수준 **고급**

3. 강좌 정보

① 방송 시간(인터넷 강좌) 알림방 강의 업로드 일정 참고.

   2004년 4월 2일~5월 31일

   ☑ EBS Plus 1 채널 심야 시간대(02:10~06:00) 시청 가능 – 편성표 참고.

② 강의 구성

출제 유형에 대한 학습을 기본으로, 논리적이고 정확하고 효율적인 지문 독해 능력을 신장시키도록 구성되어 있다. 총 18강으로 구성되어 있다(본 구성은 보충 강의 추가 등으로 인해 달라질 수 있음).

1강	문학 사고 영역 탐방	10강	인문·사회(2)
2강	비문학 & 쓰기 사고 영역 탐방	11강	인문·사회(3)
3강	현대 시	12강	과학·기술(1)
4강	고전 시가	13강	과학·기술(2)
5강	시가 복합	14강	과학·기술(3)
6강	현대 소설	15강	문화·예술(1)
7강	고전 소설	16강	문화·예술(2)
8강	수필, 극 문학	17강	언어
9강	인문·사회(1)	18강	쓰기

③ 강의 진행 방식

본 강좌는 문제 풀이의 기본 원리를 학습하는 데 주안점이 맞추어져 있다. 한 강좌에 12개 정도의 출제 유형에 대한 문제 풀이의 기본 원리를 먼저 설명한다. 그리고 직접 문제 속으로 들어가서, 문제를 먼저 읽고, 문제에 맞추어 지문을 분석하고 강의한다. 따라서 학생들이 선생님이 문제를 푸는 과정을 실제로 볼 수 있으므로 자신의 방식과 비교하여 매우 유익한 강좌가 될 수 있다.

④ 매력 포인트 vs. 아쉬움

❖ 매력 포인트 : 최근 출제 동향에 맞춘 알찬 강의

과거 수능 시험이나 평가원 기준의 기출 문제를 토대로 최근의 수능 동향을 설명하고, 실전 문제들을 유형별로 정리하여 논리적 문제 풀이의 구체적인 방식을 강의한다. 따라서 학생들은 짧은 시간 안에 최근 수능 기출 문제의 유형에 적응할 수 있다.

❖ 아쉬움 : 실전 문제 풀이 위주의 강의

실전 문제를 중심으로 강의를 전개하여, 문제 풀이 방식에 대한 강의가 주가 된다는 단점이 있다. 따라서 문학 작품의 감상법이나 비문학 지문의 독해법에 관한 일반적인 설명이 부족하다.

4. 강사 정보

① 강사명 이석록 선생님

② 학력 한국외국어대학교 국어국문학과 대학원 박사과정 수료.

③ 경력 現 강남대성학원 강사, EBS 언어영역 강사

　　　　前 화곡고등학교 교사, 서울시 교육청 전국연합학력평가 언어영역 출제 팀장

5. 학습 전략 및 강의 효과

① 학습 전략

강의 내용 자체가 논리적 문제 풀이 방식의 학습에 있으므로, 학생은 반드시 강의 전에 교재의 지문을 꼼꼼히 읽어 보고 문제들을 모두 풀어 보아야 한다. 그리고 문제를 풀 때 문제 옆에 자신이 답을 고른 근거를 간략하게 메모해 두는 습관을 들이는 것이 좋다. 그래야만 자신의 문제 풀이 방식과 선생님의 모범적인 방식 사이의 차이점을 인식하고, 학생 자신의 잘못된 문제 풀이 습관을 개선해 나갈 수 있기 때문이다.

또한 강의가 끝났을 때에는 그날 강좌에서 학습한 내용을 복습하는 데 그치지 말고, 강의 시간에 제시된 지문에 대한 심화 학습이 필요하다. 본 강좌가 실전 문제 풀이에 초점이 맞추어져 있어 문학 작품에 관한 기본적인 감상법이나 비문학 지문에 관한 구체적인 이해가 결여될 수 있기 때문이다. 따라서 학생들은 강의가 끝난 후에 다른 교재를 통해서, 처음 보는 지문에 관한 독해 능력을 스스로 신장시킬 필요가 있다.

처음 보는 지문에서 출제된 문제를 잘 풀 수 있으려면, 평소 언어영역 문제를 풀 때 감에 의존하지 말

고, 객관적인 논리적 절차를 밟는 습관을 길러야 한다. 이러한 습관을 기르기 위해서는 무엇보다도 한 문제 한 문제에 정성을 들여 꼼꼼하게 자신의 문제 풀이 방식을 검토하는 노력이 요구된다. 그런 훈련 방법은 매우 긴 학습 시간을 요한다. 따라서 학생들은 학 생활 초기부터 앞서 언급한 점에 치중하여 학습 계획을 짜도록 하자.

② 강의 효과

본 강의는 최근 유행하고 있는 출제 유형을 바탕으로, 언어영역 문제에 대한 논리적인 풀이 방식을 제공한다. 강의중에 제시하는 문제들은 전국 단위의 모의고사나 수능 시험에 출제된 바 있는, 믿을 수 있는 검증된 문제들이다. 게다가 유형별로 짜임새 있게 정리되어 있어, 학생들의 언어영역 문제 풀이 능력을 단기간에 향상시키기에 좋은 강좌이다. 또한 종합편 강좌이므로, 문학과 비문학 강좌를 따로 시청할 시간이 나지 않는 학생에게 추천한다.

6. 강의 평가

① 샘플 1강(문학), 2강(비문학 & 쓰기), 3강(현대 시)
② 평가자 정재홍(물리학과), 최서현(수학과), 오승훈(자연과학부), 박정현(화학과)

 강의 평가 점수표

정보의 정확한 전달력 ★★★★	흥미 유발 ★★★★★
강의 속도는 적당한지 ★★★★	수준을 고려한 강의 ★★★★
완급 조절 ★★★★	듣기 편한 강의(톤과 사투리 유무) ★★★★

평가 4.17 ★★★★

추천 수준 실전 문제 풀이에 약한 상위권 수험생에게 추천한다!

1. 강좌명 **수능 특강**

2. 강좌 수준 **중급**

3. 강좌 정보

① 방송 시간 EBS Plus 1 방송 강좌

　　2004년 2월 2일~7월 4일

　　본방송 [월·화] 07:00~07:50

　　재방송 [월·화] 22:00~22:50

　　종합편 [일] 20:20~22:00

　　☑ 인터넷 vod 시청은 ebsi 홈페이지 입시 정보/알림방 강의 업로드 일정 참고.

② 강의 구성

문학이나 비문학에 대한 구별 없이, 과거 수능 시험에 출제된 바 있는 문제들을 유형별로 나누어 학습한다.

1강	현대 시 공략 비법	**13강**	고전 산문 공략 비법
2강	현대 시 (1)	**14강**	고전 산문 (1)
3강	현대 시 (2)	**15강**	고전 산문 (2)
4강	고전 시가 공략 비법	**16강**	고전 산문 (3)
5강	고전 시가 (1)	**17강**	수필, 희곡 시나리오 공략 비법
6강	고전 시가 (2)	**18강**	수필, 희곡
7강	시가 복합 (1)	**19강**	희곡, 시나리오
8강	시가 복합 (2)	**20강**	인문·사회 공략 비법
9강	현대 소설 공략 비법	**21강**	인문·사회 (1)
10강	현대 소설 (1)	**22강**	인문·사회 (2)
11강	현대 소설 (2)	**23강**	인문·사회 (3)
12강	현대 소설 (3)	**24강**	인문·사회 (4)

③ 강의 진행 방식

강의 전체가 두 가지에 초점이 맞추어져 있다. 학생들의 지문 독해 능력의 향상, 그리고 최근 수능의 출제 경향 파악이 그것이다. 수업은 그날 학습할 장르에서 과거 출제된 바 있는 문제 유형에 대한 설명으로 시작한다. 어떤 문제 유형이 몇 학년도 수능 시험에 출제되었으며, 그 빈도가 어느 정도였는지도 알 수 있다. 문제 유형에 대한 설명이 끝나면, 그러한 유형의 문제를 어떻게 풀어 나갈 것인지 일반론적인 풀이 방법을 제시하고 지문 해석과 문제 풀이로 마무리한다.

④ 매력 포인트 vs. 아쉬움

◈ 매력 포인트 : 올 수능을 예상하는 강의

한 장르에서 어떤 유형이 주로 출제되어 왔으며, 어떤 유형이 출제될 가능성이 높은가에 맞추어져 있다. 따라서 실전 문제 풀이 감각을 가장 효율적으로 익힐 수 있는 강좌일 것이다.

◈ 아쉬움 : 출제 동향에 맞춘 실전 위주의 강의

출제 동향에 대해 관심이 지나치게 집중됨으로써 문학 작품에 대한 학생 스스로의 감상이 결여될 수 있다. 따라서 학생은 강의 전에 스스로 작품을 감상하고 수업에 임하는 것이 좋을 것이다.

4. 강사 정보

① 강사명 한상면 선생님

② 학력 고려대학교 국어교육과 및 일반대학원 국어국문학과 졸업(현대 문학 전공).

③ 경력 現 서울 현대고등학교 교사, 대성/중앙 전국모의고사 출제위원

5. 학습 전략 및 강의 효과

① 학습 전략

학생들은 새로운 유형의 문제와 전혀 접하지 않은 지문들에 대한 독해 능력을 향상시켜야 할 위치에 있으므로, 작품에 대한 기본적인 감상법이나 지문을 가장 효율적으로 독해할 수 있는 방법을 익혀야 한다. 본 강좌는 실전 문제들에 관한 풀이를 기본으로 하므로 그러한 내용을 학습하기에는 다소 무리가 있다. 따라서 학생들은 강의가 끝난 후에 따로 언어영역의 기본 능력들을 배양하기 위한 개인적인 훈련이 필요하다.

강의 후 비문학을 공부할 때에는 다양한 부분에 걸쳐서 많은 양의 지문을 읽어 보는 것이 중요하며, 이때 각각의 지문에 나와 있는 각 문단에 대한 중심 내용과 글 전체의 중심 내용을 파악하는 훈련이 필요하다.

또한 문학 작품을 공부할 때에는 방식의 해석만을 고집하지 말고, 다양한 참고서와 교과서를 활용하여 작품에 대한 다양한 시각을 접해 보는 것이 좋다.

물론 개인적인 훈련 과정 속에서도 수업 시간에 배운 사항들을 적용시켜 보는 노력이 필요하다. 예를 들어, 어떤 문제를 풀 때 그 문제가 몇 년도의 어떤 문제 유형과 비슷하며, 최근 출제 동향과 무관하진 않은지 파악하고, 그러한 유형의 문제를 해결하는 구체적인 방식으로서 수업 시간에 어떤 방식을 제시했는지 따져 보아야 한다. 또한 자신이 도출한 답이 오답일 경우, 그 답을 추론하게 된 원인이 어디에 있는지도 검토하는 습관을 기르도록 한다.

② 강의 효과

본 강좌는 문학과 비문학의 구별 없이 최근 출제 동향을 유형별로 나누어 강의하는 실전 문제 풀이 위주의 강좌이다. 강의중에는 어떤 한 유형을 제시할 때마다 그런 유형이 과거 몇 학년도 수능 시험에 출제되었는지, 그리고 최근까지 그 출제 빈도가 증가하였는지 감소하였는지에 관한 내용까지 설명하여 학생들의 실전 감각을 높이는 데 더없이 좋은 강의라 할 수 있다. 또한 선생님이 제시하는 구

체적인 문제 풀이 과정이 논리적이고 간결하며 명료하여, 학생들이 올바른 논리 전개 방식을 익히는 데 효과적이다.

6. 강의 평가

① 샘플 1강(현대 시 공략 비법), 2강(현대 시(1)), 3강(현대 시(2))

② 평가자 정재홍(물리학과), 최서현(수학과), 오승훈(자연과학부), 박정현(화학과)

 강의 평가 점수표

정보의 정확한 전달력 ★★★★	흥미 유발 ★★★★
강의 속도는 적당한지 ★★★★	수준을 고려한 강의 ★★★★
완급 조절 ★★★★	듣기 편한 강의(톤과 사투리 유무) ★★★★

평가 4.00 ★★★★

추천 수준 중·하위권 학생 중에서 언어영역의 기초가 부족한 수험생들에게 추천한다!

1. 강좌명 **오답 노트**

2. 강좌 수준 **중급**

3. 강좌 정보

① 방송 시간 EBS Plus 1 방송 강좌

　　2004년 2월 2일~11월

　　본방송 [월] 09:30~10:20

　　재방송 [월] 16:10~17:00

　　☑ 인터넷 vod 시청은 ebsi 홈페이지 입시 정보/알림방 강의 업로드 일정 참고.

② 강의 구성

과거 수능 시험에 출제된 문제들의 오답률을 분석하여, 가장 어렵고 틀리기 쉬운 문제를 엄선하여 풀이한다(교재 없음). 홈페이지 알림방 강의 업로드 계획 및 리스트 참고.

③ 강의 진행 방식

지난 수능 시험에서 출제된 문제들 중에서 오답률이 가장 높았던 문제들 위주로 강의한다. 한 강의당 10개 유형의 오답률이 높은 문제들이 제시되는데, 강의 특성상 어떤 장르에 대한 특별한 설명보다는 문제 유형별 접근 방식의 소개에 초점이 맞추어져 있다. 따라서 강의는 단순하게 문제 유형의 나열과 그 문제에 대한 올바른 접근 방식의 설명으로 이루어진다.

④ 매력 포인트 vs. 아쉬움

❊ **매력 포인트 : 기출 문제를 일거에 정리하는 강의**

본 강좌는 과거 기출 문제들을 유형별로 정리하고, 그러한 유형의 조합들로 어떻게 새로운 유형이 나올 수 있는지에 대해서 강의한다. 따라서 신유형 문제들에 대한 대비에 큰 도움이 될 수 있다.

❊ **아쉬움 : 지나친 실전 문제 풀이 중심의 강의**

지나치게 실전 문제 풀이에 치중함으로써 문학 작품을 감상하는 기본적인 능력 배양에 미비하지 않는가 하는 아쉬움이 남는다.

4. 강사 정보

① 강사명 조성미 선생님

② 학력 미게재

③ 경력 미게재

5. 학습 전략 및 강의 효과

① 학습 전략

본 강좌를 효과적으로 시청하기 위해서는 출제 동향의 파악에 유의하며 학습해야 한다. 즉, 한 강의에서 어떤 유형의 문제들이 최근에 출제되었었는지를 파악했다면, 강의 이후 스스로 문제를 풀 때 접하게 되는 문제들의 경중을 따져 보는 훈련이 필요하다. 또한 강의 자체가 실전 문제 풀이에 초점을 맞추고 있는 만큼, 학생들은 강의를 시청하기 전에 미리 강의할 부분의 지문을 꼼꼼하게 읽어 보고 문제들을 빠짐 없이 풀어 보아야 한다. 그래야만 자신의 문제 풀이 방식이 어디가 잘못되었는지를 파악하고 개선할 수 있기 때문이다.

또한 학생들은 본 강좌에서 제시된 신유형들 역시 구유형 중에서 최근까지 출제되었던 문제임을 인식해야 한다. 아무리 최근에 유행하였던 신유형의 문제라 해도 올해 수능 시험에서 똑같은 유형의 문제가 나오리라는 보장은 없으며, 강의된 유형 외에 다른 유형이 출제되지 않으리라는 보장도 없기 때문이다. 따라서 학생들은 본 강좌에서 실전 문제 풀이에 관한 감각을 기르는 것 외에 기본적인 지문 독해 능력을 향상시키기 위한 노력이 요구된다.

학생들은 강의가 끝난 후에도 수업은 계속된다는 것을 잊지 말아야 한다. 학생은 자율학습 시간에 혼자 문제를 풀 때에도 각각의 모든 문제를 수업 시간과 연관지어야 한다. 이 문제는 수업 시간에 배운 어떤 유형의 문제이며, 어떤 방식으로 풀었었는지를 떠올려야 한다. 그리고 그 표준적인 방식에 맞추어 실전 문제에 임하도록 한다. 이러한 과정이 자연스럽게 습관이 되기 전까지는 의식적으로 문제 풀이 방식을 조절해야 한다. 다소 시간이 부담스러운 방식이지만, 수능을 대비하는 좋은 방식이 될 것이다.

② 강의 효과

본 강좌에서는 수능 시험에서 실제로 기출된 바 있는 문제들 중에서 오답률이 큰 문제들을 골라서 강의한다. 따라서 과거에 어떤 신유형의 문제들이 학생들을 괴롭혔으며, 올해 수능 시험에서 자신에게 그런 문제가 닥쳤을 때 어떻게 대처할 것인지를 학생 스스로가 생각할 수 있도록 해준다. 또한 강의중에 기출 문제가 유형별로 어떤 빈도를 보이며 출제되었는지를 알려주므로, 학생 스스로 최근 수능 출제의 동향에 대해서 파악할 수 있는 능력을 길러 주는 강좌이다.

6. 강의 평가

① 샘플 1강(2004 대학수학능력시험(1)), 2강(2004 대학수학능력시험(2)), 3강(2004 대학수학능력시험(3))

② 평가자 정재홍(물리학과), 최서현(수학과), 오승훈(자연과학부), 박정현(화학과)

 강의 평가 점수표

정보의 정확한 전달력 ★★★★	흥미 유발 ★★★★★
강의 속도는 적당한지 ★★★★	수준을 고려한 강의 ★★★★
완급 조절 ★★★★	듣기 편한 강의(톤과 사투리 유무) ★★★★

평가 4.17 ★★★★

추천 수준 수능 출제의 동향을 학습하고 싶은 중·상위권 학생에게 추천한다!

1. 강좌명 수능 출제 유형 분석

2. 강좌 수준 중급

3. 강좌 정보

① 방송 시간 EBS Plus 1 방송 강좌

2004년 2월 2일~4월 25일

본방송 [월·화] 15:20~16:10

재방송 [월·화] 21:10~22:00

☑ 인터넷 vod 시청은 ebsi 홈페이지 입시 정보/알림방 강의 업로드 일정 참고.

② 강의 구성

과거 수능 시험에 출제된 바 있는 문제들을 유형별로 분석하여 풀이한다. 총 24강으로 구성되어 있다(본 구성은 보충 강의 추가 등으로 인해 달라질 수 있음).

1강	현대 시 (1)	13강	인문·사회 (3)
2강	현대 시 (2)	14강	과학 (1)
3강	고전 시가	15강	과학 (2)
4강	시가 복합	16강	과학 (3)
5강	현대 소설 (1)	17강	문화·예술 (1)
6강	현대 소설 (2)	18강	문화·예술 (2)
7강	고전 소설 (1)	19강	문화·예술 (3)
8강	고전 소설 (2)	20강	언어 (1)
9강	수필	21강	언어 (2)
10강	희곡, 시나리오	22강	쓰기 (1)
11강	인문·사회 (1)	23강	쓰기 (2)
12강	인문·사회 (2)	24강	듣기

③ 강의 진행 방식

강의 초 약 10분 정도 그날 학습할 장르에서 출제되었던 문제들의 유형에 대해서 개괄적인 설명을 한다. 그리고 각각의 유형에 대한 세부적인 설명과 그에 따른 유제 풀이를 한다. 마지막으로 실전 문제를 풀어 봄으로써 강의를 마무리한다.

④ 매력 포인트 vs. 아쉬움

❀ 매력 포인트 : 짜임새 있고 편안해서 머리에 쏙쏙 들어오는 강의

짜임새 있는 강의 구성이 최대 장점이라 하겠다. 본 강좌는 학생들이 한 시간 동안 학습하기에 부담되지 않을 정도의 적당한 분량을 강의한다. 또한 강의 중간 중간에 그날 학습하는 내용에 대한 정리 부분이 있어서 학습 효과를 높인다.

❀ 아쉬움 : 실전 문제 풀이 위주의 강의

수능 출제에 관한 유형 분석을 위한 강좌이므로, 강의 대부분이 실전 문제 풀이 감각의 향상에 초점이 잡혀 있다. 그러나 학기 초에 시청하는 학생들에게는 지문 독해에 관한 기본적인 학습이 요구되므로, 본 강의를 시청하는 것 이외의 별도의 학습을 필요로 한다.

4. 강사 정보
① 강사명 윤강희 선생님
② 학력 미게재
③ 경력 現 EBS 수능 출제 유형 분석 강의, 명지외국어고등학교 교사
　　　　　前 인천 인명여자고등학교 교사, EBS 수능 특강 외 다수 강의

5. 학습 전략 및 강의 효과
① 학습 전략

강의가 시종일관 문제 풀이에 초점이 맞추어져 있으므로 중·하위권 학생들은 본문 학습에 충실할 필요가 있다. 이를 위해 반드시 강의 전 예습이 요구되며, 이때에는 참고서나 타 강좌 시청 등을 통한 깊은 학습이 필요하다. 또한 본 수업 시간에 배운 실전 문제 풀이 방법은 수업이 끝난 후 같은 문제에 대하여 반드시 반복해 보아야 한다.

그리고 중·상위권 학생들은 본 강의를 시청한 후 시중에서 언어영역 문제집을 구입하여 학습한 문

제 유형들을 찾아보고, 수업 시간에 배운 방식을 그대로 적용해 보는 훈련을 하도록 한다. 아무리 강의중에 풀어 본 문제의 유형이라고 할지라도, 실제로 접하게 되는 많은 문제들 중에서 어떤 문제가 그 유형에 속하는지 골라내는 것은 쉽지 않다. 그러므로 중·상위권 수험생들은 유형별 학습의 습관이 몸에 배일 때까지 실전 문제들을 바탕으로 끊임없는 훈련을 해야 한다. 또한 최상위권의 학생들도 자신만의 문제 풀이 방식이 선생님이 제시하는 표준적인 방식과 어떤 차이가 있으며, 자신의 풀이 방식은 어떤 장단점이 있는지를 살펴보아야 한다.

② 강의 효과

본 강좌는 수능 기출 문제들을 유형별로 정리하여 최근 수능 출제의 동향을 파악하고, 수험생 스스로가 출제자의 의도를 파악하여 문제를 풀 수 있는 능력을 신장시키는 데 주목적을 두고 있는 강의이다. 따라서 강의를 충실히 수강함으로써 과거 수능에 출제된 바 있는 모든 유형의 문제들을 접하고, 그 구체적인 풀이 방법을 습득하게 된다.

6. 강의 평가

① 샘플 1강(현대 시 (1)), 2강(현대 시 (2)), 3강(고전 시가)
② 평가자 정재홍(물리학과), 최서현(수학과), 오승훈(자연과학부), 박정현(화학과)

강의 평가 점수표

정보의 정확한 전달력 ★★★★	흥미 유발 ★★★★★
강의 속도는 적당한지 ★★★★	수준을 고려한 강의 ★★★★
완급 조절 ★★★★	듣기 편한 강의(톤과 사투리 유무) ★★★★

평가 4.17 ★★★★

추천 수준 문제 풀이 감각을 기르고 싶은 중·상위권 학생들에게 추천한다!

[수·리·탐·구·영·역]

1. 강좌명 수능 출제 유형 분석 – 수학 I

2. 강좌 수준 중급

3. 강좌 정보

① 방송 시간 EBS Plus 1 방송 강좌

　　 2004년 2월 2일 ~ 4월 25일

　　 본방송 [목·금] 14:30 ~ 15:20

　　 재방송 [목·금] 20:20 ~ 21:10

　　 ☑ 인터넷 vod 시청은 ebsi 홈페이지 입시 정보/ 알림방 강의 업로드 일정 참고.

② 강의 구성

본격적인 문제 풀이 연습의 시작을 목표로 하여, 총 24강 동안 문제 풀이 위주로 수능 출제 문제들의
유형을 분석해 본다.

1강	지수	11강	합의 기호 Σ의 정의와 성질
2강	로그	12강	여러 가지 수열
3강	지수 함수	13강	수학적 귀납법과 순서도
4강	지수 방정식과 지수 부등식	14강	무한수열의 극한
5강	로그 함수	15강	무한급수
6강	로그 방정식과 로그 부등식	16강	무한등비급수
7강	행렬과 그 연산	17강	순열
8강	역행렬과 연립일차방정식	18강	조합과 이항 정리
9강	등차수열	19강	확률의 뜻과 덧셈 정리
10강	등비수열	20강	확률의 곱셈 정리

③ 강의 진행 방식

문제를 풀기 전에 문제를 푸는 데 필요한 간략한 설명만 한 후에, 기출 유형 문제를 풀면서 구체적인 방식을 알려준다. 실전 문제를 계속 푼 다음 기출 문제를 분석해 보고, 앞으로의 수능 출제 유형을 짧게 예상해 본다.

④ 매력 포인트 vs. 아쉬움

❋ **매력 포인트 : 학생의 질문에 대한 친절한 답변**

강좌의 주제가 출제 유형 분석인지라 문제 풀이 위주로 강의한 후, 강의가 끝나기 몇 분 전부터는 그 단원에서 강의한 내용을 정리하여 어떤 유형의 문제가 나올지 분석해 본다. 또 선생님이 인터넷 홈페이지 활용을 적극 권하고 있으며, 학습 방법과 학습 내용에 대한 질문들에 답변을 달아 주고 있다.

❋ **아쉬움 : 학생 수준의 제한**

개념 설명을 생략하는 부분이 많아서, 개념을 이미 알고 있는 학생이 아니면 강의를 원활히 들을 수 없다. 또한 강의를 조금 빠르게 나가는 면도 있다. 진도가 빡빡하다는 일부 학생들의 건의도 들어와 있다.

4. 강사 정보

① 강사명 김윤배 선생님

② 학력 미게재

③ 경력 現 EBS 수능 방송 강사, 부천 정명고등학교 교사

5. 학습 전략 및 강의 효과

수학 I 을 다 공부한 학생을 대상으로 한 강좌로, 본격적인 문제 풀이 연습을 시작하는 강좌이다. 따라서 문제 풀이 위주로 강의가 진행되며, 시간 절약을 위해 중요한 부분만 개념을 정리하고 있다. 그렇기 때문에 미리 수학 I 까지의 내용을 정리해 본 학생들이 강의를 듣는 것이 좋다. 다른 강좌도 그렇지만, 강좌의 내용이 계속 이어지므로 차례대로 보는 것이 좋다.

학교 수업 등에서 개념은 어느 정도 알고 있지만 문제 풀이에는 익숙하지 않았던 학생이, 개념의 적용 방법을 보고 심화된 내용을 학습하는 데 유용하다. 또한 기출 문제 분석과, 이번 수능에 어떤 문제가 나올지 정리해 보고 이를 유념해 두는 것도 학습에 도움이 될 것이다. 문제 풀이에 익숙해지고자 하는 중위권 학생들이 듣기 좋은 강의이다. 기본 개념을 잘 모르는 중·하위권 학생들에게는 어렵게 느껴지고, 좀더 어려운 내용을 요하는 중·상위권 학생들에게는 쉽게 느껴져서 적합하지 않을 강의이다.

6. 강의 평가

① 샘플 1강(지수), 2강(로그), 18강(조합과 이항 정리)
② 평가자 정재홍(물리학과), 최서현(수학과), 오승훈(자연과학부), 박정현(화학과)

강의 평가 점수표

정보의 정확한 전달력 ★★★★★	흥미 유발 ★★★★
강의 속도는 적당한지 ★★★★	수준을 고려한 강의 ★★★★
완급 조절 ★★★★	듣기 편한 강의(톤과 사투리 유무) ★★★★★

평가 4.33 ★★★★★

추천 수준 기본적인 개념을 어느 정도 숙지하고 있으며, 본격적인 수능 관련 문제 풀이를 시작하고자 하는 중위권 학생들에게 적합한 강의이다. 중·하위권 학생들이 들으려면 기본적인 개념을 먼저 익힐 것을 권한다. 개념의 이해도가 일정 수준 이상이고, 기본적인 문제 풀이도 되는 상위권에게 추천한다.

1. 강좌명 **수학Ⅱ-상**

2. 강좌 수준 **초급**

3. 강좌 정보

① 방송 시간(인터넷 강좌) 홈페이지 입시 정보/알림방 강의 업로드 일정 참고.

2004년 4월 2일~2004년 5월 30일

☑ EBS Plus 1 채널 심야 시간대(02:10~06:00) 시청 가능 – 편성표 참고.

② 강의 구성

교과서의 내용을 충분히 습득할 수 있도록 다양한 예제와 실전 문제를 통해 기본 실력을 향상시킬
수 있도록 한다. 총 15강으로 구성되어 있다(본 구성은 보충 강의 추가 등으로 인해 달라질 수 있음).

1강	방정식	9강	방정식과 부등식에의 응용
2강	부등식	10강	속도와 가속도
3강	함수의 극한	11강	부정적분
4강	함수의 연속성	12강	정적분의 뜻과 계산
5강	도함수와 미분법	13강	정적분의 성질
6강	미분가능과 연속, 접선의 방정식	14강	넓이
7강	함수의 증가 감소와 극대 극소	15강	부피, 속도와 거리
8강	함수의 최대와 최소		

③ 강의 진행 방식

우선 개념부터 다시 확인하고 정리한 다음에, 문제를 푸는 방법을 간단히 설명하면서 문제를 직접
풀어 주는 방식이다.

④ 매력 포인트 vs. 아쉬움

❋ 매력 포인트 : 실수를 줄이는 효과

부등식에서 분모가 0이 되면 안 된다는 사실을 여러 번 강조하는 등, 학생들이 일반적으로 간과하여 실수하게 되는 부분을 강조(별표로 강조)하여 실수를 줄여 주는 효과가 있다. 또 인터넷 강좌이기 때문에, 강의를 따라가기 힘든 경우 잠시 중단하면서 속도를 조절하거나 다시 돌려 볼 수도 있어 방송을 보는 것보다 수업 따라가기 용이하다. 또한 EBS 방송 사이트의 질의 응답이나 수강 후기 게시판을 이용하면 학생들의 목소리가 쉽게 수용될 수 있어, 학생이 의문을 가지고 있거나 강의에 대한 의견을 낼 경우 그에 대한 피드백이 빠르다. 선생님이 수강 후기를 공지사항에 이용해 주기를 권장하였을 만큼 학생들의 의견을 반영하고자 하는 열의가 있다.

❋ 아쉬움 : 수준에 비해 빠른 강의

강의 시간이 50분으로 일반적인 고교 수업 시간과 같아서 막판에 집중도가 떨어질 수 있다. 또 선생님의 말이 빠른 편이어서 강의 진행 속도가 다소 빠르고, 많은 내용을 한꺼번에 전달하려는 것이 흠이다. 그러한 요소가 오히려 부담되어 강의 내용을 받아들이기 힘들 수 있다. 실제로 강의 후기를 보면 속도가 너무 빠르다고 불만을 토로하거나 좀더 자세한 문제 풀이를 요구하는 학생들이 있다. 이러한 문제점을 개선하기 위해 7개의 보충 강의가 계획된 상태이다.

4. 강사 정보

① 강사명 서의동 선생님
② 학력 고려대학교 수학교육과 졸업.
③ 경력 現 송파대성학원 강사
　　　　 前 배명고등학교 교사, EBS 교육 방송 강의

5. 학습 전략 및 강의 효과

강의 속도가 빠르고, 전달하고자 하는 내용이 많으므로 강의만 들으면서 공부하려는 초급자에게는 부담을 주는 강의가 될 수 있다. 도리어 기초를 좀더 다지고자 하는 중·상위권이나 미리 예습한 초급자에게 효과가 좋다.

'개념 확인' 에서 무방비 상태로 듣기에는 어려운 용어가 많이 나오므로, 사전에 그러한 용어들을 알고 있는 학생이 아니면 개념 확인을 따라가는 데 무리가 있어 보인다. 따라서 강의를 듣기 전에 미리 용어들에 대한 감을 키운 다음 듣는 것이 학습에 도움이 된다.

'문제 풀이'의 경우에도 문제 풀이 방법에 대한 차분한 설명보다는 간과하기 쉬운 부분에 대한 강조와 기억해 두어야 할 내용이 주를 이루므로, 아무런 대책 없이 강의만 봤다가는 도중에 문제 풀이 과정을 건너뛰는 것으로 보여 이해하지 못할 수 있다. 그러므로 본인이 미리 교재의 문제를 풀고자 시도해 본 이후에 강의를 들으면서 의문점을 해결하는 것이 좋다.

그리고 어려운 문제 대신 개념 확인을 위한 문제 풀이가 주를 이루므로, 어려운 문제를 더 많이 풀고 싶어하는 상위권 학생들에게는 그리 추천할 만한 강좌가 아니다. 선생님이 학생들의 의견을 수용하고자 하는 열의가 있으므로, 문제 풀이 과정에서 이해하지 못한 점 등은 인터넷 게시판의 수강 후기나 질문 게시판 등을 이용하여 본인의 의견을 올리는 것이 좋다.

6. 강의 평가

① 샘플 2강(부등식), 4강(함수의 연속성), 6강(미분가능과 연속, 접선의 방정식)

② 평가자 정재홍(물리학과), 최서현(수학과), 오승훈(자연과학부), 박정현(화학과)

강의 평가 점수표

정보의 정확한 전달력 ★★★★★	흥미 유발 ★★★★
강의 속도는 적당한지 ★★★	수준을 고려한 강의 ★★★★
완급 조절 ★★★★★	듣기 편한 강의(톤과 사투리 유무) ★★★★★

평가 4.33 ★★★★★

추천 수준 초급 과정치고는 그리 차근차근하게 나가는 강의가 아니며, 많은 내용을 담고 있는 강의이다. 그러므로 이제 수학 공부를 시작하려는 하위권 학생들이 대책 없이 보기에는 강의 진행 속도가 빠르다. 중급 과정에 가까운 강의라고 할 수 있다. 기본적인 내용과 용어를 약간은 알고 있지만 문제 풀이에 적용할 만큼의 수준이 되지 못하는 학생들이, 강조하는 내용을 보고 중요 부분을 체크하며 초보적인 실수를 줄여 성적을 올리는 데 효과적이다. 이 강의를 듣고자 하는 하위권 학생들에게는 용어의 의미를 익힌 다음에 듣기를 권한다.

1. 강좌명 **오답 노트**

2. 강좌 수준 **공통**

3. 강좌 정보

① 방송 시간(인터넷 강좌) EBS Plus 1 방송 강좌

   2004년 2월 2일 ~ 2004년 11월

   본방송 [화] 09:30 ~ 10:20

   재방송 [화] 16:10 ~ 17:00

   ☑ 인터넷 vod 시청은 ebsi 홈페이지 입시 정보/알림방 강의 업로드 일정 참고.

② 강의 구성

오답을 줄이는 것을 목적으로, 그 동안 수능에 출제된 문제들과 모의고사의 문제들을 분석하여 오답이 나오는 원인을 찾아내고. 문제의 유형별로 오답을 줄이는 방법을 찾아내어 풀이한다.

③ 강의 진행 방식

기출 문제들을 문제의 유형에 따라 오답이 나오는 원인을 분석한 다음, 같이 풀어 보면서 구체적인 예를 보여주며, 어떤 식으로 오답을 피하는지를 보여주고 있다.

④ 매력 포인트 vs. 아쉬움

❈ **매력 포인트 : 직접적인 성적 향상 효과**

바로 얼마 전에 치른 시험들을 가지고 오답 체크를 해주기 때문에 현실적이고, 눈앞에 보이는 성적 향상에 도움이 될 만한 강좌이다. 오답률이 유난히 높은 문제들의 풀이를 통해 학생들이 하는 실수를 줄이고, 평균 수준의 오답률을 보이는 문제들에 대해서는 어떤 실수를 할 수 있는지를 보여주는 등 모든 수준의 학생들에게 유용한 강좌이다.

❈ **아쉬움 : ㈎형에 대한 소홀함**

3시간 동안 ㈏형을 풀이하고, 1시간 동안 ㈎형을 풀이하므로 ㈎형 문제를 풀어야 하는 학생들에게는 만족스럽지 못한 강의가 될 수 있다.

4. 강사 정보

① 강사명 이은주 선생님, 이창주 선생님

② 학력 미게재

③ 경력 이은주 선생님(現 수원 동우여자고등학교 교사), 이창주 선생님(미게재)

5. 학습 전략 및 강의 효과

수능 성적을 올리는 목적이라면 제일 확실한 도움이 될 수 있는 강의이다. 상위권 학생들도 많이 틀리는 어려운 문제 위주로 심도 있는 풀이를 하므로 상위권 학생들에게 도움이 되며, 열심히 하려는 중·하위권 학생들도 실수를 줄이는 데 좋다.

교재가 없는 대신 강의 원고가 있으므로, 기출 문제를 구하지 못한 경우 ebsi 사이트의 자료실에서 강의 원고를 받아서 보면 된다. 기출 문제 같은 경우 미리 문제를 풀고 본인이 어떤 문제들을 틀렸는지 체크해 둔다. 직접 강의 대상이 되는 시험을 본 경우에도 본인이 어떤 문제를 틀렸는지 잊지 않고 파악해 둔 후, 강의를 들으며 ㄱ 실수를 체크하는 것이 좋다.

6. 강의 평가

① 샘플 1강(2004 대학수학능력시험(1)), 2강(2004 대학수학능력시험(2)), 5강(2005학년도 수능 예비 평가(1))

② 평가자 정재홍(물리학과), 최서현(수학과), 오승훈(자연과학부), 박정현(화학과)

 강의 평가 점수표

정보의 정확한 전달력 ★★★★★	흥미 유발 ★★★★★
강의 속도는 적당한지 ★★★★★	수준을 고려한 강의 ★★★★★
완급 조절 ★★★★	듣기 편한 강의(톤과 사투리 유무) ★★★★★

평가 4.83 ★★★★★

추천 수준 본인이 풀어 본 기출 문제들을 바탕으로, 오답을 내는 원인을 분석하여 실수를 줄이고자 하는 학생에게는 수준에 관계 없이 유용하다. 강의를 보기 전에 강의에서 다루는 기출 문제를 꼭 풀어 봐야 학습 효과가 크다.

1. 강좌명 미분과 적분

2. 강좌 수준 고급

3. 강좌 정보

① 방송 시간(인터넷 강좌) 알림방 강의 업로드 일정 참고.

　2004년 4월 2일 ~ 5월 30일

② 강의 구성

상위권 학생들을 위해 개념의 심화된 이해와 고난이도의 실전 문제 풀이로 강의를 진행한다(교재 없음). 업로드된 강의 리스트 참고.

③ 강의 진행 방식

삼각함수의 덧셈 정리를 유도한 다음, 그 공식들을 이용한 문제들을 어떤 방법으로 푸는지 문제를 풀면서 보여주고, 동시에 문제 푸는 방법에 어떤 것들이 있는지 보여준다. 그런 다음 실전 문제를 풀어 준다.

④ 매력 포인트 vs. 아쉬움

※ 매력 포인트 : 상위권 학생들을 위한 군더더기 없는 심화된 내용의 강의

일반적인 수능 강의와는 달리 공식의 유도 과정을 중시하며, 기본적인 공식 한두 가지는 증명할 수 있어야 함을 강조한다. 강의 시청 전에 먼저 문제를 풀어 보기를 권한다. 문제 풀이 때 선생님은 핵심적인 풀이 방법만 알려준 후 마지막 계산 과정은 학생이 해결하도록 하고 있어 강의가 지루해지는 것을 방지한다.

또한 학생의 입장에서 문제 풀이를 설명하고 있는데, 문제를 설명하기 전에 동기 부여를 해준다. 실전 문제 풀이 때 몇몇 간단한 시도를 통해 길을 찾아가는 식으로 문제를 풀어 주어 학생들이 따라가기 좋다. 다양한 풀이 방법이 존재할 수 있음을 강조하며, 학생들에게 다양한 풀이를 시도해 보기를 권유한다.

❖ 아쉬움 : 보충 내용의 미흡

강의를 듣는 학생의 범위가 제한되어 있다. 기본적인 개념을 숙지하지 못한 학생들에게는 너무 어렵고, 생략이 많은 강의이다. 보충 내용 또한 미흡하다. 문제를 다 풀어 주지 않아, 이에 대한 아쉬움을 나타내는 학생들이 있다.

4. 강사 정보
① 강사명 임영훈 선생님.
② 학력 미게재
③ 경력 現 경기고등학교 교사, EBS 교재 집필 및 강의.
　　　　前 2004학년도 대입 수능 출제, 제7차 고등학교 교과서 및 참고서 집필.

5. 학습 전략 및 강의 효과
상위권 학생들을 위한 강좌로, 학생들이 기본적인 내용은 다 알고 있음을 전제로 하여 강의를 진행해 나간다. 따라서 그러한 내용들을 숙지하고 있는 상위권 학생들에게는 미숙한 부분을 체크하면서 이해도를 높이는 군더더기 없는 깔끔한 강의가 되지만, 그렇지 못한 학생들에게는 생략이 심한 어려운 강의로 비춰지는 것이 이 강좌의 특징이다.

이 강좌는 우선 교과서나 교재를 통해 기본적인 개념과 공식을 다 익힌 이후에 들어야 한다. 먼저 교재의 문제를 다 풀고, 잘 풀리지 않은 문제는 강의를 들으면서 체크하는 것이 바람직하다.

다만 선생님이 풀어 주시는 문제는 일부에 불과하므로, 문제는 스스로 다 풀거나 모르는 문제는 학생들끼리 서로 질문하는 등의 방식으로 해결해야 한다. 기본적인 공식 같은 경우는 강의에서 선생님이 유도 과정을 보여주므로, 공식을 단순히 외워서 이용하기보다는 공식의 증명 방법까지도 알고 싶은 학생에게 본 강좌는 매우 유용하다. 공식의 증명을 공부하다가 그 유도 방법이 이해가 가지 않을 때 이 강좌를 보고 이해하는 것이 좋다.

기본적인 개념을 숙지하고 있으면서 성적 향상을 꾀하는 중·상위권 학생이나 좀더 심화된 내용과 확고한 실력을 필요로 하는 상위권 학생들에게 유용한 강의이며, 기초 지식이 부족하거나 개념의 이해 정도가 부족한 중·하위권 학생들이 듣기 좋은 강의는 아니다.

6. 강의 평가

① 샘플 1강(삼각함수의 덧셈 정리), 2강(배각공식, 반각공식), 3강(삼각함수의 합성)

② 평가자 정재홍(물리학과), 최서현(수학과), 오승훈(자연과학부), 박정현(화학과)

 강의 평가 점수표

정보의 정확한 전달력 ★★★★★	흥미 유발 ★★★★★
강의 속도는 적당한지 ★★★★★	수준을 고려한 강의 ★★★★
완급 조절 ★★★★	듣기 편한 강의(톤과 사투리 유무) ★★★★★

평가 4.67 ★★★★★

추천 수준 기본적인 개념의 이해는 이미 다 되어 있으면서 공식의 유도 과정 등의 심화된 내용을 학습하여 좀더 어려운 문제를 원활히 풀고자 하는 중·상위권에서 학생들에게 적합한 강의이다. 개념의 이해도가 낮은 학생들은 강의 자체를 따라가기 힘들 것이므로, 개념 정리를 충실히 해주는 초급 강의를 들어 개념부터 이해한 다음 이 강의를 들을 것을 권한다.

1. 강좌명 **수학 I**

2. 강좌 수준 **고급**

3. 강좌 정보

① 방송 시간(인터넷 강좌) 알림방 업로드 일정 참고.

2004년 4월 2일~2004년 5월 30일

☑ EBS Plus 1 채널 심야 시간대(02:10~06:00) 시청 가능 – 편성표 참고.

② 강의 구성

교과서의 내용을 분석하여 수학 I 의 개념을 정리하고, 수능에 출제될 것으로 예상되는 문제들 위주로 문제를 풀어 준다. 총 16강으로 구성되어 있다(본 구성은 보충 강의 추가 등으로 인해 달라질 수 있음).

1강	지수	9강	무한급수
2강	로그	10강	지수 함수
3강	행렬과 그 연산	11강	로그 함수
4강	역행렬과 연립일차방정식	12강	경우의 수와 순열
5강	등차수열과 등비수열	13강	조합
6강	여러 가지 수열	14강	확률
7강	수학적 귀납법과 순서도	15강	확률 분포
8강	무한수열의 극한	16강	통계적 추정

③ 강의 진행 방식

모든 강의는 2부로 나누어져 있다. 1부는 개념 정리를 한 다음 확인 문제를 풀어 보고, 약간 수준 있는 기본 문제(하이브레인)를 풀어 주는 강의이다. 2부는 수능과 직접적으로 관련되어 있고, 난이도가 좀더 높은 문제 풀이 위주의 강의이다. 과제를 내주기도 한다.

④ 매력 포인트 vs. 아쉬움

❊ 매력 포인트 : 넓은 범위의 학생들에게 유용한 강의

2005년도 강력 추천 예상 문제에 별도 표시를 해주어 수능 성적 향상에 많은 도움이 될 강의이다. 인덱스에도 수능 적중 예상 문제는 따로 분리되어 있어, 급한 경우 그 문제들만 볼 수도 있다. 많은 학생들이 성적 향상의 결과를 보였으며, 모의고사 성적이 2배로 올랐다는 학생들도 있다.

또한 고급 강좌답지 않게 1부에서는 기초적인 내용을 충실히 하고 쉬운 문제를 출제하고 있어, 기초가 부족한 학생들에게 개념을 다시 정리할 기회를 준다. 2부에서 고난이도의 문제를 출제하여 상위권 학생들에게까지도 유익한 내용을 제공하고 있다.

문제마다 여러 풀이 방법을 예시하고 있으며, 과제에서 문제를 약간 변형해서 풀어 볼 것을 권장하여 개념과 문제 풀이에 익숙해질 수 있도록 한다. 인터넷 게시판의 FAQ와 자료실에 많은 질문과 자료들이 올라와 있다.

❊ 아쉬움 : 강의에 대한 지나친 의존의 위험

강의 진행이 원활하여 학생들이 강의에 너무 몰입한 나머지, 모르는 내용을 아는 내용으로 착각하게 될 소지가 있다.

4. 강사 정보

① 강사명 박승동 선생님

② 학력 서울대학교 수학교육학과 졸업.

③ 경력 現 강남 대성학원 강사

　　　　 前 서울과학고등학교 교사, EBS 교육 방송 강의.

5. 학습 전략 및 강의 효과

강의를 듣기 전에 해당 교과서의 단원을 여러 번 정독하고 핵심 내용 등을 정리하는 것이 좋다. 강의를 들은 후에는 선생님이 내주는 과제를 성실히 해결하는 것이 좋다. 강의를 그대로 따라가도 무난한 강좌이기 때문에 나중에 수강한 내용을 잊어버릴 소지가 있으므로, 수강한 내용은 반드시 복습하는 것이 확고한 실력을 다지는 데 유용하다.

실력 향상을 꾀하는 중위권 학생들부터 기초를 다시 철저히 하고 성적 향상을 꾀하는 상위권 학생들에게까지 널리 유용한 강좌이다. 문제의 난이도가 높은 것들이 있으므로 중·하위권 학생들에게는 적합하지 않을 수 있으나, 인덱스 기능을 활용하면 이들에게도 기초 개념을 철저히 다지는 유용한 강의가 될 수 있다.

6. 강의 평가

① 샘플 1강(2부 지수), 2강(1부 로그), 2강(2부 로그)

② 평가자 정재홍(물리학과), 최서현(수학과), 오승훈(자연과학부), 박정현(화학과)

 강의 평가 점수표

정보의 정확한 전달력 ★★★★★	흥미 유발 ★★★★★
강의 속도는 적당한지 ★★★★★	수준을 고려한 강의 ★★★★★
완급 조절 ★★★★★	듣기 편한 강의(톤과 사투리 유무) ★★★★

평가 4.83 ★★★★★

추천 수준 강의 자체를 2부로 나누어 기초 개념에 대한 확실한 정리부터 고난이도의 수능 예상 문제 풀이까지 많은 내용을 담고 있는 강의이다. 따라서 중위권부터 상위권 학생들에게 널리 유용한 강의이다. 강의를 듣기 전에 해당 교과서의 핵심 내용을 정독하고 선생님이 내주는 과제를 열심히 하는 것이 강의를 좀더 효율적으로 듣는 비법이다. 인덱스 기능을 활용하여 강의를 천천히 볼 경우, 열심히 할 열의가 있는 하위권 학생들까지도 수용할 수 있는 강의이다.

1. 강좌명 수학Ⅰ-상

2. 강좌 수준 초급

3. 강좌 정보

① 방송 시간 알림방 업로드 일정 참고.

　2004년 4월 2일~2004년 5월 30일

　☑ EBS Plus 1 채널 심야 시간대(02:10~06:00) 시청 가능 – 편성표 참고.

② 강의 구성

매주 2회(4월 26일부터는 4회; 상 2회, 하 2회)씩 수학Ⅰ-상의 내용을 점검하고 수능 대비 문제들을 풀어 본다. 총 15강으로 구성되어 있다(본 구성은 보충 강의 추가 등으로 인해 달라질 수 있음).

1강	지수	9강	등차수열
2강	로그	10강	등비수열
3강	상용 로그	11강	등비수열의 응용
4강	지수 함수	12강	합의기호의 정의와 성립
5강	로그 함수	13강	여러 가지 수열
6강	행렬의 뜻과 덧셈과 뺄셈	14강	수열의 귀납적 정의와 점화식
7강	행렬의 곱셈의 정의와 성질	15강	수학적 귀납법과 순서도
8강	역행렬과 연립 일차방정식		

③ 강의 진행 방식

학습 목표를 명시하고 개념들을 설명한 다음에, 교재의 기본 문제나 기출 문제 등을 풀어 주면서 나올 수 있는 문제들의 예를 보여준다('로그 함수' 에서 로그 함수의 그래프 관련 문제). 그리고 그 문제들을 어떻게 푸는지 보여준 다음, 출제 예상 문제를 풀어 보는 방식이다.

④ 매력 포인트 vs. 아쉬움

❀ 매력 포인트 : 많은 학생들을 배려해 주는 꼼꼼하고 친절한 강의

선생님이 EBS 특강 교재 집필 경험이 많아 학생들이 어떤 부분에 약하고 어떤 부분을 배워야 할지에 대한 노하우가 많다. 단원의 첫 페이지, 즉 학습 목표를 강조하며, 로그 함수 강의에서 함수의 최대, 최소를 따지는 이유를 설명하는 등 학습 동기를 부여한다. 또한 기출 문제나 기출 문제를 변형한 문제 위주로 풀이하며, 실전의 성적 향상에 도움이 되는 강의이다. ebsi 사이트의 강의 자료실에 보충 자료가 올라오고 있으며, 본 강의에서 다 풀지 못한 교재의 나머지 문제를 보충 강의에서 풀어 주고 있다.

❀ 아쉬움 : 기초적인 공식을 다 수용하지 못한다

강좌의 수준을 '대학에 갈 학생들을 위한 초급 과정'으로 잡고 진행하기 때문에, 교과서에 나오는 수준의 아주 기초적인 공식은 그냥 넘어가는 경향이 있다.

4. 강사 정보

① 강사명 유재원 선생님

② 학력 성균관대 대학원 수학교육과 졸업.

③ 경력 現 송파 대성학원 수학 강사, 대성 전국 모의고사 출제, SBSi 수능 특강 강사

　　　　 前 휘경여자고등학교 교사

5. 학습 전략 및 강의 효과

비록 초급 과정이지만, 이 강좌를 듣는 학생들에게 수능 시험을 잘 볼 수 있으면서 고급 과정까지도 들을 수 있게 하는 것이 이 강좌의 목적이다. 따라서 수리영역의 강좌 중에서는 기초 개념의 정리를 제일 잘 해주는 편에 속함에도 불구하고, 하위권 학생들이 아무런 대책 없이 강의를 들을 경우 진도를 따라가지 못하는 경우가 생길 수 있다. 반면 준비를 하고 들으면 많은 도움이 될 수 있는 것이 본 강좌이다.

교재를 중심으로 한 강좌이므로, 강의 전에 교재의 학습 목표와 개념을 읽어 보는 것이 도움이 된다. 기초 공식들은 학생들이 다 아는 것으로 보고 그에 대한 설명은 지양한 채 진도를 나가기 때문에, 아직 기초 공식들이 익숙하지 않은 학생들은 교과서를 미리 예습하고 강의를 듣는 것이 바람직하다. 본 강의에서 선생님이 풀지 않은 문제들이 풀리지 않는 경우도 있으므로, 교재의 문제는 다 풀어 보

고 본 강의와 보충 강의에서 답을 확인해 보는 것이 바람직하다.

또한 학생들에게 친절한 강좌이므로 강의 자체를 이해하기는 쉬우나, 자칫하면 강의를 본 이후에 개념을 다시 잊어 버릴 가능성이 있다. 따라서 강의를 본 다음에 개념을 잘 익혔는지 복습하는 것이 좋다. 자료실의 보충 자료도 활용하면 좋다. 기초적인 공식들은 알고 있으나 성적이 잘 나오지 않는 중·하위권 학생들이 수강하면 좋을 강좌이며, 상위권 학생들에게는 이 강의가 지루하게 느껴질 수 있으므로 추천하지 않는다.

6. 강의 평가

① 샘플 1강(지수), 2강(로그), 5강(로그 함수)

② 평가자 정재홍(물리학과), 최서현(수학과), 오승훈(자연과학부), 박정현(화학과)

 강의 평가 점수표

정보의 정확한 전달력 ★★★★★	흥미 유발 ★★★★
강의 속도는 적당한지 ★★★★★	수준을 고려한 강의 ★★★★★
완급 조절 ★★★★	듣기 편한 강의(톤과 사투리 유무) ★★★★

평가 4.5 ★★★★★

추천 수준 대학을 갈 생각으로 본격적인 공부를 하고자 하는 하위권 학생들이 처음 EBS 수능 방송을 시청할 때 들으면 좋을 강좌이며, 중위권 학생들도 개념을 다시 정리해 주는 차분한 강의를 듣고 싶다면 이 강좌를 추천한다. 그러나 초급 과정이라도 기초적인 개념을 전혀 모른 채 들을 수 있는 강의는 아니므로, 우선 교재를 보고 학습 목표를 분명히 한 후에, 기초적인 개념과 공식을 일차적으로 익히는 것이 강의를 듣는 데 필수 조건이다.

1. 강좌명 **수능 특강 – 수학 I**

2. 강좌 수준 **중급**

3. 강좌 정보

① 방송 시간 EBS Plus 1 채널 방송 강좌

2004년 2월 2일 ~ 7월 4일

본방송 [월] 07:50 ~ 08:40

재방송 [월] 22:50 ~ 23:40

종합편 [일] 23:40 ~ 00:30

☑ 인터넷 vod 시청은 ebsi 홈페이지 입시 정보/알림방 강의 업로드 일정 참고.

② 강의 구성

7월 초까지 문제 풀이를 통해 간단한 내용을 익히고, 수능의 출제 경향을 알아서 그에 대한 대비를 한다. 총 22강으로 구성되어 있다(본 구성은 보충 강의 추가 등으로 인해 달라질 수 있음).

1강	지수	12강	무한급수
2강	로그	13강	지수 함수
3강	상용로그	14강	로그 함수
4강	행렬의 덧셈, 뺄셈, 실수배	15강	경의의 수와 순열
5강	행렬의 곱셈	16강	여러 가지 순열
6강	역행렬과 연립방정식	17강	조합
7강	행렬의 곱셈의 정의와 성질	18강	확률의 덧셈 정리
8강	역행렬과 연립 일차방정식	19강	확률의 곱셈 정리
9강	등차수열	20강	이산확률 분포
10강	수학적 귀납법	21강	연속확률 분포
11강	무한수열의 극한	22강	통계적 추측

③ 강의 진행 방식

중요한 내용만 간단히 정리를 하며(강의에 따라 할 수도, 안 할 수도 있음), 예제를 푸는 데 필요한 개념만 그때 그때 요약 정리를 하고 문제를 푼다. 뒷부분의 예제, 유제, 연습 문제에서 심화된 내용을 학습한다.

④ 매력 포인트 vs. 아쉬움

❈ **매력 포인트 : 중급 수준에 적합한 강의**

'털보 포인트'로 중요한 내용을 강조해 주고 있다. 문제 풀이를 통해 개념을 바로 설명하기 때문에 중위권 학생들이 내용을 받아들여 어떤 식으로 응용하는가를 바로 체험할 수 있다.

❈ **아쉬움 : 학생 수준의 제한과 개념의 응용 부족**

몇몇 인터넷 강좌와 달리 게시판의 자료실에 자료가 별로 올라오지 않았다. 어려운 연습 문제를 풀어 달라는 학생들의 의견이 많이 올라온 상태이다. 방송 강좌이다 보니 문제를 다 풀어 주는 보충 강의도 없다. 모르는 문제는 사이트의 학습 방법(질의 응답) 게시판을 통해 일일이 물어 봐서 해결하거나 개인적으로 해결해야 한다.

또한 개념 설명을 생략하는 부분이 많아서, 개념을 이미 알고 있는 학생이 아니면 강의를 원활히 들을 수 없다. 문제를 통해 개념을 설명하는 방법도 제한된 문제 유형에만 익숙해질 수 있다는 단점이 있다. 또 일방적인 풀이 방법만 설명해 주어 응용력이 더 떨어지는 효과가 초래될 수 있다.

4. 강사 정보

① 강사명 이규섭선생님

② 학력 미게재

③ 경력 現 경희여자고등학교 교무부장, EBS 집필위원 및 위성 TV 강사, 교육과정평가원 문항분석
　　　위원

5. 학습 전략 및 강의 효과

문제 풀이 위주의 강좌로, 시간 절약을 위해 중요한 부분만 개념을 정리하고, 그렇지 않은 부분은 생략하고 진행되는 강의이다. 따라서 미리 개념을 정리해 본 다음에 강의를 듣는 것이 좋다. 또한 문제 풀이를 통해 개념을 익히면 선생님이 풀어 주신 문제 유형에만 익숙하고, 다른 유형의 문제는 잘 못

풀게 될 수 있다. 다양한 문제를 풀어 보는 등의 복습 방법을 통해 강의에서 익힐 수 있었던 내용을 받아들이는 것이 좋다. 학교 수업을 통해서 개념은 어느 정도 알고 있지만 문제 풀이에는 익숙하지 않았던 학생이, 개념의 적용 방법을 보고 심화된 내용을 학습하는 데 제일 유용하다.

문제 풀이에 익숙해지고자 하는 중위권 학생들이 듣기 좋은 강좌이다. 기본 개념을 잘 모르는 중·하위권 학생들에게는 어렵게 느껴지고, 좀더 어려운 내용을 요하는 중·상위권 학생들에게는 쉽게 느껴져서 적합하지 않을 강의이다.

6. 강의 평가

① 샘플 1강(지수), 9강(등차수열), 12강(무한급수)

② 평가자 정재홍(물리학과), 최서현(수학과), 오승훈(자연과학부), 박정현(화학과)

 강의 평가 점수표

정보의 정확한 전달력 ★★★★	흥미 유발 ★★★★
강의 속도는 적당한지 ★★★★	수준을 고려한 강의 ★★★★★
완급 조절 ★★★★	듣기 편한 강의(톤과 사투리 유무) ★★★★

평가 4.17 ★★★★★

추천 수준 개념을 적용하여 문제를 푸는 방법에 익숙해지고자 하는 중위권의 학생이 들으면 좋을 강좌이다. 수업 등을 통하여 수학 I 에서 나오는 개념들에는 어느 정도 익숙해야 들을 만한 강의이므로 하위권 학생들에게는 적합하지 않으며, 난이도 있는 문제를 풀고 싶어하는 상위권 학생들에게도 적합한 강좌가 아니다.

1. 강좌명 수능 특강 – 수학 II

2. 강좌 수준 중급

3. 강좌 정보

① 방송 시간 EBS Plus 1 방송 강좌

2004년 2월 2일 ~ 7월 4일

본방송 [화] 07:50 ~ 08:40

재방송 [화] 22:50 ~ 23:40

종합편 [월] 00:30 ~ 01:20

☑ 인터넷 vod 시청은 ebsi 홈페이지 입시 정보/알림방 강의 업로드 일정 참고.

② 강의 구성

총 22강의 내용을 7월 초까지 문제 풀이를 통해 간단한 내용을 익히고, 수능의 출제 경향을 알아서 그에 대한 대비를 한다. 총 22강으로 구성되어 있다(본 구성은 보충강의 추가 등으로 인해 달라질 수 있음).

1강	방정식	12강	부피, 속도와 거리
2강	부등식	13강	포물선
3강	함수의 극한	14강	타원
4강	함수의 연속성	15강	쌍곡선
5강	미분계수와 도함수	16강	공간도형
6강	접선의 방정식과 극대, 극소	17강	공간좌표
7강	도함수의 활용	18강	백터의 뜻과 연산
8강	부정적분	19강	백터의 성분
9강	정적분의 뜻과 계산	20강	백터의 내적
10강	정적분의 성질	21강	강 직선의 방정식
11강	정적분과 넓이	22강	평면의 방정식

③ 강의 진행 방식

간단한 요약 정리를 하고, 예제에서 알아야 할 부분이 무엇인가를 찾아내는 방법을 통해 내용 설명을 한다. 예제, 유제, 연습 문제에서 심화된 내용을 학습하며, 연습 문제에서 수능 출제 경향은 어떻게 되었으며, 우리가 그 부분에 대해서 어떻게 대체할 것인가에 대해서도 설명한다.

④ 매력 포인트 vs. 아쉬움

❖ **매력 포인트 : 수준에 맞는 강의**

문제 풀이를 통해 개념을 바로 바로 설명하기 때문에 어떤 식으로 응용하는가를 바로 받아들일 수 있다. 꼼꼼하게 설명해 주기 때문에 학생들의 이해가 쉽다

❖ **아쉬움 : 수준의 폭이 넓지 못하다**

일반적으로 중급 수준의 강좌는 가장 많은 학생들이 듣는 강의이기 때문에 기초적인 설명부터 응용까지 다양하게 다뤄져야 한다. 내용에 충실한 강좌이나 , 하위권 학생들이 듣기는 조금 부담스럽다.

4. 강사 정보

① 강사명 조석근 선생님
② 학력 미게재
③ 경력 現 중산고등학교 교사, EBS 강의 다수 진행.

5. 학습 전략 및 강의 효과

강의 진행이 문제 풀이 위주로 이루어져 있으며, 개념을 응용하는 모습을 바로 보여주기 때문에 개념 설명이 개략적으로 보일 수 있다. 하지만 문제 풀이를 통해 개념을 익히면 선생님이 풀어 주는 문제 유형에만 익숙해지고, 다른 유형의 문제는 잘 못 풀게 될 수 있다. 따라서 개념을 미리 정리하고 강의를 보는 것이 바람직하다.

또한 다양한 문제를 풀어 보는 등의 복습 방법을 통해 강의에서 익힐 수 있었던 내용 이상을 받아들이는 것이 좋다. 학교 수업 등에서 개념은 어느 정도 알고 있지만 문제 풀이에는 익숙하지 않았던 학생이, 개념의 적용 방법을 보고 심화된 내용을 학습하는 데 제일 유용하다.

6. 강의 평가

① 샘플 1강(방정식), 8강(부정적분), 9강(정적분의 뜻과 계산)

② 평가자 정재홍(물리학과), 최서현(수학과), 오승훈(자연과학부), 박정현(화학과)

 강의 평가 점수표

정보의 정확한 전달력 ★★★★	흥미 유발 ★★★★
강의 속도는 적당한지 ★★★★	수준을 고려한 강의 ★★★★★
완급 조절 ★★★★	듣기 편한 강의(톤과 사투리 유무) ★★★★★

평가 4.33 ★★★★★

추천 수준 개념의 응용에 익숙해지고자 하는 중·하위권 학생들부터 중위권 학생들이 듣기 좋은 강의이다.

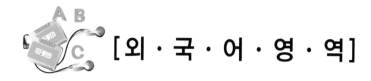

[외·국·어·영·역]

1. 강좌명 1등급 수능 어휘 특강

2. 강좌 수준 고급

3. 강좌 정보

① 방송 시간(인터넷 강좌) 홈페이지 수능 정보/알림방 업로드 일정 참고.

2004년 4월 2일 ~ 5월 31일

☑ EBS Plus 1 채널 심야 시간대(02:10~06:00) 시청 가능 - 편성표 참고.

② 강의 구성

홀수 회에는 어원을 통한 어휘 학습, 입체적 어휘 학습, 기출 문제 맛보기 순서로 기본적인 어휘 공부
에 초점을 맞추어 강의한다. 그리고 짝수 회에는 고난이도 문제 완벽 대비를 중심으로 하여 최근에
자주 출제되는 문제를 파악하고, 그를 풀이하는 데 중심을 두어 수업을 진행한다.

1강	Liberal Education	12강	A Theory of life
2강	Trial and Error	13강	Debtor and Creditor
3강	Speculation about the Meaning of life	14강	Filial Piety
4강	The Age of Computer Networks	15강	A certificate or Birth
5강	Mission Accomplished	16강	Distinctions between the Art
6강	A World Full of Competition	17강	Too much Humility is pride
7강	Ancient Astrology	18강	Functions of Folklore
8강	A Free Ride	19강	A Good mutual Relationship
9강	Simultaneous Interpretation	20강	The Immune System
10강	The Destruction of words	21강	A Donation of Wisdom and Knowledge
11강	A cultural Heritage		

③ 강의 진행 방식

교재를 전적으로 활용하지는 않고, 교재의 몇 개 지문을 이용하여 그 해석과 지문에 등장한 어휘의 뜻과 유사 단어, 숙어와 구문을 알려준다. 직접 칠판에 쓰면서 설명한다. 중요 단어들을 짚어 주고, 헷갈리는 단어들을 정리해 준다. 매 회마다 체계적인 순서가 있지는 않고, 선생님이 자신이 알고 있는 지식을 문제를 설명하면서 풀어낸다.

④ 매력 포인트 vs. 아쉬움

◈ **매력 포인트 : 풍부한 어휘 실력의 향상**

일반적으로 학생들이 생각했던 단순한 단어 암기 방식을 알려주는 것이 아니라, 단어의 어원과 접두사, 접미사의 쓰임을 살펴, 하나의 기본적인 단어를 이용하여 파생하는 많은 단어들을 만들어낼 수 있다. 주어진 단어를 분석해서 뜻을 유추할 수 있는 능력을 키울 수 있다. 또 어려운 단어들이 많은 어려운 지문을 사용하여, 고득점을 얻기 위한 좋은 연습이 되겠다. 문제를 푸는 요령을 제시하여 비슷한 유형의 문제가 나왔을 때 쉽게 적용할 수 있다.

◈ **아쉬움 : 체계보다는 느낌대로**

수업에 어떤 기본적인 체계가 없이 선생님이 원하는 방향으로 수업을 이끌어간다. 이 강좌의 목표는 수능 어휘 특강이다. 물론 수업에서 어휘만 가르칠 수는 없다. 우리가 어휘를 공부하는 이유는 수능에 출제되는 지문을 해석하기 위함이다.

그러나 이 수업은 다른 수업에 비해 어휘에 좀더 초점을 맞출 뿐, 대부분의 문법이나 독해 위주의 수업과 유사하다. 특히 짝수 회의 고난이도 문제 완벽 대비는 어휘 강좌라기보다는 어려운 문제를 풀이하는 독해 강좌 같다. 굳이 이런 부분을 어휘 특강이라는 주제 아래 넣을 필요는 없다. 50분 정도 되는 시간에 한 문제를 놓고 문제를 푸는 방식을 배우는 것보다는, 홀수 회에 진행되는 단어나 숙어, 구문 등에 초점을 맞추고 짝수 회의 내용들은 다른 독해 강좌에 포함시키는 게 낫겠다.

4. 강사 정보

① 강사명 최병문 선생님

② 학력 고려대학교 졸업.

③ 경력 現 스카이에듀 대표 강사, SKYLIFE 수능 영어 강사, 학원TV 영어과 대표 강사, 대치영진
　　　　 학원 영어과 강사 및 원장

　　　　 前 ITNTEPS 어학연구소장, 강남케이스학원 원장, 케이스아카데미 원장

5. 학습 전략 및 강의 효과

이 강좌는 어느 정도 기본적인 어휘를 숙지하고 있는 학생들이 어휘를 확장시키는 능력을 키우는 데 아주 큰 도움이 된다. 그러므로 이 강좌의 초점은 어휘를 외우는 체계적인 방법을 가르치는 데 있다. 단어의 어원과 접두사, 접미사를 이용하여, 모르는 단어가 있더라도 충분히 예측할 수 있는 능력을 기르는 것이다. 그러나 나오는 단어들이 다소 어렵다. 그러므로 수능만을 위한 즉석 처방이 아니라, 자신의 영어 실력 향상을 원하는 학생들이 들으면 기본기를 높일 수 있다.

강의를 듣기 전에 우선 문제를 풀이한다. 문제를 풀 때 모르는 단어는 표시하되 절대 그때 그때 단어의 뜻을 찾지는 않는다. 시험을 볼 때 우리는 모르는 단어를 많이 발견하게 되지만 시험장에 사전이 있는 것이 아니지 않은가. 그러므로 그 문장 내에서 아는 단어를 이용하여 모르는 단어의 뜻을 유추해 본다. 그리고 문제 풀이가 끝난 후 모르는 단어는 사전을 찾아서 따로 정리해 둔다.

단어를 공부하는 데 있어서 가장 중요한 것은 사전을 찾아보는 일이다. 요즘엔 문제집이 잘 되어 있어서 단어가 따로 정리되어 있는 것이 많은데, 그렇다 하더라도 모르는 단어는 반드시 직접 사전을 찾아보도록 한다. 한 단어에는 여러 종류의 뜻이 있다. 어떤 단어는 뜻이 3~4쪽이 되기도 한다. 이런 수많은 종류의 뜻을 다 외울 수는 없을지라도, 시간이 나는 대로 틈틈이 읽어 둔다면 차곡차곡 쌓여 실력을 높일 수 있다. 그리고 사전에는 여러 예문들도 나와 있어, 이 예문을 읽는 것만으로도 영어 공부에 큰 도움이 된다.

이 강좌는 강의 시간이 가장 중요하다. 선생님이 강의중에 방대한 지식을 쏟아내기 때문에 가능하면 많이 듣고 많이 필기해야 한다. 게다가 수업 속도가 빠른 편이기 때문에, 졸지 말고 열심히 들어야 한다. 그리고 비슷하게 생긴 단어를 비교해 주는데, 이런 건 따로 정리해 두는 것이 좋다. 또 수업을 들은 후에는 무엇을 강조했는지 다시 한번 되짚어 보고 따로 표시해 둔다.

단어를 외우는 데 있어서 어원이나 접두사, 접미사는 매우 중요하다. 하지만 무엇보다 중요한 것은

'반복'이다. 천재가 아닌 이상 어떤 단어를 단 한 번 보고 외울 수 있는 사람은 없다. 한 번이고 두 번이고 반복해서 눈에 익혀야 한다. 문제 속에서 익히고, 사전에서 익히고, 수첩 속에서 익히고, 수업 시간에 익히고……. 이렇게 반복하다 보면 몰랐던 단어가 어느새 익숙한 단어가 되어 있을 것이다.

6. 강의 평가

① 샘플 1강, 5강, 6강

② 평가자 정재홍(물리학과), 최서현(수학과), 오승훈(자연과학부), 박정현(화학과)

 강의 평가 점수표

정보의 정확한 전달력 ★★★★	흥미 유발 ★★★
강의 속도는 적당한지 ★★★	수준을 고려한 강의 ★★★★
완급 조절 ★★★★	듣기 편한 강의(톤과 사투리 유무) ★★★

평가 3.67 ★★★★

추천 수준 어느 정도의 어휘를 숙지하고 있으면서 단어 확장 능력을 키우고 싶은 학생에게 좋은 강좌이다. 중·하위권 학생들에게는 다소 어려운 단어가 많이 등장한다. 이 학생들은 우선 지금까지 기출 문제에 등장했던 단어부터 열심히 외우고, 문제를 풀 때마다 모르는 것들을 정리하여 외우는 게 더 도움이 되겠다.

1. 강좌명 수능 영문법

2. 강좌 수준 고급

3. 강좌 정보
① 방송 시간(인터넷 강좌) 홈페이지 수능 정보/알림방 업로드 일정 참고.

2004년 4월 2일 ~ 5월 31일

② 강의 구성

중요한 문법 포인트 40개와 15회의 실전 종합 연습 문제를 총 40강에 걸쳐 공부한다. 5부로 나누어 영문법의 핵심 개념들을 설명한다(총 40강좌 + 실전 종합 연습 문제 15회 구성 — 본 구성은 보충 강의 추가 등으로 인해 달라질 수 있음).

1부

2 부

1회 실전 종합 연습~15회 실전 종합 연습

③ 강의 진행 방식

1강과 2강은 본격적인 수업에 들어가기 전에 문법에 있어 가장 기초적인 사항들을 점검한다. 칠판에 판서하면서 여러 예문들을 들어가며 이론을 설명한다. 3강에서 40강까지는 각 강의마다 문법 포인트 2~3개를 설명하는 것을 주로 하여 기출 문제와 연습 문제를 풀이한다. 마지막에는 각 시간에 했던 설명들 중 중요한 것을 다시 한번 복습하고, 다음 수업에서 배울 내용을 간단히 알려준다.

④ 매력 포인트 vs. 아쉬움

❈ 매력 포인트 : 흥미 + 모든 수준의 학생들에게 도움

EBS 수능 방송에는 외국어영역 강좌가 8개 있는데, 그 중 문법에 관한 것은 이것 하나다. 게다가 '고급' 과정이라는 표시가 있어서 중·하위권 학생들이 듣기에 망설일 텐데, 그런 걱정을 할 필요가 없다. 많은 학생들이 어려워하는 문법을 쉬운 방법으로 풀어 나가고 있기 때문이다. 대부분의 선생님들이 설명하는 방식과는 접근 방식이 완전 달라서, 신선하고 이해하기도 쉽다. 선생님이 자신감 있고, 유머 감각이 있어 지루하기 쉬운 문법 수업을 즐겁게 들을 수 있다

❈ 아쉬움 : 강의 업로드 속도가 느림

지금은 학생들이 한창 수학과 영어 등 기본적인 공부에 집중할 시기이다. 그런데 40강 정도의 강의 계획을 세워놓는데, 강의가 올라오는 속도가 너무 느리다. 학생들이 기본적인 문법 사항을 정리하여 외워야 할 시기에, 그것에 바탕이 되는 수업이 너무 늦어져서 학생들이 계획을 세우는 데 차질을 빚을 수 있다.

4. 강사 정보

① 강사명 최인호 선생님

② 학력 서울대학교 졸업.

③ 경력 데일리 잉글리쉬 강사, 깊은생각 학원 수능 영어 강사, 영어 학습 사이트 dailyenglish.com 대표이사, EBS 라디오 어학 프로그램 〈최인호의 말문이 터지는 영문법〉 진행자

5. 학습 전략 및 강의 효과

문법은 영어 공부를 하는 데 있어 누구나 어려워하는 부분이다. 외울 것도 많고, 헷갈리는 것도 많고, 지겹기도 하고, 양도 엄청나서 대체 어디서부터 손대야 할지도 암담하다. 그래서 수능에는 몇 문제 출제 안 되니까 문법 부분은 포기하겠다고 말하는 학생들이 많다. 그러나 이건 잘못된 생각이다. 우리가 단지 문법 문제를 풀기 위해서 문법을 배우는 것이라 생각하면 큰 오산이다. 예전보다 어려운 구문을 사용한 문장들이 적게 출제되는 건 사실이지만, 그건 지나치게 어렵고 사용되지 않은 문법을 공부할 필요가 없다는 것이지, 아예 문법이 필요없다는 것은 아니다. 회화를 하든, 독해를 하든, 심지어 듣기 문제를 풀어도 문법은 필요하다. 기본적인 문법 사항들이 잘 정리되어 있어야 문장을 분석하여 쉽게 해석할 수 있다.

이 강좌는 문법을 두려워하는 학생들에게, 문법은 너무도 쉽다는 것을 알려준다. 또 대부분의 선생님들과는 차별화된 접근 방식으로 문법을 설명한다. 설명에 군더더기가 없고, 수학 시간에 배우는 개념까지 동원하면서 학생들을 이해시킨다. 그러므로 이 강좌를 잘 활용하기 위해서는 '강의 시간'이 가장 중요하겠다.

또 수능 문제를 푸는 데 필요한 중요한 문법 포인트를 40개로 축약하여 설명하고 있다. 그러니 이것만이라도 완벽하게 알자. 강의 중간 중간에 선생님이 원하는 것이 많은데, 모두 하자. 그러면 강의가 끝난 뒤에 그 내용을 완벽하게 기억할 수 있을 것이다.

문법은 암기가 아니라 이해다. 무조건 외우려 하지 말고, 선생님이 설명하는 흐름을 이해하자. 암기는 결과만을 외우려 할 때는 잘 외워지지 않는다. 과정을 이해하고 결과물을 암기하는 것이 훨씬 쉽고 오래 기억된다. 수업을 열심히 듣고, 중요한 포인트를 꼼꼼히 정리하고, 수업이 끝난 직후에 한 번, 그 이후로도 수시로 들여다보자.

6. 강의 평가

① 샘플 1강(Introduction – 시제와 시간(1)), 1강(Introduction – 시제와 동사 조합(교재와 강의 제목은 다를 수 있음))

② 평가자 정재홍(물리학과), 최서현(수학과), 오승훈(자연과학부), 박정현(화학과)

 강의 평가 점수표

정보의 정확한 전달력 ★★★★	흥미 유발 ★★★★★
강의 속도는 적당한지 ★★★★★	수준을 고려한 강의 ★★★
완급 조절 ★★★★★	듣기 편한 강의(톤과 사투리 유무) ★★★★★

평가 4.50 ★★★★★

추천 수준 너무 방대한 문법 공부를 시작하기가 부담되는 학생들에게 좋은 강좌이다. 또 상위권 학생들에게도 알고 있는 지식을 정리할 수 있는 좋은 기회이다.

1. 강좌명 **영어 독해 연습 1**

2. 강좌 수준 **고급**

3. 강좌 정보

① 방송 시간(인터넷 강좌) 홈페이지 알림방 업로드 일정 참고.

2004년 4월 2일 ~ 5월 31일

☑ EBS Plus 1 채널 심야 시간대(02:10~06:00) 시청 가능 – 편성표 참고.

② 강의 구성

기출 문제에 출제된 독해 유형을 제시하고, 기출 문제와 유사한 연습 문제를 풀이한다. 총 16강으로 구성되어 있다(본 구성은 보충 강의 추가 등으로 인해 달라질 수 있음).

1강	빈칸 완성(1) – 어휘	**9강**	지칭 추론 (1)
2강	빈칸 완성(2) – 어구	**10강**	지칭 추론 (2)
3강	빈칸 완성(3) – 문장	**11강**	글의 흐름 파악하기(1)
4강	Main Idea 찾기(1) – 주제	**12강**	글의 흐름 파악하기(2)
5강	Main Idea 찾기(2) – 제목	**13강**	글의 흐름 파악하기(3)
6강	Main Idea 찾기(3) – 요지	**14강**	실용문
7강	어법(1) – 밑줄 친 부분	**15강**	내용 일치(1)
8강	어법(2) – 네모	**16강**	내용 일치(2)

③ 강의 진행 방식

수업을 시작하면서 그날의 주제를 제시하고, 주제를 세분화하여 문제로 출제될 수 있는 유형으로 나눈다. 각 유형이 적용된 기출 문제를 풀이하면서, 그 유형을 푸는 순서를 제시한다. 그리고 같은 유형의 연습 문제를 풀면서 위에서 제시한 유형별 푸는 순서를 적용한다. 문제를 풀이할 때는 해석 위주로 하여 답을 찾은 뒤, 본문에 사용된 중요 문법이나 구문을 따로 정리하여 알려준다. 그리고 'point to master' 라는 공간을 이용하여 필수적으로 암기해야 할 사항을 정리한다.

④ 매력 포인트

각 강의의 주제가 확실하고, 선생님은 그 주제에 맞는 기출 문제를 적절히 제시한다. 또 기출 문제를 풀면서 특정한 유형에 적응할 수 있는 대비법을 알려준다. A유형은 A1→A2→A3라는 방식으로, B유형은 B1→B2라는 방식으로 나눠서 문제를 푸는 방식을 단계적으로 알려주기 때문에 듣는 학생들도 이해하기 쉽다. 그리고 기출 문제와 유사한 연습 문제를 풀면서 배웠던 이론을 다시 복습할 수 있어 수업을 듣는 동안 여러 번의 반복 효과가 생긴다.

제시되는 문장이나 단어가 중·상위권 수준이고, 문제 해석 속도가 빨라서 수업 진행을 따라가기 힘든 부분이 있지만, 이런 점을 충분히 보완할 만큼 선생님이 설명을 잘한다. 상위권 학생들은 짧은 시간 내에 유형에 따른 많은 문제를 접할 수 있다는 점에서 좋겠고, 중위권 학생들은 문제를 푸는 방식을 새로 배우고 정리해 가면서 문제 풀이에 활용할 수 있다는 장점이 있겠다. 또 지문에 사용된 문법들도 깊게 파고들어 설명하기보다는, 해석하는 데 필요한 중요하고 기본적인 것만 정리해서 알려주기 때문에 어렵지 않다.

4. 강사 정보
① 강사명 김성필 선생님
② 학력 서울대학교 영어교육과, 대학원 졸업.
③ 경력 現 중앙 전국 모의고사 출제위원

前 동아일보/한국일보 대입 가정 학습 출제위원, EBS 듣기 평가 출제위원, EBS 수능 특강/위성방송 교재 출제위원

5. 학습 전략 및 강의 효과
이 강좌는 유형별 전략을 제시한다. 전략은 목표에 빨리 다가갈 수 있는 지름길과 같다. 선생님이 알려주는 단계별 전략들을 유형별로 잘 정리하고 암기하자. 그리고 실제 문제 풀이 때 이 전략들을 사용하는 연습을 많이 해야 한다.

이 강좌를 듣는 데 있어 가장 중요한 것은 '예습' 이다. 상위권 학생들뿐만 아니라 중위권 학생들에게도 좋은 강의가 된다고 하는 것은 '예습' 이 전제되어 있을 때를 말한다. 선생님이 해석을 빨리 하고 그후에 지문에 사용된 구문이나 문법에 초점을 맞추어 강의하기 때문에, 미리 문제를 풀지 않는다면 수업을 듣는 데 큰 어려움이 있겠다. 그러나 예습이 되었다면, 한 문제를 풀이하면서 그 안에 들

어 있는 중요 구문에 대한 설명을 들을 수 있기에 독해에 있어서 필요한 중요 문법들을 수업 하나를 통해 정리할 수 있다.

요즘은 문법이 차지하는 비중이 낮다고들 한다. 하지만 문법 문제가 적게 출제되는 것뿐이지, 문장을 해석하는 데 있어 문법은 가장 기초가 되는 부분이다. 문법이 튼튼해야 문장을 빠르고 정확하게 해석할 수 있다. 그렇다고 해서 문법책을 사서 그걸 송두리째 외울 필요는 없다. 문장을 해석하는 데 있어 필요한 최소한의 문법만 알면 된다. 선생님은 학생들보다 경험이 많기 때문에 무엇이 중요한지, 무엇을 외워야 하는지 잘 알고 있다. 문법을 모른다고 하여 포기하고 걱정하지 말자. 수업 시간에 문제를 풀면서 등장하는 구문이나 용법을 하나씩 정리하고 외우면, 그것들이 쌓여서 나중에는 튼튼한 기본 실력이 되어 있을 것이다.

6. 강의 평가

① 샘플 1강(빈 칸 완성 (1) – 어휘), 4강(Main idea 찾기 (1) – 주제)
② 평가자 정재홍(물리학과), 최서현(수학과), 오승훈(자연과학부), 박정현(화학과)

 강 의 평 가 점 수 표

정보의 정확한 전달력 ★★★★★	흥미 유발 ★★★★★
강의 속도는 적당한지 ★★★★	수준을 고려한 강의 ★★★★★
완급 조절 ★★★★	듣기 편한 강의(톤과 사투리 유무) ★★★★

평가 4.50 ★★★★★

추천 수준 수능에 출제된 유형을 정리하고 싶은 학생, 유형에 따른 보다 많은 문제 설명을 듣고 싶은 학생들에게 좋겠다.

1. 강좌명 영어 독해 연습 2

2. 강좌 수준 고급

3. 강좌 정보

① 방송 시간(인터넷 강좌) 홈페이지 입시 정보/알림방 강의 업로드 일정 참고.

2004년 4월 2일 ~ 5월 31일

☑ EBS Plus 1 채널 심야 시간대(02:10~06:00) 시청 가능 – 편성표 참고.

② 강의 구성

수능 시험에 출제되는 33문항의 독해 문제를 분석하여, 16강에 걸쳐서 그 유형을 제시하고 기출 문제와 연습 문제를 풀이한다. 총 16강으로 구성되어 있다(본 구성은 보충 강의 추가 등으로 인해 달라질 수 있음).

1강	글의 종류	9강	도표의 이해
2강	글의 목적	10강	빈 칸(접속사)
3강	심경, 어조, 분위기 추출	11강	요약문
4강	어휘 추론	12강	속담, 추론
5강	어법(두 개의 어구 고르기)	13강	필자의 주장
6강	어법(문장 고르기)	14강	장문
7강	무관한 문장 고르기	15강	복합문(글의 순서/상용어구)
8강	전후 내용 추론	16강	장문(세 문항)

③ 강의 진행 방식

시작할 때 강의 주제와 그 유형이 수능 시험에서 출제되는 비율을 알려준다. 우선 기출 문제를 통해서 유형을 파악하고, 그 유형에 적절한 풀이법을 제시한다. 이후 유사한 형태의 연습 문제를 풀이한다. 지문은 읽으면서 빠르게 해석하고, 중간 중간 중요 구문들을 뽑아서 설명한다. 단어나 어휘보다는 문법에 관한 설명이 많다.

④ 매력 포인트 vs. 아쉬움

❖ **매력 포인트 : 독해와 문법을 동시에!**

문법은 독해를 위한 출발점이다. 독해를 위해서는 문단을 이루는 문장을 이해해야 하고, 문장을 해석하기 위해서는 그 구조를 분석해야 하고, 구조 분석에는 문법이 필수적이다. 실제로 수능 시험에 문법 문제가 많이 출제되지는 않지만, 문법 공부를 빠뜨릴 수 없는 것이 이러한 이유 때문이다.

이 강좌는 어느 정도 어휘 실력을 갖고 있는 상위권 학생들이 독해와 문법을 병행하여 공부하고 싶을 때 큰 도움을 주겠다. 독해 부분에서 등장한 문법이라도 그 이듬해에는 문법 문제로 활용되어 출제될 수 있기 때문에, 독해 지문에 나오는 문법들을 무시할 수는 없다. 이 강좌는 그런 문법들과 중요한 구문들을 뽑아서 상세히 설명한다. 그리고 선생님이 풍부한 예문을 사용하여 설명하기 때문에 이해하기 쉽다.

❖ **아쉬움 : 빠른 수업 진행 속도 + 연습 문제는 해석 위주**

상위권 학생들을 고려한 강좌이지만 강의 속도가 빠르다. 기출 문제나 구문, 어휘 설명은 천천히 하는데 연습 문제의 지문 해석이 빠르다. 예습이 선행된 상태를 가정하고 강의를 한다고는 하지만, 연습 문제 풀이는 해석하고 답을 찾는 것 위주여서 굳이 방송으로 들을 필요는 없겠다. 상위권 학생들이니 해석 정도는 혼자서도 잘하기 때문이다. 풀이하는 연습 문제의 수를 줄이더라도, 중요 구문들이 들어 있는 양질의 문제를 자세히 풀어 주길 바란다.

4. 강사 정보

① 강사명 로즈 리 선생님

② 학력 영어학 석사(출신 대학 미게재)

③ 경력 現 코리아에듀(노량진) 영어 강사

    前 교신학원/한샘학원/대성학원/청탑학원 강사, 다큐 번역 팀장

5. 학습 전략 및 강의 효과

이 강좌는 유형별 풀이법을 제시한다. 대부분의 상위권 학생들은 유형별로 자신이 사용하는 방법이 있을 것이다. 강의에서 제시된 풀이법과 비교하여 자신에게 효율적인 문제 접근 방법을 찾는 것이 좋겠다.

한정된 시간에 빠르고 정확하게 지문을 해석하는 것이 고득점을 얻기 위한 주요 전략이다. 영어 독

해를 할 때 구문에 익숙하다면 모르는 단어가 있더라도 큰 무리 없이 해석할 수 있다. 예를 들어, 'too~ to~' 구문은 '너무 ~해서 ~할 수 없다'로 해석하고, 문장 내에 관계대명사가 등장하면 주어나 목적어를 수식하거나 서술하는 절로 묶어서 문장을 간단하게 만들 수 있다. 문장을 빠르고 정확하게 해석하기 위해서는, 문장을 읽으면서 문장 내에 숨겨져 있는 구문을 찾고, 그 틀을 이용하는 능력이 필요하다.

이 강좌는 기출 문제에 사용된 구문들을 뽑아서 예문을 곁들여 자세히 설명한다. 우리는 이런 구문들을 정리하여 다른 지문을 해석할 때 사용할 줄 알아야 한다. 평소에 문장을 해석할 때 연습하도록 한다. 먼저 주어와 동사를 찾는다. 그리고 적절한 수식어구나 관계대명사절은 괄호로 묶어 두고, 사용된 구문을 찾는다. 이렇게 하면 짧게 압축된 문장을 만들 수 있고, 쉽게 해석할 수 있다.

이런 과정을 평소에 공부할 때 반복해서 연습해 두면, 실전 상황에서 독해에 소요되는 시간을 상당 부분 줄일 수 있다. 더군다나 구문 연습은 문법 문제에 대한 대응력까지 키워 일석이조의 효과를 볼 수 있다.

6. 강의 평가

① 샘플 1강(글의 종류), 4강(어휘 추론), 5강(어법(두 개의 어구 고르기))
② 평가자 정재홍(물리학과), 최서현(수학과), 오승훈(자연과학부), 박정현(화학과)

강의 평가 점수표

정보의 정확한 전달력 ★★★★	흥미 유발 ★★★★
강의 속도는 적당한지 ★★★★	수준을 고려한 강의 ★★★★★
완급 조절 ★★★	듣기 편한 강의(톤과 사투리 유무) ★★★★

평가 4.00 ★★★★

추천 수준 기본적인 어휘력을 갖춘 학생들이 독해를 통해 지문 내에 쓰인 문법과 구문을 공부하려 할 때 좋은 강좌이다.

1. 강좌명 **영어 독해 기법**

2. 강좌 수준 **초급**

3. 강좌 정보

① 방송 시간(인터넷 강좌) 홈페이지 입시 정보/알림방 강의 업로드 일정 참고.

　2004년 4월 2일 ~ 5월 31일

　☑ EBS Plus 1 채널 심야 시간대(02:10~06:00) 시청 가능 – 편성표 참고.

② 강의 구성

16주에 걸쳐 각 강의마다 영어 독해에서 주의해야 할 사항들을 주제로 정하고, 주제에 맞는 연습 문제와 기출 문제를 풀이한다. 총 16강으로 구성되어 있다(본 구성은 보충 강의 추가 등으로 인해 달라질 수 있음).

1강	반복되는 핵심 어구를 주목하라!
2강	글의 전체를 대표하는 것을 제목으로!
3강	글에서 교훈을 찾아라!
4강	글의 전체적 흐름 연결사에 유의하라!
5강	지시어와 대명사에 유의하라!
6강	긴 글을 두려워 마라!
7강	글의 처음과 마지막을 주목하라!
8강	심정, 분위기, 어조 등 관련 어휘들을 정리하라!
9강	성급한 판단을 하지 마라!
10강	본문에서 단서를 찾아라!
11강	전체적 문맥에서 의미를 파악하라!
12강	문맥 속에서 어휘를 이해하라!
13강	문법을 두려워 말고 기본을 익혀라!
14강	선택지를 먼저 읽어라!

15강 주장이나 요약을 뜻하는 어구를 익혀라!

16강 세부 정보를 놓치지 마라!

③ 강의 진행 방식

시작하면서 그 시간의 주제에 관해 간략하게 설명하고, 문제를 풀 때 숙지해야 하는 점을 강조한다. 4~5개 정도의 연습 문제를 풀이한 다음, 1~2개의 기출 문제를 풀이한다. 문제는 번갈아 가면서 한 번은 책을 보면서 풀이하고, 다음은 강의 자료를 보면서 풀이한다. 그리고 중요 단어나 숙어, 기억해야 할 문법은 칠판에 따로 정리해 주고, 각 문제가 끝날 때마다 핵심 구문을 화면으로 한 번 더 강조한다.

④ 매력 포인트 vs. 아쉬움

※ 매력 포인트 : 쉬운 것도 차근차근

강의 대상이 초급자라고 하지만 지문은 결코 쉽지 않다. 중위권에서 상위권 지문까지 두루 갖추어 실제 수능 문제와 비슷한 수준이다. 그런데 이 강좌가 초급자를 대상으로 한다는 것은, 아무리 쉬운 것이더라도 대충 넘기지 않고 하나 하나 다 짚어 준다는 것이다. 고등학교 1, 2학년 때 배웠을 단어나 숙어, 구문과 문법들을 일일이 체크해 주고, 문제를 푸는 요령을 제시하기 때문에 영어 독해가 막막한 학생들에게 좋은 강좌이다.

※ 아쉬움 : 수준에 비해 빠른 강의 속도

이 강좌는 초급자를 위한 강의다. 그런데 지문의 수준은 실제 수능과 유사하다. 잘하든 못하든 똑같은 문제를 풀어야 하기 때문에 이런 선택은 합당하다.

하지만 문제를 푸는 속도가 타 강좌에 비해 빠르다. 중급이나 고급에 해당하는 강좌도 한 회에 3~4 문제를 푸는 데 비해, 이 강좌는 6~7문제를 풀이한다. 그래서 처음에는 자세히 하나하나 설명하다가, 강의 뒷부분에 시간이 부족하게 되면 중요한 문장 서너 개만 해석하고 끝내는 경우가 있다. 초급자에게는 많은 문제를 풀이하기보다는, 한 문제를 풀더라도 문장의 구조와 사용된 문법을 정확히 알려주고, 중요한 단어와 숙어를 짚어 주는 것이 중요하다. 그러므로 풀이하는 문제를 줄이더라도 지문을 모두 설명해야 한다.

4. 강사 정보

① 강사명 송인수 선생님
② 학력 서울대학교 영어영문학과 졸업.
③ 경력 現 종로학원 강사

5. 학습 전략 및 강의 효과

영어 독해를 하는 데 필요한 것은 여러 가지다. 단어나 숙어도 많이 알아야 하고, 문장을 끊어 읽는 데도 능숙해야 하며, 각종 문법들도 다 챙겨야 한다. 이 삼박자가 동시에 이루어질 때 쉽게 독해를 할 수 있다.

그런데 이런 기본적인 능력뿐만 아니라 문제를 푸는 요령도 중요하다. 실력뿐 아니라 제한된 시간 안에 빠르고 정확하게 모든 문제를 풀어내는 능력이 점수를 결정하는 주요 요인이다. 모든 능력이 같을 때 누군가 문제를 더 간단히 풀 수 있는 요령을 알고 있다면 어떻겠는가? 당연히 고득점으로 연결될 것이다. 이 강좌는 영어 지문을 해석하는 데 익숙하지 않은 학생들에게 좀더 쉽고 빠르게 지문을 해석할 수 있는 힌트를 하나씩 준다. 매 강의에는 '~하라'는 제목이 하나씩 있다. 이 제목이 그 강의를 예습하거나 또 듣거나 복습할 때 항상 유념해야 할 문장이 된다.

강의를 듣기 이전에는 반드시 문제를 미리 풀어야 한다. 한 번도 보지 않은 새 지문을 빠른 강의를 들으며 처음 보는 것과, 한번 풀어 본 지문을 강의를 통해 다시 보는 것은 엄청난 차이가 있다. 예습하지 않은 채 수업을 듣는 것은 진도를 따라가기도 벅차다. 선생님 따라 해석하랴 필기하랴 바빠서 정신이 하나도 없다. 그런데 미리 한번 풀어 보면 수업의 주제를 안다. 해석도 대충 할 줄 안다. 중요한 어휘나 문법을 한번 더 짚어 볼 수 있고, 여유가 있으니 더 많은 것을 들을 수 있다.

매 강의의 주제로 주어진 문장은 영어 독해를 할 때 항상 마음속에 그려 두어야 한다. 매 회의 문제를 풀 때만 적용되는 법칙이 아니라, 모든 영어 독해를 할 때 적용되는 공통된 법칙이기 때문이다.

문제를 풀 때는 우선 묻는 것이 무엇인지 잘 파악해야 한다. 주제를 묻는 건지, 글의 내용과 일치하는 것인지 일치하지 않은 것인지, 올바른 것을 고르는 것인지 틀린 것을 고르는 것인지, 교훈이나 속담을 묻는지, 빈 칸에 들어갈 말을 고르는 것인지 명확히 파악한다. 그 다음 답을 훑어본다. 이렇게 답을 훑어보면 대충 지문의 내용이 어떠한 종류인지 예측할 수 있다. 해석할 때는 접속사나 지시대명사에 유의하면서 단락별로 내용을 간추리고, 주어진 답과 지문의 내용을 상호 비교하면서 아닌 것은 지워서 정답을 찾을 수 있다.

예를 들어, 본문의 내용과 일치하지 않은 것을 고르라 하면, 우선 보기를 읽어 보고 글의 내용을 대충 파악한 뒤, 지문에서 보기에 언급된 단어나 내용이 나올 경우 답과 비교하여 옳고 그름을 비교하게 된다. 이렇게 하면 지문을 다 읽고 다시 생각할 필요 없이 지문을 읽는 동시에 정답이 나오게 된다.

6. 강의 평가
① 샘플 1강, 3강, 6강
② 평가자 정재홍(물리학과), 최서현(수학과), 오승훈(자연과학부), 박정현(화학과)

 강의 평가 점수표

정보의 정확한 전달력 ★★★★	흥미 유발 ★★★
강의 속도는 적당한지 ★★★★	수준을 고려한 강의 ★★★★
완급 조절 ★★★★	듣기 편한 강의(톤과 사투리 유무) ★★★

평가 3.67 ★★★★

추천 수준 실력이 높지는 않지만, 실제로 수능에 출제되는 문제와 비슷한 난이도의 문제를 풀어 보고 싶은 학생에게 좋은 강좌다. 기초적인 문법과 어휘를 배우고 싶은 학생들에게 도움이 된다.

1. 강좌명 **수능 특강**

2. 강좌 수준 **중급**

3. 강좌 정보

① 방송 시간(인터넷 강좌) EBS Plus 1 방송 강의

2004년 2월 2일 ~ 7월 4일

본방송 [수 · 목] 07:00 ~ 07:50

재방송 [수 · 목] 22:00 ~ 22:50

종합편 [일] 22:00 ~ 23:40

☑ 인터넷 vod 시청은 ebsi 홈페이지 입시 정보/알림방 강의 업로드 일정 참고.

② 강의 구성

총 44강에 걸쳐 진행된다. 앞 22강에서는 수능에 출제된 문제들을 유형별로 나누어 접근하고, 나머지 22강은 수능에 출제되거나 출제될 가능성이 높은 소재들을 분류하여 공부한다(본 구성은 보충 강의 추가 등으로 인해 달라질 수 있음).

1강	지칭 추론	12강	주제 찾기
2강	글의 종류, 목적	13강	제목 찾기
3강	빈 칸 완성	14강	어법 (1)
4강	빈 칸 완성(연결사)	15강	어법 (2)
5강	무관한 문장 찾기	16강	한 문장 요약
6강	함축 의미, 이중 의미, 사전 유형	17강	글의 순서
7강	분위기, 심경, 어조	18강	단락 속에 문장 넣기
8강	전후 내용 파악	19강	놓치기 쉬운 유형
9강	내용 일치, 불일치	20강	도표와 실용문
10강	속담, 교훈	21강	장문 독해
11강	요지, 주장	22강	복합 문단의 이해

23강	심리 · 인간 행동		**34강**	인물, 일화
24강	학문 · 교육 · 학교		**35강**	정치, 경제
25강	환경 · 자원 · 재활용		**36강**	언어, 문학
26강	실용문		**37강**	기원, 풍습, 명절, 축제
27강	문화		**38강**	상식, 유머
28강	컴퓨터		**39강**	신화, 전설, 민담, 우화
29강	예절, 에티켓		**40강**	동물, 식물, 자연
30강	여행, 취미		**41강**	건강, 스포츠, 의학
31강	식품, 영양, 다이어트		**42강**	기사, 뉴스, 미디어
32강	청소년 문화, 유행		**43강**	예술(음악, 미술, 춤)
33강	과학		**44강**	역사, 지리

③ 강의 진행 방식

우선 기출 문제를 풀이하면서 그날 공부할 유형을 제시한다. 풀이 후 유형을 분석하고, 여태까지 수능에 출제된 횟수와 문제에 대처하는 방법을 알려준다. 그리고 유형에 맞는 연습 문제를 난이도별로 풀이한다. 지문에 나왔던 중요 단어를 모아서 동의어와 파생어들을 알려주는 〈Voca! Voca!〉가 이어지고, 매 시간마다 듣기 문제도 1개씩 풀면서 풀이 방법을 제시한다. 〈Pronunciation checkup〉이라는 영어 발음을 연습하는 섹션도 있고, 시험에 자주 출제되는 속담을 공부하는 〈popular proverbs and sayings〉도 있다. 지문 풀이할 때마다 중요한 문법 구문은 〈Grammer to know〉라 하여 따로 정리해 주고, 매 수업의 마지막에는 〈Let's wrap it up〉이라 하여 그날 배웠던 중요한 단어나 숙어, 속담, 구문을 정리해 준다.

④ 매력 포인트 vs. 아쉬움

❀ **매력 포인트 : 재미 + 모든 것을 다 아우른다**

외국어영역 안에서 공부해야 하는 듣기, 문법, 독해가 다 모였다. 우선 앞 22강은 유형별 학습이다. 수업을 통해서 다시 한번 각 유형을 완벽하게 분석하고 풀이법을 정리할 수 있다. 그리고 후반 22강은 소재별로 나뉘어져 있는데, 아직 수능에서 출제되지 않은 소재도 다루고 있어 새로운 문제에 대응하는 능력을 키울 수 있다. 또 대부분의 강의에서 잘 다뤄지지 않는 듣기 문제 풀이가 있어 학생들에게는 유용하겠다.

한 문제에 대한 설명이 늘어지지 않고 중요한 것만 잘 정리하여 설명하고, 어휘나 발음, 속담 부분도 따로 정리해 주는 섹션이 있어서 지루하지 않고, 여러 기본적인 배경 지식을 쌓을 수 있다. 무엇보다 선생님들이 재미있게 수업을 이끌어가서 학생들이 졸지 않고 열심히 수업을 들을 수 있겠다.

❊ 아쉬움 : 수준에 비해 빠른 강의 속도 & 산만함

50분 정도의 강의가 너무 여러 가지 섹션으로 나뉘어 일부 학생들에게는 산만하고 통일성이 없게 느껴질 수도 있다.

4. 강사 정보

① 강사명 이근철, 장현옥 선생님

② 학력 이근철(연세대학교 영어영문학과 언어학 석사), 장현옥(미게재)

③ 경력 이근철 (서울대/연세대/고려대/서강대 특강 강사, EBS 서바이벌 영어회화 진행, KBS 대한민
국 1교시 Yes I can 및 각종 영어 프로그램 집필 및 진행)

장현옥 (現 중산고등학교 교사, EBS 수능 특강/10주 완성/실전 모의고사/우수 문항 시리즈/오
답 노트 진행, EBS 중앙교육 I-study club 외국어영역 진행)

5. 학습 전략 및 강의 효과

이 강좌를 성공적으로 듣기 위해서는 세 가지가 필요하다. 예습, 정리, 암기이다.

문제를 푸는 것이 핵심이기 때문에 강의를 듣기 전 문제를 미리 풀어 오는 것은 필수다. 강의 시간에 이것저것 알려주는 문법이나 어구, 단어의 유의어, 파생어들이 많아서 예습을 하지 않는다면 이 많은 것들을 다 챙겨 적기에는 시간이 부족하다. 그리고 강의 시간에 알려주는 속담이나 단어들은 노트에 잘 정리해 둔다. 속담 문제는 빠지지 않고 시험에 출제된다. 대부분의 속담 문제는 지문은 쉬우나 보기에 제시된 속담의 뜻을 몰라 틀리는 경우가 많으므로, 반드시 정리해 두고 반복해서 눈에 익혀 둔다. 문장에 사용된 구문들도 잘 정리하여 반드시 암기하도록 한다. 구문은 구체적인 예문을 통해서 외우면 오랫동안 기억할 수 있다.

이 강좌에서는 매 시간 듣기 문제를 하나씩 푼다. 수능 시험에서 듣기가 차지하는 비중은 큰 반면에, 학생들이 듣기에 쏟는 시간과 관심은 상대적으로 적다. 강의 시간에 알려주는 듣기 문제 풀이의 포인트를 잘 기억하자. 무엇보다 듣기는 익숙함이 관건이다. 하루 이틀 몰아서 공부한다고 듣기 실력

이 쭉쭉 성장하지는 않는다. 하루에 5~6개 정도의 문제를 꾸준히 풀어 주자. 그러면 듣기에 대한 공포심도 사라지고 실력도 늘어날 것이다.

연습 문제를 풀 때마다 선생님은 같은 지문을 이용하여 만들어질 수 있는 다른 유형을 제시한다. 평소에 문제를 풀 때도 이러한 태도를 가져 보자. 옳지 않은 것을 찾는 문제를 주제를 찾는 문제로 생각해 보고, 심경을 묻는 문제를 속담을 찾는 문제로 생각해 보자. 평소에 문제를 대하는 사고의 폭을 넓혀놓는다면, 실제 시험에 새로운 유형이 나와도 크게 당황하지 않고 쉽게 문제를 풀 수 있을 것이다.

6. 강의 평가

① 샘플 1강(지칭 추론), 22강(복합 문단의 이해), 24강(학문·교육·학교)
② 평가자 정재홍(물리학과), 최서현(수학과), 오승훈(자연과학부), 박정현(화학과)

강의 평가 점수표

정보의 정확한 전달력 ★★★★	흥미 유발 ★★★★★
강의 속도는 적당한지 ★★★★	수준을 고려한 강의 ★★★★★
완급 조절 ★★★★	듣기 편한 강의(톤과 사투리 유무) ★★★★★

평가 4.50 ★★★★★

추천 수준 하나의 강좌를 통해서 듣기, 문법, 독해를 다 공부하고 싶은 학생들에게 좋다. 기출 문제 유형을 다시 한번 정리하고, 출제될 가능성이 높은 소재를 미리 공부할 수 있는 강좌이다.

1. 강좌명 오답 노트

2. 강좌 수준 공통

3. 강좌 정보

① 방송 시간(인터넷 강좌) EBS Plus 1 방송 강의

   2004년 2월 ~ 2004년 11월

   본방송 [수] 09:30 ~ 10:20

   재방송 [목] 16:10 ~ 17:00

    ☑ 인터넷 vod 시청은 알림방 업로드 일정을 참고.

② 강의 구성

각 4주에 걸쳐 2004 수능 시험과 2005 수능 예비 평가의 오답률을 분석하여, 가장 어렵고 틀리기 쉬운 문제를 엄선하여 풀이한다(교재 없음).

③ 강의 진행 방식

시험에 출제된 문제들의 오답률을 파악한 뒤, 어렵고 틀리기 쉬운 문제들을 선정한다. 매 시간 듣기, 문법, 독해 분야에서 간추린 4~5개 정도의 문제를 풀이한다. 문제를 풀이하면서 유의해야 할 점, 실수하기 쉬운 부분들을 '오답 노트'라 하여 정리해 주고, 그 외에도 중요한 어휘의 다양한 쓰임이나 핵심 문법들을 '핵심 노트'로 요약해 준다. 더 나아가 기출 문제에서 응용되어 나올 수 있는 문제들을 예측해 '응용 노트'로 정리하여 학생들이 쉽게 이해하고 정리할 수 있게 한다.

④ 매력 포인트

어느 시험에서든 기출 문제는 중요하다. 매년 시험을 내는 집필진들은 바뀌더라도 시험 유형이 급격하게 변하지는 않기 때문이다. 많은 부분이 예년의 문제들과 유사하고, 새로운 문제라 하더라도 기존 유형에서 변형을 가한 것이 많다. 그리고 교과서의 내용은 지난 몇 년 간 형식은 바뀌었더라도 내용면에서 크게 변한 것이 없다. 그렇기 때문에 우리는 기출 문제를 파악하여 그 안에서 중요한 내용을 찾아내고, 앞으로 나올 새로운 유형의 문제를 예측하고 공부할 수 있다.

이 강좌는 기출 문제의 중요성을 파악하고, 학생들이 할 수 있는 실수를 다시 한번 상기시켜 중요한 점을 강조하면서 기출 문제가 응용될 수 있는 방법까지 예측한다.

4. 강사 정보

① 강사명 김우택 선생님, 박주연 선생님, 장현옥 선생님
② 학력 김우택(연세대 경영학과, 국제대학원 졸업), 박주연(미게재), 장현옥(미게재)
③ 경력 김우택(現 신구대 강사, EBS 수능 초이스 영어 1/오답 노트 외국어영역 진행)

  박주연 (現 환일고등학교 교사)

  장현옥 (現 중산고등학교 교사, EBS 수능 특강/10주 완성/실전 모의고사/우수 문항 시리즈/오답 노트 진행, EBS 중앙교육 I-study club 외국어영역 진행)

5. 학습 전략 및 강의 효과

공부를 할 때는 문제를 많이 풀어 보는 것도 중요하지만, 그보다 더욱 중요한 것은 틀린 문제를 같은 이유로 두 번 틀리지 않는 것이다. 많은 학생들이 알면서도 같은 문제를 틀린다. 그 이유는 처음 틀렸을 때, 왜 틀렸는지 꼼꼼히 따지지 않고 대충 답만 표시하고 넘어가기 때문이다. 이런 상황은 하위권 학생들뿐만 아니라 중위권, 상위권 학생들에게도 나타난다.

왜 틀렸는지를 아는 것은 아주 중요하다. 그리고 기출 문제는 상위권, 중위권, 하위권 모든 학생들에게 중요한 보물단지다. 학생들은 기출 문제나 모의고사를 통해 수능에 출제될 유형을 예측할 수 있고, 그에 맞게 공부 방향을 정할 수 있다.

이 강좌는 기출 문제를 분석하고, 특정 문제를 많이 틀린 이유를 짚어내는, 두 마리 토끼를 동시에 잡는 것으로 모든 학생들에게 도움이 되겠다.

우선 강의될 문제를 풀이하고 채점한다. 답만 단순히 체크할 것이 아니라, 자신이 왜 틀렸는지를 생각해 본다. 그리고 강의를 보면서 선생님이 강조하는 부분, 중요한 어휘나 문법들을 따로 정리하고 암기한다. 한번 출제된 문제들은 몇 년이 흘러서 약간 변형된 형태로 출제되는 경향이 있기 때문에, 기출 문제에 나온 단어나 문법들은 보기나 예문에 나왔다 하더라도 가볍게 여겨서는 안 된다.

단순히 기출 문제뿐만 아니라 우리가 접하는 모든 문제들에 이것을 적용시키자. 우리는 매일 수많은 문제를 푼다. 하지만 푸는 개수가 중요한 것이 아니다. 영어는 무엇보다 매일매일 꾸준히 학습하는 것이 중요하다. 며칠 동안 딴 공부만 하다가 하루에 40개씩 영어 문제를 푼다고 실력이 느는 것이 아

니다. 하루에 6~7개 정도의 문제를 풀면서 자신이 왜 틀렸는지 알아가는 것이 중요하다. 자신이 틀린 문제에 나오는 단어, 숙어, 문법들은 노트에 꼼꼼하게 정리하고 반복해서 외워야 한다.

6. 강의 평가

① 샘플 1강(2004 대학수학능력시험(1)), 3강(2004 대학수학능력시험(3)), 5강(2005 수능 예비평가(1))

② 평가자 정재홍(물리학과), 최서현(수학과), 오승훈(자연과학부), 박정현(화학과)

 강의 평가 점수표

정보의 정확한 전달력 ★★★★	흥미 유발 ★★★★★
강의 속도는 적당한지 ★★★★	수준을 고려한 강의 ★★★★★
완급 조절 ★★★★	듣기 편한 강의(톤과 사투리 유무) ★★★★

평가 4.33 ★★★★★

추천 수준 모든 학생.

1. 강좌명 수능 출제 유형 분석

2. 강좌 수준 중급

3. 강좌 정보

① 방송 시간 EBS Plus 1 방송 강좌

2004년 2월 2일 ~ 4월 25일

본방송 [수·목] 15:20 ~ 16:10

재방송 [월·화] 21:10 ~ 22:00

☑ 인터넷 vod 시청은 ebsi 홈페이지 입시 정보/알림방 강의 업로드 일정 참고.

② 강의 구성

이제까지 수능에서 출제된 반복되는 유형들을 정리하여 매 수업마다 각 유형에 쉽게 접근할 수 있는 전략들을 알려준다. 총 24강으로 구성되어 있다(본 구성은 보충 강의 추가 등으로 인해 달라질 수 있음).

1강	지칭 추론	13강	글의 순서
2강	함축 의미 추론	14강	주제 찾기
3강	중의 파악 및 사전 찾기	15강	제목 찾기
4강	연결사	16강	글의 요지 파악
5강	빈칸 완성(1): 세부 내용 완성	17강	필자의 주장 파악
6강	빈칸 완성(2): 주제문 완성	18강	글의 내용 요약
7강	문법성 판단	19강	도표 및 실용문의 이해
8강	대화문의 이해	20강	필자의 심경과 어조
9강	내용 일치 여부 파악	21강	글의 분위기와 상황
10강	글의 종류 및 목적	22강	복합 문단의 이해
11강	전후 내용 추론	23강	장문의 이해
12강	문장의 위치 파악, 무관한 문장 찾기	24강	기타 유형

③ 강의 진행 방식

시작하면서 그날에 강의할 주제를 개괄적으로 소개하고, 그 주제에 관련된 2~3개의 유형을 제시한다. 그리고 각 유형에 적절한 시간을 배분하여 설명한다. 예를 들면 '제20강 필자의 심경과 어조'에서는 유형 1이 필자의 심경, 유형 2가 필자의 어조가 되어 50분 시간 중 약 20분씩을 각 유형에 분배한다. 각각 분배된 시간 동안에는 우선, 유형들이 지난 수능에서 출제된 빈도와 문제가 나오는 방식이 제시된다. 그리고 이러한 문제를 풀 수 있는 전략들이 소개되고, 이 전략들을 이용하여 기출 문제를 푼다. 그러면 이를 토대로 적용 문제를 풀이한다. 수업이 끝난 후에는 그 시간에 배운 중요한 어휘들을 복습하고 중요한 전략들을 반복해서 알려준다.

④ 매력 포인트 vs. 아쉬움

❈ **매력 포인트 : 체계적인 문제 풀이**

배움에 있어서 중요한 것 중의 하나가 '반복'이다. 반복해서 내용을 보아 두면 쉽게 잊혀지지 않는다. 이 강좌는 문제를 푸는 주요 전략들을 반복해서 제시한다. 강의 시작하면서 유형 분류할 때 한 번, 기출 문제 풀 때 한 번, 적용 문제 풀 때 한 번, 그리고 마지막으로 최종 정리하면서 한 번, 모두 4번의 반복 학습을 거친다. 이런 점이 지루하게 느껴질 수도 있지만, 반복해서 봄으로써 무엇이 중요한지 알 수 있다.

위에서 보아 알 수 있겠지만, 이 강좌는 단계적인 문제 풀이가 특징이다. 우선 전략을 확인하고 문제를 읽으면서 답을 선택하는 데 도움이 될 만한 실마리들을 찾는다. 그리고 나중에 그 실마리들을 모두 모아 종합하여 답을 찾을 수 있다. 보통 학생들이 문제를 풀 때는 어떤 방법으로 접근해야 할지 막막하다. 그런데 이런 체계적인 방법은 구체적이어서 학생들이 쉽게 문제에 적용하여 답을 찾아낼 수 있다. 막막하다는 느낌보다는 정리되어진다는 느낌이 많이 든다.

❈ **아쉬움 : 적은 수의 문제**

한 문제에 대해 세세하게 설명하는 것은 좋으나 50분이라는 한정된 시간 동안 푸는 문제 수가 4~5개 정도여서 아쉬운 점이 있다. 한 문제에 대한 완벽한 해석도 중요하지만, 여러 형태의 문제를 접해 보는 것도 수험생에게는 중요하기 때문이다.

4. 강사 정보

① 강사명 박주연 선생님
② 학력 미게재
③ 경력 現 환일고등학교 교사

5. 학습 전략 및 강의 효과

이 강좌는 유형별로 문제를 제시하고, 문제를 풀어가며 지문 속의 중요한 내용까지 짚어 주는 방식이다. 유형별로 강의가 진행되기 때문에 학생들이 자신의 취약한 유형을 선택하여 들을 수 있는 이점이 있다.

초급자에게는 다소 어려운 단어나 구문이 나올 수도 있지만, 수능에 나오는 모든 유형을 총망라했기때문에, 수능에 어떤 문제들이 나오는지 대충 틀을 잡을 수 있다. 그리고 강의 속도가 그리 빠르지 않은 편이고, 중요한 것은 계속해서 반복되어 나오기 때문에 큰 무리 없이 수업을 들을 수 있겠다.

중위권에 있는 학생들은 알고 있거나 어렴풋이 알고 있는, 혹은 잘 몰랐던 유형별 전략이나 어휘, 구문들을 명확하게 정리하여 암기할 수 있는 좋은 기회일 것 같다. 또 상위권 학생들도 잘 알고 있는 것들을 한번 더 확인한다는 느낌으로 본다면 도움이 될 것이다.

가장 중요한 예습은 문제를 미리 풀어 보는 것이다. 강의에서 문제는 반복해서 읽지 않는다. 그렇기 때문에 선생님의 풀이 속도와 맞춰 가려면 미리 읽어 두는 게 반드시 필요하다. 우선 문제의 유형을 유념하면서 문제를 풀고, 모르는 단어나 숙어를 찾아 수첩에 정리해 둔다. 찾은 단어의 뜻을 이용하여 문제를 다시 한번 해석해 본다. 이때 절대 먼저 해설을 보면 안 된다. 그 다음에 문제 내에서 중요할 것 같은 문구를 한번 예상해 본다. 이렇게 하면 자신이 한번 봤던 내용이기 때문에 강의를 들을 때 훨씬 더 많은 지식을 습득할 수 있고, 집중력을 높일 수 있다.

그리고 수업을 들을 때는 유형별 전략에 집중하도록 하고, 문제를 풀다 빠질 수 있는 함정에 유의하도록 한다. 수업을 들은 후에는 유형별 전략을 다시 한번 정리하고, 선생님이 강조한 단어나 구문을 따로 표시하여 익힌 후 아리송한 문장들을 다시 해석해 본다.

이런 예습, 강의, 복습의 삼박자가 완벽히 이루어지면 단어와 구문 실력도 상당히 향상되고, 비슷한 유형의 문제가 나왔을 때 당황하지 않고 전략을 이용하여 쉽게 접근할 수 있다.

6. 강의 평가

① 샘플 1강(지칭 추론), 9강(내용 일치 여부 파악), 20강(필자의 심경과 어조)
② 평가자 정재홍(물리학과), 최서현(수학과), 오승훈(자연과학부), 박정현(화학과)

 강의 평가 점수표

정보의 정확한 전달력 ★★★★	흥미 유발 ★★★★
강의 속도는 적당한지 ★★★	수준을 고려한 강의 ★★★★★
완급 조절 ★★★★	듣기 편한 강의(톤과 사투리 유무) ★★★★

평가 4.00 ★★★★

추천 수준 수능에 출제되어 온 유형에 대한 개념이 아직 없는 학생들이, 유형을 익히고 문제를 푸는 전략을 배우는 데 좋은 강좌이다.

[과·학·탐·구·영·역]

1. 강좌명 **수능 특강 − 지구과학 l**

2. 강좌 수준 **선택**

3. 강좌 정보

① 방송 시간 EBS Plus 1 방송 강좌

2004년 2월 2일 ~ 5월 23일

본방송 [목] 12:00 ~ 12:50

재방송 [금] 00:30 ~ 01:20

종합편 [일] 13:40 ~ 14:30

☑ 인터넷 vod 시청은 ebsi 홈페이지 입시 정보/알림방 강의 업로드 일정 참고.

② 강의 구성

지구과학 교과 과정에 맞춰 필요한 기본 지식을 전달하고, 다른 과학 과목과 연결지어 교과에 대한 이해를 높이며, 문제 해결 능력을 배양한다. 총 16강으로 구성되어 있다(본 구성은 보충 강의 추가 등으로 인해 달라질 수 있음).

1강	지구 환경의 구성	9강	일기의 변화 (1)
2강	지구 환경의 변화 (1)	10강	일기의 변화 (2)
3강	지구 환경의 변화 (2)	11강	해양의 변화 (1)
4강	지구 환경의 변화 (3)	12강	해양의 변화 (2)
5강	지각 변동 (1)	13강	신비한 우주 (1)
6강	지각 변동 (2)	14강	신비한 우주 (2)
7강	대기중의 물	15강	신비한 우주 (3)
8강	구름과 강수	16강	태양계 탐사 결과

③ 강의 진행 방식

소제목에 따라 문제 해결에 필요한 기본 지식을 강의하고, 기본적인 문제를 풀어 보며 정보의 적용 방법과 정답 찾는 요령 등을 파악한다. 지질, 대기, 해양 등의 교과 특성상 그림과 사진, 도표 등을 많이 사용하여, 문제를 접할 때 생소한 느낌을 없애고, 문제를 출제 유형별로 내용을 정리하여 전달한다. 그리고 난이도가 있는 문제에 보다 초점을 맞추어 지구과학 선택 학생들을 위주로 강의를 진행한다.

④ 매력 포인트 vs. 아쉬움

◈ 매력 포인트 : 교과에 알맞은 접근 방법

지구과학은 교과 특성상 물리, 화학, 생물 등의 다른 교과를 아우르고 있고, 규모가 큰 현상들을 다루기 때문에, 전체적인 시각으로 접근하는 것이 필요하다.

강의 도입부에 해당 단원에 대한 기본 지식을 전달함에 있어, 이 부분을 제대로 판단하고 전체의 맥을 잘 짚어 주고 있다. 문제 풀이에 있어서도 대부분의 문제가 주어진 자료를 해석하는 문제인데, 자료를 짧은 시간에 확인하는 방법과 주어진 그래프나 도표에서 중요한 것이 무엇인지 정확하게 찾아내는 방법을 시각적으로 보여주고 전달해 준다.

그리고 중요한 부분은 한 번씩 더 짚고 넘어가며, 실력 다지기 문제를 주로 풀어서 좀더 전문적인 지식을 전달하려 한다.

◈ 아쉬움 : 내용 설명을 조금만 더

다른 과목들에 대한 기본 지식이 없을 때에는 다소 이해되지 않는 부분에 대해 별다른 설명 없이 넘어가는 경향이 있다. 물론 물리와 화학에서 배워야 할 내용들까지 모두 가르칠 여유가 없는 것은 사실이지만, 설명이 너무 적은 점이 아쉽다.

그리고 문제 해설이 중점적으로 다루어지다 보니 내용 설명이 다소 약해 보이는 느낌이 든다. 보다 충분한 내용 강의가 필요하다고 생각한다. 그리고 중요한 핵심 내용을 중간 중간에 한번 더 확인해 주고 넘어가 주었으면 좋겠다는 아쉬움도 있다.

4. 강사 정보
① 강사명 송용석 선생님
② 학력 미게재
③ 경력 現 명덕외국어고등학교 교사

5. 학습 전략 및 강의 효과
① 학습 전략

지구과학은 여러 과목이 동시에 이용되기 때문에 전체적인 시각으로 접근이 필요하다. 단순히 암기만 하는 것보다는 해당 단원에 필요한 물리, 화학, 생물 분야의 기초 지식을 습득하고 원리를 이해하는 것이 훨씬 중요하다는 말이다. 그러므로 강의 초반에 주요 개념들에 대해서 설명할 때, 그 원리와 내용을 정리하고 이후 문제 풀이에 적용하는 것이 좋다.

또 문제 풀이 과정에서 사진과 그림 자료를 눈여겨봐 둔다. 대부분 주위에서 어렵지 않게 경험해 볼 수 있거나 생각해 볼 수 있는 내용이라는 것을 알고, 직접 주위에 적용시켜 보면서 이해하고 외우면 좀 더 쉽게 기억할 수 있다. 그리고 문제 풀이와 동시에 강의를 진행하므로, 풀이중 설명하는 중요한 내용을 잘 잡아내는 것이 중요하다. 반복해서 나오는 내용도 잘 잡아내야겠지만, 내용 설명에서 나오지 않은 부분이 문제 풀이중에 나오기도 하므로, 문제를 풀면서 설명해 주는 것들을 유심히 살피고 잘 선택해서 정리하도록 한다.

교과의 특성상 일정 순서에 맞추어 체계적이고 연속적으로 지식이 전달되지는 않는다. 이것저것 혼합되어 나오는 지식과 정보들 사이에서 꼭 필요한 정보를 잡아내는 데 정신을 집중한다. 문제마다 적용해야 하는 정보의 특징이 다르므로, 유형별로 문제 자체를 기억해 두는 것도 좋은 방법이다. 마지막 핵심 Review의 내용은 상당히 요약되어 있는 것이기 때문에, 정리할 때 부가 설명을 적어 두는 것이 효과적이다. 그리고 기초 문제보다 실력 다지기 문제를 위주로 풀이하는데, 난이도 차이가 많이 나지는 않으므로 부담 없이 듣도록 한다. 문제에 나온 핵심 내용은 반드시 따로 노트를 만들어 기록하고, 문제 풀이가 끝난 직후 또는 강의가 끝난 다음 바로 복습하도록 한다.

지진파, 수증기 포화 등 상당히 어려운 부분도 있는데, 이런 부분일수록 더욱 노트 정리가 필수라 하겠다. 그림이 필요하거나 그래프를 그려야 하는 부분들은 오려 붙이는 것보다는 직접 한번 그려 보는 것이 더 좋다. 특히 어려운 부분일수록 직접 쓰고 그리는 과정에서 이해가 쉽게 되고, 반드시 알고 넘어가야 많은 응용 문제를 한번에 잡을 수가 있다.

② 강의 효과

지구과학을 선택한 학생에게 알맞은 강좌라 할 수 있다. 처음 접하는 학생이나 기초 지식이 부족한 하위권 학생에게는 용어의 이해가 다소 힘들고 문제 유형에 적응하기 힘들 수 있지만, 들으면서 어느 정도 파악할 수 있을 것으로 판단된다. 중·상위권 학생 정도면 강의를 통해 충분한 지식을 얻을 수 있고, 문제 유형 파악에 도움이 된다.

6. 강의 평가

① 샘플 1강(지구 환경의 구성), 5강(지각 변동 (1)), 8강(구름과 강수)
② 평가자 정재홍(물리학과), 최서현(수학과), 오승훈(자연과학부), 박정현(화학과)

 강의 평가 점수표

정보의 정확한 전달력 ★★★★1/2	흥미 유발 ★★★★
강의 속도는 적당한지 ★★★★	수준을 고려한 강의 ★★★★
완급 조절 ★★★★	듣기 편한 강의(톤과 사투리 유무) ★★★1/2

평가 : 4.00 ★★★★

추천 수준 기초가 부족한 학생에게는 저학년 물리, 화학, 생물 강의부터 듣기를 권한다.

1. 강좌명 수능 특강 – 물리 I

2. 강좌 수준 선택

3. 강좌 정보

① 방송 시간 EBS Plus 1 방송 강좌

2004년 2월 2일 ~ 5월 23일

본방송 [월] 12:00 ~ 12:50

재방송 [화] 00:30 ~ 01:20

종합편 [일] 11:10 ~ 12:00

☑ 인터넷 vod 시청은 ebsi 홈페이지 입시 정보/알림방 강의 업로드 일정 참고.

② 강의 구성

물리 교과 과정에 맞추어 각 단원별로 개념을 정립하고 유형별로 문제를 풀이한다. 총 16강으로 구성되어 있다(본 구성은 보충 강의 추가 등으로 인해 달라질 수 있음).

1강	속도와 가속도	9강	전류에 의한 자기장
2강	운동의 법칙	10강	전자기력(자기력)
3강	여러 가지 힘	11강	전자기 유도
4강	운동량과 충격량	12강	파동의 발생과 전파
5강	일과 에너지	13강	파동의 반사와 굴절
6강	역학적 에너지의 보존	14강	파동의 간섭과 회절
7강	전류와 전압	15강	빛의 간섭과 회절
8강	저항의 연결과 전기 에너지	16강	빛과 물질의 이중성

③ 강의 진행 방식

초반에 그날 배울 내용에 대해 약간의 소개를 하며 흥미를 유발한다. 그리고 해당 단원의 물리적 개념들에 대해 자세히 설명하고, 기본 개념이 잡히면 그 개념들을 이용한 그래프나 다른 응용 개념들을 소개하고 해설한다. 학교에서 수업하는 방식과 비슷하게 강의가 진행되며, 반드시 필요한 경우가 아니면 준비된 그림이나 그래프를 사용하지 않고 직접 그려가며 강의한다. 문제 풀이는 쉬운 문제에 보다 비중을 두고 해설하며, 중요 내용이 나오면 강조하고 다시 요점을 정리해 준다.

④ 매력 포인트 vs. 아쉬움

❀ 매력 포인트 : 흠잡을 데 없는 개념 이해

이 강좌의 장점은 선생님의 설명이 매우 명쾌하고 분명하다는 것이다. 대부분의 물리적 개념 설명이 만족스럽고, 새로운 개념에 대한 접근 방법이 비교적 쉽고 흥미로워서 놓치기 쉬운 개념들을 잘 잡아 주고 있다. 난이도가 낮은 문제 위주로 풀이하기 때문에, 중·하위권 학생들에게 도움이 되는 정보를 많이 전달하고 있다. 그리고 중요 개념 설명이 끝나면 항상 반드시 이해해야 할 정보를 자막으로 띄워 주고, 다시 한번 언급하기 때문에 흐름을 놓치지 않고 진도를 따라갈 수 있다.

설명 수준은 약간 높지만 충분히 자세하기 때문에, 중·하위권 학생들에게도 체계적 이해의 면에서 도움이 될 수 있다

❀ 아쉬움 : 속도가 빨라서 아쉬움

짧은 시간에 많은 내용을 강의하기 때문에 강의 속도가 다소 빠른 점이 아쉬운 점 중 하나이다. 속도가 빠르기 때문에 새로운 용어를 도입할 때 부연 설명이 적은 점도 아쉽다. 그리고 글씨를 다소 작게 써서 알아보기 힘들 때가 있다. 또한 학생들이 필요한 만큼의 수학 실력을 갖추었다고 가정하고 진행하기 때문에, 하위권 학생들에게는 어렵고 재미없는 강의가 될 수 있다. 그리고 문제를 푸는 데 있어서 많이 푸는 것에 집중하여 빠르게 진행하다 보니, 학생들이 중요 포인트를 놓치는 경우가 생길 수 있고, 고급 문제를 많이 다루지 않아 상위권 학생들은 불만을 가질 수 있다.

4. 강사 정보

① 강사명 박완규 선생님
② 학력 서울대학교 물리학부 박사과정 수료.
③ 경력 現 서울과학고등학교 교사, EBS 교재 집필 및 강사, 평가원 모의고사 출제 위원, 중앙/
      종로 모의고사 출제위원 외 다수

5. 학습 전략 및 강의 효과

① 학습 전략

수업 진행 속도가 빠른 것에 비해 중요한 개념은 확실하게 짚어 주고 넘어간다. 그러므로 중요 개념을 자막으로 띄워 주거나 다시 한번 언급할 때 반드시 적어서 외우는 것이 좋다. 대부분 학생들이 빠르고 어렵다고 느낄 정도의 속도이므로, 모르는 부분은 다시 보는 것이 좋고, 따로 노트를 마련하여 요점 정리 때 받아 적으면서 공부하자. 특히 자막으로 나오는 중요 식과 개념들은 가장 중요한 것으로, 그 내용만 알아도 해당 단원의 흐름과 맥을 알 수 있다. 그러므로 반드시 그 내용과 함께 부연 설명을 적어 두고 머릿속으로 정리하도록 한다.

모르는 부분이나 문제는 반드시 다시 보고 넘어가도록 한다. 처음에는 물리적 개념들이 다소 생소하고 어렵게 느껴지겠지만, 여러 번 보면서 여러 각도로 접근해 보면 어느 순간 개념을 이해할 수 있게 될 것이다.

그렇게 되면 문제를 푸는 데 있어서 필요한 개념을 찾아내는 것만 익히면 매우 쉽게 문제를 풀 수 있다. 문제를 풀 때 계속해서 반복되는 개념들이 나오는데, 이 개념들이 가장 중요한 부분이며, 자주 출제되는 부분이므로 문제 풀이를 유심히 들으면서 자주 나오는 식과 그래프, 그림들을 확인하여 정리해 두자. 문제의 유형별로 써야 할 식을 결정하는 방법을 익히는 것도 중요하다. 문제 해결에 어떤 식을 쓰며, 그래프 해석은 어떻게 하는지를 유형별로 적어 두는 것이 좋다.

강의가 어느 정도의 수학 실력을 가정하고 진행되기 때문에 예습을 하는 것이 좋다. 적어도 문제를 한번 풀어 보고 강의를 듣는 것이 좋고, 학교에서 해당 단원 수업을 할 때 집중해서 들어 두는 것이 중요하다. 내용이 다소 빠르고 수준이 높기 때문에, 한번 들었던 것을 보충해서 듣는다는 기분으로 시청하는 것이 효과적인 방법이다. 강의 중간에 중요한 것을 다시 언급하기는 하지만 놓칠 수 있는데, 이것은 핵심 Review를 할 때 다시 찾아내도록 한다.

핵심 Review는 상당히 간략하기 때문에 꼭 따로 정리하고, 그 옆에 자기만의 부연 설명을 덧붙여 확실히 이해하도록 한다. 그리고 강의를 몇 번 들어도 모르는 내용은 게시판을 통하거나 학교에서 질문하여 확실히 짚고 넘어가도록 한다.

② 강의 효과

전체적으로 중·상위권 학생들에게 초점이 맞추어진 강좌이지만, 하위권 학생들도 집중하여 여러 번 듣는다면 물리적 개념을 충분히 이해할 수 있을 정도의 수준이다. 또 난이도가 낮은 문제를 많이 풀이하므로, 문제 풀이의 맥을 잡을 수 있다. 중·상위권 학생들에게는 개념을 다시 정리하고 문제 푸는 기술을 익히는 데 많은 도움이 되는 강좌이다.

6. 강의 평가

① 샘플 1강(속도와 가속도), 5강(일과 에너지), 12강(파동의 발생과 전파)
② 평가자 정재홍(물리학과), 최서현(수학과), 오승훈(자연과학부), 박정현(화학과)

 강의 평가 점수표

정보의 정확한 전달력 ★★★★1/2	흥미 유발 ★★★★
강의 속도는 적당한지 ★★★1/2	수준을 고려한 강의 ★★★1/2
완급 조절 ★★★★	듣기 편한 강의(톤과 사투리 유무) ★★★★★

평가 : 4.08 ★★★★1/12

추천 수준 주로 중·상위권 학생을 위한 강좌이지만, 중·하위권 학생은 1, 2학년 강의를 먼저 듣기를 권한다.

1. 강좌명 **수능 특강 - 생물 I**

2. 강좌 수준 **선택**

3. 강좌 정보

① 방송 시간 EBS Plus 1 방송 강좌

    2004년 2월 2일 ~ 5월 23일

    본방송 [수] 12:00 ~ 12:50

    재방송 [목] 00:30 ~ 01:20

    종합편 [일] 12:50 ~ 13:40

    ☑ 인터넷 vod 시청은 ebsi 홈페이지 입시 정보/알림방 강의 업로드 일정 참고.

② 강의 구성

생물 교과 과정에 맞추어 각 단원별로 필요한 기본 개념을 전달하고, 문제를 풀면서 필요한 부가적인 정보와 문제 해결 요령을 전달한다. 총 16강으로 구성되어 있다(본 구성은 보충 강의 추가 등으로 인해 달라질 수 있음).

1강	생명의 특성	9강	감각 기관과 신경계
2강	영양소	10강	호르몬과 항상성
3강	소화와 건강	11강	생식 기관과 생식 세포
4강	혈액의 구성과 기능	12강	생식 주기와 발생
5강	혈액의 순환	13강	유전(1)
6강	호흡	14강	유전(2)
7강	세포 호흡과 에너지	15강	생태계와 환경 오염
8강	배설	16강	생물학과 인간 생활

③ 강의 진행 방식

도입 부분에 해당 단원을 전반적으로 살펴보고 강의에 들어간다. 기본적인 문제를 풀면서 개념과 용어를 도입하고 전달하며, 중간 중간에 중요한 내용들을 'Spot Summary' 라는 형식으로 되짚어가며 강의한다. 간간이 우스갯소리도 하며 비교적 시간 배분을 여유롭게 하여, 중요 내용을 암기하면서 들을 수 있도록 강의하고 있다. 문제 풀이를 중점적으로 하며 답을 찾는 요령과 문제의 핵심을 파악하는 방법을 전달하는 데 중점을 두고 있다.

④ 매력 포인트 vs. 아쉬움
◈ 매력 포인트 : 전체적인 맥락 잡기가 매력
강의 초반에 소제목 단위로 배울 내용을 전체적으로 살피는 것이 가장 큰 매력이다. 특히 첫 강의에서는 생물 교과 전체의 흐름과 맥을 잘 잡아 주고 있어서 학생들에게 큰 도움이 된다. 도표나 그림을 이용해 대조적인 내용을 잘 설명하여 이해하기 쉽고, Spot Summary라는 중간 복습 과정이 있어서 중요 내용을 놓치지 않고 들을 수 있다. 문제 풀이에 있어서도 정답을 찾는 방법에 대해 좋은 길을 제시해 주고 있다. 그림과 도표를 보고 포인트를 빨리 찾아내는 방법을 가르쳐 준다거나, 그냥 외우고 넘어가기 쉬운 내용을 원인과 결과를 들어 이해할 수 있도록 해주는 것도 좋은 점이다.
◈ 아쉬움 : 산만함
재미있게 수업하는 과정에서 자칫 산만해질 수 있다는 것이다. 과목의 특성상 상당히 많은 양의 정보를 전달해야 하는데, 강의 중간 잠깐의 휴식기가 맥을 끊을까 걱정이 되기도 한다. 그리고 용어 설명에 있어서 예습을 전제로 하는 경향이 있어서, 기초가 없는 학생들이 준비 없이 듣기에는 무리가 있다고 생각된다.

4. 강사 정보
① 강사명 이관규 선생님
② 학력 미게재
③ 경력 現 영덕고등학교 교사

5. 학습 전략 및 강의 효과
① 학습 전략
매 강의마다 전체적인 개요를 효과적으로 잡아 주고 있기 때문에, 수업 앞부분부터 놓치지 않고 잘 들을 필요가 있다. 특히 1강에서 생물 교과의 전체적 흐름을 살핀 부분은 기초가 약한 학생들에게 큰

도움이 된다. 이 강좌를 시청할 때 가장 유의해야 할 점은, 반드시 예습을 해야 한다는 것이다. 새로운 용어를 도입할 때라든지, 다소 생소한 용어를 쓸 때 별다른 설명 없이 바로 사용하기 때문에, 처음 들을 때는 머리에 잘 들어오지 않는다. 그러므로 시청 전에 교재를 한 번 정도는 읽어 보는 것이 좋고, 생소하고 새로운 용어들은 따로 외우는 것이 좋다.

강의 중간에 Spot Summary가 나오는 것이 이 강의의 또 하나의 특징이다. 다른 강좌와 마찬가지로 핵심 Review가 있지만, 그와 별도로 이 요약 부분은 굉장히 중요하다. 중요한 내용을 마지막까지 미루지 않고 바로 짚어 주고 넘어가기 때문에 반복 학습의 측면에서 상당한 효과를 기대할 수 있고, 중요 요점을 놓치지 않고 적어 두기에도 편하다.

강의를 들으면서 요약 부분이 나오면 꼭 확인하고 별도의 노트를 준비하여 정리하도록 한다. 생물은 암기할 내용이 많기 때문에 이런 요약 부분이 더욱 중요한데, 요약 부분을 따로 정리하면서 한번에 못 알아볼 만한 내용은 자신이 알아볼 수 있도록 살을 붙여 정리하고, 시청이 끝나고 반드시 한번 더 읽어 보는 것이 좋다.

문제 풀이 위주로 진행하므로, 설명과 문제에서 그리고 문제들 사이에서 반복되어 나오는 내용에 집중한다. 반복되어 나오는 것은 대부분 기출 문제이거나 출제 확률이 높은 문제이고, 적어도 해당하는 내용의 그림이나 그래프가 실제로 출제되기 쉽기 때문이다.

그리고 특정 그림과 그래프, 도표 등에서는 나올 수 있는 문제가 제한된다는 점을 주목하자. 어떤 그림에서 나올 수 있는 문제의 유형을 모두 파악한다면, 그 부분은 완벽해졌다고 할 수 있다. 또한 중요한 용어들은 반드시 정리하여 외우고 넘어가도록 한다. 용어의 뜻과 나오는 부분에 대해 정리해 두면, 용어 노트만으로도 모든 내용을 기억해낼 수 있다.

그리고 생물 교과는 비교적 이해하기 힘든 부분이 적으므로, 잘 모르는 부분은 다시 한번 듣도록 한다. 특히 유전병, 가계도, 피드백 등은 처음 접하면 어렵지만 여러 번 들으면 누구나 쉽게 이해할 수 있다.

② 강의 효과

모든 학생들에게 도움이 되는 강의 내용을 갖고 있고, 특히 중위권 학생들이 들으면 좀더 체계적으로 생물 교과에 대해 이해할 수 있는 장점을 가지고 있다. 하위권 학생들은 이 강의에서 생물 교과에 대한 전반적 흐름을 익히고 용어를 집중적으로 학습하길 권한다.

6. 강의 평가

① 샘플 1강(생명의 특성), 4강(혈액의 구성과 기능), 10강(호르몬과 항상성)

② 평가자 정재홍(물리학과), 최서현(수학과), 오승훈(자연과학부), 박정현(화학과)

 강의 평가 점수표

정보의 정확한 전달력 ★★★★1/2	흥미 유발 ★★★★
강의 속도는 적당한지 ★★★★	수준을 고려한 강의 ★★★1/2
완급 조절 ★★★★	듣기 편한 강의(톤과 사투리 유무) ★★★★

평가 : 4.00 ★★★★

추천 수준 중·상위권 학생에게 추천한다. 하위권 학생에게도 적당하나 약간 어려운 정도이므로 저학년 강의를 먼저 듣기를 권한다.

1. 강좌명 수능 특강 - 화학 |

2. 강좌 수준 선택

3. 강좌 정보

① 방송 시간 EBS Plus 1 방송 강좌

　2004년 2월 2일 ~ 5월 23일

　본방송 [화] 12:00 ~ 12:50

　재방송 [수] 00:30 ~ 01:20

　종합편 [일] 12:00 ~ 12:50

　☑ 인터넷 vod 시청은 ebsi 홈페이지 입시 정보/알림방 강의 업로드 일정 참고.

② 강의 구성

화학 교과 과정에 맞추어 각 단원별로 기본 개념을 전달하고, 문제 풀이를 통해 문제 해결 방법을 기르고 부가적인 개념을 전달한다. 총 16강으로 구성되어 있다(본 구성은 보충 강의 추가 등으로 인해 달라질 수 있음).

1강	물의 특성	9강	금속의 반응성
2강	수용액에서의 반응	10강	금속과 우리 생활
3강	물과 우리 생활	11강	탄화수소
4강	공기의 성분과 이용	12강	탄화수소 유도체
5강	기체의 성질	13강	탄소화합물과 우리 생활(1)
6강	공기의 오염과 대책	14강	탄소화합물과 우리 생활(2)
7강	금속과 주기율	15강	세제와 의학품
8강	알칼리 금속과 할로겐 원소	16강	화학이 해결해야 할 과제

③ 강의 진행 방식

도입부에 그날의 중요한 맥락들을 잡아서 설명을 해주고, 각 소주제별로 칠판에 중요 개념들을 적어

가면서 해설한다. 그리고 필요하면 준비된 그림과 도표를 이용해 체계적으로 정보를 전달하고자 한다. 핵심 내용들은 바로 다시 짚고 넘어가며 Review를 통해 다시 한번 살핀다. 기본 문제를 풀면서 개념 소개와 설명을 동시에 하며, 문제에 나오는 그림과 실험 장비들에 대해 비교적 상세한 설명을 덧붙이고 있다.

④ 매력 포인트 vs. 아쉬움

◈ **매력 포인트 : 쉬운 문제 풀이**

이 강좌의 장점은 문제 풀이를 많이 한다는 점이다. 우선 기본 개념을 적으면서 정리한 후 기본적인 문제를 풀면서 새로 도입되는 정보나 식, 그래프에 대해 설명하고, 문제를 해결하는 방법에 대한 설명을 중점적으로 한다. 어려운 부분은 시간을 조금 더 들여서라도 최대한 쉽게 설명하려고 노력하기 때문에 이해하기 쉽다. 그리고 중요한 개념들을 칠판에 적어 주면서 짚고 넘어가기 때문에 외워야 할 내용을 바로 찾을 수 있고, 그림과 표를 적절하게 잘 사용해서 문제를 보다 빨리 파악할 수 있게 해준다.

◈ **아쉬움 : 다소 아쉬운 시간 배분**

하지만 쉽게 설명하는 데 집중하다 보니 약간 중언부언함으로써 시간을 허비하는 경우가 있다. 그리고 흐름을 확실히 잡아주지 못해 중요 개념들을 자칫 놓치고 지나가는 경우가 있어서, 핵심 정리 때 보더라도 다시 그 내용을 찾기 힘들 수가 있다. 중·하위권 학생에게는 쉽고 이해가 빠른 강의가 될 수 있겠지만, 상위권 학생에게는 다소 지루한 강의가 될 수 있다는 점이 아쉽다.

4. 강사 정보
① 강사명 심중섭 선생님
② 학력 미게재
③ 경력 現 한성과학고등학교 교사

5. 학습 전략 및 강의 효과
① 학습 전략
이 강좌는 소주제 도입부에서 칠판에 중요 개념을 적어 줄 때가 가장 중요하다. 칠판에 적어 주는 개념들은 반드시 외우고 이해해야 하는 부분이므로, 교재에 있는 내용이라도 한번 더 적으면서 공부하

는 것이 좋다. 필요하다면 따로 노트를 만들어 적어 주는 내용과 핵심 Review를 정리해 둔다. 준비된 그림이나 도표를 통해 강의하는데, 특히 표를 보면서 비교·설명하는 부분과 부가적인 내용을 유심히 듣고 정리하도록 한다. 그렇지만 많은 자료를 활용한다고 해서 포인트를 놓치면 안 된다. 강의를 잘 따라가면서 흐름과 포인트를 놓치지 않도록 주의하는 것이 좋다.

선생님이 중요한 내용을 전달하는 순간은, 처음에 교재에 있는 내용을 적으면서 부가 설명할 때, 표나 실험 장비 그림을 보면서 보충 설명을 적을 때, 핵심 Review를 설명할 때이니 그때만큼은 집중하여 잘 듣도록 한다. 특히 핵심 Review는 내용을 매우 간략하게 요약하고 있으므로 부가 설명을 받아 적고, 자신이 덧붙여야겠다고 생각하는 내용을 덧붙여 정리하면 많은 도움이 된다.

문제 풀이에 있어서는 그림과 도표를 어떻게 활용하는가에 대해 중점적으로 배우도록 한다. 특히 실험 장비가 등장하는 문제는 같은 실험 장비에서 다양한 문제가 나올 수 있으므로, 반복 출제되기 쉬운 편이다. 그러므로 유형에 따른 기출 문제를 잘 살펴보고, 문제마다 반복되는 내용을 절대 놓치지 말고 적어놓도록 한다.

그리고 알칼리 금속과 할로겐 원소처럼 수업 초반이나 마지막에 다시 한번 강조하는 단원이 있는데, 이 단원은 출제 비율도 높고 매우 중요한 부분이니 한번 더 듣는 것이 좋다. 내용을 거의 알더라도 확실히 이해하는 것이 좋고, 중요 포인트를 다시 한번 살피는 것도 도움이 된다.

화학은 과목 특성상 외워야 할 내용도 많고, 생소한 용어들이 많이 나오기 때문에 예습은 필수적이다. 반드시 시청 전에 내용과 용어를 한번 확인하도록 한다

② 강의 효과

수업 내용이 대체로 쉬운 편이어서 중·하위권 학생들에게도 화학에 대한 기본적인 내용을 배우고 틀을 다지는 데 충분히 도움이 될 것이다. 상위권 학생들에게는 조금 지루한 강의일 수 있지만, 고난이도 문제 풀이 과정을 보면서 자신의 실력을 재점검해 볼 수 있겠다.

6. 강의 평가

① 샘플 1강(물의 특성), 7강(금속과 주기율), 8강(알칼리 금속과 할로겐 원소)

② 평가자 정재홍(물리학과), 최서현(수학과), 오승훈(자연과학부), 박정현(화학과)

 강의 평가 점수표

정보의 정확한 전달력 ★★★★	흥미 유발 ★★★1/2
강의 속도는 적당한지 ★★★★	수준을 고려한 강의 ★★★★
완급 조절 ★★★★	듣기 편한 강의(톤과 사투리 유무) ★★★★

평가 : 3.83 ★★★5/6

추천 수준 전반적으로 모든 학생들에게 도움이 되는 수준이다.

1. 강좌명 오답 노트 - 물리, 화학, 생물, 지구과학

2. 강좌 수준 선택(추천 수준-중급)

3. 강좌 정보

① 방송 시간 EBS Plus 1 방송 강좌

2004년 2월 ~ 2004년 11월

본방송 [목] 09:30 ~ 10:20

재방송 [목] 16:10 ~ 17:00

☑ 인터넷 vod 시청은 알림방 업로드 일정 참고.

② 강의 구성

2004년 수능 기출 문제 중 오답률이 높고 실수하기 쉬운 문제들을 선별해, 착각하기 쉬운 부분을 짚어 주고, 핵심 내용을 전달함으로써 틀린 문제를 다시 틀리지 않게 한다(교재 없음). 인터넷 업로드된 강의 리스트 참고.

③ 강의 진행 방식

2004 수능 시험과 2005 수능 예비평가의 과학탐구영역을 문항 번호마다 오답률을 비교하고, 난이도별로 분석하여, 많은 학생들이 실수하는 부분을 찾는다. 가장 높은 비율의 오답 유형을 분석하여 문제의 함정을 찾아낸다. 또 오답률이 높거나, 반드시 알아야 할 핵심 내용이 들어 있거나, 혹은 실수를 자주 하게 되는 문제를 뽑아서 해설한다. 틀린 문제를 또 틀리는 학생들에게 도움을 주고, 문제에 숨어 있는 함정을 찾아내는 방법을 전달한다.

④ 매력 포인트 vs. 아쉬움

◈ 매력 포인트 : 검증된 문제의 풀이

수능 시험에 출제되었다는 것은, 문제의 중요도와 질이 검증되었다는 증거이다. 기출 문제 분석을 통해 얻는 지식은 다시 출제될 확률이 높으며, 비슷한 응용 문제가 출제되기도 한다. 그리고 대부분의 학생들이 실수하는 부분을 효과적으로 짚고 넘어갈 수 있어서, 내용을 알고도 답을 맞히지 못하는 문제를 해결해 줄 수 있다. 그리고 7차 교육과정에서 늘어난 문제들이 어디에서 출제될 것인지에 대해 제대로 예측하고, 그 부분을 중점적으로 다루고 있다. 선택한 문제를 풀이한 후에 같은 내용을 갖고 있는 응용 문제를 하나 풀어 봄으로써 확실히 내 것으로 만들어 주는 점이 좋다.

❋ 아쉬움 : 차별화에 대한 아쉬움

문제 풀이 과정에서 수험생들이 선택한 오답 비율을 고려하는 것 외에는, 다른 강의의 문제 풀이와 뚜렷이 구분되지 않는다는 점이 아쉽다. 오답 노트라면 답을 찾는 요령에 대해 좀더 많은 연구가 필요하다고 생각하고, 오답 노트를 정리함에 있어서 반드시 적어야 할 중요 포인트를 제시해 주고 도움을 줘야 할 것이다.

4. 강사 정보
① 강사명 정진선(물리), 권연진(화학), 이관규(생물), 송용석(지구과학)
② 학력 및 경력 과목별 강사 정보 참고.

5. 학습 전략 및 강의 효과
① 학습 전략

우선, 선택된 문제가 자신이 취약한 부분인지를 살핀다. 특히 자신도 틀린 문제이거나 제대로 이해하지 못한 문제라면, 해당 교과의 그 부분의 강좌를 다시 시청하는 것이 좋다. 그리고 이 강좌를 들을 때 해당 부분을 찾아서 중요 내용을 비교·확인하면서 듣고, 요점 정리 노트에 빠진 내용이 있으면 추가하도록 한다. 또한 해설을 듣고도 부족한 부분이 있다면, 해당 부분의 강의를 듣고 다시 오답 노트 강의를 보면서 확인하도록 한다.

내용을 아는 것과 문제를 푸는 것에는 약간의 거리가 있다. 내용을 확실히 안다고 해도 정답을 못 맞힐 수 있고, 약간의 요령과 기술만 알면 잘 모르는 내용의 문제도 맞힐 수 있다. 우선은 내용에 대해 확실히 이해하는 것이 중요하지만, 문제 해결에는 모종의 기술이 필요하다. 문제를 다루는 감각이라고도 하는데, 이것은 문제를 접했을 때 중요한 포인트를 찾아내고 실수를 유도하는 부분을 효과적으로 피하는 방법이라고 할 수 있겠다. 많이 보았던 그래프나 그림을 사용하고 있는 문제라 하더라도 쉽게 접근하기 힘든 부분에 함정을 파두면 실수하기 쉽다. 이런 실수를 피하기 위해서 첫째는 문제를 유형별로 많이 풀어 보는 것이 중요하고, 다음으로 오답 노트를 활용하여 비슷한 유형에서 다시 틀리지 않는 것이 중요하다. 그리고 많은 학생들이 선택한 오답을 보고 함정이 어떤 식으로 설치

되어 있는가를 파악하는 것도 좋은 방법이다.

사소한 실수를 피하기 위해서는, 우선 강의 시간에 들은 내용 중 모르는 부분은 게시판을 통하거나 학교에서 질문하여 확실히 알고 넘어가는 것이 중요하다. 그리고 틀린 문제는 반드시 다시 한번 확인하여 정리하고, 맞혔더라도 잘 모르는 문제는 강의를 들으면서 중요 포인트와 함정을 찾아 정리하여 오답 노트를 만든다. 한번 나온 문제는 모습을 바꾸어 다시 나오기 때문이다.

② 강의 효과

전체 학생들에게 골고루 도움이 되는 강의이기는 하나, 오답률이 높은 문제일수록 난이도가 다소 높기 때문에 틀린 문제에 대한 핵심 내용의 수준이 약간 높다. 중위권 이상의 학생들이 오답을 확인하면서 듣는다면 가장 큰 도움이 될 것이다. 하위권 학생들은 오답 노트 강의와 해당 부분 본 강의를 동시에 듣는 것이 좋다.

6. 강의 평가

① 샘플 1강(2004 대학수학능력시험 물리·화학), 5강(2005 수능 예비평가 물리·화학),
7강 (2005 수능 예비평가 생물·지구과학)
② 평가자 정재홍(물리학과), 최서현(수학과), 오승훈(자연과학부), 박정현(화학과)

강의 평가 점수표

정보의 정확한 전달력 ★★★★	흥미 유발 ★★★★
강의 속도는 적당한지 ★★★★	수준을 고려한 강의 ★★★★
완급 조절 ★★★★	듣기 편한 강의(톤과 사투리 유무) ★★★★

평가 : 4.00 ★★★★

추천 수준 모두에게 알맞은 수준이지만, 다소 어려운 문제를 선택하여 풀어 주는 경향이 있다.

[사·회·탐·구·영·역]

1. 강좌명 수능 특강 – 국사

2. 강좌 수준 선택

3. 강좌 정보

① 방송 시간 EBS Plus 1 방송 강좌

　2004년 2월 2일 ~ 5월 23일

　본방송 [목] 11:10 ~ 12:00

　재방송 [목] 23:40 ~ 00:30

　종합편 [일] 09:30 ~ 10:20

　☑ 인터넷 vod 시청은 알림방 업로드 일정 참고.

② 강의 구성

7차 교육과정에 따른 2005년 수능에 대비하여 16강에 걸쳐 시대별로 중요한 사항들을 설명하여 이해를 돕는다.

1강	한국사의 바른 이해, 선사시대의 문화와 국가의 형성	**9강**	고대의 사회, 중세의 사회
2강	고대의 정치	**10강**	근세의 사회
3강	중세의 정치	**11강**	사회의 변동
4강	근세의 정치	**12강**	고대의 문화
5강	정치 상황의 변동	**13강**	중세의 문화
6강	고대의 경제, 중세의 경제	**14강**	근세의 문화
7강	근세의 경제	**15강**	문화의 새 기운
8강	경제 상황의 변동	**16강**	근·현대사의 흐름

③ 강의 진행 방식

시대에 따른 중요한 항목을 사진이나 지도, 표를 이용하여 설명한다. 설명한 내용에 대해 즉각적인 검토가 필요한 경우, 이를 위한 기본적인 문제를 풀이한다. 응용 문제를 풀이하는 데 있어서는 문제에 접근하는 데 필요한 중요한 개념을 짚어 주며, 중요한 개념에 대한 문제를 함께 풀어 본다. 마지막으로는 강의 내용을 정리하여 보여준다.

④ 매력 포인트 vs. 아쉬움

⊗ **매력 포인트 : 역사의 연속성을 고려한 적절한 설명**

국사를 단순히 역사적 측면에서만 보는 것이 아니라, 환경의 변화 등과 연계시켜 설명함으로써 내용을 보다 심화시키며 정확한 이해를 돕는다. 각 사회 특징의 형성 배경과 그 의미를 맥락적으로 설명함으로써 역사라는 연속성을 가진 과목을 공부하는 데 도움이 된다.

⊗ **아쉬움 : 세부적인 내용 생략**

학생들이 예습을 했다는 전제하에 선생님이 강의를 진행하기 때문에, 세부적인 내용들을 생략하는 경향이 있다.

4. 강사 정보

① 강사명 조연 선생님
② 학력 미게재
③ 경력 現 중앙여자고등학교 교사

5. 학습 전략 및 강의 효과

국사는 역사 전체의 흐름 속에서 각 시대의 특징을 살펴보는 것이 가장 중요하다. 이 강좌는 한 시대의 특성이 형성되는 경위를 앞뒤 시대의 특징과 비교하면서 설명하고 있으며, 또한 동시대의 다른 장소에서의 특징 사항을 자세하게 설명하는 데 그 중심을 둔다. 이를 통해 각 시대가 종결되고 새로운 시대가 열리는 흐름을 자연스럽게 연결해 이해할 수 있으며, 각 시대가 변화하는 데 있어서 일어나는 인간사적인 요인뿐만이 아니라, 인간 사회를 둘러싸고 있는 모든 환경들을 유기적으로 보여줌으로써 각 시대의 배경을 이해하는 데 효과적이다.

따라서 강의 내용을 그대로 따라가면서 각각의 시대들이 무엇을 중심으로 넘어가는지를 중심 주제의 변화 양상을 통해 중점적으로 살펴보아야 한다. 흐름을 잘 보여주는 데 비해 세부적인 사항들에 대한 설명이 상대적으로 미흡한데, 이 세부적 사항들은 스스로 공부해야 한다.

세부 사항들을 정리하기 위해서는 각 시대에 따라서 나타나는 정치, 경제, 사회, 문화적 상황 중에서 가장 핵심적인 부분을 체크한다. 그런 다음에 세부적인 사항들로 뻗어 나가는 일종의 도표를 그려 보는 것이 효과적이다. 또 각 분야별로 서로 어떻게 영향을 미치는가를 알아보는 것이 중요한데, 예를 들어 사회의 변화가 경제 체제에 어떤 식으로 변화를 미치는가, 경제 체제의 변화가 어떤 식으로 정치에 영향을 주는가를 살펴보아야 한다.

이 부분이 바로 국사 공부를 제대로 암기 과목이라고 생각하게 만드는 부분인데, 실제로는 단순한 암기보다 상호 연관 관계를 이해하는 것이 국사를 제대로 공부하는 포인트이다. 이때에는 세부 사항들을 서로 화살표로 엮어, 스스로 상상력을 발휘해 역사적인 이야기를 꾸며가며 이해하는 것이 좋다. 단순히 암기한다면, 여러 시대로 나누어지면서 지나치게 복잡해져서 모든 시대의 내용이 엉켜 버릴 수 있기 때문이다.

스스로 각 시대별 내용과 시대 사이의 관계를 도표로 정리하여 강의와 연관지어 공부한 뒤, 더 나아가 강의와 정리 노트를 바탕으로 자신만의 참고서를 만든다면, 어떤 다른 참고서보다도 자신에게 꼭 맞는 교재가 될 것이다. 이러한 노트를 만드는 작업은 전체적이고 개괄적인 내용을 다시 한번 정리하는 데 도움을 줄 뿐만 아니라, 큰 주제를 이어주는 세세한 내용들까지 흐름 속에서 암기할 수 있도록 해준다.

마지막으로, 교재의 문제들을 풀어본 뒤, 틀린 문제로 오답 노트를 만드는 일이 중요하다. 오답 노트는 자신의 약점을 비추는 거울이다. 이때에는 틀린 문제뿐만 아니라, 맞추었지만 확실치 않은 문제들 또한 포함되어야 하며, 틀린 이유와 실제 정답이 답인 이유 등을 세세하게 써보아야 한다.

6. 강의 평가

① 샘플 1강(한국사의 바른 이해, 선사시대의 문화와 국가의 형성), 6강(고대의 경제/중세의 경제), 11강
(사회의 변동)

② 평가자 정재홍(물리학과), 최서현(수학과), 오승훈(자연과학부), 박정현(화학과)

 강의 평가 점수표

정보의 정확한 전달력 ★★★★★	흥미 유발 ★★★★★
강의 속도는 적당한지 ★★★★	수준을 고려한 강의 ★★★
완급 조절 ★★★★	듣기 편한 강의(톤과 사투리 유무) ★★★★

평가 : 4.2 ★★★★

추천 수준 중·상위권이나 상위권 학생들에게 적합하다. 기본적인 내용을 이미 알고 있는 상태에서 각 시대의 특성을 심화하고 전후 시대와 연결해 보여주기 때문에, 기초가 없는 하위권 학생들은 예습을 철저히 한 후 시청한다.

1. 강좌명 수능 특강 – 한국 근·현대사

2. 강좌 수준 선택

3. 강좌 정보

① 방송 시간 EBS Plus 1 방송 강좌

    2004년 2월 2일 ~ 5월 23일

    본방송 [금] 11:10 ~ 12:00

    재방송 [금] 23:40 ~ 00:30[토]

    종합편 [일] 10:20 ~ 11:10

    ☑ 인터넷 vod 시청은 ebsi 홈페이지 입시 정보/알림방 강의 업로드 일정 참고.

② 강의 구성

수능 기출 문제의 분석을 통해 한국 근·현대사 교과 과정의 각 주제에 따른 주요 개념들을 정리하고, 여러 유형의 응용 문제들을 풀어 본다. 총 16강으로 구성되어 있다(본 구성은 보충 강의 추가 등으로 인해 달라질 수 있음).

1강	근·현대사의 바른 이해
2강	외세의 침략적 접근과 개항
3강	개화 운동과 근대적 개혁의 추진
4강	구국 민족 운동의 전개(1)
5강	구국 민족 운동의 전개(2)
6강	개항 이후의 경제와 사회
7강	근대 문물의 수용과 근대 문화의 형성
8강	일제 식민 통치와 민족의 수난(1)
9강	일제 식민 통치와 민족의 수난(2)
10강	3·1 운동과 대한민국임시정부
11강	무장 독립전쟁

③ 강의 진행 방식

목차를 보면서 공부할 전체 내용을 우선적으로 정리하며 시작한다. 목차에 따라 각 강이 어떤 내용인지를 설명해 주고 강의를 시작한다. 전반적인 설명이 있은 뒤, 각 강마다 도표를 이용하여 주제별 개념 설명을 깔끔하게 해준 다음, 개념과 바로 이어지는 문제를 2~3개씩 풀어 본다. 마지막으로 핵심 내용을 요약 정리해 줌으로써 강의를 마친다.

④ 매력 포인트 vs. 아쉬움

❖ **매력 포인트 : 전반적인 가이드 라인을 형성**

목차를 보며 이 과목에 대한 전반적인 설명을 해줌으로써 앞으로 어떤 내용에 대해서 어떻게 공부할지 감을 잡을 수 있다. 각 강마다 주제별 개념 정리를 도표를 이용하여 깔끔하고 보기 좋게 설명해 주기 때문에, 정리도 쉽고 이해하기도 수월하다. 또 연관되는 문제를 여러 개씩 풀어 보기 때문에 바로 복습이 된다. 문제에 나오는 세부적인 용어들까지도 보충 설명을 해주어 충분히 이해가 갈 수 있도록 도와준다. 전반적인 내용 설명을 이전에 배웠던 내용과 연관지어 설명해 주기 때문에, 이전에 배웠던 내용까지 한번 더 복습할 수 있는 기회를 준다.

❖ **아쉬움**

문제를 풀면서 나오는 개념들과 용어들을 바로 설명해 주기 때문에 다소 혼란스러우며, 정리가 잘 되지 않는다.

4. 강사 정보

① 강사명 김범석 선생님

② 학력 미게재

③ 경력 現 서울 중산고등학교 교사

5. 학습 전략 및 강의 효과

한국 근·현대사는 다른 시기의 역사보다도 딱딱하게 느껴지고 공부하기 힘든 게 사실이다. 7차 교육과정 전까지는 한국 근·현대사는 국사 과목에서 한번에 배웠다. 끝부분이기도 하고, 다른 시기의 역사에 비해 그다지 비중 있게 다뤄지지 않아서 학생들이 소홀히 해온 부분이었다. 하지만 선택 과목으로 따로 배우게 됨으로써 예전처럼 소홀하게 공부할 수 없게 되었다.

근대사 역시 다른 시기의 역사처럼 전반적인 흐름을 알고 정치·경제·문화의 유기적 관계를 파악하는 것이 중요하다. 근대사 시기는 많은 조약과 운동들이 있다. 이러한 것들을 시기별로 아는 것이 중요한데, 특히 갑오개혁 이후 일제를 거쳐 독립 때까지의 일련의 운동들은 특정한 몇 가지 사상 내지는 정파들에 의한 흐름이 이어지는 것이다. 따라서 그 원류를 잘 파악해서 순차적으로 정리한 뒤 외우는 것이 좋다.

현대사는 사건과 인물 중심으로 알아 두는 것이 중요하다. 사건의 시간 순서와 그 인물과 연관된 일 등을 중심으로 공부하면 된다. 이승만 정권부터 지금까지 각 정권의 대표 인물과 정권 당시 중요 사건 등을 중심으로 공부하는 것이 좋다. 국사는 많은 역사책을 읽을수록 배경 지식도 많아지고 공부에 도움이 되지만, 현대사는 다른 시기의 역사처럼 종료된 것이 아니라 여전히 진행중이기 때문에 이와 관련된 텍스트는 너무 많고 의견도 분분히 갈리고 있어서 교과서만 확실하게 보는 것이 좋다. 물론 다른 과목들 모두 제일 중요한 건 교과서지만, 특히나 현대사는 교과서에 있는 부분만 확실하게 이해하고 정리한다면 충분하다.

이 강좌는 근·현대사의 대략적인 개관을 시간 순서에 맞춰 잘 설명해 주고 있다. 특히나 교과서를 충실히 따르고 있으므로 더더욱 좋다. 강의에 충실하고, 자기 나름대로 사건들을 시간 순서대로 정리하여 외우는 것이 중요하다. 정확한 연도보다는 각 사건의 순서와 앞뒤 관계를 알아 두는 것이 중요하다.

특히나 근대사에서 많은 조약들과 운동들은 그 순서를 특히 잘 알아 두어야 한다. 그 시기에 일어난 일들을 차례대로 나열하는 것이나 여러 사건들을 나열해놓고 가운데 빈 칸을 만든 뒤 빈 칸에 들어갈 사건을 고르는 문제는 수능 단골 문제이다.

근·현대사가 국사에 포함되어 있을 때는 비중이 크지 않아 한두 문제만 나왔지만, 따로 한 과목이 되었으므로 더 다양하고 많은 문제들이 출제될 것이다. 따라서 사건의 순서와 시간 관계는 물론, 그 사건에 관련된 사상, 다른 사건과의 인과 관계 등 좀더 심도 있게 공부해야 할 것이다.

그리고 사회탐구 어느 과목이든 문제 풀이가 중요하다. 강좌에서 풀어 준 문제 풀이 방법을 참조하

여, 여러 가지 유형의 많은 문제를 다뤄 보도록 하자

6. 강의 평가

① 샘플 1강 (근·현대사의 바른 이해), 5강 (구국 민족 운동의 전개 (2)), 10강 (3·1운동과 대한민국임시정부)

② 평가자 정재홍(물리학과), 최서현(수학과), 오승훈(자연과학부), 박정현(화학과)

 강의 평가 점수표

정보의 정확한 전달력 ★★★★★	흥미 유발 ★★★★
강의 속도는 적당한지 ★★★★	수준을 고려한 강의 ★★★★
완급 조절 ★★★★	듣기 편한 강의(톤과 사투리 유무) ★★★★★

평가 : 4.3 ★★★★

추천 수준 학생들이 기본적인 내용을 알고 있다는 것을 전제로 하기 때문에 수업 내용에 난이도가 있다. 하위권 학생들의 경우에는 일단 교과서를 바탕으로 기본적인 내용을 정리할 것을 권한다.

1. 강좌명 수능 특강 – 한국 지리

2. 강좌 수준 선택

3. 강좌 정보

① 방송 시간 EBS Plus 1 방송 강좌

2004년 2월 2일 ~ 5월 23일

본방송 [수] 11:10 ~ 12:00

재방송 [수] 23:40 ~ 00:30[목]

종합편 [일] 08:40 ~ 09:30

☑ 인터넷 vod 시청은 ebsi 홈페이지 입시 정보/알림방 강의 업로드 일정 참고.

② 강의 구성

수능 기출 문제의 분석을 통해, 7차 교육과정에 따른 한국 지리 교과 과정의 각 주제에 따른 주요 개념들을 정리하고, 여러 유형의 응용 문제들을 풀어 본다. 총 16강으로 구성되어 있다(본 구성은 보충 강의 추가 등으로 인해 달라질 수 있음).

1강	국토의 이해	9강	서비스업
2강	기후와 생활(1)	10강	인구
3강	기후와 생활(2)	11강	도시(1)
4강	지형과 생활(1)	12강	도시(2)
5강	지형과 생활(2)	13강	지역개발
6강	지형과 생활(3)	14강	수도권, 평야지역
7강	자원	15강	산지, 해안지역
8강	공업	16강	국토 통일의 과제와 지역간 상호의존

③ 강의 진행 방식

본격적으로 강의를 시작하기 전에 오늘 강의할 각 항목별 주제를 개괄적으로 보여준다. 그런 다음 각각의 기본 개념들을 설명하고, 바로 그 개념에 관련된 문제를 하나씩 풀어 본다. 중간 중간에 주제와 관련된 읽기 자료들에 관한 설명과 문제 풀이도 있다. 각 장마다 기본 개념 설명과 문제 풀이가 끝난 다음엔, 누락된 부분의 문제 풀이를 한 뒤 전체적인 핵심 정리로 강의를 마무리한다.

④ 매력 포인트 vs. 아쉬움

◈ **매력 포인트 : 이해하기 쉬운 충분한 해설**

강의 시작 전 각 항목별 핵심 포인트를 요약해 줌으로써, 전반적인 내용을 미리 알고 각 기본 개념들을 접할 수 있다. 기본 개념들에 대한 설명을 충분히 해줌으로써 별다른 예습 과정 없이도 강의 내용을 이해하고 받아들이는 데 무리가 없다. 또 문제를 다룰 때 도표와 그림을 이용한 깔끔한 풀이 방법과 보기를 보는 방법 등 문제 풀이 과정을 차근차근 잘 보여주어, 하위권 학생들도 충분히 수업을 받아들일 수 있다. 그리고 강의를 마치기 전 오늘 배운 내용을 정리·요약해서 보여줌으로써 전체 강의를 다시 한번 되새김해 볼 수 있다.

◈ **아쉬움 : 적은 문제 풀이**

기본 개념에 관한 설명은 충분한 반면, 문제를 많이 다루지 않아 응용력이 떨어질 수 있다. 기본 개념에 관한 문제를 한 문제씩만 다뤄 응용 문제나 수능 유형의 문제에 어려움을 느낄 수 있다.

4. 강사 정보

① 강사명 김하규 선생님

② 학력 미게재

③ 경력 現 보성고등학교 교사

5. 학습 전략 및 강의 효과

한국 지리의 학습에 있어서 가장 중요한 것은 도표, 지도, 그림을 잘 해석해내는 것이다. 각 개념들의 정의와 그 의미를 완벽하게 이해하고, 그 개념들을 지도나 그림 위에 적용시킬 수 있어야 한다.

우선 지리 학습에 가장 중요한 지도에 관한 공부를 먼저 한다. 지도를 구성하고 있는 요소들인 축척, 등고선 등 각종 지도에 쓰이는 기호들에 대한 기본적 지식을 습득한 다음, 지도를 보는 법을 연습한다. 교과서에 나와 있는 주요한 지형을 나타내는 지도는 다 외우는 것이 좋다. 어떤 지형의 지도를 준 다음, 지도가 나타내고 있는 지형의 특징을 고르라는 문제가 많이 출제되기 때문이다. 그렇다고 억지로 외우려고 하기보다는 문제를 많이 접하다 보면 자연스레 외워진다.

각 지형에 대한 지도를 익혔으면, 그 지형에 대한 특징들을 알아 두어야 한다. 각 지형별로 지도와 내용들을 정리해서 보면 좋다. 지리 과목 중 가장 많은 부분을 차지하는 부분이 바로 이 지형의 특색 부분이다. 가장 많은 비율의 문제들이 나오고, 문제를 어렵게 바꾸기도 용이한 부분이다. 따라서 지형의 기본적인 특색이나 지도, 그림 등은 반드시 숙지하고 있는 것이 중요하다.

이 강좌는 기본 개념에 대한 설명이 잘 되어 있어 주제 이해에는 어려움이 없다. 또 하나의 개념 설명이 끝난 다음에 바로 문제를 하나씩 접해 봄으로써 바로 복습이 가능하다. 문제 풀이 과정도 차근차근 보여주고, 강의 마지막엔 핵심 정리로 마무리해 주기 때문에 별도의 예습 없이 전체적인 내용과 각 개념 이해가 가능하다. 하지만 문제 풀이 양이 많이 부족하고, 다양한 문제들을 접해 볼 수 없기 때문에 강의를 들은 후 문제 풀이가 필수적으로 따라야 한다. 지도, 그림 등을 보는 요령은 기본 개념을 잘 알고 있는 것도 중요하지만, 많은 문제를 다뤄 봄으로써 자연스럽게 생기기 때문이다.

문제를 풀 때에는 반드시 지도나 도표를 자주 접해 보도록 하고, 문제가 요구하는 답만을 도출하는 것이 아니라 각 자료가 나타내고 있는 전반적인 사항들을 나름대로 정리해 보는 공부도 필요하다.

6. 강의 평가

① 샘플 1강(국토의 이해), 4강(지형과 생활(1)), 10강(인구)

② 평가자 정재홍(물리학과), 최서현(수학과), 오승훈(자연과학부), 박정현(화학과)

 강의 평가 점수표

정보의 정확한 전달력 ★★★★★	흥미 유발 ★★★
강의 속도는 적당한지 ★★★★	수준을 고려한 강의 ★★★★
완급 조절 ★★★	듣기 편한 강의(톤과 사투리 유무) ★★★★★

평가 : 4.0 ★★★★

추천 수준 개념 정리가 자세하게 되어 있기 때문에 하위권 학생들이 무리 없이 들을 수 있다. 거기에다 문제 풀이도 차근차근 잘 되어 있기 때문에 더욱 좋다. 기본 개념에 대한 자세한 설명과 그 개념을 확인하는 문제 풀이 때문에 하위권에서부터 중위권까지 골고루 다 들을 수 있다.

1. 강좌명 수능 특강 - 윤리

2. 강좌 수준 선택

3. 강좌 정보

① 방송 시간 EBS Plus 1 방송 강좌

2004년 2월 2일 ~ 5월 23일

본방송 [화] 11:10 ~ 12:00

재방송 [화] 23:40 ~ 00:30 [수]

종합편 [일] 07:50 ~ 08:40

☑ 인터넷 vod 시청은 ebsi 홈페이지 입시 정보/알림방 강의 업로드 일정 참고.

② 강의 구성

7차 교육과정에 따른 2005년 수능을 대비하여, 교과 내용을 윤리와 사상, 전통 윤리로 나누어 16강에 걸쳐 수업을 진행한다(본 구성은 보충 강의 추가 등으로 인해 달라질 수 있음).

1강	인간의 삶과 자아실현	9강	한국 윤리 사상의 정립과 민족적 과제
2강	사회 사상과 이상 사회	10강	전통 윤리의 의의와 현황
3강	한국 윤리	11강	전통 윤리의 본질과 계승
4강	동양 윤리	12강	인격 수양과 효친
5강	서양 윤리	13강	부부 및 형제지간의 윤리
6강	세계 윤리	14강	친척 · 이웃 · 교우 관계와 바람직한 삶
7강	사회 사상의 형성과 변화	15강	국가 윤리 및 경제 윤리
8강	사회 사상의 쟁점과 전망	16강	사회 윤리 및 환경 윤리

③ 강의 진행 방식

주제에 따른 개념을 가지를 치는 방식으로 정리하고, 그에 따른 기출 문제를 분석하면서 개념에 대한 이해도를 높인다. 각각의 소주제를 다룬 후, 마지막으로 강의 전체 개념에 대한 심화된 응용 문제를 풀어 본다. 그후 각각의 개념을 정리하여 한 화면에 나타낸다.

④ 매력 포인트 vs. 아쉬움

◈ **매력 포인트 : 가지를 뻗어 나가는 설명**

각 주제에 따른 내용들을 '어떻게' '왜' 라는 의문을 중심으로 심화하여 풀어 나가, 단순한 암기가 아니라 이해함으로써 내용을 받아들이도록 돕는다. 또한 주제를 구체화해 나가는 과정에서 각 장의 세부 항목들간에 연결되는 개념들을 제시하여, 전체 내용을 유기적으로 파악할 수 있다.

◈ **아쉬움**

개별 강좌 내의 개념들은 유기적으로 파악되는 데 비해, 강좌를 초월한 통합적인 내용의 강의가 부족하다. 각 개념들이 어느 단원의 어떠한 개념들과 연관성을 갖게 되는지 간단하게 제시하는 것이 필요하다.

4. 강사 정보

① 강사명 허웅범 선생님

② 학력 미게재

③ 경력 現 둔촌고등학교 교사

5. 학습 전략 및 강의 효과

윤리 과목 학습의 가장 중요한 점은 각 개념들의 특징을 정확히 이해하고, 개념들간의 차이점을 분명히 아는 것이다. 이를 위해 각 개념의 의미와 개념간의 차이점을 한눈에 볼 수 있도록 정리하는 일이 필요하다. 무엇보다도 강의를 보기 전에 교과서의 내용을 반드시 훑어보는 일이 요구된다. 교재나 강의의 경우 중요 핵심 위주로 구성되어 있기 때문에, 각각의 개념들을 이해하고 정리하는 데 큰 도움이 된다. 특히 개념이 어떠한 형태로 정립되어 나가는지를 보여주는 데 매우 효과적이다. 그렇지만 한 주제에 따른 전체적인 밑그림을 그리기에는 부족함이 있다.

교과서는 이와는 다르게 불필요하다고 여겨질 만큼 세세한 내용들이 들어가 있어 비효율적이라고 여겨질 수 있으나, 개념간의 흐름을 이해하기 위해서는 줄글로 쓰여진 교과서를 읽어 보는 것이 중요하다. 일차적으로 교과서를 확인하고 강의를 듣는다면, 그 강점인 개념간의 유기적인 파악이 더욱 효과적으로 이루어질 것이다.

윤리에서 학생들이 가장 어려워하는 부분은 윤리 사상사이다. 이 부분이 수능에서 성패를 좌우한다고 할 수 있다. 서양 사상은 전 시대의 사상이 다음 시대에 어떻게 발전해 나가며, 그 차이점이 무엇이며, 어떠한 기본적인 틀을 함께하는지 이해하는 것이 중요하다. 따라서 이러한 흐름을 파악하는 데에는 표를 만드는 것이 가장 효과적이다. 같은 맥락을 가진 사상들을 한데 묶고 다른 계보와는 어떻게 틀린지 적어 나가면, 사상사를 이해하는 데 큰 도움이 된다. 또한 한 계보 내에서 미묘한 차이를 갖는 사상들은 문제를 통해 접근하는 것이 가장 좋다.

주제 통합적인 내용들에 대비하여, 각 강의를 듣고 난 후 한번 언급된 적이 있거나 중요하게 다루어진 개념들이 다른 단원에서는 어떠한 방식으로 설명되고 있는지 점검해 볼 필요가 있다. 이 수업에서는, 한 주제를 다룰 때 연관되는 내용이 다른 주제에서도 나오는 경우 짧게나마 언급하고 지나간다. 그런 부분에서는 다음에 다시 내용을 다루더라도 미리 내용을 읽어 보는 것이 중요하며, 이 수업의 효과를 극대화시킬 수 있다.

6. 강의 평가

① 샘플 1강(인간의 삶과 자아실현), 5강(서양 윤리), 11강(전통 윤리의 본질과 계승)
② 평가자 정재홍(물리학과), 최서현(수학과), 오승훈(자연과학부), 박정현(화학과)

 강의 평가 점수표

정보의 정확한 전달력 ★★★ 1/2	흥미 유발 ★★★★
강의 속도는 적당한지 ★★★	수준을 고려한 강의 ★★★★
완급 조절 ★★★	듣기 편한 강의(톤과 사투리 유무) ★★★★

평가 : 3.6 ★★★ 2/1

추천 수준 기본적인 개념들을 이미 알고 있는 중·상위권 학생들이, 각 주제의 내용들이 어떠한 흐름을 가지고 전개되어 나가는지 파악하기에 효과적이다. 그렇지만 하위권 학생의 경우 내용이 다소 빠르게 나가는 경향이 있으므로 선행 학습이 반드시 요구된다.

1. 강좌명 **수능 특강 – 사회 · 문화**

2. 강좌 수준 **선택**

3. 강좌 정보

① 방송 시간 EBS Plus 1 방송 강좌

   2004년 2월 2일 ~ 5월 23일

   본방송 [월] 11:10 ~ 12:00

   재방송 [월] 23:40 ~ 00:30[화]

   종합편 [일] 07:00 ~ 07:50

   ☑ 인터넷 vod 시청은 ebsi 홈페이지 입시 정보/알림방 강의 업로드 일정 참고.

② 강의 구성

수능 기출 문제의 분석을 통해, 7차 교육과정에 따른 사회 · 문화 교과 과정의 각 주제에 따른 주요 개념들을 정리하고, 여러 유형의 응용 문제들을 풀어 본다. 총 16강으로 구성되어 있다(본 구성은 보충 강의 추가 등으로 인해 달라질 수 있음).

1강	탐구 대상으로서의 사회 · 문화 현상
2강	사회 · 문화 현상의 탐구 방법
3강	사회 · 문화 현상의 탐구와 일상생활
4강	개인 생활과 사회 구조의 이해
5강	집단과 조직 생활의 이해
6강	사회 계층화 현상의 이해
7강	가족 생활과 친족 관계의 이해
8강	도시와 농촌 지역 공동체
9강	인간의 문화 창조
10강	문화의 속성과 일상생활의 이해
11강	문화 변동과 민족 문화의 발전

③ 강의 진행 방식

각 강의 주제에 따른 수능 기출 문제를 분석하여 그 경향을 파악하고, 이를 토대로 강의 내용 중에서 가장 중요하게 다뤄야 할 개념을 보여준다. 각각의 주요 개념을 설명한 뒤 개념에 관한 가장 기본적인 유형의 문제를 제시하여 이해를 도우며, 응용 문제를 통해 수능 유형에 친숙해지도록 한다. 끝으로 다시 한번 주요 개념들을 도표화하여 정리한다.

④ 매력 포인트 vs. 아쉬움

◈ **매력 포인트 : 깔끔한 정리, 단순한 설명**

각 개념들을 표로 정리하여 보여줌으로써 주요 내용을 한눈에 확인할 수 있으며, 군더더기 없이 설명하여 개념을 이해하는 데 혼선이 적다. 또한 단순히 기출 문제를 다루는 것이 아니라, 문제에서 요구하는 점을 분석하여 수능의 경향과 주요 주제를 제시하였다. 기본 및 응용 문제를 다룰 때에도 정석적인 문제 풀이 방법뿐만 아니라 문제 풀이 요령도 보여주었다.

◈ **아쉬움**

지나치게 개념들을 항목화시켜 각 개념들을 맥락적으로 이해하는 데에는 부족함이 보였으며, 이 결과 단순히 각 개념들을 암기하는 데에만 편의를 두도록 강의가 진행된다.

4. 강사 정보

① 강사명 나혜영 선생님

② 학력 미게재

③ 경력 現 환일중학교 교사

사회·문화 과목의 학습에 있어서 가장 중요한 것은 서로 다른 개념을 맥락적으로 파악하는 것이다. 이를 위해서는 반드시 각 개념들의 정의와 그 의미를 완벽하게 이해하고 있어야 한다. 이 강좌에서는 각 개념에 대한 설명과 요약, 이에 따른 효과적 제시가 강점이다.

강의의 시간적 제약으로 인해 중요 개념들에 대해서만 설명하고 있어 가장 중요한 개념에 대해서는 파악할 수 있지만, 이보다 덜 중요하게 취급되는 개념들은 강의에서 제시된 방법대로 새롭게 정리해 볼 필요가 있다. 강의에서 사용된 방법처럼, 여러 가지 대조되는 개념들의 차이점을 상세하게 적어 볼 필요가 있다. 개념들을 정확히 이해했는지 여부는, 이 표를 개념 혹은 그 개념의 정의만을 기술하고 표 안의 빈 칸을 채우는 방법으로 확인하는 것이 좋다.

사회탐구 과목에서는 이론이 실제 생활에서 어떠한 방식으로 적용되는지 알아보는 것이 매우 중요하다. 더불어 교과서나 참고서 등에 제시된 실제적인 자료들을 이론에 대입해 보는 것이 중요하며, 더 나아가 사회의 화두가 되고 있는 사건 등 여러 가지 자료를 교과서를 통해 익힌 개념에 대입시켜 보는 것도 중요하다.

강의를 통해 각각의 주제별 주요 개념들을 효과적으로 파악하고 그 특징을 이해하는 데에는 부족함이 없지만, 강의 하나만으로 사회·문화 전체의 흐름을 설명하는 데에는 부족함이 엿보인다.

따라서 먼저 이 강좌의 내용을 완벽하게 이해하여 주제별·개념별 특성을 알아야 하며, 각 주제간 유기적인 관계를 파악해야 한다. 각 주제를 다룸에 있어서 '왜 각 주제들이 사회·문화라는 한 테두리 안에 엮이게 되었는가'를 생각해 보면서, 각각의 주제를 따로 떨어진 단원으로 보는 것이 아니라 한 개의 덩어리로 보는 시각을 키워야 한다.

이를 위해 목차를 보면서 전체 내용이 어떻게 연관되어 있는지를 숙지한다. 목차는 전체 내용이 간략하게 요약되어 있는 것이기 때문에, 목차를 보면서 전체 내용을 파악하고, 그 목차 옆에 주요 개념들을 적음으로써 자세한 핵심 정리 노트를 만들 수 있다.

이 과목의 가장 좋은 텍스트는 교과서이다. 교과서는 그 구성 자체가 첫 머리에 전 장의 내용을 심화하는 내용으로 되어 있다. 따라서 주제가 어떠한 이유로 연결되는가를 정확히 보기 위해서는 교과서 공부가 필수적이다. 교과서를 한번 정리한 후 강의를 시청하여 그 내용을 다지고, 후에 문제에 접근하도록 한다. 사회탐구의 모든 과목은 교과서를 기본으로 하는 것이 가장 중요하며, 이를 바탕으로 사회적 맥락 안에서 각각의 개념을 이해해야 한다.

6. 강의 평가

① 샘플 1강, 3강, 10강

② 평가자 정재홍(물리학과), 최서현(수학과), 오승훈(자연과학부), 박정현(화학과)

 강의 평가 점수표

정보의 정확한 전달력 ★★★★	흥미 유발 ★★★
강의 속도는 적당한지 ★★★★	수준을 고려한 강의 ★★★
완급 조절 ★★★★	듣기 편한 강의(톤과 사투리 유무) ★★★★★

평가 : 3.8 ★★★

추천 수준 기본적인 내용이 주를 이루기 때문에 중위권이나 중·하위권 학생들에게 심화하여 공부하기 전에 먼저 정리해 보는 차원에서 도움이 된다. 또한 전체 내용과 맥락을 이해한 상위권 학생들이 내용을 재확인하는 데에도 도움이 된다. 그렇지만 이 강의만으로는 사회·문화 과목의 제대로 된 내용 정리가 이루어지기 힘들며, 사회 문화의 전체적 내용을 소개하는 정도의 강의라 할 수 있다.

4;

선배들이
들려주는
실천 노하우

선배들이들려주는실천노하우선배들이들려주는실천노하우

선배들이들려주는실천노하우선배들이들려주는실천노하우

선배들이들려주는실천노하우선배들이들려주는실천노하우

7차 교육과정이 발표되면서 이것저것 바뀌는 것도 많고, 이런저런 말도 많아서 고민들이 많을 것이라 생각한다. 도대체 어떤 부분이 얼마나 바뀌는 건지, 이제는 어떻게 시험을 준비해야 할지 전전긍긍하고 있는 친구들 사이에서 스스로도 자신만의 해결책을 찾아내기 위해 많은 생각을 하고 있을 것이다.

교육부 발표에 따르면 이번 교육과정 개정의 기본 방향을 '21세기의 세계화·정보화 시대를 주도할 자율적이고 창의적인 한국인 육성'으로 설정했다고 한다. 여기서 가장 중요한 말은 자율성과 창의성이다. 초·중·고등학교 과정에서 학생들이 보다 자율적이고 창의적인 학습과 활동을 할 수 있게 도움을 주기 위한 개편이라는 말이다. 그래서 수준별 학습, 고급 교과 선택 등의 방안이 도입되었다. 그와 함께 학교 교육 다음으로 EBS 수능 방송이 큰 비중을 차지하는 교육 체계가 되어 교육의 실질적 평등을 추구할 것이라는 발표도 있었다.

하지만 이번 개정안의 효과적인 시행을 위해서는 선생님들의 보다 많은 수업 준비와 전문적인 지식 함양이 필수적 요소가 되면서, 실질적인 효과를 거두려면 시간이 더 걸릴 것이라는 추측도 있고, 과연 EBS 수능 방송 내용이 실제로 시험에 얼마나 반영될 것인가에 대한 논란도 많이 일고 있다. 이와 같은 상황에서 우리는 어떻게 공부를 해야 하고, 어떻게 수학능력시험을 준비할 것인가.

공부에는 왕도가 없다고 했다. 그리고 우스갯소리로 많이 하지만, '국·영·수 중심으로 열심히 하면 된다', '예습, 복습만 철저히 해도 된다', '저는 교과서만 보고 공부했어요' 등등 수많은 공부 방법들이 기초적인 것으로부터 시작된다는 것은 공부를 조금 해본 학생들이라면 금방 알 수 있을 것이다. 하지만 아무리 편안한 길이 없다고는 해도, 조금의 요령과 성공했던 방법이 있다면 들어 보고 자기 것으로 소화해내는 것을 나쁘다고는 할 수 없을 것이다. 그렇다면 일단은 EBS 수능 방송을 어떻게 활용할지에 대한 방안을 한번 생각해 보자.

일단 수준별 학습제가 도입되면서 EBS 수능 방송에도 초·중·고급 강의가 생겼다. 아직은 선택 과목의 경우 대체 강의가 없는 것도 있지만, 한 과목에 여러 개의 강의가 있다는 것은 정말 좋은 기회다. 자신의 생각보다 진도가 빠르거나, 이해가 되지 않는 수업들을 보충할 수 있는 기회가 생긴 것이다. 이때 성적만을 기준으로 하여 어떤 단계를 시청하는 것이 아니라, 여러 강의를 시청해 보고 자신에게 가장 알맞은 수준과 내용을 고르는 것이 중요하다.

EBS 수능 방송을 듣는 것만이 최고는 아니다. 학교 수업에서와 마찬가지로 예습과 복습은 반드시 해야 한다. 특히 EBS 수능 방송의 경우, 복습을 게을리 하면 애써 들은 강의가 시청한 시간에 비해 별 효과를 못 거두게 된다.

그러므로 시청 시간만 많이 투자하면 된다는 생각을 버리고, 그날 배운 내용은 그날 바로 소화하도록 해라. 그것이 가장 빠른 고득점 전략이 될 것이다. 그리고 EBS 수능 방송 교재의 문제들을 유심히 살펴라. 아직 확실한 것이 아닐지 몰라도 발표에 따르면 EBS 수능 방송 내용이 수능에 70~80퍼센트 정도의 비율로 반영된다고 하니, 같은 문제가 나오지는 않아도 비슷한 유형, 비슷한 지문이 출제될 수도 있는 것이다. 하지만 이 때문에 EBS 수능 방송이 어떤 족집게 과외처럼 인식되고, EBS 수능 방송을 보기만 하면 고득점을 할 것이라는 과한 생각을 가진 사람도 많다고 한다. 그런 맹목적인 생각은 버리고, 수능 준비의 좋은 방법으로서 EBS 수능 방송을 제대로 이용한다면 좋은 결과를 얻을 것이다.

간단하게 EBS 수능 방송에 대해 몇 마디 해보았다. 그렇다면 이제는 EBS 수능 방송을 통해 실제로 고득점을 해낸 여러분의 선배들의 솔직한 이야기를 들어 보자.

● 들어가며

적응할 만하면 바뀌는 교육과정에 항상 제1세대 학생들만 고생을 하는 것 같다. 이번 7차 교육과정이 발표되면서 지금 고등학교 3학년인 후배들은 또 얼마나 힘들까. 우리가 고생했던 것을 떠올리며 지금의 후배들에게, 진심 어리고 재미있는 충고와 제안을 해볼까 한다.

내가 고등학교 3학년이던 1998년에도 교육과정이 바뀌면서 사회탐구, 과학탐구영역에 선택 과목이 생기고, 수학 교과 과정이 바뀌면서 수능 시험에 대한 상반된 의견이 다양하게 나왔었다. 큰 변화가 없을 것이라고 예측했던 당시 고등학생들은 정부의 발표에 적잖이 당황했었고, 언론과 학교에서도 예측은 엇갈렸다. 수능 시험이 전체적으로 쉬워지면서 평균 점수가 오를 것이라는 예상도 있었고, 사교육비 감소와 선택의 폭 넓히기 등의 교육 과정 변경의 목적이 제대로 나타나지 않을 것이라는 추측도 있었다. 이래저래 시끄러운 잡음 속에서도 나와 친구들은 자신만의 공부방법을 찾으려고 노력을 했었고, 나의 경우에는 EBS 수능 방송이 그 중 하나였다.

선배들이 들려주는 실천 노하우

서울대학교 물리학과
정 재 홍

● ● 내 가 고 등 학 생 이 었 을 때

내가 고등학교 2, 3학년 때는 마침 사교육비 증가가 문제화되었다. 친구들 중에는 수학이나 영어처럼 기초와 시간이 많이 필요한 과목들 위주로 과외를 받는 학생들도 다수 있었다. 새로운 교육과정이 발표되고 학교에서는 자율학습을 강화하여 학원과 과외를 줄이고자 했다. 그래서 학원을 다니거나 과외를 받던 친구들의 대부분은 더 늦은 시간으로 바꾸거나 학습 방법 자체를 바꾸어야 했다. 흔히 생각할 수 있는 자습 방법 중 하나는 학습지라고 할 수 있다. 내 주변에서는 나를 포함해 상당히 많은 친구들이 학습지를 신청해 공부했다. 매달 공부해야 할 목표가 정해지고, 학교의 수업 속도에도 비교적 충실히 따라간다는 점이 장점이라고 할 수 있다. 그리고 대부분의 학습지는 하루에 봐야 하는 양이 생각보다 상당히 적은 점에서도 자율적인 학습에 충분한 도움이 될 수 있다. 그래서 친구들 중 몇몇은 학원을 안 가는 대신에 학습지를 두 개나 받아보는 녀석들도 있었다.

하지만 대부분의 학생들이 학습지를 몇 달 치 미루게 되고, 결국 봉투조차 열지 않고 버렸던 데에는 다 이유가 있었던 것이 아닐까. 그 이유는 대부분의 학생들이 생각하듯이 학습지는 자신의 수준에 맞지 않는 경우도 있고, 지역에 따라서는 학교 진도를 맞추지 못하는 경우도 있기 때문이었다. 그리고 결정적으로 학습지를 통한 공부는 자신의 의지력이 가장 큰 요인이기 때문일 것이다. 하루에 풀 문제가 적어도 일주일 치가 밀리면 하루 만에 풀 수 없고, 그것 때문에 고민하면서 계속 밀리기 시작하면 결국 한 달 치 이상 밀리게 되는 것이다. 나도 그런 학생들에 속하는 상당히 게으른 학생이었기 때문에 공부할 무언가가 밀리기 시작할 때의 고통을 너무나도 잘 알고 있다.

다음으로는 교육 방송을 생각해 볼 수 있다. 학습지에 비해 EBS 수능 방송은 약간의 강제성을 가지고 있다. 물론 그로 인해 시간적 제약도 있지만, 매일 같은 시각, 일정한 시간 동안 공부를 하게 만들어 준다는 것은 정말 엄청나게 중요한 장점이다.

그러나 EBS 수능 방송을 활용하는 것은 수업 시간에 내용을 제대로 이해하고 성적이 어느 정도 나오는 학생들─짧게 말해서 상위권 학생들─에게는 들이는 시간에 비해서 효율이 낮은 학습법으로 보일 수도 있다. 방송 수업 내용이 시간은 많이 드는 데 비해 설명해 주는 것이 적다고 느끼거나, 쉬운 풀이 과정도 상당히 오랜 시간을 들여서 여러 번 설명하기 때문에 그럴 것이다. 반면에 소위 공부를 못하는 학생들에게는 오히려 방송의 빠른 진도를 따라가지 못하겠다는 얘기가 더 와닿을 것이다. 이 문제는 학교 수업에서도 똑같이 되풀이되는 것으로, 근본적인 해결책은 찾기 힘들다. 모든 학생들에게 적당할 정도의 난이도와 수업 속도는 애초부터 존재하지도 않으니까 말이다. 7차 교육과정에서는 수준별 학습이 가능하도록 하겠다는데, 아무쪼록 상ㆍ중ㆍ하위권 학생들 각각에게 잘 맞는 교육 방법이 나왔으면 좋겠다는 바람이다.

나의 교육 방송 선택의 계기

나의 경우에는 EBS 수능 방송을 보는 것 자체가 시간상 어려운 일이었다. 학교에서는 자율학습으로 밤늦게까지─우리 학교는 설날, 추석 당일만 빼고 밤 11시까지 자율학습을 했다─학생들을 붙잡아 두었고, 설령 저녁 시간에 집에 간다고 해도 가족들이 텔레비전을 보는 시간대에 EBS 수능 방송을 보는 것도 힘든 일이었다 (요즘에는 자기 방에 텔레비전과 컴퓨터가 있는 학생들이 많아서 부럽다). 그래서 별로 관심이 없었을 때, 한 선생님께서 문제 풀이용으로 EBS 수능 방송 교재를 추천해 주셨다. 처음에는 보고 있던 책도 있고 해서 생각이 없었지만 교재를 사서 훑어보았을 때, 잘 요약된 설명과 적절한 난이도의 문제가 마음에 들어서 일단 문제집으로 활용하기 시작했다.

하지만 책의 특성상 앞의 시간표에 자꾸 눈이 가다 보니, 결국 EBS 수능 방송을 한번 듣기에 이르렀고 나는 EBS 수능 방송의 재미에 빠져 버리고 말았다.

위에서 말한 것처럼 기초가 부족한 상태에서는 EBS 수능 방송이 다소 어렵게 느껴질지도 모른다. 하지만—너무 당연한 소리겠지만—예습을 충실히 한다면 누구나 충분히 따라갈 수 있을 것이라고 생각한다. 즉 방송을 보는 것이 끝이 아니라, 교재를 통한 예습, EBS 수능 방송 시청, 문제 풀기, 학교 수업, 숙제 등이 모두 모여서 자신의 것이 된다는 것을 알고 마음을 조금은 느긋하게 먹으면 누구나 기초부터 따라올 수 있다는 말이다. 하지만 말이 쉽지 직접 해보지 않으면 어떻게 될지는 아무도 모른다는 후배들의 불평이 들리는 듯하다. 그래서 이제부터 방법에 대해 말을 해볼까 한다.

● ● ● ● ● 내가 경험했던 EBS 수능 방송

내가 생각하기에는 수능 시험에는 수학과 영어가 가장 중요하다. 하지만 이 과목들은 무엇보다 기초가 중요하고 실력 차이가 현격히 벌어진다. 그래서 1, 2학년 때에 수학과 영어를 확실히 해두는 것이 필요하다.

내 경우에도 1학년 때 수학과 영어를 중점적으로 공부했었다. 중학교 졸업 후 겨울방학에는 고등학교 1학년 수학책을 가지고 예습을 했다(요즘도 있는지 모르겠지만, 우리는 선수고사라는 것이 있어서 입학하기 직전에 시험을 보았었다). 당시에는 교육 방송을 활용할 생각을 못했었는데, 지금 다시 예비 고1로 돌아가라고 하면 나는 주저 없이 교육 방송의 선행 학습 코스를 듣겠다.

그후 학기가 시작하면서 EBS 수능 방송이 공부에 큰 역할을 하기 시작했다. 우선 학교에서 수업을 듣고 이해가 되지 않는 내용들을 해결해 주었다. 일단 학교에서는 친구들과 상의하거나 선생님께 질문했다. 그리고 방송 교재의 그 부분을 펴서 확인하며 복습 겸 예습을 했고, 저녁에 집에 와서는 수업을 보고 들으며 재확인하는 과정을 거쳤다. 학교에서 나온 숙제와 방송 교재의 남은 문제들을 풀면서 복습을 하면 대부분은 문제도 풀리고 이해도 제대로 되었다.

어려운 문제의 경우 미처 생각을 마무리하기 전에 지나가 버리는 경우가 많은데, 나는 항상 녹화를 하여 그 부분을 다시 보거나 멈추어놓고 안 뒤에 다시 보았다. 그리고 가끔 방송 시간을 놓칠 때나 못

볼 상황에도 역시 녹화를 해두었다가—어머니, 감사합니다—시간을 따로 내서 보았다. 요즘은 인터넷에서 다시 볼 수 있기 때문에 정말 편해졌지만 당시에는 녹화를 해서 서로 빌려 보기도 했었다. 그리고 아예 못 보고 지나가 버린 과목 같은 경우 방송사에 주문을 하면 녹화 테이프를 구입할 수 있어서 구입해서 보기도 했었다. 물론 요즘은 인터넷으로 약간의 돈만 들이면 다시 보는 것이 가능하다. 개인적으로 이 부분이 EBS 수능 방송의 가장 큰 장점이요, 강점이라고 생각한다.

학교에서는 같은 내용의 수업을 전혀 기대할 수 없지만, EBS 수능 방송은 녹화해서 세 번이든 네 번이든 다시 들을 수 있고 인터넷을 이용하면 필요한 강좌만 선택해서 시청할 수도 있다. 그리고 학교 수업은 '빨리 감기'와 '되감기'가 되지 않지만, EBS 수능 방송은 중요한 부분이나 이해가 안 되는 부분만 골라 다시 들을 수 있기 때문에 반복 학습의 측면에서나 선택의 측면에서나 다른 매체와는 비교가 되지 않는 장점을 갖고 있다.

● ● ● ● ● ● 영역별 EBS 수능 방송 활용

영어의 경우 EBS 수능 방송은 내게 정말 큰 도움이 되었다. 학교 수업 시간에도 많은 것을 배울 수 있지만 수업 시간의 한계 때문에 어휘보다는 문법 위주로 수업이 진행되었었고 듣기 영역이 미흡했는데, EBS 수능 방송은 그것을 메워 주는 역할을 했다. 보다 많은 단어를 접하게 되었고, 텔레비전 방송만이 아니라 학교에서도 틈틈이 들을 수 있는 라디오 방송을 통해 듣기 부분을 강화할 수 있었던 것이다. 그리고 모든 선생님들이 그런 것은 아니겠지만, 학교 영어 선생님들의 경우 발음이 상당히 안 좋으신 분들도 계시기 때문에—우리 학교엔 계셨다—따로 듣기와 말하기 연습을 할 수 있는 학습 방법이 꼭 필요하다고 생각한다.

그 방법에 EBS 수능 방송이 딱 맞았던 것은 두말할 것도 없다. 영어의 경우에는 학교 진도와 함께 나가는 강의뿐 아니라 기본 교양을 위한 프로그램도 많이 있어서 나에게 큰 도움이 되었고, 지금도 그 사실은 변하지 않았다고 생각한다. 지금은 더 좋은 프로그램이 많아서, 상 · 중 · 하위권 학생 모두에게 EBS 수능 방송이 좋은 공부 방법이 되어 줄 것이다.

2학년이 되면서 계열을 정하게 되어 자연계를 선택했고 교육과정이 변하면서 선택 과목이란 것도 생겼다. 당시 나의 학교는 물리Ⅱ, 화학Ⅱ를 필수로 들어야 했고, 지구과학Ⅱ, 생물Ⅱ 중 하나를 선택해 들었다. 실제로 모의고사에서는 공통과학 문제가 대부분이었고 주위의 몇몇 친구들은 선택 과목을 포기하기도 했다. 그도 그럴 것이 학교에서는 진도를 맞추기 위해—당시 우리 학교는 거의 3학년 초반에 모든 진도를 다 마치고 나머지 시간 동안 문제집으로 복습을 했다—어려운 과목임에도 굉장히 빨리 진도를 나갔고, 그로 인해 뒤쳐지는 학생들이 점점 많아졌던 것이다. 그리고 무엇보다도 수능에서 선택하지 않을 과목도 내신 때문에 공부를 해야 했기에 시간도 부족했던 것이다.

학원을 다니던 친구들은 학원에서 부족한 부분을 다시 한번 채울 수 있었기에 그래도 괜찮았지만 자율학습을 해야 했던 대부분의 학생들은 정말 답답한 심정이었었다. 나도 배우는 내용이 너무 많아서 머리가 아팠는데, 그때 EBS 수능 방송이 또 한번 도움이 되었다. 교과 과정이 바뀌면서 방송도 약간은 혼란이 있었지만 비교적 빨리 새로운 교과 과정이 적용된 방송이 나왔고, 학교에서 따라가지 못하거나 이해를 못한 내용을 방송을 통해 다시 들을 수 있었던 것이다. 사회탐구, 과학탐구영역의 강의는 확실히 학교 수업보다 더 마음에 들었다. 설명도 길고 쉽게 해주고, 필요한 자료와 그림들이 제대로 준비되어 있었기 때문이다. 그리고 교재에 적절한 난이도의 문제가 충분히 있었기 때문에 따로 문제집을 사거나 할 필요가 없었던 점도 참 좋았다. 방송을 보고 나서 바로 문제를 풀었을 때 머리에 쏙쏙 들어오는 기분은 느껴 보지 않은 사람은 모를 것이다.

이번 7차 교육과정에서는 이런 문제가 더더욱 두드러질 것이라 생각한다. 자신이 원하는 과목만, 자신이 자신 있고 잘하는 과목만 선택해 시험을 볼 수 있기 때문에 특정 과목에 대한 성취 욕구가 더 증가할 것이다.

하지만 조심스러운 것은, 그런 장점을 학교 교육에서 살리지 못하고 있다는 말도 벌써부터 나오고 있고, 실제로 많은 학생들이 학교에서 부족한 수업 준비 때문에 자신이 원하는 만큼 공부를 하지 못하고 있을지도 모르겠다. 우리 때만 해도 기본적으로 하고 있던 제 2외국어 수업과 지구과학, 생물 선택 수업이 엇갈리면서 선택 과목 시간만 되면 한 교실의 반이 다른 교실로 이동하여 수업을 받느라 정말 번거롭고 불편했다.

그렇다고 특정 과목만을 위해 학원을 가거나 과외를 하는 것은 상당히 번거롭고 비용도 많이 든다. 내 개인적인 생각에는 학교 선생님들 중에 정말 잘 가르치시는 분들이 계시는데 그분들이 좀더 시간을 갖고 준비하셔서 같은 내용을 몇 번 더 수업해 주신다면 좋겠지만, 현실적으로 고등학교 수업 시간과 교실 수를 늘리지 않는 이상 그것은 좀 어려운 일이다. 그러므로 나는 EBS 수능 방송의 활용을 지금의 후배들에게 기쁜 마음으로 추천한다. 앞서 말했지만 '빨리 감기'와 '되감기'를 이용할 수 있고, 인터넷 방송을 이용한다면 더 이상 시간에 구애받지도 않을 뿐더러, 같은 내용을 여러 번 들을 수도 있고, 질문도 할 수 있으니까 말이다. 사실 인터넷으로 하는 질문은 정말 좋아진 것이라 할 수 있다. 나는 궁금한 점이 있을 때 전화 ARS를 사용했으니 말이다.

개인적으로 언어영역 성적이 가장 좋지 않았다. 모의고사를 보면 늘 전체 실점 중에 반을 언어영역이 담당하고 있었다. 실제 수능에서도 전체 틀린 점수 16점 중에 11점이 언어영역에서 틀렸다. 책을 꽤나 많이 읽었다고 생각했었는데, 지금 생각해 보면 그렇게 된 데에는 몇 가지 이유가 있었던 것 같다. 우선 다른 과목에 비해 나에게 언어영역은 별로 재미가 없었다. 그래서 공부를 적게 했던 것 같고, 공부를 해도 빨리 성적이 오르지 않았기 때문에 의욕을 잃었었다. 그래서 공부하는 시간은 점점 줄었었고, 어느 정도는 포기해 버리는 경향이 있었던 것 같다.

하지만 그건 정말 실수였다고 생각한다. 제대로 된 방법을 알았더라면 그렇게 쉽게 포기하지는 않았을 것이다. 지금 나와 비슷한 생각을 하고 있는 후배들도 있을 것이다. 언어영역은 도대체 어떻게 공부해야 성적이 오를까, 라고. 언어영역을 공부하는 것은 너무 넓은 범위의 고민 같지만 실제 배우는 것에 비해 수능에 출제되는 문제는 유형이 몇 가지로 정해져 있고, 많은 지문과 문제를 접하게 되면 몇몇 문제는 시험에 그대로 출제되기도 한다. 그래서 많은 선배들이 '언어영역은 문제만 많이 풀어보면 돼' 라고 하는 것이다. 하지만 무턱대고 문제만 많이 풀어 본다고 해서 실력이 느는 것은 아니고, 자주 출제되는 지문별로 지문의 특징, 글의 종류에 대한 특징 등 약간은 외우듯이 공부하는 것이 도움이 되리라고 본다.

이 점에 있어서도 EBS 수능 방송 교재는 참 많은 도움이 된다. 기출된 것을 토대로 지문이 잘 선택되어 있으며, 문제 유형도 상당히 잘 파악되어 있기 때문에 보통의 문제집을 푸는 것보다는 더 나을 것이다. 그리고 강의를 들을 때 선생님이 설명해 주는 것을 잘 들어 보면 중요한 요점이 있는데, 그것을 잘 확인하면서 듣는다면 더욱 쉽게 공부를 할 수 있다.

하지만 당시 내가 언어영역에 대해서 걱정을 하고 있을 때는 이미 3학년 중반이어서 부족한 사회탐구영역을 공부하느라 언어영역은 거의 손을 놓은 상태였다. 시간을 좀더 잘 활용했더라면 수학, 영어와 마찬가지로 EBS 수능 방송을 활용해 보았을 텐데, 지금 생각하면 참 아쉽다.

● ● ● ● ● ● ● 후 배 들 에 게 던 지 는 나 의 제 안

EBS 수능 방송은 전반적으로 교육 정책 변화에 상당히 빨리 반응하고, 잘 가르치는 선생님들이 많으며, 교재의 구성이 상당히 마음에 들고 문제의 난이도가 적절해서 나에게는 정말 큰 도움이 되었다. 하지만 역시 많은 공부 방법과 마찬가지로 자신의 공부하고자 하는 의지가 가장 중요한 것이 아닐까. 그래서 나는 EBS 수능 방송을 추천함과 동시에 어찌하면 이를 잘 활용할 수 있을까에 대한 나만의 제안도 하고자 한다.

첫째로 학교 수업이든 방송 수업이든 한번 듣고 만다는 생각을 버려라. 특히 방송 수업은 반복해서 들을 수 있다는 것이 가장 큰 장점인데, 그것을 버리고서는 제대로 활용할 수가 없다. 앞에서 얘기했지만, 교재를 가지고 예습도 하고, 녹화해서 여러 번 보거나 인터넷으로 잠시 멈추어가며 보기도 하고, 모르는 부분은 꼭 다시 본다는 정도로 해야 하는 것이다.

둘째로 반드시 복습을 해라. 첫째와 약간은 겹치지만, 매체의 특성상 EBS 수능 방송은 듣고 나서 바로 잊어 버리기 쉽기 때문에 강의가 끝나자마자 바로 복습하는 것이 굉장히 중요하다.

셋째로 시간이 많이 든다고 조급해하지 마라. 자신의 실력에 따라 조금은 쉬울 수도, 시간이 많이 걸릴 수도 있을 것이다. 하지만 아는 길도 물어 가라고 했고, 돌다리도 두드려 보라고 했다. 두 번, 세 번 설명하는 것은 다 이유가 있어서이다. 정 시간이 남고 해당 과목에 자신이 있다면 흘려 들으면서 문제를 풀어라. 문제를 풀면서 중요한 부분만 잘 잡아서 들으면 되는 것이다.

마지막으로 꾸준히 해라. 뭐든지 꾸준히 하는 데에는 장사가 없다. EBS 수능 방송을 듣는 것도 짧은 시간에 효과를 크게 본다는 헛된 기대를 버리고 꾸준히, 열심히 공부한다면 분명 본인이 원하는 결과를 얻을 수 있을 것이다.

서점에 가면 공부하는 방법에 대한 책이 너무도 많다. 이 글도 그렇겠지만 모든 방법들이 모든 사람들에게 맞는 것은 아니다. 자신만이 공부하는 가장 좋은 방법을 알 수 있다. 하지만 후배님들에게 나의 경험이 조금이나마 도움이 되길 바라고, 즐겁게 공부하고, 원하는 결과를 얻을 수 있었으면 하는 진심에서 이 글이 나왔음을 말씀 드리고 싶다.

● E B S 수 능 방 송 을 보 게 된 계 기

나는 고등학교 3학년이 되어서야 비로소 EBS 수능 방송을 제대로 된 방법으로 시청하면서 효과를 보기 시작했다. 그 전에는 어땠냐고? 처참히 실패했었다. 나름대로 첨단 기술들을 응용하는 것을 좋아하는 나였기 때문에, 공부 방법 역시 구태의연하게 문제집이나 풀고 학원에 가는 것보다는 멀티미디어를 사용해 보기로 했었다. 그 당시 멀티미디어라고 해봐야 텔레비전이 전부였고, 인터넷은 막 보급되기 시작했기 때문에 아직 그런 활용도가 있지 않았을 때다.

주변에 EBS 수능 방송으로 공부하는 사람이 없었다는 것 역시 내게는 자극제가 되었다. 남들이 다 하는 방법은 그다지 좋아하지 않는 성격 때문이기도 했다. 원래 좀 튀는 것을 좋아했기 때문에 무슨 일을 하든지 평범한 순서는 따르지 않으려 했다. 그래서 학원을 가라고 재촉하던 어머님의 말씀을 한 귀로 흘리고 교재를 하나 사서, EBS 수능 방송을 보기 시작했다.

선배들이 들려주는 실천 노하우

서울대학교 응용화학부
홍석구

● ● E B S 수 능 방 송 은 '내 가' 하 는 완 전 자 율 학 습

어찌 보면 EBS 수능 방송으로 공부하는 것은 굉장히 쉬워 보인다. 텔레비전을 틀어놓고 그냥 앉아서 보면 된다고 생각하기 쉽기 때문이다. 그리고 나서 문제를 풀고 채점하고, 틀린 것이 있거나 모르는 것이 있으면 다시 한번 녹화된 강의를 보면 된다. 복잡할 것이 하나도 없어 보인다. 그런데 쉽다는 생각은 나만의 착각이었다.

왜 그런지 처음부터 다시 따져 보자. '내가' 텔레비전을 틀어야 하고, '내가' 앉아서 봐야 하고, '내가' 문제를 풀고, '내가' 채점하고, '내가' 복습을 해주어야 한다. 한 마디로 말해 처음부터 끝까지 완전한 자율학습인 것이다. 이 '자율'이란 말이 얼마나 힘든 것인지 경험해 본 친구들은 공감할 것이다. 나도 1, 2학년 동안 자율학습을 제대로 해내지 못했다. 그래도 고집은 나름대로 센 편이라서 한번 EBS 수능 방송으로 공부하기로 한 이상 계속 끝까지 해보겠다고 다짐했고, 매번 때가 되면 열심히 방송에 집중했다.

그러자 고등학교 3학년 때 비로소 '자율학습'이라는 공부 방법에 적응이 되기 시작하는 듯했다. 적응이 되자 심기일전하여 일정 부분의 효과를 얻으려고 애썼지만, 노력에도 불구하고 문제는 계속 남아 있었다. EBS 수능 방송만 틀면 그 느릿느릿한 말투와 화면 이동에 졸리기 시작했고, 또 장시간 텔레비전을 시청하니 눈도 피로해지고 아파서 정말 고역이었다. 뿐만 아니라 텔레비전의 다른 채널들은 어찌나 재미있어 보이던지, EBS 수능 방송 채널로 넘긴다는 것 자체가 엄청난 의지를 필요로 하는 행동이었다. 뭔가 유혹을 다 이기고 강제력을 부여해야만 했다. 그렇지 않고서는 도저히 EBS 수능 방송을 보면서 제대로 공부하기가 힘들어 보였다.

● ● ● 목표를 위해서라면 별난 강제 수단도 유용할 때가 있다

별로 좋은 방법이라고 추천은 할 수 없지만, 고등학교 3학년 때 나는 내기를 했다. 친구와 같이 EBS 수능 방송으로 공부하기로 하고, 한 번 방송을 안 볼 때마다 만 원씩 상대방에게 주기로 했다. 만 원, 그 당시에는 엄청나게 큰돈이었다. 서로 검사하고 내용을 모를 때에는 돈을 주는 것이었는데, 이런 강제성이라도 부여하지 않으면 내겐 또 다른 유혹들이 너무나 많았다. 방송이 일주일에 한 번 있었기에 망정이지, 잘못했으면 귀중한 용돈을 다 뜯길 뻔했었다. 비록 이런 내기를 통해서이지만 EBS 수능 방송을 틀어놓고 도망가지 않고 진득하게 앉아 방송을 볼 수 있는 인내심과 끈기를 길러 나갔다. 남에게 자랑할 만한 적당한 대책은 아니었더라도 스스로가 강구한 방법이었기 때문에 매진이 가능했다고 말하고 싶다.

그리고 이후부터는 — 설사 내기 때문이었다고 해도 — 습관이 들기 시작하면서 집중해서 볼 수 있게 되었다. 한번 그 고비를 넘기자 어렵지 않게 EBS 수능 방송을 볼 수 있게 되었다. 이 점은 EBS 수능 방송을 통해 공부하고자 하는 후배들에게도 반드시 적용될 것이다.

EBS 수능 방송을 볼 때 괴로운 점 또 하나는, 이미 말했듯이 다른 채널들에서 정말 재미있는 프로그램들이 방송중이라는 거다. 실제로 EBS 수능 방송을 보려고 채널을 돌리다가 코미디 프로가 나와서 딱 5분만 보려고 했지만, 뻔한 결과로 그 날 또 방송을 놓치고, 다음날 친구에게 애꿎은 만 원을 건네주었던 뼈아픈 기억이 있다.

다른 방송사에 전화해서 재미있는 프로그램은 일체 방송 불가라고 요구할 수도 없는 문제이니, 이에 대한 대책도 결국 내 몫이었다. 고심 끝에 내가 사용한 방법은 거실에 텔레비전을 틀어놓고, 오디오

연장선을 길게 연결해서 방에 들어와서 이어폰을 꽂고 듣는 방법이었다. 교재만 있다면 화면을 보지 않아도 듣는 것만으로도 충분히 강의를 알아들을 수 있다.

그래서 난 EBS 수능 방송을 진행했던 선생님들이 어떻게 생겼는지 모른다. 라디오를 들어도 되는데, 굳이 텔레비전에다가 선을 연결했던 것은 약간의 심술도 작용했다. 나는 공부하는데 가족들만 텔레비전을 재미있게 보는 것이 싫어서 못 보게 하려고 공부를 핑계 삼아 거실 텔레비전 뺏었던 것이다. 지금 생각하면 가족들에게 미안하고 부끄러운 일로, 한마디로 고약한 심보였다고 할 수 있다.

각설하고, EBS 수능 방송인데 막상 '텔레비전은 보지 않고 이어폰으로만 듣는다' 라는 말을 하면 대개는 우습게 생각할 것이다. 그런데, 오히려 이런 상황이 내게는 득이 될 줄이야 누가 알았을까. 말하자면, 화면을 안 봄으로 인해 눈의 피로함을 막아 주었고, 또 화면을 보는 것보다 더 집중해서 들을 수 있게 해준 것이었다. 나만의 방법이었긴 하지만, 후배들에게도 가능한 한 화면을 보지 말고 이용해 볼 것을 적극 추천한다.

● ● ● ● ● 학교 수업과 EBS 수능 방송을 비교하지 마라!

EBS 수능 방송은 학교에서 배웠던 것보다는 약간 어려운 수준의 문제들을 풀었던 것 같다. 당시 학교 수업과 진도는 거의 같았고, 학교 수업보다는 약간 난이도가 높아 복습하기에 알맞았다. 그런데 가끔 학교 진도를 방송이 앞지르는 경우가 생겼고, 당연히 무슨 내용인지 이해가 잘 안 되었다. 이럴 때는 먼저 학교에서 배운 내용을 갖고 문제를 풀었고, 그 다음 EBS 수능 방송을 들으면서 자신이 부족했던 부분에 대한 설명을 듣고 이해하고, 다시 한번 되짚어 보는 과정을 거쳤다.

그래서인지 한번은 건방진 생각이 들기도 했었다. 어느 순간 학교 선생님보다 EBS 수능 방송에 출현하는 선생님이 더 잘 가르치는 것 같다는 생각 아래, 학교에서 수업을 듣지 않고 EBS 수능 방송만 보면 되겠다는 잘못된 판단을 하게 된 것이다. 그 즉시, 본 방송을 녹화해서 밤새도록 텔레비전 앞에 붙어 앉아서 EBS 수능 방송만 반복해서 보았다. 물론, 여러 강의가 있으니까 지루하면 다른 과목을 보면서 밤 시간에 공부하고 학교에 가서는 모자란 잠을 보충했다. 학교 수업 위주로 공부했던 나로서는, 이 생활 패턴은 매우 파격적인 변신이었다. 아마도 지금 그렇게 하라고 하면 절대로 못하겠지만, 그때는 왠지 모를 오기까지 생겨서 약 두 달 동안은 밤낮이 뒤바뀐 삶을 살았다. 밤을 새도 컨디션이 그렇게 나쁜 것 같지 않았다.

그리고 대망의 중간고사! 지금도 얘기하기 싫다. 등수는 저만치 밀려났고 성적은 곤두박질쳤다. 사실, 시험지를 받았을 때 이미 결과를 알 수 있었다. 밤을 새가며 내가 배웠던 것은 가장 핵심적인 내용과 틀리기 쉬운 문제들에 대한 요령 정도였던 것이다.

여러분도 EBS 수능 방송을 보면 알겠지만, 전체적이고 간략한 설명을 한 뒤에 문제를 풀기 시작한다. 진도가 학교 수업과 비슷한데, 방송 시간은 학교보다 짧기 때문에 당연히 모든 내용을 가르칠 수가 없는 것이다. EBS 수능 방송만으로는 정작 제대로 알아야 할 기본 원리와 지식에 충실할 수 없었다. 결국, 내가 오만하게 알고 있다고 생각한 것은 튼튼한 체계가 없는 단편적인 지식과 요령이었다. 기본이 튼튼하지 못하면, 조금만 비틀고 뒤집어놓은 응용 문제가 나와도 당황할 수밖에 없는 것이다. 물론, 교재를 풀어 보면서 어느 정도의 보충은 가능하나, 역시 학교에서 차근차근 짚어 주는 것과는 다를 수밖에 없다. 이 단순한 사실을 그때는 왜 깨닫지 못했을까?

내가 처참한 실패를 한 뒤에야 알게 된 것을 여러분은 바로 지금, 실패 없이 얻어가길 바란다. 그리하여 어느 경우이든지 EBS 수능 방송은 보조 자료, 협력자 정도로만 생각을 하고, 모든 내용을 방송으로부터 배우겠다는 생각은 절대 하지 않기를 바란다.

●●●●●● 시행착오를 되풀이했던 고등학교 시절을 회고하며

나만의 공부 방법으로 EBS 수능 방송을 택했지만, 앞서 말했듯이 고등학교 1학년 때에는 거의 실패의 연속이었다. 밤을 새가며 녹화된 부분을 보다가 몸 상태만 안 좋아지기도 했고, 다른 프로그램을 보고 웃다가 부모님께 혼나고 한동안 텔레비전 근처에도 못 갔던 일 등 다양한 일들이 마구 발생했었다. 무엇보다 처음 하는 일, 처음 시도한 방법이 능숙하지 못하여 힘들었던 시절이었다. 그래도 포기하지 않고 계속 EBS 수능 방송을 믿고 따랐으며, 이는 곧 내 선택을 끝까지 신뢰하고자 함도 컸음을 얘기하고 싶다.

그래도 고2 때에는 꾸준히 들을 수 있었던 EBS 수능 방송이 생겼다. 바로 언어영역인데, 이건 순전히 선생님 덕분이었다. 솔직히 말하면, 난 언어영역을 엄청나게 싫어해서 항상 언어영역에서 성적을 깎아먹곤 했다. 그런데 EBS 수능 방송의 언어영역 선생님이 정말 재미있게 가르치시는 게 아닌가. 지금은 선생님 성함을 기억하지 못해도 상당히 재미있게 그리고 힘들지 않게 보았던 기억이 있다. 이는 집중력이 부족해서 방송을 보는 것 자체가 상당히 힘들었던 내게 하나의 활력소로 작용했다. 사실, 그 선생님이 그다지 명쾌하게 설명해 주는 편은 아니었지만, 워낙 재미있는 말투로 강의하셔서 방송을 '볼 수 있게' 해주었다. 좋아하는 선생님이 생기면 그 과목에 흥미가 생기게 마련이다. 그만둘까 수차례 고민했지만 결국 내가 선택한 EBS 수능 방송에서 희망이 보이고, 싫어하던 과목까지 열심히 하게 되었으니 정말 기분 좋은 일이었다.

EBS 수능 방송의 선생님들은 대부분 교육 현장에서 10년 이상씩의 경력을 가지고 계신 분들이며, 방송을 재미있게 하는 방법을 아는 분들이다. 이 중 자신이 좋아하는 선생님을 찾게 된다면 방송에 흥미를 붙이기 쉬울 것이다.

EBS 수능 방송을 본격적으로 활용하게 된 고3 때는 많은 시행착오를 거치면서 방송을 보는 습관은 길러져 있었다. 그 때문에 좀더 쉽게 활용이 가능했다. 우리 때에는 EBS 수능 방송도 방송이지만, 교재가 매우 잘 만들어져 있었고, 이 때문에 방송을 보지 않고서 교재만 사서 풀어 보는 친구들도 꽤 있었다.

하지만 역시 다른 부수적인 노력과 학습 과정이 EBS 수능 방송과 함께할 때만이 가장 좋은 결과를 보았다. 내 경우, 학교에서 EBS 수능 방송 교재를 가지고 정리를 했는데, 이때 좋았던 점은 학교 선생님의 설명과 EBS 수능 방송의 설명이 종종 다른 관점을 가지는 경우가 있어서 같은 문제에 접근하는 방식을 다양하게 익힐 수 있었다는 점이었다. 게다가 복습이 되는 것은 두말할 나위도 없었다. 뿐만 아니라, 고3 때는 수능 대비 문제 풀이를 하는데, 여기서 얻을 수 있었던 정보가 실전에서 상당한 도움이 되었던 것으로 기억한다.

정리해 보면, 나의 EBS 수능 방송 활용기 내지 체험기라는 것은 처음에는 실패담이 대부분이고 고3 때야 가서, 그것도 내기라는 조금은 안 좋은 방법을 통해서 간신히 활용하는 법을 찾아냈다. 그래도 그렇기 때문에 EBS 수능 방송에 더 애착이 가는 것이 아닌가 한다.

감히 말할 수 있는 것은, 제대로 활용만 한다면 자신이 공부하는 데 있어 EBS 수능 방송이 최고의 파트너가 되어 줄 것이라는 점이다. EBS 수능 방송에는 지난 십수 년 간의 정보가 구축되어 있고, 훌륭한 강사진이 기다리고 있으며, 이제 인터넷이라는 쌍방향 매체를 통해서 한 단계 더 도약하고 있다. 스스로 공부하려는 마음만 있다면 EBS 수능 방송을 적극적으로 활용해 보자. 여러분도 좋은 결과를 얻을 수 있을 것이다.

● 들어가며

전 국민적 관심 속에 EBS 수능 방송이 순조롭게 시작되었다. 앞으로 수능에 EBS 수능 방송이 반영된다는데, 그렇다면 EBS 수능 방송을 듣는 것만으로 수능 준비는 끝일까? 나는 자신 있게 "아니다!"라고 말할 수 있다. 몇 년 전에도 학교 교과서만 보면 된다, 내신만 잘 받으면 된다, 영어나 컴퓨터, 봉사활동 등 어느 한 가지만 잘해도 대학에 갈 수 있다는 발표가 있었지만, 실상은 그렇지 않았다는 것을 우리 모두는 잘 알고 있다. EBS 수능 방송은 어디까지나 '활용해야 할 매체'일 뿐이다. 그러므로 '어떻게 활용하느냐'가 중요하다. 수능에 반영된다니 보긴 봐야 되는데, 나만 보는 게 아니라 저 친구도 보고 이 친구도 본다. 그렇다면 어떻게 좀더 효율적으로 활용할 수 있을까? 이제부터 내 경험담을 말하고자 한다.

선배들이 들려주는 실천 노하우

서울대학교 약학과
정연희

● ● 나의 고등학교 시절

지금 생각해 보니 고1 때 공부를 참 안 했다. 중학교 때는 나름대로 모범생이었는데, 고등학교에 와서 동아리 활동도 하고, 어렸을 때 배우다 만 피아노를 다시 배우고, 친구들하고 맛있는 떡볶이 집 찾아다니고……. 수능이야 뭐 한참 남았으니까 나중에 어떻게든 되겠지 하면서 생각 없이 지냈다. 그러다 보니 성적은 나도 모르게 조금씩 조금씩 떨어졌다. 그렇게 학업에 대해 아무 걱정 없이 지내던 날들에 전환점이 찾아왔다. 2학년 1학기 모의고사가 그것이었다. 평소 내가 원하던 학교, 원하던 과는 저 위에 있고, 내 등급 옆에는 처음 들어 보는 학교와 과가 써 있을 때의 충격은 누구나 한 번쯤 겪어 보았을 것이다. 나는 너무나 막막했다. 수능까지 일 년 반 남았는데 어디서부터 어떻게 시작해야 할지 난감했다.

열심히 공부하겠다는 굳은 결심을 하고 계획을 세웠다. 2학년 2학기 모의고사까지 50점을 올리고 수능 때까지 40점을 더 올리겠다는, 조금은 불가능할 것만 같은 계획을 세웠다.

확실한 건, 나만의 공부 시간이 필요했다. 학교나 학원에서 수업을 들어도 앞의 내용을 모르니 설명하는 내용이 무엇인지 정확히 알 수가 없었다. 잘 못 알아들었던 부분을 질문해도 배경 지식이 부족

226

하니, 설명을 들어도 언 발에 오줌 누기 식으로 단편적인 내용만 알 뿐 전체적인 흐름을 알 수 없었다. 혼자 공부하기가 막막해서 도움이 될 만한 것이 없을까 모색한 끝에, EBS 수능 방송을 청취하게 되었다.

● ● ● ● EBS 수능 방송을 선택하게 된 이유

무엇보다도 녹화해서 돌려 볼 수 있다는 장점 때문이다. 학교나 학원에서는 잘 이해하지 못하고 넘어가는 부분이 있었지만, EBS 수능 방송은 문제 풀다가 잘 모르는 부분은 돌려서 다시 보면서 이해할 수 있어서 좋았다. 이제는 컴퓨터에 정보가 저장되어 있으니 녹화하고 앞으로 다시 감는 수고를 덜게 되었다(세상 참 좋아졌다). 또한 강의가 체계적이고 강의 시간도 주제별로 적절히 배분되어 있어, 내가 필요한 강의를 원하는 시간에 들을 수 있었다. 즉, EBS 수능 방송은 '나만의 공부 시간'을 위한 최고의 보조자였던 것이다.

● ● ● ● EBS 수능 방송 청취를 위한 사전 준비

나는 EBS 수능 방송을 들을 때 선생님이 쓰는 분필 색에 주의했다. 선생님이 하얀 분필을 쓰시다가 노란 분필로 바꾸면 그 내용은 중요하다는 뜻이고, 빨간 분필을 쓰시면 그 부분을 무척 중요하게 여기신다는 것을 뜻한다. 즉, 분필 색에 주의하여 선생님께서 강조하시는 부분을 특히 집중해서 보았다. 그래서 나는 강의 시청 전에 항상 3가지 색의 펜을 준비해서 선생님께서 분필 색깔을 바꾸실 때 나도 다른 색의 펜을 써서 펜 색깔에 위계를 두었다.

또한 강의를 보다 잘 알아듣기 위해 예습, 복습을 했다. 예습은 시간 나는 대로 틈틈이 교재를 미리 읽어 보는 방식으로 했고, 복습은 강의가 끝나자마자 했다. 새롭게 배운 내용을 한참 시간이 지난 후 다시 익히는 것보다, 짧은 시간 내에 다시 보는 것이 훨씬 기억에 잘 남기 때문이다.

● ● ● ● ● ● EBS 수능 방송 활용 방법

① 강의 전반에 걸쳐서

첫째, 학교나 학원 수업과의 연계가 필요하다. 학교 수업 따로, EBS 수능 방송 따로 공부하는 것이 아니라, 학교에서 공부한 내용을 EBS 수능 방송을 보며 복습하고, 또 EBS 수능 방송으로 예습한 내용을 학교 수업을 통해 반복적으로 익히면서 개념을 머리 속에 확실히 넣을 수 있었다.

둘째, 강의의 흐름을 파악하면서 들었다. 단편적인 지식보다는 강의 시간마다 선생님들께서 가르치시고자 하시는 전반적인 학습 목표를 파악해야 한다. 그래서 나는 부분적인 것들을 이해하고 난 후에는, 다시 처음부터 돌려 보면서 전체적인 흐름을 파악하는 데 노력했다.

셋째, 특정 과목에만 편중하지 않고 모든 과목을 균형 있게 시청했다. 일주일을 한 단위로 하여, 모든 과목을 골고루 공부하려 노력했다. 당시 선생님들께서는, 어느 한 과목이라도 자신 있다고 소홀히 여기고 다른 과목에만 공부 시간을 투자하면 반드시 수능 때 그 과목 점수가 좋지 않다고 말씀하시곤 했다. 그 말씀을 듣고 나서 조심해야겠구나 마음을 먹었는데도, 마음 한구석에서 설마 그러기야 하겠어, 하는 마음에 수학 공부를 조금 소홀히 했던 일이 후회된다. 모의고사 볼 때에는 수학 점수가 잘 나왔었는데 수능 때 펑크가 난 것이다.

넷째, 오답 노트를 만들었다. 예를 들어 보기가 다섯 개가 있다. 답이 2번인데도 내가 5번을 답으로 썼다가 틀렸으면, 나는 2번과 5번 둘 다 모르는 것이다. 이런 경우 보기 2번과 5번 모두를 다시 공부해서 오답 노트에 간단히 필기했다. 또한 관련 내용과 해설집을 읽다가 내가 몰랐던 내용이 나오면 이것 역시 오답 노트에 적었다. 이렇게 만들어진 오답 노트는 그 내용이 익숙해질 때까지 버스에서나 학교 쉬는 시간 등을 이용해서 틈틈이 읽었다.

② 영역에 따라서

언어영역은 될 수 있는 한 여러 선생님들의 강의를 들었다. 언어영역은 선생님들마다 해석이 조금씩 다르고, 비문학·문학 등 각 선생님들마다 잘 가르치시는 분야가 다르기 때문이다. 한자성어, 속담, 띄어쓰기, 맞춤법 등은 강의만 들어서 될 일이 아니라 내가 외워야 하는 것이기에 따로 공책을 만들어서 외웠다.

수리탐구를 들을 때는 무엇보다 단원을 시작할 때의 개념 설명을 주의 깊게 들었다. 수능에서는 문제를 푸는 기술보다는 용어의 정의와 그것의 수학적 의미를 알고 있는지 평가하는 문제가 많으므로 기본 개념 익히기에 특히 노력했다.

과학탐구도 수리탐구와 마찬가지로 개념 설명을 잘 듣고 확실히 익힌 후, 그것을 문제에 적용할 수 있어야 한다. 특히 출제 빈도가 높은 주요 개념이 무엇인지 파악하여 중점적으로 익혔다. 예전에 화학 시간에 '몰' 개념을 잘 몰라서 힘들었던 기억이 난다. 개념을 이해 못했을 때는 이것저것 마구 외우기만 했었는데, 어느 순간 이해한 후에는 문제가 쉽게 풀렸다.

사회탐구 강의를 들을 때는 선생님이 칠판에 쓰시는 표, 그래프, 지도 등을 주의 깊게 보고 필기해서 그대로 외웠다. 필기하기 전에 설명을 들어 개념을 확실히 이해한 후, 선생님께서 도식화한 표를 보면 한눈에 내용이 정리되었다. 이렇게 해서 교과서에 줄글로 길게 쓰여진 내용을 간단히 머리 속에 집어넣었다.

외국어영역은 듣기와 문법에서 실력이 부족한 나에게 큰 도움이 되었다. 학원에서는 문장 해석 속도를 따라잡기 어려워 포기하고 넘어가는 부분도 있었는데, EBS 수능 방송은 앞으로 돌려서 다시 들을 수 있어서 모르고 넘어가는 부분 없이 꼼꼼히 들었다. 무엇보다 나는 영어 문제집을 많이 풀었다. 영어는 우리나라 말이 아니다 보니 낯설다. 그 마음을 수능 때까지 가지고 갈 경우 자칫 긴장하면 해석이 잘 안 될 것 같아서, 영어가 거부감 없이 자연스럽게 받아들여지도록 문제집을 풀고 또 풀었다.

●●●●●●● EBS 수능 방송을 들으며 보완할 사항

집에서 다른 사람의 참견을 받지 않으며 컴퓨터로 편안히 강의를 듣다 보면 현장 강의보다 집중력이 떨어지는 것은 사실이다. 그러므로 너무 편안한 자세보다는 정자세를 취하는 것이 집중력 유지에 좋을 것이다. 기분 전환용으로 간단히 마실 음료수를 준비하는 것도 좋다. 그런데 커피나 녹차는 이뇨작용을 촉진하여 화장실에 자주 가게 되므로, 화장실 가는 시간이 아까운 사람은 피하는 것이 좋다. 또한 사회탐구영역에서는 최근 이슈가 되고 있는 사회 현상에 교과서에서 배웠던 개념들을 적용시키는 문제가 종종 출제되어 왔으므로 신문이나 잡지 등을 꾸준히 봐야 한다. 이와 비슷하게, 과학탐구영역에서는 일상생활 및 자연 현상을 교과 과정과 연결시키는 문제가 출제된다. 이렇게 신문, 잡지를 읽는 습관은 면접 볼 때도 매우 도움이 된다.

내가 면접을 봤을 때 문제는 '변이'와 '산성비'를 설명하는 것이었다(본인은 자연계였다). 교과서에서 공부한 내용과 평소 신문을 통해 습득한 지식으로 예까지 들어가며 설명해서 교수님이 아주 만족해하셨다. 그리고 정기적으로 본인의 실력을 측정해 봐야 한다. 그때 그때 자신의 실력에 맞는 계획을 세워서 학습 내용과 방법을 조절해야 할 것이다.

● ● ● ● ● ● ● ● 맺음말

유명한 학원 선생님들을 쫓아 여러 학원을 다니고도 성적이 좋지 못했던 친구들을 여러 명 보았다. 그들의 문제점은 강의를 그저 듣기만 하는 데 있었다. 좋다는 강의를 그저 듣는다고 해서 그것이 곧바로 나의 실력으로 직결되지는 않는다. 강의의 역할은 어디까지나 내 공부를 도와주는 '보조 역할'에 지나지 않기 때문이다.

오늘 EBS 수능 방송에 들어가 봤더니 고3 시절 나도 배운 적이 있는 유명한 선생님들의 강의가 올라와 있기에 옛 추억을 떠올리며 한번 들어 보았다. 그분들의 강의는 지금 들어도 정말 명쾌하다. 내가 고등학생일 때만 해도 그런 유명하신 분들의 강의는 여러 여건상 들을 수 있는 사람이 한정되어 있었다. 그러나 이제는 인터넷을 통해 누구나 쉽게 들을 수 있다. 이 기회를 지혜롭게 활용하는 여러분이 되길 바란다.

● EBS 수능 방송을 시청하기까지

EBS 수능 방송 강의가 다양화되고, 많은 학생들이 이용하게 되었다는 것은 나에겐 참 반가운 소식이다. 많은 학생들이 그렇듯이 나 역시 고등학교 때는 열시 반까지 야간 자율학습을 했었고 토요일, 일요일까지 자율학습을 해서 학원 수업은 상상할 수도 없었다. 방학 때도—학원 다니는 걸 싫어하기도 했지만— 지방이라 서울과 달리 다양하고 전문화된 강의가 드물었기 때문에, 따로 시간을 내어서 학원을 가거나 과외를 하지 않았다. 그러다 보니 자연히 학교에서 친구들과 모여 스스로 공부하는 시간이 많아질 수밖에 없었다.

그런데 시간을 들여서 깊이 공부할 수는 있게 되었지만, 수능의 경향을 파악하고 정보를 얻는 데는 부족하단 생각이 들기 시작했다. 과연 내가 하고 있는 공부가 맞는 것인지, 혹시 우물 안 개구리처럼 공부하고 있는 것은 아닌지 걱정이 되었다.

그때 언니 오빠들이 EBS 수능 방송을 녹화하면서 봤던 생각이 났다. 전국의 고등학생들을 대상으로 EBS에서 방송을 하는 것이니 최신 유형의 유명 강사 선생님의 강의를 들을 수 있다는 생각에 EBS 수능 방송을 이용하기 시작했다. 지금처럼 인터넷으로 방송을 들을 수가 없었기 때문에 시간이 맞지 않는 것은 녹화를 해놓거나 재방송을 봐야 했다.

선배들이 들려주는
실천 노하우

서울대학교 약학과
천국화

● ● 내가 특히 효과를 본 사회탐구영역

내가 EBS 수능 방송을 통해 가장 효과를 본 부분은 사회탐구영역이다.

파이널에 가까울 무렵, 처음부터 정리하면서 문제를 푸는 과정이 있었는데, 여름방학 때 미리 정리해 두었다가 그 진도에 맞추어 공부해 갔다. 이렇게 하게 된 이유는 나의 잠 때문이었다. 학교를 마치고 11시쯤 집에 돌아오면 내 몸은 이미 녹초가 되어서, 책상에 앉기만 하면 꾸벅꾸벅 졸기 일쑤였다. 그래서 '차라리 방송이라도 보다가 잠들자' 라는 마음에서 시작하게 된 것이다. 지금도 아쉬운 건 마지막 순서로 강의하시는 지리 선생님 얼굴을 제대로 못 봤다는 것이다. 그래도 부족했던 사회탐구영역에서 기대 이상의 성적을 거둔 것은 졸면서라도 들은 선생님의 음성 덕택이 아니었을까.

EBS 수능 방송 중, 영어 강좌는 시간이 맞을 때만 보았다. 제일 좋았던 건 한 지문을 독해할 때 처음에는 빠르게 읽는 능력을 기를 수 있도록 시간을 재면서 화면으로 분할해서 넘기게 하고, 그 다음은 단계별로 지도해 주는 방법이었다. 내 독해 푸는 방법과 비교해 가며 참고해서 적용할 수 있었다. 듣기 문제도 따로 시간을 들이지 않아도 함께 풀 수 있었고, 잘 안 들리는 발음에 대해서도 정리해 주어서 많은 도움이 되었다. 언어영역은 유명한 선생님의 강좌를 보면서 뒤늦게 시작한 언어영역 문제 풀이에 대한 접근법을 익혀갈 수 있었다. 후반에는 나 스스로 문제를 푸는 연습이 더 필요하다고 생각되어 미리 문제를 풀어 보았고, 특별히 설명이 필요한 부분만 방송을 보았다.

● ● ● EBS 수능 방송은 내가 '이용'하는 것

대학에 들어온 후, 아르바이트로 서울의 고등학생들을 가르친 경험이 있는데 나는 그때마다 가장 먼저 물어 보는 것이 있다.

"하루에 몇 시간 공부하니?"

대부분 머뭇머뭇하다가 각자의 스케줄에 대해서 변명하듯 말하기 시작한다.

"수업이 끝나면 학원을 갔다가 집에 오면 10시고, 좀 쉬고 숙제하면 12시가 넘고……."

"스스로 공부하는 시간은?"

"숙제할 때 빼고는…… 거의 없어요."

"학원 수업은 도움이 많이 되니?"

"영어는 좋은데 언어나 수학은 선생님이 별로 맘에 안 들어서 수업 잘 안 들어요."

"그럼 왜 그걸 다 신청했어?"

"다른 애들이 모두 다니니까 안 다니면 불안하기도 하고, 엄마도 다 들으라고 하셔서요."

아주 공부를 잘하는 학생이 아닌 경우 대부분 자기 혼자 공부하는 시간이 없는 경우가 많다. 학교 수업 듣고, 학원 수업 듣고, 과외하고……. 결국 듣기만 하고 공부했다고 생각하는 경우가 많은 것이다. 그래서 나는 그때마다, 그건 네가 공부할 수 있게 도와줄 뿐이지 듣는 것만으로 네 것이 되는 건 아니라고 말해 준다.

이런 경우, 대부분의 아이들은 시간이 없어서 어쩔 수 없다며 투덜대기 마련이다. 하지만 하루에 쉬는 시간을 모으면 얼마나 많은지 설명해 주면서 자투리 시간마다 스스로 공부하게끔 만들어 주면, 차츰 문제를 푸는 것에 재미를 느끼기 시작하면서 스스로 '공부하기' 시작하는 경우를 많이 봐왔다. 시간이 없었던 나도 EBS 수능 방송을 그런 식으로 '이용' 했었다. 내가 공부하는 걸 도울 수 있도록. 즉, 강의 스케줄에 맞추기보다는 내 필요에 의해서 들으려고 노력했다. 내가 스케줄을 짜고 예습하면서 공부의 주도권은 내가 가졌다.

또 EBS 수능 방송을 보는 곳이 집이라는 편한 공간이기 때문에, 처음에는 강의 중간에 자리를 뜨거나 식구들과 잡담하는 일이 종종 있었다. 하지만 나 스스로의 다짐을 확고히 한 후 가족들에게 "나는 이 시간에 수업을 더 집중해서 듣는 것이니 이해해 달라."고 부탁했다. 그렇게 말한 후에는 나 스스로가 EBS 수능 방송을 진짜 수업이라고 여기면서 더 집중해서 들을 수가 있었다.

● ● ● ● ● 나만의 노하우, 각 영역의 공부 비법!

난 이과를 선택했기 때문에 1, 2학년 때에는 거의 모든 시간을 수학에 투자했었다. 자율학습 시간 내내 숙제 외에는 수학 문제를 풀었던 것 같다. 이과 학생이라면 수학에 절대적으로 시간을 들여야 한다는 선생님의 말씀을 충실히 따랐다. 수학 실력은 차곡차곡 쌓아가야 된다는 생각에 나중을 생각하면서 처음 배울 때 확실히 배웠다.

어느 정도 정리가 되었을 때에는 문제집을 풀면서 모르는 부분을 체크한 후, 틀린 것 위주로 공부했다. 그 문제가 해당되는 단원을 찾아서 잘 모르는 부분이 있다면 다른 유형의 문제도 풀어 보면서 다시 공부하지 않아도 될 정도로 공부했다. 틀린 것을 또 틀리는 경우가 많았기 때문에 문제집에는 풀이를 절대로 적지 않고 연습장에 풀이했다. 한 권을 다 공부한 후, 틀린 문제만 다시 여러 번 풀어서 최고의 효과를 거둘 수 있게 노력했다.

① 수리탐구영역의 공부 방법
수학 문제를 풀 때는 문제를 그림이나 그래프로 형상화하면서 풀었다. 연습장에 문제를 그대로 적는 것이 아니라, 내가 이해하기 쉬운 그림으로 그렸다. 간단한 이차 함수의 그래프를 확실히 이해하는 것이 얼마나 중요한지를 깨달은 후에는 미분과 변곡점을 배운 후, 정석 문제에 나오는 모든 그래프를 직접 다 그려 봤다. 절대값이 있는 그래프, 지수, 로그 부등식에 나오는 그래프 등등……. 그것으로부터 문제를 풀어 나가는 눈이 많이 열렸던 것 같다.

수학은 특히 자신감을 가지려고 의식적으로 노력했다. 수학 검정 시험도 쳐보고, 스터디 그룹을 만들어 공부해 보기도 하면서 자신감이 생기게 하는 환경들을 조성해 나갔다. 자신감 없이 시험을 치게 되면 모르는 문제가 생길 때 당황해서 생각이 막히게 된다. 그래서 나는 할 수 있다는 생각으로 풀 수 있는 문제부터 차근차근 풀어 나갔다. 어떻게든 풀릴 거라는 생각으로 접근하면서 궁리해 보면 대부분 풀 수가 있었다.

② 언어영역의 공부 방법

언어영역은 무엇보다도 교과서를 잘 배우고 신문을 보고 독서를 폭넓게 해두는 것이 많은 도움이 되었다. 교과서에 있는 시나 고전 문학, 소설 등의 문학 작품들은 1, 2학년 방학을 이용해 많이 읽어 두었다. 이렇게 쌓아둔 배경 지식은 외국어영역을 공부할 때도 많은 도움이 되었다. 그리고 문제를 푸는 것에도 길들여졌다. 언어적 감각을 키웠다고 해도 수능 문제 풀이에 길들여지지 않으면 좋은 점수를 얻기 어렵기 때문이다.

그래서 EBS 수능 방송을 진행하는 유명 선생님들의 다년 간의 경험에서 나오는 강의를 주의 깊게 들어서 노하우를 얻으려고 부단히 노력했다. 실제로도 문학, 비문학, 교과서 부분의 문제를 많이 풀어 보면서 말이다.

내가 본격적으로 언어영역을 공부한 건 2학년 후반 때여서 좀 늦었다는 생각이 들긴 했지만, 여러 가지 방법을 통해 실력을 닦았다. 본격적인 공부에 앞서 나를 먼저 파악한 후 공부 방법을 조절했다. 난 지문을 빨리 읽는 편이긴 했지만 주의 깊게 읽는 것이 부족했다. 그래서 지문을 문단별로 나눠서 내용을 간략히 정리하고 주제를 잡는 연습을 했다. 그리고 고전에 대한 공부가 부족함을 뒤늦게 깨달은 나는 다른 것을 많이 읽는 대신 교과서의 고전 작품들만 모두 읽어 두었다. 실제로 문제집에서 풀었던 모든 문제들에 대한 해설을 다 보기는 어렵다. 그래도 틀린 문제는 왜 틀렸는지 명확히 파악하고, 새로 나오는 시나 문학 작품에 대한 설명은 꼭 읽고 넘어갔다.

③ 과학탐구영역과 사회탐구영역의 공부 방법

과학은 지금의 제도와 약간 달라서 공통과학, 물리Ⅱ, 화학Ⅱ, 생물Ⅱ, 지학Ⅱ를 다 공부하고 물리Ⅱ를 선택했었다. 공통과학은 학교 커리큘럼 자체가 잘 짜여져 있어서 고3 때 몇 번 반복하면서 수업 시간에 배우는 것으로도 충분했었다. 물리Ⅱ는 많은 시간을 요하는 과목이었는데, 선생님께서 이해하기 쉽게 가르쳐 주시고 함께 문제를 풀어 나가서 잘 배울 수가 있었다. 물리는 이해하는 것이 아주 중요하기 때문에, 모르는 부분은 반드시 알 때까지 물어 봐서 이해했다. 그래도 물리는 너무 깊게 하면 고등학교 수준을 벗어나 틀린다는 선생님의 말씀을 따랐다. 그 외 일반 과학 부분은 문제집을 풀어 보면서 하나하나 이해해 나갔다.

사회탐구영역은 우선 교과서의 내용을 숙지한 다음에 문제집을 풀면서 외워 갔다. 사회탐구영역은 국사를 제외하고, 한 과목을 정리하는 데 일주일 내로 끝낼 수가 있다. 조금씩 나눠서 계획을 세운 다음 교과서를 읽고, 해당 과를 요약 정리한 문제집을 보고 나름대로 정리한 다음 문제를 푸는 식으로 정리를 해나갔다.

그중 국사의 경우, 워낙 싫어해서 한숨만 푹푹 쉬고 있었는데, 포기할 수 없다는 마음에 한번 해보기로 했다. 좀더 장기적인 계획을 세워서 말이다. 요약 정리를 읽을 때마다 외워지지 않고 금세 잊어버리는 실패를 경험 삼아, 처음부터 끝까지 교과서를 다 읽기로 했다. 책의 흐름을 이해한 다음 많이 읽으면 외워지겠지, 라는 생각으로 읽어 나갔다. 물론 문제집 정리와 풀이는 계속 진행했다. 수능이 가까워질수록 공부가 손에 잘 잡히지 않고 분위기가 소란스러울 때면 난 국사책을 잡고 몇 번이고 읽었다. 그 결과 별로 중요시되지 않던 현대사 부분이 많이 나왔던 2001년 수능 때 지금까지의 사회탐구영역 성적 중 제일 좋은 점수를 받을 수 있었다.

④ 외국어영역의 공부 방법

외국어영역은 무엇보다 단어와의 싸움이었다. 고등학교 때 영어 선생님은 교과서 맨 뒤에 나오는 A부터 Z까지의 단어를 반드시 외우게 했었다. 그때는 정말 싫었지만, 잘 알고 있는 지문에 나오는 단어를 강제적으로 시험을 봐서 외우는 것은 상당히 효과적이었던 것 같다. 그리고 독해를 할 때 모든 지문을 꼼꼼하게 따져 읽기에는 시간이 너무 많이 지체되기 때문에, 처음 읽을 때는 훑어 읽는 방법을 사용한 다음, 내가 필요한 부분을 집중해서 읽어 문제의 답을 찾아냈다. 그렇게 하기 위해서는 문제를 풀기 전, 반드시 질문이 무엇인지를 확인하고 지문을 읽어야 했다.

문제집은 너무 쉽지도 너무 어렵지도 않은 중간 정도의 수준으로, 모르는 단어가 약간 있어서 유추해내는 실력을 기를 수 있는 것으로 선택했다. 영어 문제집은 수준이 다양하기 때문에, 단계별로 실력을 길러서 조금씩 높여가면 된다. 문제를 풀 때는 모르는 단어가 나와도 바로 사전을 찾지 말고, 전후 문맥을 살펴서 끝까지 해석해 본 후에 채점이 끝나면 단어를 찾아보는 것을 권한다.

● ● ● ● ● ● 이러한 마음가짐으로 어려운 시기를 이겨라!

4월이 되면서 고3 생활이 고달퍼졌다. 처음의 긴장했던 마음이 어느새 느슨해지기 시작하면서 공부도 잘 안 되고, 한 번 두 번 모의고사를 치뤄낼수록 기대되는 성적에 못 미치자 답답해졌다. 월말에 다가오는 내신 시험 또한 부담되기는 마찬가지였다.

우리 학교는 모의고사를 보면, 전교 50등까지의 성적표를 고3 교실 복도 중앙에 게시했었다. 처음으로 복도에 점수가 붙었을 때 둥그렇게 둘러싼 무리 속에서는 '3월 첫 모의고사가 수능 점수다', '첫 모의고사보다 수능 점수가 높게 나오는 경우는 없다'는 등 근거 없는 소문이 들려 왔다. 성적이 오르락내리락하는 것을 보면서 마음이 초조하고, 시간이 너무 짧아 보이고, 좀더 열심히 할 걸 하는 후회가 들었다. 하지만 마음을 다잡고 현재의 모습에 실망하지 않기로 했다. 고3의 기본 자세는 '멀리 있는 수능에 초점을 맞추는 것이다'라는 생각으로 말이다.

모의고사를 볼 때마다 못 봐서 포기하거나 잘 봤다고 좋아하기만 한다면, 바이킹을 탄 것처럼 항상 마음만 왔다갔다하고 실력은 결국 제자리일 것이라는 생각으로 모의고사 점수에 연연하지 않고 꾸준히 공부했다.

친구들 중에 이번 주에 모의고사가 있으면 하던 공부를 그만두고 꼭 그 시험 범위를 공부하는 친구들이 있었다. 그럴 때마다 나도 당장 눈앞의 성적을 올리고 싶다는 욕심이 생기다가도 내가 무엇 때문에 공부하는지를 되짚어보며, 평소 진도대로 그날 계획했었던 강좌를 듣고 공부했다. 그래서 일년 동안 공부의 흐름이 끊어지지 않을 수 있었다. 그 결과 계획했던 대로 EBS 수능 방송을 미루지 않고 볼 수 있었던 것 같다. 여러분도 눈앞의 성적에 휘둘리지 말고, 본인이 계획한 것을 끝까지 해내는 데 최선을 다하기를 바란다

요즘 EBS 수능 방송은 교육 방송계의 획기적인 변화와 그에 대한 관심이 대단한 것을 보여준다. EBS 수능 방송은 예전부터 있었지만 최근 그 장점이 더 강화되고 국가적인 지원을 받게 되면서 그에 따른 학생들의 기대 심리와 관심이 더욱 높아지게 된 것 같다.

나는 여러분보다 앞서서 공부를 해왔고, 수능을 이미 경험해 본 선배로서 EBS 수능 방송 활용과 관련하여 후배들에게 도움이 될 만한 얘기를 나누고 싶고, 지금 EBS 수능 방송의 상황에 맞추어 앞으로 나아갈 방향에 대해 함께 고민해 보고 싶다.

● 고 등 학 교 를 입 학 하 고

선배들이 들려주는
실천 노하우

서울대학교 약학과
이 원 아

고등학교를 입학하고 1학년 때는 반에서 그리 빛을 보지 못했다. 우리 반에 공부를 잘하는 아이들이 많은 탓도 있었지만, 그때는 아직 어떻게 공부하는지 모르는 때였고, 그래서 성적도 그렇게 좋지 않았다. 의욕은 넘쳤지만 어떻게 공부해야 하는지 알지 못해서 그저 닥치는 대로 주어진 것을 '열심히' 하기는 했던 것 같다. 그렇지만 다른 중학교에서 온 성적이 좋은 아이들이 모여 있었기 때문에 그저 대책 없이 '열심히' 하기만 해서는 좋은 성적을 얻기가 쉽지 않았다.

그리고 그때는 학원을 다니지 않고, 교과 과정에 대한 예습 없이 그저 학교에서 가르쳐 주는 대로 따라갈 생각으로 있었기 때문에, 이미 수업의 내용을 알고 따라오는 친구들과 좀 차이가 났던 것 같다. 어떤 친구는 학원 숙제를 하는 것인지 쉬는 시간마다 정석이나 수학 문제집을 풀었고, 어떤 성적이 좋은 친구는 수업을 잘 듣지도 않았지만 이미 잘 알고 있었고, 문제도 술술 잘 풀었다.

고등학교 올라와서 1년을 보내고 내가 알게 된 것은, 복습도 물론 중요하지만 예습이 참 중요하구나, 하는 것이었다. 내 주변의 많은 친구들은 이미 학교 수업의 내용을 알고 들어온 상태였고, 학기가 시작한 후의 공부는 복습 차원이었으며 심화 학습의 차원이었다. 그러나 나는 그때부터 시작하는 것이었기 때문에 처음 배우는 내용을 익히고 이해하는 것에 급급했고, 머릿속에서 그것을 정리하고 더 깊이 들어가는 데까지 나아가지도 못했었다. 그렇기 때문에 실력 면에서도 그런 친구들과 차이가 날 수밖에 없었다고 본다. 수업 시간에 배우게 되는 내용을 이미 알고 듣는 것과, 거기서 처음 배우는 것은 분명한 차이가 있다는 것을 절실히 깨닫게 되었고, 성적표는 내가 그 사실을 직시하도록 하는 결정적인 역할을 하였다.

● ● 전환기를 맞이한 2학년

그래서 2학년으로 올라가기 전 방학 때 나는 대책을 세웠다. 미리 좀 공부를 하고 들어가야겠다는 결심 속에 선택하게 된 것이 바로 EBS였다. 그렇게 방학 시간을 이용해 EBS 방송 프로그램으로 다음 학년에 배울 내용을 미리 예습하고 그 내용을 익히고 들어갔을 때 확실히 학습의 능률이 올랐던 것을 기억한다.

EBS 수능 방송은 학원처럼 돈을 지급하고 해당 강좌만 수강할 수 있는 것이 아니라, 여러 가지 학년별 수업이 이미 다양하게 준비되어 있고, 그것을 골라서 들을 수 있었기 때문에 부담 없이 교과 내용을 맛볼 수 있었다.

또한 EBS 수능 방송의 난이도는 아주 깊이 들어갈 만큼 높지 않았기 때문에 학교에서 이미 배운 내용을 복습하며 깊이 들어가는 심층 학습의 의미보다는 예습의 차원에서 '교과 내용 미리 맛보기'로서의 가치가 있었다.

EBS 수능 방송 스케줄을 미리 보고 나의 과목별, 단원별 공부 계획을 그에 맞추어 같이 병행해 갔을 때 EBS 수능 방송은 참으로 믿음직한 도움이 되었다.

좀더 구체적으로 얘기해 보면, EBS 수능 방송의 스케줄은 신문의 텔레비전 프로그램 편성표나 인터넷을 이용하면 쉽게 알 수 있었다. 모든 과목을 다 들을 욕심을 내면 금세 지쳐 버리고 귀찮아져서 흐지부지 끝나 버리기 쉬울 것 같아서, 우선 중요 과목을 기준으로 한 다음에 취약한 과목을 골라 그 과목의 요일별, 시간별 스케줄을 체크한 후 들을 만한 수업을 선별했다. 강의를 결정할 때 모든 강의를 다 들어 보고 결정할 수는 없으니, 주변 친구들의 경험과 의견을 들어 봤던 것도 도움이 되었다.

이렇게 해서 미리 교과 내용을 익히고 2학년에 올라가 학기중의 공부를 진행시켜 갔을 때, 나는 1학년 때와는 다른 1년을 보낼 수 있었다. 그때 어느 정도 이해했던 것이 확실해지고 학습의 깊이가 생기는 것을 느꼈다. 방학 시간을 통해서 내용을 알고 들어갔기 때문에, 학기중에 많은 시간을 벌 수도 있었다. 학기가 시작되면서 하는 공부가 낯설지 않았고 오히려 한 번 더 들음으로써 명확하게 이해되었기 때문에 공부에 재미도 느꼈으며 그만큼 좋은 성적표를 받아 볼 수 있었다.

물론 학교 수업 이전에 미리 공부해 두는 방법으로는 학원을 다니는 방법과 혼자서 공부를 하는 방법, 과외를 하는 방법도 있다. 그러나 학원과 과외는 돈이 많이 들어가며, 또 비용을 많이 들이고서도 돈을 부은 그만큼만 공부할 수 있는 양과 시간이 한정되어 보였다. 혼자 참고서와 문제집을 사서 예습하는 것도 좋지만, 모르는 내용을 찾아내 확실히 알고 배워가는 것에는 미흡해 보였고, 실제로도 대부분의 경우 혼자서 공부하기는 버겁기 마련이다. 결국, 나에게 유능한 선생님이 쉽고 명쾌하게 설명해 주는 EBS 수능 방송은 부담 없이 편하게 내용을 익힐 수 있는 방법이었다.

사실 머리가 정말 뛰어나게 좋은 사람은 그리 많지 않다. 나도 물론이고 내 옆에 있는 친구들도 지능 자체는 나와 비슷하다. 그런데 성적에 차이가 나게 되는 것은, 주어진 시간을 얼마나 효과적으로 잘 쓰고 있으며, 나에게 얼마나 효과적인 학습 방법을 발견해서 공부하느냐에 있는 것 같다. 공부가 잘 되는 자신만의 특이한 방법이나 특별히 집중이 잘 되는 시간, 집중이 잘 되는 환경은 사람마다 다를 수 있지만, 모든 사람이 공부를 하는 데 있어서 효과적인 학습 방법은 예습과 복습을 통한 반복 학습이라고 생각한다.

이렇게 중요한 반복 학습을 제대로 하기 위해서는 어느 정도 시간이 확보되어야 한다. 이런 면에서 본다면 주어진 시간을 효과적으로 최대한 잘 활용하기 위한 방법으로 경제적·시간적인 부담이 없으며, 또 본인이 실제 내용을 익히고 이해하는 학습에 큰 부담을 지지 않아도 되는 EBS 수능 방송만한 것이 없다.

사실 나는 EBS 수능 방송의 이러한 장점을 적극적으로 활용하지는 못했기 때문에 이 강의를 통해서 모든 개념을 확실히 이해하게 되고, 교과 내용이 머리에 잘 정리되어 들어오기까지 노력을 기울이지는 못했었다. 그렇게 완벽히 이해할 정도로 노력을 투자하지는 못했지만, 그래도 어느 정도 그 내용을 익히는 정도만 되어도 예습은 잘 된 것이었다. 미리 배워 익힌 내용을 학교 수업을 통해, 또는 자습 시간 등을 이용한 개인 공부 시간을 통해 다시 공부하게 될 때에는 자연히 머리에 더 잘 들어오고 이해도 더 잘 되며, 좀더 부수적인 세부 지식도 들어오게 되면서 학습에 깊이가 생기게 되었다.

기대했던 것 이상으로 성적이 향상되는 것을 보면서 EBS 수능 방송으로 도움을 받은 예습의 효과가 정말 크다는 것을 알게 되었고, 방학 때 EBS 수능 방송을 통한 예습을 좀더 적극적으로 했으면 더 좋지 않았을까 하는 아쉬움이 남았었다.

나의 이러한 경험을 후배들이 지켜보며 예습의 힘이 정말 크다는 것을 깨닫게 되었으면 좋겠고, 또 내가 도움을 받았던 EBS 수능 방송을 좀더 적극적으로 활용해서 나보다 더 큰 효과를 얻었으면 한다. 올해부터 EBS 수능 방송이 국가적으로 전폭적인 지지를 받으며 수능과도 밀접하게 연계되었고, 또 다양하고 유익한 강좌가 많이 준비되어 접근성도 높아졌으니 모든 조건이 내 경우보다 훨씬 좋아졌다. 이미 준비되어진 훨씬 좋은 환경에서 마음만 먹고 실행에 옮기기만 하면 되는 것이다!

● ● ● 시간을 효율적으로 쓸 수 있었던 고3!

고3이 되어서는 주어진 시간을 최대한 잘 활용해야 한다는 부담이 있었다. 그런데 내 경우, 잠이 너무 많아서 다른 친구들처럼 늦게까지 공부를 하는 것이 힘들었고 큰 스트레스가 되었었다.

공부를 하는 데 있어서, 얼마나 많은 시간을 들여서 공부를 하느냐의 문제보다는 주어진 시간 중 자신이 집중이 가장 잘 되는 시간을 놓치지 않고 최대한 능률을 올리는 것이 중요하다고 생각했기 때문에 시간을 귀하게 쓰려고 많이 신경을 썼었다. 그렇지만 쉬는 시간처럼 집중이 잘 안 되는 경우나, 늦은 시간 졸려서 집중을 할 수 없는 경우 등 다른 어떤 요인들로 인해서 능률을 올리기 힘들 때가 찾아왔다. 나는 이런 시간을 허비하고 싶지 않아서 특별히 더 신경 쓰고 집중해서 효율적으로 쓰려고 했지만 잘 되지 않는 경우가 허다했고 그럴수록 스트레스만 받았다.

결국 내가 잘 집중할 수 없는 시간과 환경이라는 것을 인정하고 그에 맞는 공부 방법을 찾아야겠다는 생각에 이르렀다. 쉬는 시간이나 밥을 먹고 난 후 남은 점심 시간은 그 전 시간에 수업한 과목을 한 장씩 넘기면서 가볍게 훑어보는 것으로 강도를 낮추어 보았다. 그 시간에 무언가 깊이 집중해서 많은 것을 하기는 무리라고 생각되었기 때문이다. 그런데 그렇게 가볍게 훑어보는 것만으로도 굉장한 효과가 있었다. 이렇게 한 번씩 봐주었을 때 시험 기간에 공부하는 부담이 훨씬 줄었고 더 확실히 공부할 수 있었다. 복습은 그 내용을 배운 지 얼마 안 되었을 때 다시 한번 봐주는 것이, 시간이 어느 정도 지난 후에 봐주는 것보다 몇 배나 효과가 좋다는 연구 결과를 들은 적이 있었기 때문에 한번 시도해 본 것이었는데, 정말 큰 도움이 되었다. 무엇보다 버리기 쉬운 그 시간을 제대로 활용한 것 같아서 좋았다.

그리고 나의 경우 밤늦은 시간, 즉 학교에서 자율학습을 마치고 잠들기 전까지의 시간은 바짝 집중해서 깊이 공부하기는 힘들었다. 책상에 앉아서 공부를 하려고 하면 이내 엎드려서 자고 있었다.

사실 내가 학교 다닐 때에는 학교의 자율학습이 끝나고 그 늦은 시간에 다시 독서실로 가서 새벽까지 공부하다가 집으로 가는 친구들이 주변에 허다했다. 그렇게라도 하지 않으면 본인이 불안하기도 하고, 또 집에서 눈치도 주고 해서 늦게까지 독서실에서 수고하지만, 그 중에는 새벽까지 졸다가 오는 친구, 또 집중이 잘 되지 않는 상태에서 흐려진 머릿속에 꾸역꾸역 공식과 암기 내용들을 집어넣다가 오는 친구들이 많았던 것 같다.

물론 나는 그렇게도 하지 못했기 때문에 불안하며 위축되기도 했지만, 무엇보다 중요한 것은 나에게 주어진 짧은 시간에 얼마나 효과적으로 공부하느냐의 문제라고 생각했기 때문에, 굳이 그 시간에 나를 혹사시키며 무리해서 독서실까지 가려는 욕심을 내지는 않았다.

그래도 그대로 흘려 보내기에는 그 시간이 참 아까웠고 나에게 주어진 시간을 허비하는 것 같다는 생각이 들었다. 무언가 실제적으로 남길 수 있는 시간으로 어떻게든 활용하고 싶었다. 그래서 나는 이 시간에 크게 욕심을 내지 않고, 무언가 많은 것을 하려고 애써 나 자신을 힘들게 몰아가지 않고, 몸도 쉬고 마음도 쉴 수 있는 EBS 수능 방송을 택했던 것이다.

허비하며 그냥 흘려 보내게 되는 이 시간으로 인해 힘들어하던 중 간식을 먹으면서 거실에 앉아서 EBS 수능 방송을 보게 되었고, 그렇게 했을 때 그나마 그 블랙홀과 같은 시간을 그냥 흘려 보내지 않고 잡을 수 있었다. 개인마다 다르겠지만 내 경우는 독서실처럼 꽉 막힌 공간에서는 공부를 잘 하지 못하고, 교실처럼 탁 트인 공간, 도서관 같은 곳에서 집중이 잘 되었다. 그래서 넓은 공간인 거실에 앉아서, 그것도 하루의 피로를 풀 수 있는 여유를 가지면서 공부를 할 수 있게 된 것은 나에게 알맞은 방법이었다.

사실 그 시간에 집에서 왔다 갔다 하면서 무심코 텔레비전 오락 프로그램을 보게 되는 일이 많았었는데, 조금만 긴장감을 가지고 EBS 수능 방송을 보는 데 쓰는 것은 그리 어렵지 않은 일이었다. 이것은 정말 마음먹기 나름인 것 같다.

EBS 수능 방송을 듣는 것의 또 하나의 장점은, 학원처럼 계속해서 다니지 않아도 내가 필요 과목의 필요한 단원만을 골라서 배울 수 있다는 것이었다. 학원은 그 안에서 진행되어 가는 흐름이 있고 거기에 따라가야 했지만, EBS 수능 방송은 진행되는 스케줄을 보고 처음부터 끝까지 다 들어야 할 필요 없다. 즉, 내가 어느 정도 아는 부분일 경우, 다른 방법으로 반복 학습을 하며 좀더 깊이 들어가는 등의 조절을 스스로 할 수 있다.

내가 듣고 싶은 과목의 필요한 단원을 나의 상황에 맞게 자유롭게 골라서 들을 수 있고, 또 언제든지 그 강의에 쉽게 접근할 수 있다는 점에서 EBS 수능 방송이 참 마음에 들었었다. 보통 '취약 과목' 만을 생각하고 그 과목은 그저 잘 못한다고 결론 짓기 쉽지만, 잘 생각해 보면 그 과목 자체를 다 못한다기보다 특히 약한 파트가 있었고, 또 웬만큼 성적이 잘 나오는 과목도 이해가 안 되는 단원이 있었다. 이렇게 나에게 약한 그 부분만을 집중적으로 파고 들어가기에는 EBS 수능 방송만한 선택이 없다. 그리고 무엇보다 이렇게 좋은 혜택을 저렴한 가격에 누릴 수 있었기 때문에 여러 모로 큰 도움을 받았다.

● ● ● ● ● 후배들에게 이렇게 말해 주고 싶다!

EBS 수능 방송을 공부의 주된 흐름 안에 넣고 그것만을 택하지는 않았지만, 나에게 주어진 한정된 시간을 최대한 효과적으로 사용하기 위해 EBS 수능 방송을 적절하게 잘 이용했었던 것 같고 정말 도움을 받았다(아무리 수업이 잘 진행되고 좋아 보여도 이것 하나에만 의지하는 것은 위험하다).

무엇보다 EBS 수능 방송은 학교 수업이나 학원 수업처럼 꼭 그 시간에만 봐야 하는 것이 아니라, 언제든지 볼 수 있다는 접근의 용이성이 있기 때문에 이 장점을 잘 이용했으면 좋겠다.

요즘은 내가 공부할 때보다 EBS 수능 방송의 질이 훨씬 높아졌다. 그래서 잘만 활용하면 그때 활용했던 것 이상의 가치를 맛보게 될 수도 있다. 내가 EBS 수능 방송을 택할 때 다 들어 보고 선택할 수 없어서 언니, 오빠에게 물어 봐서 정보를 어느 정도 얻었던 것처럼, 여러분도 적절한 방법으로 정보를 얻어서 자신에게 맞는 강좌와 선생님을 잘 선택하는 것이 우선적으로 해야 할 일이다.

강좌가 정말 많기 때문에 모든 것을 다 들으려고 욕심 내면 그 과정중에 지쳐 버릴 수도 있고, 또 옆의 친구가 듣기 때문에 무분별하게 따라서 듣는 것은 정말 나에게 필요하지 않은 것을 택하게 될 우려가 있으므로 필요한 정보를 잘 모아서 현명하게 선택하는 것이 중요하다. 이렇게 업그레이드된 EBS 수능 방송을 자신의 공부 계획에 맞추어 적극적으로 잘 이용했을 때, 앞서 말한 여러 가지 도움을 받을 수 있을 것이고 만족하는 결과를 얻을 수 있을 것이라고 생각한다.

5.

영역별 활용 노하우 및 학습 가이드

영역별활용노하우및학습가이드영역별활용노하우및학습가이드

영역별활용노하우및학습가이드영역별활용노하우및학습가이드

영역별활용노하우및학습가이드영역별활용노하우및학습가이드

5부 영역별 학습 노하우

무엇보다 선택 과목이 상당히 많아지고 수학 교과 과정에 많은 변화가 생긴 것이 7차 교육과정이다. 학생들에게 더 많은 기회와 선택권을 주고, 수준별·과목별로 전문적인 지식을 가르치기 위한 개정이라고 한다. 하지만 개정 1세대들이 항상 그러하듯이, 당장 적응하기가 쉬운 일만은 아니다. 여기서는 과목별로 특징적인 변화를 알아보고 그에 대한 대책들을 세워 보자.

언어영역은 우선 책을 많이 읽는 것이 중요하다. 시간이 별로 없는 3학년 때에는 문제를 해결하는 기술을 중점적으로 공부하는 것이 낫지만, 비교적 여유가 있는 1, 2학년 때에는 많은 책을 읽고 지문에 대한 이해력과 빠른 독해 능력을 길러 두는 것이 매우 좋다.
어느 정도 지문 독해력을 길렀다면, 문제의 유형을 파악하는 것이 중요하다. 글을 빨리 해석한다고 해도 문제의 유형을 파악하고 있지 않으면 시간이 모자라는 경우가 생기기 때문이다. 유형 분석은 문제 풀이를 위주로 하고, EBS 수능 방송에 준비되어 있는 유형 분석 프로그램을 시청하여 전문적으로 배우는 것도 큰 도움이 될 것이다.

수리탐구는 공통수학이 없어지는 대신 특정 부분들이 따로 독립했고, 문제 유형에도 4점짜리 문제가 다소 많이 생기는 등 많은 변화가 있었다. 수학이라는 과목은 싫어하는 학생들에게는 정말 최악의 과목이다. 기초가 제대로 되어 있지 않으면 수업 내용을 잘 따라가지도 못하고, 어느 정도 하는 학생들이라도 정작 성적은 들쑥날쑥하기 때문이다. 중학교 때부터 기초를 열심히 닦는 것이 가장 중요하겠지만, 고등학교 때 시작해도 결코 늦은 것은 아니라고 생각한다. 학교 수업 내용을 그대로 따라가기는 힘들겠지만, EBS 수능 방송을 통해서 중학교 과정부터 차근차근 다시 들어 보자. 기초 부분을 여러 번에 걸쳐 반복하여 학습하고, 문제 유형을 파악하여 보다 빨리 문제를 푸는 기술을 익힌다면 수학이 마냥 어렵지만은 않을 것이다.

외국어영역, 즉 영어는 공부를 조금 해보면 알게 되지만, 역시 가장 중요한 것은 어휘력이다. 보다 많은 단어의 뜻을 알고 있어야 한다. 같은 단어라도 쓰임에 따른 여러 가지 뜻을 제대로 알아야 한다. 단어에 대한 공부와 동시에 문법에 대한 이해도 필요하다. 시간이 별로 없는 3학년이라면 핵심 문법과 자주 출제되는 문법만을 공부하고, 독해를 많이 해보는 편이 좋다. 독해력은 속도가 가장 큰 요인인데, 보다 많은 지문을 읽으면 문장 구조에 대한 이해가 생겨서 독해 속도가 굉장히 빨라진다.

과학탐구영역도 공통과학이 없어지면서 전반적인 수준 조정이 있었다. 물리, 화학, 생물, 지구과학으로 나누어진 과학탐구는 수학과 마찬가지로 어렵게 생각하는 학생들이 꽤나 있다. 과학은 무엇보다 흥미가 우선이라고 생각한다. 정말 과학을 싫어하는 학생이라면 우선 과학 관련 서적이나 잡지를 읽어 보자. 과학 상식을 담은 책이나 퀴즈 책도 좋다.
과학탐구영역도 반복 학습이 굉장히 중요하다. 학교 수업을 듣고 모르는 부분은 질문하고, EBS 수능 방송을 통해 다시 한번 듣고 문제 풀이를 다시 시청하는 등의 방법으로 반복 학습을 한다면 물리나 화학이 가장 싫어하는 과목으로 남아 있지는 않을 것이다.

사회탐구영역은 상당히 많은 과목이 생겼다. 윤리, 국사, 한국 근ㆍ현대사, 세계사, 정치, 경제, 사회ㆍ문화, 법과 사회, 한국 지리, 경제 지리, 세계 지리 등 11개 과목으로 이전의 사회, 국사, 지리 과목을 세분화시켰다. 세분화된 만큼 보다 전문적인 지식을 얻을 수 있고, 따라서 난이도도 약간은 상승할 수도 있지만, 선택한 과목만 공부할 수 있으므로 시간적 여유가 생긴다고도 볼 수 있다. 과목별 특징을 잘 파악하고 공부하는 것이 중요하고, 비슷한 과목을 동시에 공부하는 것이 감각을 유지하는 데 도움이 된다.

각 영역별로 어떻게 접근할지에 대해 생각해 보았다. 이제는 구체적으로 각 영영별 정복 방법을 선배들에게 들어 보자.

● 시기별 공략법

수능 언어영역에는 학생들의 어휘력, 논리력, 비판력 등을 모두 요하는 문제가 출제된다. 즉, 언어영역 문제를 풀기 위해서는 '종합적인 사고 능력'이 필요하다. 또한 주어진 90분 안에 60문항을 풀어야 하므로 학생들의 종합적 사고 능력은 빠른 시간 안에 발휘되어야 한다. 문제를 풀 능력은 있되 시간 안에 다 못 풀면 헛일이라는 얘기다.

따라서 수능 언어영역에서 고득점을 얻기 위해서는 빠른 시간 내에 종합적 사고 능력을 발휘해야 한다. 이러한 능력은 문제집을 무조건 많이 푼다고 해서 얻어지는 것이 아니며, 1학년 때부터 차근차근 단계적으로 준비해서 몸에 익혀야 한다. 이를 위해 어떤 준비를 해야 하는지, 이제부터 학년별로 알아보자.

영역별 학습 노하우 [언어영역]

서울대학교 약학과
정연희

(1) 1학년

① 읽기 쉬운 책 위주로 다독

1학년 때에는 독해력 향상에 주력하자. 언어영역 시간 90분 안에 60문제를 풀기 위해서는 제시된 지문을 빠르고 정확하게 읽고, 이해해야 한다. 그런데 수능에는 매년 생소한 지문, 생소한 작품이 출제된다. 내가 사전에 공부한 것만 나오지는 않는다는 얘기다. 따라서 어떤 지문이라도 파악할 수 있는 독해력이 절대적으로 필요하다. 나무를 보기 전에 숲을 보아야 하는 법이다. 이를 위해서는 무조건 책을 많이 읽어야 한다. 다독을 통해 독해력을 신장시킬 수 있을 뿐만 아니라, 이 책 저 책 읽는 동안 낯선 글에 대한 자신감도 생겨나기 때문이다.

그런데 책을 어지간히 좋아하는 사람이 아니고서는 학교 다니면서 책을 많이 읽기는 힘들고, 무리한 독서 계획을 세우면 중간에 포기하기 십상이다. 그러므로 이 시기에는 자신이 읽고 싶은 책 위주로 독서 계획을 세울 것을 권한다. 당연한 말이겠지만 만화책은 안 된다. 만화책은 글뿐만 아니라 그림을 통해서 시각적으로 정보가 들어온다. 등장인물도 그림을 통해서 구별되며 그들의 감정 상태도 따로 파악하려는 노력을 하지 않아도 그림을 통해서 알 수 있다. 글만으로 등장인물들의 갈등 관계나 감정 상태까지 파악해야 하는 수험생에게 그림으로 정보를 전달하는 만화책은 독해력 증진에 방해만 될 뿐, 아무런 도움이 되지 않는다. 만화책에만 익숙한 사람들 중에 지문에 인물이 세 명 이상 등장하면 누가 누군지 헷갈리고 어려워하는 사람을 종종 봤다. 이런 사람들은 소설을 많이 보면서 인물 파악에 익숙해져야 한다. 내용 파악이 쉬운 단편부터 시작해서 장편까지 섭렵하는 것이 좋다. 인물이 여러 명 등장하는 문제를 풀 때는 인물마다 펜으로 동그라미, 세모, 네모 등으로 다르게 표시를 하면 도움이 된다.

② 신문 읽기

아침 시간은 신문의 사설을 읽으면서 활용하자. 사설은 글쓴이의 주장과 그에 대한 이유가 명시되어 있기 때문에, 주제 파악과 그것의 근거를 제시하는 훈련에 도움이 된다. 그냥 눈으로만 읽어 내리지 말고, 반드시 펜을 준비해서 문단의 중심 내용에 밑줄을 그으면서 읽자. 밑줄을 치면서 읽는 습관은 문제 풀 때 많은 도움이 된다. 한 지문에 보통 3~4개의 문제가 출제되는데, 한 문제를 풀 때마다 지문을 다시 읽어야 하는 수고를 덜 수 있으며, 문단의 중심 내용을 한눈에 알 수 있으므로 전체적인 주제를 쉽게 파악할 수 있다. 다 읽고 나서는 글쓴이의 주장을 자신의 입장에서 비판해 보자. 이때 반드시 타당한 근거를 제시할 수 있어야 한다. 이 같은 훈련은 논리력과 비판력 향상에 도움이 된다.

좀더 효과를 보기 위해서 여러 신문을 구독하는 것도 좋다. 왜냐하면, 같은 주제를 신문사마다 다른 시각으로 바라보기 때문에, 이슈가 되고 있는 사항에 대해서는 여러 신문사의 사설을 비교하며 읽는 것이 사고의 유연성과 논점의 다양화에 도움이 된다. 신문 사설을 읽는 방법은 학년별로 구분할 필요도 없다. 1학년 때부터 꾸준히 읽는 습관을 들이도록 하자.

③ 자습서(기본서)는 필수

시중에 교과서를 자세히 분석한 자습서가 있을 것이다. 반드시 독파하라. 언어영역은 차분히 시간을 많이 들일수록 효과적이다. 언어영역 문제에는 웬만큼 유형이 있는 것은 분명한 사실이지만, 끊임없이 새로운 유형이 출제되고 있고 난이도 또한 매년 다르다. 지금까지 출제된 문제 유형을 답습하는 수준에서 안주해서는 안 된다. 수능 때 처음 보는 유형의 문제를 해결하기 위해서는 기초가 튼튼해야 한다. 욕심을 부리지 말고 한 종류의 자습서를 마련해서 작품의 주제, 특징 등 굵직굵직한 것에서부터 밑줄 친 단어의 반대말 등 세세한 부분까지 꼼꼼히 공부하자. 모든 과목이 기초가 중요하지만, 특히 언어영역은 1학년 때의 기초 공부가 더욱 중요하다. 1학년 때 아니면 이렇게 자습서를 보면서 꼼꼼히 공부할 시간도 없을 뿐더러 마음의 여유도 없다.

④ 문제집은 내신용과 수능용 둘 다 풀어 볼 것

문제집을 고를 때는 뒤의 해설집을 먼저 대충 훑어보고 해설이 잘 되어 있는 것을 고른다. 문제를 풀 때는, 문제를 먼저 읽고 지문을 나중에 읽는다. 이렇게 하면 지문을 읽을 때 문제와 관련 있는 부분을 집중해서 읽을 수 있으므로 문제 푸는 데 걸리는 시간을 줄일 수 있다. 틀린 문제는 답만 보고 넘어가지 말고, 왜 틀렸는지 반드시 확인하자.

내신용 문제집은 내신 대비의 목적도 있지만 기초를 튼튼히 하는 데도 도움이 된다. 수능용 문제집은 아주 쉬운 기본편을 구입해서 수능에 대한 감을 잡자. 투자 시간은 자습서 : 내신 문제집 : 수능 문제집 = 2 : 2 : 1이 적당하다. 다시 한번 강조하지만 1학년 때는 기초 공사에 초점을 맞추자.

⑤ 독학만으로는 부족하다

무엇보다 우물 안 개구리가 되어서는 안 된다. 나 스스로 중요하다고 여기는 부분을 공부하는 데 그치지 말고, 여러 선생님의 강의를 들으면서 두루두루 폭넓게 공부하며 시야를 넓히자. 학원이든 인터넷이든 좋다고 소문난 강의를 들을 것!

(2) 2학년

① 해설이 첨부된 책 정독

2학년 때부터는 아무 책이나 읽으며 시간을 낭비할 수 없다. 이 시기 독서의 목적은 수능에 출제될 가능성이 높은 작품들을 철저히 해부하여 내 것으로 소화하는 데 있다. 1학년 때의 독서 방법은 '다독'인 반면, 2학년 시기의 독서 방법은 '정독'인 셈이다. 한국 대표 중·단편 소설을 여러 편 모아서, 각 작품마다의 해설이 함께 있는 책으로 읽을 것을 권한다. 작품 자체의 내용도 중요하지만, 작가가 글을 통해서 드러내고자 하는 바나 당시 시대적 배경에 따른 작품의 숨겨진 의미 등을 반드시 알고 넘어가야 한다. 이 부분은 혼자서 파악하기 어렵고 시간도 오래 걸리므로, 반드시 해설이 첨부된 책의 도움을 받는 것이 현명하다. 이런 책들은 공부하다 집중이 잘 안 될 때 기분 전환용으로 읽을 만하며, 독서실이나 학교 사물함에 한두 권 비치해 놓자.

② 비문학 문제집을 많이 풀 것

언어, 예술, 사회, 과학 등 비문학 분야의 책은 내용도 어렵고 지루해서 잘 읽히지 않으므로, 비문학 분야는 문제집을 많이 풀면서 지문을 읽는 것으로 책 읽는 것을 대신하자.

③ 고전 시/산문은 두꺼운 기본서로 대비

2학년부터는 두꺼운 고전 시, 고전 산문 기본서를 마련해서 매일 조금씩 공부해야 한다. 하루에 고전 시 2편, 고전 산문 1편 정도가 적당하다(산문이 길 경우 며칠 동안 나눠서 공부해도 됨). 모르는 단어는 전부 외우려 하지 말고, 자주 나오는 어휘 몇 개만 알아 두자. 고전을 공부할 때는 모르는 단어 하나 하나를 분석하기보다는 전체적인 분위기와 어조, 앞뒤 문맥 등을 고려하여 작품 자체를 감상해야 한다. 외국어처럼 낯설게 느껴지는 고전을 친숙하게 감상하는 수준이 되려면 여러 작품을 많이 접해 봐야 한다. 3학년 때는 바빠서 고전 문학에 따로 시간을 투자할 수 없기 때문에, 반드시 2학년 때부터 매일 매일 꾸준히 고전을 공부하자.

④ 문제집을 가리지 말 것

2학년이 되면 1학년 때보다 문제집 푸는 시간을 늘려야 한다. 하지만 2학년까지는 기초를 튼튼히 하는 데 힘써야 하므로 기본서 : 문제집 = 1 : 1의 비율로 공부하는 것이 좋다. 만약 1학년 때 언어영역 공부를 안 해서 2학년 때 기초부터 시작하려면, 기본서만 보지 말고 반드시 문제집도 병행해야 한다. 문제집은 3종 이상으로 여러 문제집을 풀어 보는 것이 좋은데, 유독 잘 안 풀리거나 많이 틀리는 문제집이 있을 것이다. 이것은 문제집의 저자가 지문을 바라보는 시각이 나와 다르기 때문에 생기는 일이다. 내 시야를 넓힐 수 있는 좋은 기회이니 꾹 참고 다 풀어 보자.

단, 2학년까지는 위로 넘기는 실전 형식의 문제집보다는 옆으로 넘기는 기본에 충실한 문제집을 택하라. 실전 모의고사는 3학년 때 해도 충분하다.

(3) 3학년

① 기출 분석

이제 수능이 목전이니 시간이 없다. 1, 2학년 때는 지금까지 수능에 출제된 적이 없는 새로운 유형의 문제도 풀 수 있는 기초를 다지는 일이 중요했지만, 3학년 때는 기출 유형을 몸에 익히는 데 주력해야 한다. 이 시기에 수능 공부 외에 따로 독서 시간을 갖는 일은 무의미하다. 수능과 동떨어진 형태의 문제를 푸는 행동 또한 무의미하다. 수능 기출 문제나 평가원 주관 모의평가를 풀면서 수능에 대한 감을 잡는 것이 최우선이다. 1, 2학년 때 공부한 것이 없는 사람들은 기본이 없으니 불안하겠지만, 마찬가지로 기출 위주로 모의고사를 많이 풀어 봐야 한다.

또한 모의고사를 풀 때는 시간에 맞춰서 푸는 연습을 해야 한다. 언어영역 90분에서 듣기 6문항 15분(듣기 시간은 정해져 있지 않지만 대략 이 정도), 답안지를 표기하고 시험지 넘기는 데 5분이 걸린다고 하면 70분이 남는다. 검토하는 시간까지 생각해서 한 시간 안에 모의고사 한 회를 푸는 연습을 하자. 많은 학생들이 시간 조절을 잘 못해서 힘들어 하는데, 이것은 대부분 낯선 글을 어려워하여 우선 대충 읽고 나중에 천천히 읽으며 완벽히 이해하려는 태도 때문인 경우가 많다. 낯선 글도 두려워하지 않는 자신감을 갖고, 반드시 문제를 먼저 읽은 다음 지문에서 문제의 답을 찾으며 중요한 부분은 표시하면서 읽으면 시간을 줄일 수 있다.

② 취약한 부분 집중 보완

문제집을 풀고 채점해 보면 틀리는 문제가 거의 정해져 있을 것이다. 고전 문학이면 고전 문학, 현대 시면 현대 시, 자신이 취약한 부분은 따로 문제집을 정해서 집중적으로 공부한다. 채점 후 틀린 문제뿐 아니라 맞은 문제도 해설집을 보면서 점검하여 확실하게 알고 넘어간다. 오답 노트를 만들어서 시간이 날 때마다 틈틈이 보도록 하는데, 오답 노트에 생소한 어휘도 같이 정리하면 유용하다.

● ● 영역별 공략법

① 고전 문학

고전 문학은 수학으로 치면 수Ⅱ에 해당한다. 수Ⅱ는 내용 자체는 어렵지만 문제는 쉽게 출제되는데, 고전 문학도 이와 마찬가지로 내용은 알기 어려워도 문제는 쉽게 나온다. 내용만 알면 쉽게 풀 수 있다는 얘기다. 따라서 고전은 많은 작품을 접하면서 작품의 내용을 파악할 수 있는 능력을 기르는데 주력해야 한다. 단어 하나 하나에 집착하면서 작품을 분석하려 들지 말고, 전체적으로 감상하려는 태도가 필요하다(시기별 공략법 2학년 부분 참고).

② 현대 문학

현대 문학은 고전 문학보다 문제가 어렵게 출제되므로 더 주의해서 공부해야 한다. 문학의 경우, 문제집을 푸는 것보다 기본서를 먼저 철저히 독파해야 한다. 수능에서는 작품 전체의 이미지, 심상이 어떠한지, 또는 시대적 배경이나 작가의 특수한 상황에 따라 어떤 특정한 단어가 의미하는 바를 유추할 수 있는 능력이 있는지를 평가하기 때문에, 참고서에 나와 있는 내용을 무조건 외우기보다는 이러한 능력을 키우는 데 힘써야 한다.

예를 들어 참고서에 '바위' 가 '글쓴이의 굳은 의지' 라고 나와 있으면 수동적으로 외우지 말고, 적극적으로 왜 그런지를 생각해 보는 훈련이 필요하다. 이러한 훈련을 통해 교과서나 참고서에서 접해 보지 않았던 생소한 작품이 문제에 출제되어도 당황하지 않고 문제를 풀 수 있다.

③ 비문학

우선 교과서에 실려 있는 지문은 반드시 출제되는 데다 어려운 문제로 출제되므로 완전히 익혀야 한다(문학도 마찬가지). 또한 비문학은 주로 논리력과 비판력을 평가하는 문제가 출제되므로, 신문의 사설을 읽고 사고하는 습관을 들이면 많은 도움이 된다.

비문학의 지문을 읽을 때는 중요한 내용에 밑줄을 치면서 각 문단의 중심 내용을 파악한 다음, 문단 간의 관계를 알아내 지문에 표시해 둔다. 문제를 다 푼 후에는 답만 확인하지 말고 내가 파악한 바—사고과정—와 해설집이 일치하는지도 반드시 확인하여 정확하게 독해하는 습관을 들인다.

④ 듣기

듣기의 경우, 문제에 지문이 따로 써 있지 않고 딱 한 번 들려 주므로, 들을 때 중요한 내용은 필기를 해야 한다. 모두 받아쓰다가 뒤의 내용을 못 듣고 지나칠 수 있으므로 문장 전체를 받아쓰려 하지 말고, 중요한 단어 정도만 간략히 —그러나 듣기가 끝나고 다시 봤을 때 무슨 내용인지 알 수 있을 정도로—받아쓴다. 듣기 내용이 두 사람이 대화하는 방식이라면 한 사람의 말은 왼쪽에, 다른 한 사람의 말은 오른쪽에 써두는 것도 좋다.

⑤ 쓰기

논리적 사고는 비문학을 공부하다 보면 저절로 길러지므로 따로 준비를 안 해도 되지만, 어휘는 주의해야 한다. 설거지/설겆이 등의 어휘는 문제를 풀 때만 알고 넘어가면 시간이 지나면 잊어 버릴 수 있으므로, 따로 오답 노트를 만들어 틈틈이 읽어서 확실히 익히자. 국어 교과서 (상)권의 부록에 맞춤법이 나와 있으므로 시간 날 때마다 봐두자.

● 능력에 따른 접근법

영역별 학습 노하우 [수리탐구영역]

서울대학교 응용화학부
홍석구

① 정확성

수능 문제는 상당히 많은 편이다. 빨리 풀어내는 사람이 아니고서는 대부분의 학생들은 시간에 쫓기며 문제를 푼다. 그러다 보면 아무래도 실수가 있게 되고, 이러한 것들이 누적될 때 객관식 문제에서는 많은 오답을 적게 된다. 주관식 문제라면 과정이 평가 대상이 될 수 있겠지만, 객관식 문제는 답이 틀리면 끝장이다. 객관식 문제들은 보기도 비슷해서 부호 하나로 답이 결정되곤 한다. 정확성이야말로 점수를 올리는 데 필수적인 능력이다. 그렇다면, 어떻게 하면 정확성을 높일 수가 있을까? 몇 가지 방법이 있겠지만, 먼저 학생이 노력할 것보다 선생님이 노력해야 할 것을 말해 보자.

선생님은 학생에게 명확한 설명을 해주어야 한다. 기본적인 개념을 잡는 것이 정확성을 높이는 데 필수적이기 때문에 특히 가장 기초적인 지식을 확실히 아는 것은 급박한 순간에 더더욱 빛을 발하기 마련이다. 그러므로 학생은 명확한 설명을 해주는 선생님을 찾아야 한다. 이런 의미에서 EBS 수능 방송은 매우 훌륭한 선택이 될 수 있다.

EBS 수능 방송의 선생님들은 화려한 경력을 가지고 있다. 다년 간의 강의를 통해, 어떻게 가르쳐야 한다는 것을 확실히 알고 있는 분들이다. 재미있게 가르치는 분도 있고, 조금은 딱딱하게 가르치는 분들도 있지만, 착실히 보기만 해도 상당 부분을 익히기에 부족함이 없다. EBS 수능 방송 역시 방송을 시작한 지 이미 20년이 넘어 그간의 노하우를 착실히 활용하고 있다. 텔레비전은 시각·청각을 동시에 사용해, 기초를 머리 속에 확실히 심어놓기에 매우 좋은 도구이다. 시간에 쫓길 때 사용할 수 있는 것은 응용력이라기보다는 그 동안 익혀놓은 기초이기 때문에, 거의 무의식적인 반사작용으로 문제를 풀 수 있어야 한다. 이러한 과정이 텔레비전이라는 도구를 활용한다면 효과적으로 이루어지게 된다. 오감을 모두 이용할 때 가장 높은 효과가 나타나겠지만, 후각·청각·미각을 수학 문제를 푸는 데 이용할 수는 없을 테니, 텔레비전이 가장 뛰어난 도구라 하겠다.

이제 학생이 노력할 것을 생각해 보자. 굉장히 미안한 말이지만, 기초를 확실히 익히는 데 가장 좋은 방법은 문제를 무지막지하게 많이 풀어 보는 것이다. 하지만, 그런 당연한 말만 쓰려고 했으면 글을 시작도 안 했을 것이다. 그나마 좀 덜 풀면서 문제 푸는 노하우를 익힐 수 있는 법을 생각해 보자.

수학엔 논리적인 흐름이 있다. 예를 들면, 예전에 초등학교 때 곱셈을 배우기 전에 덧셈을 배웠던 것을 생각해 보면 된다. 2+2=4, 2+2+2=6, 2+2+2+2=8이다. 그럼, 2를 4번 더하면 8이라는 소리다. 이런 걸, 2 곱하기 4는 8이라고 부른다. 수학 과정은 논리적으로 흐름을 따라갈 수 있도록 연계되어 있다. 중학 과정, 고교 과정도 모두 이런 흐름이 있다. 뒤에서 말할 논리성과도 연결되는 부분이긴 하지만, 이러한 논리의 흐름을 따라가는 것이 머리 속에 기본적 흐름을 각인시키는 데 상당히 도움이 된다.

EBS 수능 방송은 현재 수능을 다루는 부분과 학교 진도와 같이 나가는 부분이 있다. 이 중 교과서의 흐름을 따라가는 방송은 논리적 흐름을 타고 있다고 할 수 있다. 교과서들은 대부분 한 학기 정도의 흐름을 가지고 있다. 그 다음 학기에는 전혀 생소한 부분이 나오는데, 방학 후에 논리적 흐름을 다시 연결한다고 해도 그다지 효과가 나타날 것 같지는 않다. 특히 처음 수학을 배우는 때에는 여러 가지 기초가 필요한 경우가 많아서 논리적인 흐름을 연결하기가 쉽지 않다.

반면, 수능을 다루는 프로그램들은 좀더 선별해서 들을 필요가 있다. 이미 기본을 익혔다면 상관이 없지만, 수능을 다루는 프로그램들은 대체로 한 가지 주제를 집중 탐구한 뒤 다른 주제로 넘어가는 경향이 있다. 이 두 주제가 논리적으로 계속 연결이 된다면 상관없지만, 연계성이 없는 경우가 대부분이다. 자신이 실수로 많은 문제들을 놓쳤다면. 이런 프로그램들은 선별적으로 듣거나 필요할 때만 활용하고, 기본적으로는 스스로의 논리적 흐름을 찾아내어 따라갈 필요가 있다. 이 흐름은 사람마다 자신의 것이 있기는 하지만, 대체로 교과서의 순서를 따라간다면 무난하게 설정할 수 있다.

② 논리성

기초를 확실히 익혔다면 그 다음에 필요한 것은 응용력일 것이다. 수능 문제는 점점 영악해지고 있어서 많은 유형의 문제들을 풀어 보았다고 해도, 수능에서 새로운 문제들을 접하게 되는 경우 또한 생긴다. 유형으로 분류할 수 없을 정도로 많은 분야의 문제들을 섞어놓는 경우도 있다. 이런 경우 흔히 '응용력'이라고 부르는 능력이 필요한데, 여기서는 이를 '논리성'이라고 하겠다. 논리적으로 따라가는 것이 문제를 푸는 길이 되기 때문이다.

대표적인 것이 증명하는 문제들이 되겠는데, 이런 문제들은 출제자에 따라 예전에는 보지도 듣지도 못하는 문제가 될 가능성도 있다. 한 번도 풀어 본 적이 없는 문제를 만난다면 어떻게 할까? 분명 내가 아는 지식으로 풀 수 있는 문제이기 때문에 여기 내 앞에 있을 텐데 말이다.

잠깐 다른 얘기 같지만, 고등학교 때 공식을 모조리 외우고 다니는 친구가 있었다. 어떤 공식이든지 말하기만 하면 단번에 줄줄 나왔다. 수학 성적도 꽤 괜찮은 편에 속했다. 또 문제를 많이 풀어 보기 때문에 어지간한 문제들은 문제만 보고도 바로 답을 말할 수 있을 정도였다. 이 친구가 하루는 수학 성적이 평균 정도밖에 나오지 않았다고 속상해하는 것을 보았다. 이유는 간단했다. 증명 문제가 상당히 많이 나왔고, 이 친구는 증명하는 방법을 하나도 몰랐기 때문이다. 당연히 외우고 있는 공식을 증명하라는 문제들이 나왔고, 평소 증명을 해보지 않았던 상황에서는 갑자기 이런 문제를 풀 수 있을 리가 없었다.

공식을 유도하는 것이 일례가 되겠다. 공식이 나왔다고 해서 그냥 외워 버린다면 앞으로도 계속 외우지 않으면 잊혀지기 쉽다. 앞의 과정과 연계도 되지 않기 때문에 논리성을 키울 수 없다. 이 친구가 증명과 응용 문제에 특히 약했다는 것을 다시 한번 말한다. 그나마 엄청난 양의 문제 풀이로 결국 극복하긴 했지만, 상당한 시간과 노력이 들어갔다.

놀랄 일은 EBS 수능 방송에서는 이런 증명까지도 모두 방송해 준다는 것이다. 하지만 계속 듣기만 해서는 어떠한 발전도 이룰 수 없다. 증명 과정까지 외운다고 해서 논리성이 키워질 리 없기 때문이다. EBS 수능 방송의 선생님들은 학생들이 이러한 문제에 약하다는 것을 알아서 이젠 그것까지 외우게 하려고 하지만, 이건 외워서 해결할 문제가 아닌 듯하다. 한번쯤 듣는 것은 손해 보는 일은 아니지만, 자신의 머리로 이해하는 것이 가장 중요하다.

수학은 예습과 복습을 아무리 강조해도 지나치지 않지만, 막상 실천하는 학생이 적은 것 같다. 그래서 절충을 해야 할 것 같다. 좋다. 한쪽을 포기해야 한다면 예습을 포기하자. 대체로 예습이 효과가 더 크다고는 하지만 이는 기억에 오래 남는다는 얘기일 뿐, 논리성을 키우는 데는 되새겨 보는 것이 훨씬 도움이 된다. 내 것으로 만든다는 얘기가 있다. 적어도 한 번쯤은 들은 후에 자신의 머리로 다시 증명을 해보자. 오래 남고, 논리적 흐름을 따라가는 데에도 도움이 된다. 결국 공식은 배울 것을 압축해놓은 내용이 되기 때문이다.

● ● 나만의 전략 만들기

수학에선 우선 큰 틀을 기억해놓고 그 다음엔 세부적인 사항들을 정리해 주어야 한다. 공식을 알면 그 다음엔 그걸 응용하는 방법을 알아야 하는 것처럼 말이다. 예전에 아버지께서 어마어마한 문제집

더미를 들고 오서서 수학은 많이 풀어 보는 것이 최고라고 말씀하신 적이 있었다. 결국 그 문제집들은 깨끗한 상태로 모두 동네 동생에게 물려주게 되었지만, 아마 그 동생도 또 다른 사람에게 물려줬을 것으로 생각된다. 아버지의 말씀이 완전히 틀린 말은 아니다. 수학은 많이 풀어 볼수록 쉽게 풀 수 있고, 또 실력도 늘게 된다. 유형별로 접근하는 경우가 많지만, 한 가지 문제집에서 모든 종류의 문제를 알려주는 것도 아니어서, 문제집을 여러 권 풀게 되면 중복되지 않는 문제들에 대해서도 알 수 있게 된다. 그렇다고 해서 우리가 항상 수학만 공부할 수는 없지 않은가. 다른 과목도 마찬가지로 많은 시간을 요구할 테니 말이다.

양으로 승부하는 시대는 끝났다. 이제는 전략과 적절한 시간의 분배가 필요하다. 그렇지 않으면 결국 지쳐서 제대로 승부해 보기도 전에 주저앉고 말 테니 말이다.

① 자신만의 방법을 만들자

세분화된다고는 하나, EBS 수능 방송이 어느 정도까지 학생들에게 세밀한 것을 알려줄 수 있을지 의문이다. 수준별로 방송되며, 강좌가 몇 백 개가 있다고 해도 학생은 수십만 명이 넘는다. 결국 개개인마다 특화된 선생님이 필요한 것이다. 그렇기 때문에 EBS 수능 방송의 용도는 세밀한 부분을 짚어 주고 개인의 취약 부분을 짚어 주는 것보다는, 가장 많은 사람에게 필요한 것만을 방송하게 된다. 즉, EBS 수능 방송은 공통적인 부분을 알려주며, 큰 틀을 만들어가는 데 유용하게 사용할 수 있을 것이다. 가장 기본적인 유형과 공식들 그리고 문제를 푸는 대표적인 방법을 아는 데 사용된다고 볼 수 있다.

만일 어떤 학생이 말로 하는 설명에 매우 약해서 그림이나 도표, 그래프 등을 이용하지 않으면 이해가 거의 불가능하다고 하자. 실제로 이런 후배가 한 명 있었다. 수식만으로 이해하는 것을 매우 어려워했다. 수학 성적이 그다지 좋은 편이 아니어서, 수학을 매우 싫어했다. 이런 사람에게도 역시 EBS 수능 방송은 똑같은 방식의 설명을 해줄 수밖에 없다. 일방 소통이기 때문에 학생의 상태를 선생님이 알 수가 없는 것이다.

이 후배는 다행히 좋은 선생님을 만나 자신의 방식으로 수학을 푸는 방법을 터득했다. 대부분의 수식은 그림이나 도형으로 대체했으며, 왜 그런지 정확히는 알 수 없지만 수식 같은 것도 표로 정리하면 훨씬 빠르게 이해할 수 있었다. 암기에는 자신이 있던 후배라서 그런지 모든 공식은 암기로 해결을 보았고, 유도 과정에서도 암기로 일관했다. 암기에 도움을 주었던 것은 EBS 수능 방송이었다. 시각과 청각 모두를 이용할 수 있기 때문에 쉽게 암기할 수 있었다고 한다. 지금은 수학과는 관계없는 과에서 공부하고 있지만, 만일 수학을 쓸 일이 있다면 주저 없이 그림과 도형을 이용할 것이다. 이처럼, 세세한 사항에는 도움이 되지 않을지 몰라도 큰 틀을 잡는 데에는 EBS 수능 방송이 유용하게 쓰일 수 있다.

② 유형으로 정리하자

수학에는 유형이라는 것이 있다. 대부분의 문제집은 이러한 유형을 정리하여 학생들에게 좀더 논리적인 틀을 잡아 주려고 애쓴다. 단원의 초반에 보면 이러이러한 유형의 문제들이 나올 것이고, 무엇을 이번 단원에서 배우려고 하는지가 적혀 있다. 물론, 대부분의 학생들은 이런 부분을 무시하고 넘겨 버린다. 이제부터는 이런 개괄적인 소개 부분을 읽어 보라고 권하고 싶다. 논리적인 전개야말로 수학을 좀더 쉽게 접근할 수 있는 방법이다. 특히, 설명을 읽었음에도 불구하고 왜 이런 것을 해야 하는지, 앞으로도 이런 것들이 계속 나올 것인지 회의가 들 때는 더더욱 앞으로 돌아가 소개하는 문단을 읽어 볼 것을 권한다.

소개의 문단 다음에는— 유형별로 정리되어 있는 문제집이라면— 유형들을 먼저 설명하려고 애를 쓸 것이다. 이때는 오히려 그 유형에 관한 설명을 대충 읽고서 문제를 먼저 풀어 보는 것이 낫다. 사실 수학은 말로 설명하면 엄청나게 복잡해지는 특성을 가지고 있다. 단순한 계산만 해도 그렇다. 예를 들어, 일차 방정식같이 간단한 것만 해도, 'X 더하기 5는 2X 더하기 4일 때 X를 구하려면 X항을 한 변에, 그리고 상수항을 한 변에 모은 다음에 각각을 계산, 그 다음에 X의 계수로 양변을 나누면 답인 X를 구할 수 있다.' 와 같은 식으로 긴 문장을 써야 겨우 설명이 된다. 그저 $X+5=2X+4$ 라는 간단한 식일 뿐인데. 그러므로 설명으로 되어 있는 유형 정리를 보는 것보다는, 직접 문제에 부딪혀 보는 것이 시간 소비를 줄일 수 있다. 문제를 풀다 막히면 그때 유형 정리를 보자. 그러면 좀더 쉽게 이해할 수 있을 것이다.

EBS 수능 방송을 보면 문제집과 똑같은 구성으로 방송이 진행되는 것을 알 수 있다. 물론, 예를 들어 주기는 하지만, 유형을 먼저 설명하고 그 안에 문제를 끼워 맞추려고 하는 것은 문제집과 똑같다. 그렇기 때문에 EBS 수능 방송을 보기 전에 문제를 풀어 볼 것을 권한다. 먼저 부딪혀 보고 나서 설명을 듣는 것이 훨씬 더 효과가 좋다. 물론, 한번 풀어 본 것을 다시 보는 것은 상당한 인내심을 요하는 일이다. 그렇지만, 효과가 좋은 것도 사실이다. EBS 수능 방송 같은 경우에는 예를 들고, 또 설명을 직접 하기 때문에 문제집보다는 좀 낫긴 하다. 그래도 수학은 듣는 것보다는 풀어 보는 것이 훨씬 기억에 남는다.

암기를 할 때, 쓰는 것과 보는 것, 또 듣는 것 중 어느 것이 가장 기억에 오래 남을까? 가장 취약한 것이 보는 것이다. 흔히, 시력은 청력의 5배 정도의 정보를 입수한다고 한다. 즉, 사람은 듣는 것보다 보는 것이 훨씬 많다는 것이다. 그만큼 많은 정보를 입수하는 눈이기 때문에 눈에서 입수한 정보는 많이 잃어 버리기도 한다. 그래서 듣는 것이 암기하는 데 상당히 도움이 된다. 하지만, 무엇보다 쓰는 것이 가장 도움이 된다고 생각한다. 아무래도 쓰는 것은 행동을 하는 데에 에너지가 소비되기 때문에, 신경을 조금이라도 더 집중해야 할 수 있는 행동이다. 몸에 있어서 에너지를 소비하는 행동은 그만큼 소중하기 때문에, 신경 역시 그곳으로 집중된다. 그래서 쓰면서 암기하는 것이 가장 기억에 오래 남는다. 하지만, 가장 좋은 방법은 세 가지를 동시에 사용하는 것이다. 보고 들으면서 쓰는 것이 가장 좋은 방법이다.

EBS 수능 방송을 틀게 되면 보는 것과 듣는 것을 하게 되니, 두 가지는 이미 하고 있는 셈이다. 거기에 집중력을 가미하기 위해 손을 좀 쓰도록 하자. 방송을 그저 보고 듣지만 말고, 방송 내용을 쓰거나 자신이 풀어놓은 문제에 부연 설명을 적는다든지, 아니면 그 자리에서 문제를 다시 한번 풀어 보든지 하면서 손을 쓰자. 방송을 완전히 암기해 버리려는 것은 아니지만, 쓰면서 볼 경우에 기억에 오래 남을 수 있을 것이다. 선생님의 재미있는 농담이라도 받아 적으면, 나중에 그 농담과 관련해 문제를 푸는 방법이 기억날 수도 있다. 기억력이라는 것은 신기하게도 자신이 기억하고자 하는 것보다도 그 순간에 강한 인상을 받은 것에 더 영향을 받는다. 그 때문에 기억하고자 하는 일을 강한 인상에 연결시키면 정말 오래도록 잊지 못하는 기억을 만들어낼 수가 있다. 이 연상 작용을 EBS 수능 방송에 부탁하는 것이다.

친구 중에 정말 클래식한 공부벌레가 있었다. 모든 노는 것을 거부하고 문제집과 씨름하는 것이 일이며, 취미 생활이었다. 하루는 이 친구가 귀에 이어폰을 꼽고 있는 것을 발견했다. 이 친구는 보통은 귀마개를 하고 공부를 해왔던 친구였다. 너무 신기해서 다가가서 말을 걸어 보았다. 보통 말하는 시간도 거의 없는 친구였다. 도대체 이런 친구는 뭘 들을까? 이어폰을 뺏어서 들어 보니 EBS 수능 방송이었다. 공부를 두 배로 하려고 문제집을 풀면서 EBS 방송 강의를 또 듣고 있는 것이었다. 정말 대단한 공부벌레였다. 그 친구가 공부하는 방식을 그다지 좋아하진 않았지만, 그 집념만은 정말 높이 사고 싶었다. 이 친구는 머리가 정말 안 좋았고, 이해도 느리고 특히 수학에 재능이 없었지만 노력으로 인해 항상 상위권의 성적을 유지하고 있었다.

친구의 예에서 볼 수 있겠지만, 방송이든 문제집이든, 반복 학습은 대단한 위력이 있다. EBS 수능 방송의 경우에는 녹음이나 녹화를 해서 다시 보는 것이 가능하기 때문에 무리 없이 반복 학습을 할 수 있다. 처음 볼 때는 집중해야겠지만, 두 번 이상 보거나 들을 때에는 집중하지 않아도 상관없다. 그다지 집중하지 않아도 들리기 때문이다. 꼭 들리지 않아도 예전에 이런 것을 들은 적이 있었다는 정도의 기억만 나면 된다. EBS 수능 방송 교재를 두 번 이상 풀어 보는 것도 도움은 되겠지만, 역시 방송을 두 번 보는 것보다는 못하다. 교재의 경우 나중에는 답을 외워 버려서 풀기도 전에 답을 알 수 있기 때문이다.

● ● ● 결 론

공부하는 데에 지름길은 없다고 한다. 괜히 지름길을 찾느라고 시간을 허비하기보다는 남들이 걸어 갈 때에 약간은 뛰듯이 가는 것이 시간을 효율적으로 사용하는 것이 아닐까. 특히, 신발을 좀 좋은 것으로 신는다면 꽤 빨라질 수 있을 것이다. EBS 수능 방송이 당신에게 알맞은 신발이 되기를 바란다.

● 들 어 가 며

외국어영역은 수리탐구영역과 함께, 공부한다고 해서 금방 성적이 눈에 띄게 오르지도 않는 애물단지로 꼽힌다. 그래서 기본을 튼튼히 다지고 꾸준하게 실력을 쌓아야 하는 중요한 과목으로 강조된다. 외국어영역은 해야 할 분량이 굉장히 많고 어렵다. 그래서 많은 에너지를 들이고 수고와 노력을 쏟아붓기보다는, 어떻게 공부해야 하는지 그 접근 방법을 잘 이해하고 요령을 터득하는 게 중요하다. 그래야만 외국어영역을 즐기며 재미있게 공부할 수 있고, 그에 따라 충분히 좋은 성적을 얻을 수 있다. 따라서 외국어영역을 어떤 마음가짐으로, 어떤 방법으로 접근해야 하는지 이제부터 얘기해 보려고 한다. 내가 외국어영역을 재미있게 공부하고 좋은 성적을 유지할 수 있었던 이유에 대해 생각해 보고, 그 과정을 짚어 보면서 그 중 후배들에게 도움이 될 만한 얘기들을 써보겠다. 외국어영역이 부담스럽다거나, 아무리 해도 성적이 오르지 않는다거나, 어떻게 접근해야 할지 도저히 대책이 서지 않아 고민하고 있는 후배들에게 지금부터 하는 얘기들이 조금이나마 도움이 되었으면 좋겠다.

영역별 학습 노하우 [외국어영역]

서울대학교 약학과
이원아

● ● 외 국 어 영 역 에 살 짝 접 근 하 기

외국어영역을 잘하기 위한 방법으로 항상 나오는 얘기는 바로 어휘력 정복이다. 그렇기 때문에 많은 학생들이 단어가 빼곡히 정리된 단어장을 가지고 다니며 시간이 날 때마다 외우곤 한다. 실제로 이렇게 하여 다져진 어휘력은 외국어영역의 성적을 올리는 데 분명한 디딤돌 역할을 한다. 외국어영역에서 튼튼한 어휘력은 매우 중요하며, 풍부한 어휘력을 가지고 있을 때 외국어영역 전반에 걸쳐서 막강한 실력을 키울 수 있는 잠재적인 파워를 소유하게 된다. 비유하면, 튼튼한 어휘력을 가지는 것은 튼튼한 발 구름판을 갖는 것과 같다. 즉, 단어를 많이 외워 두는 것은 외국어 실력을 높일 수 있는 가장 기본적인 밑바탕이다.

그렇지만 무조건 단어를 많이 외우는 것이 외국어영역에 대한 자신감이나 그에 따른 실력으로 연결되지는 않는다. 아무리 단어를 많이 알고 있어도 들었을 때 무슨 말인지 모르고 그냥 흘려 보내거나,

정확한 내용을 파악해야 하는 독해 지문에서 부분 부분 떨어져 있는 단어들을 조합하는 수준에서 그치거나, 문장을 읽었을 때 문법적인 지식을 갖고도 어디가 잘못되었는지 꼬집어내지 못하면 아무 소용이 없기 때문이다. 즉, 풍부한 어휘력을 가지고 있다고 해도 실제 외국어영역에서 주어지는 문제들을 소화할 수 있는 실력, 그 어휘력을 재료로 요긴하게 쓸 수 있는 실력을 갖추지 못한다면, 단어 암기에 들인 노력과 시간이 물거품이 되어 버릴 것이다.

● ● ● ● 어 휘 력 튼 튼 히 다 지 기

그렇다면 어떻게 해야 만족하는 좋은 결과로 이어질 수 있을까? 거듭 말하지만 그 밑바탕이 되는 어휘는 필수적인 요인으로 깔고 시작하자. 이제부터 시작할 이야기는 그 밑거름이 어떻게 요긴하게 사용되어질 수 있을지에 관한 것이다.

외국어영역을 크게 세 가지 영역으로 나눈다면, 듣기와 독해와 문법이다. 그리고 세 가지 영역 안에 그 틀을 크게 벗어나지 않는 몇 가지의 유형이 존재한다. 이 세 가지 영역은 그 성격이 조금씩 다르기 때문에 공부하는 방법과 요령도 좀 다르다. 그렇기 때문에 어휘력을 바탕에 깔고 각 영역의 특징에 따라 공부하는 방법을 맞추어가는 것이 필요하다. 영역별로 구체적인 얘기를 하기 전에, 기본 바탕이 되는 어휘력을 쌓는 것과 관련하여 몇 가지를 언급하고 넘어가자.

첫째, 무조건 많이 외우려고 욕심만 내지 말고 요령 있게 외우자. 예를 들어, 그냥 단어장을 사거나 만들어서 자투리 시간을 이용해서 외우는 것보다는 자신이 보는 교과서, 문제집, 학습지 등에 나온 단어를 정리해서 외우도록 한다. 즉, 생짜로 단어를 달달 외우는 것보다는 앞뒤 문맥과 한 문단의 내용이 남아 있는 가운데 있는 외우는 것이 머리에 더 잘 들어오고 효과적이다.

이런 맥락에서 얘기하면, 교과서의 지문을 읽고 난 다음, 문제집이나 학습지를 풀고 난 다음—그 내용을 훑고 머리에서 한번 지나가게 한 다음 — 에 표시한 단어를 외워 버리는 것이, 그저 단어와 그 뜻이 적힌 단어장을 보고 외우는 것보다는 더 좋다는 것이다.

그런 뒤, 잘 외워지지 않는 단어를 따로 표시해놓고, 나중에 이 단어들을 직접 손으로 써가면서 정리한다. 그렇게 만들어진 단어장을 틈틈이 보면서 외우도록 한다. 이렇게 되면 여러 번 반복 학습하는 효과도 줄 수 있다.

단, 이 방법은 학교에서 나가게 되는 진도에 따라, 문제집을 풀고 있는 상황에 따라 그만큼 단어가 생기게 되다는 전제가 있다. 즉, 그만큼 지문을 계속해서 다루고, 문제를 계속 풀어 나간다는 전제하에 유용한 방법이다.

둘째, 외웠다고 그 단어를 제쳐 두지 말고 확인하는 절차를 꼭 밟자. 웬만큼 눈에 들어오고 뜻이 연결이 되었다고 해서 그 단어가 내 머리에 완전히 들어왔다고 안심해서는 안 된다. 얼마쯤 시간이 지난 후에 그 단어를 다시 한번 확인하는 작업이 필요하다. 이 방법은 그리 어렵지 않고 큰 에너지를 필요로 하지도 않는다. 시간이 날 때, 자신이 만든 단어장을 다시 한번 확인하며 봐주면 된다. 또는 공부한 지 좀 되었다 싶은 단원의 문제집이나 교과서 등을 보며 표시해 둔 단어를 확인해 주면 되는 것이다. 기억이 가물가물해질 때쯤 이 작업을 한 번씩만 해준다면 어설프게 머리에 들어와 있던 단어가 적은 노력으로 확실히 기억에 남을 수 있을 것이다.

셋째, 만약 위와 같은 방법으로 단어장을 만들지 않고, 이미 만들어져 있는 단어장이나 숙어장을 사용하게 되거나 모르는 단어를 사전으로 찾게 되는 경우에는 단어 또는 숙어에 딸린 예문을 같이 보자. 그 단어가 실제로 사용되는 상황을 함께 보면, 암기가 훨씬 쉽다.

지금까지 어휘력을 튼튼히 하기 위한 구체적인 방법들을 살펴보았으며, 이제는 실제적인 실력을 키우기 위한 방법들을 열거하겠다. 세 가지 영역별로 구체적인 이야기를 해보자.

● ● ● ● ● 요령 있게 듣는 귀 열기

먼저 듣기영역부터 살펴보자. 듣기에 접근할 때 가장 주의할 점은, 너무 욕심을 내어서는 안 된다는 것이다. 대부분의 듣기 문제는 대본에 있는 모든 내용을 이해해야만 풀 수 있는 것이 아니라, 일부분만 제대로 듣고 이해해도 충분히 풀 수 있게 되어 있다. 그리고 그 일부분의 내용은 대부분 문제의 질문을 통해 방향을 잡을 수 있다.

그러므로 꼭 알아야 하는 핵심 내용을 체크해 두고 문제를 듣되, 모든 내용을 다 이해하려는 마음보다는 질문에 답하기 위해 꼭 알아야 하는 내용은 확실히 잡겠다는 마음으로 듣는 것이 좋다. 그 외의 내용은 흐름만 파악할 수 있어도 되고, 심지어는 못 알아들어도 문제를 풀 수 있는 경우도 있다. 처음부터 모든 내용을 다 이해할 생각으로 바짝 긴장하고 있다 보면, 일부분의 내용을 놓치게 되었을 때 당황하기 쉽다. 당황하여 집중력이 흐트러지면 그 문제를 놓칠 확률도 높아지기 마련이다. 처음부터 문제에서 요구하는 포인트를 짚고 있으면, 혹시 어떤 내용을 놓치게 되더라도 당황하지 않고 핵심을 잡을 수 있다. 대부분의 듣기 문제는 전체 내용을 통틀어 분석하고 정리하여 그 답을 생각해내는 유형보다는, 단순히 말하는 것을 듣고 그것을 답하거나 아주 단순한 요약 정리 수준임을 기억하자. 그러므로 실제 문제에 답하기 위해 필요한 내용은 아주 잠깐 들려지는 일부분임을 명심하고 그 내용에만 집중하자.

둘째로 생각해 둘 것은, 대화형 문제는 대부분 마지막에 그에 대한 대답으로 적절한 것 또는 적절하지 않은 것을 고른다는 것이다. 이때 보기에 5종류의 문장이 나온다. 보기가 간단한 단어나 숫자, 그림처럼 금방 알 수 있는 것이 아니라 그 내용을 파악하기 위해서 다소 시간이 필요한 것이라면 미리 봐두는 것이 좋다. 그렇다고 해서 철저히 분석하란 소리는 아니고, 그저 대충 그 내용이 어떤지 파악해 두는 수준이면 된다. 그러면 대화 또는 지문의 내용을 듣고 문제의 포인트를 짐작할 수 있어 답을 찾는 데 좀더 집중할 수 있다.

셋째로 듣기에서 틀린 문제는 바로 스크립트를 보지 말고, 귀찮더라도 그 부분만 다시 집중해서 들어 보는 것이 좋다. 반복하는 과정중에 그 전에는 놓쳤던 말도 들리게 되고, 내용의 이해도 더 넓어진다. 그렇지 않고 바로 스크립트를 보게 되면 제자리걸음에 머물러 있기가 쉽다.

그렇지만 아무리 반복해서 들어도 잘 들리지 않는 부분이 있을 때는 문제를 덮고 스크립트를 읽어 본다. 들리지 않는 부분만 찾아서 보지 말고, 처음부터 끝까지 읽어 본다. 이때, 설명과 함께 보면 몰랐던 표현도 알게 될 것이고, 들리지 않았던 부분도 보일 것이다. 그러고 나서 다시 듣게 되면, 귀가 열리는 것을 알 수 있다.

넷째로 귀가 열리게 하는 방법은, 평소에 원어민의 발음을 많이 들어 두는 것이다. 듣기영역의 지문은 원어민이 읽게 된다. 그렇기 때문에 원어민의 발음과 악센트, 연음에 익숙해지는 것이 필요하다. 원어민의 발음을 듣는 방법으로는 EBS 수능 방송에서 원어민이 함께 참여하는 프로그램을 듣는 것이 있다. 선생님이 한 문장 한 문장 지문을 읽어가며 문제를 풀어가는 수업보다는, 원어민이 먼저 지문을 한번 읽어 주고 그 문제에 같이 접근하는 방식이 더 좋다. 한국인 선생님과 원어민이 같이 프로그램을 진행하며 이 둘의 자연스러운 대화도 볼 수 있으면 더욱 좋다.

팝송을 듣는 것도 좋은 방법이다. 좋은 팝송을 들으며 따라 부르다 보면, 구어체의 표현도 익히게 되고, 발음에도 어느 정도 익숙해진다. 또, 미국 방송이 수신되는 사람은 방학 같은 시간을 이용해서 시트콤 같은 프로그램을 정해놓고 시청하는 것도 좋은 방법이다. 처음에는 무슨 말인지 잘 들리지 않아 답답하겠지만, 계속 들으면 들을수록 말이 귀에 들어온다. 이것은 외국으로 어학 연수를 가는 효과와 비슷하다고 할 수 있다. 텔레비전이 무리라면 라디오 방송도 괜찮다. 팝송도 들을 수 있고,

원어민의 발음도 생생하게 들을 수 있는 방법이기 때문이다.

● ● ● ● ● ● 중요한 것을 보는 눈뜨기

다음은 독해영역을 살펴보자.

독해 역시 듣기와 마찬가지로 문제에서 요구하는 핵심 내용을 파악하는 것이 중요하다. 문제에 답하기 위해서 꼭 필요한 내용이 무엇인지 파악하는 훈련이 잘 되어 있으면 정답을 빠르게 찾아낼 수 있다. 외국어영역은 언어영역처럼 무언가 깊이 사고해서 어떤 생각을 도출해내야 답할 수 있는 문제보다는, 단순한 독해와 그에 대한 답을 요구하는 것이 많다. 독해하는 것 자체에 빠져 시야가 좁아져 버리면 헤매게 될 뿐이므로, 그 문제 자체는 아주 쉬운 내용이라는 것을 기억하자.

그러므로 꼼꼼히 생각하며 한 문장 한 문장을 되씹기보다, 문제에서 요구하는 내용을 찾아가며 나머지 필수적이지 않은 부분은 빠르게 읽어 내려갈 수 있어야 한다. 그리고 지문의 흐름을 파악하기 위해서는 주어와 동사의 큰 뼈대만 잡는 것이 가장 중요하다.

둘째로, 대부분 지문의 처음과 마지막에 핵심 내용이 있음을 기억하자. 주어진 지문의 주제를 파악하는 유형은 특별히 처음을 신경 써서 읽어 준다. 그리고 처음 부분에서 어느 정도 주제가 명확히 드러났다 해도 마지막 부분도 빼먹지 말고 읽자. 처음에는 A라는 방향으로 얘기했지만 실제 필자가 하고 싶은 말은 그것을 반박하는 B라는 방향이라면 정말 하고 싶은 말이 뒤에 나오게 되어 있다.

외국어영역에서 시간이 모자라는 학생은 주어진 지문의 모든 문장을 줄을 쳐가며 해석하려는 학생일 것이다. 그러나 듣기영역과 마찬가지로 그 지문 전체를 다 해석해서 종합·정리·추론해야 하는 문제는 거의 없다. 그 문제에 답하기 위한 소스는 전체 문단 중 일부분이고, 그것을 찾아 해석하여 답하면 된다.

그렇기 때문에 문제에서 요구하는 것을 확실히 안 다음에 그 답을 찾는다는 마음으로 지문을 읽어나가는 것이 중요하다. 지문을 해석하는 것 자체가 목표가 아니라, 지문 안에 숨어 있는 답에 대한 소스를 찾아내는 것이 목표이므로, 그 문제에서 요구하는 내용과 밀접하지 않은 내용은 주어, 동사만을 중심으로 흐름을 잡는 정도로만 파악하며 빠르게 읽어 나간다. 어느 정도 흐름이 보이면 그저 눈으로 훑어 내려갈 수도 있는데, 이런 것이 바로 지문의 주제를 찾는 유형의 문제이다. 대부분은 지문의 처음 부분만 읽으면 명확히 잡힐 것이고, 확인 차원에서 아래 내용을 훑으며 반박이나 비판의 내용이 오는지를 보며 가장 마지막 문장을 주의 깊게 다시 읽어 주기만 하면 된다.

그리고 보기에 속담이 자주 나오는데, 속담은 문제집 등 정리해 둔 것을 이용하거나 스스로 정리하여서 미리 공부해 두는 것이 좋다. 자주 나오는 속담이 그리 많지 않으니, 속담을 한번 훑는 데 그리 많은 시간이 들지는 않을 것이다.

● ● ● ● ● ● ● 문 법 에   자 신 감   가 지 기

마지막으로 문법영역을 살펴보자.

요즘은 문법에 대한 중요도가 예전보다 많이 떨어졌기 때문에 문법을 묻는 문제의 수도 현저히 줄어들었다. 하지만 문법은 꼭 등장하는 문제이기 때문에, 문법을 부실하게 해두면 기본적인 점수를 잃는 것과 다름없다. 문법 문제에 접근하는 방식은 듣기나 독해의 방식과는 다르다. 문법은 미리 참고서적이나 문제집을 통해 공부한 문법 지식을 활용하여 틀린 부분을 찾아내는 것이기 때문에, 헷갈리지 않는 확실한 문법 지식이 필요하다. 그렇지만 겁낼 필요가 없는 것은, 주로 묻는 문법 지식이 어느 틀을 벗어나지 않고 어느 정도 한정되어 있기 때문이다.

고교 수준에서 문법 문제를 풀기 위해서는 성문과 같은 책은 필요 없다. 대신 문법을 유형별로 잘 정리한 문제집류의 참고서를 추천한다. 그리고 동명사, 수동태 등 출제 빈도가 높은 유형의 문법은 《맨투맨》을 참고해서 그 부분의 예를 좀더 폭넓게 봐두자.

문법 문제를 풀 때 가장 신경 써서 봐야 하는 것은 바로 주어이다. 문장을 읽을 때 흐름을 파악하고 줄거리를 아는 것도 필요하지만, 문법을 묻는 지문은 큰 흐름을 이루는 문장의 주어를 잘 잡고 있어야 한다는 말이다. 그리고 문법만 신경 쓰다 보면 한 문장 한 문장 분석하고 붙들 수도 있는데, 전체적인 흐름을 알고 내용을 알아야 문제를 풀 수 있는 경우도 있다. 그 문장 자체는 이상하지 않지만, 전체적인 흐름으로 봤을 때 주어를 잘못 잡았다든지, 분사의 형태가 잘못되었다든지 하여 틀릴 수도 있기 때문에 문법 문제도 전체적인 내용을 파악하는 것이 필요하다.

문법 중 혼자 공부하기 어려운 단원, 좀더 자세한 설명이 필요한 부분이 있을 수도 있다. 이런 경우는 해당 단원을 선택하여 강의를 들을 수 있는 EBS 수능 방송의 문법 강좌를 참고하는 것도 괜찮은 방법이다. 그렇지만 앞서 말했듯이, 문법을 거대한 산처럼 너무 크게 보지 않았으면 좋겠다. 사실 학교에서 해주는 수업의 내용을 확실히 기억하고, 모의고사에 자주 나오는 문법 문제의 유형을 파악하고, 문법을 정리해 둔 책을 이용하면 충분하다.

문법은 과학처럼 왜 그렇게 되는지 이해하고 설명을 들어야 하는 것이라기보다, 그 나라에서 자연스럽게 쓰여지는 말의 형태를 받아들이고 외우면 되는 것이다. 외국인이 우리말을 배울 때, 단어의 연결이나 시제, 높임법의 형태 등을 왜 그러냐고 물으면 할 말이 없음을 알게 된다. 그것은 우리가 그렇게 써왔고, 그게 자연스럽기 때문에 그냥 받아들였던 것이다. 이럴 때는 이런 형식을 취하고, 저럴 때는 저렇게 하는 것을 익히고, 자연스럽게 받아들이고 외우기만 하면 된다. 그렇기 때문에 누군가의 설명이 필요한 학원 강의나 과외 같은 통로를 통해 배우지 않고도 스스로 해결할 수 있는 부분임을 잊지 말자.

● ● ● ● ● ● ● ● 이런 마음가짐으로 이제 뛰어들자

외국어영역을 대할 때 가져야 할 마인드를 정리하면서 강조하고 싶은 것은 다음과 같다.

앞서 말했듯이 외국어영역의 문제를 풀 때, 모든 문장을 꼼꼼히 다 해석하고 이해할 마음으로 접근하지 말고, 필요한 정보를 잡기 위한 마음으로 지문을 대하라. 실제 외국어영역의 문제를 맞히는 데 필요한 시간은 생각보다 적다. 외국어영역의 성적이 좋고 빨리 빨리 문제를 풀어 나가는 학생들은 꼼꼼한 해석보다는 눈으로 훑으며 내용의 흐름을 놓치지 않고 빠르게 전개시켜 나간다. 그럼으로써 필요 없는 부분의 내용을 과감하게 제외시키고 문제에서 요구하는 핵심 내용을 잡아낼 수 있기 때문이다.

각 문장을 이루는 모든 단어를 모래 알갱이처럼 따로 따로 세지 말고, 각 단어를 진흙과 같이 뭉쳐서 하나의 점토를 만들어 전체를 보는 요령이 필요하다. 이 요령은 각 문장의 주어와 동사를 구분하여 중요하게 볼 수 있고, 문장의 흐름을 탈 수 있기만 하면 된다.

그리고 문제의 지문을 해석하는 것에만 집중하지 말고, 그 문제의 본질을 볼 수 있어야 한다. 사실 그 문제들을 모두 번역해 보면 오히려 당황할 정도로 문제 자체는 아주 단순하고 쉽다. 주어진 문제를 풀기 위한 해석이 되어야지, 그저 주어진 단어, 숙어, 문장을 해석하는 것에만 정신이 팔려서는 안 된다. 영어 지문을 대한다고 생각하지 말고, 문제를 자체를 대한다는 마음을 갖고 그 문제에 접근하며, 문제를 푸는 과정중에 영어로 표현된 문장들을 거쳐 가자.

● 과 학 탐 구 영 역 공 부 하 기

요즘 뉴스나 신문에서 새로운 교육과정에 대한 기사를 보거나 읽어 보면 전년처럼 수학, 영어만 중요한 것이 아니라 이제껏 암기 과목 정도로만 여겨오던 사회탐구영역과 과학탐구영역이 중요해진다는 얘기가 많다. 선택 과목제가 되면서 특정 과목만 잘하면 된다는 점도 있지만, 그만큼 심화된 내용이 많아질 것이고 문제도 그만큼 어려워질 것이라는 예측이다. 그로 인해 비교적 점수대가 비슷한 다른 영역보다 이 두 영역의 점수가 분별력 있는 점수가 될 것이라는 내용이다.

사실 그 동안 사회탐구영역과 과학탐구영역은 암기 과목 정도로 생각하고 1, 2학년 때는 영어, 수학 위주로 공부한 뒤, 3학년이 되어서 본격적으로 하라는 선배들의 충고가 있었을 것이다. 하지만 이제는 상황이 달라졌다. 우선 7차 교육과정에서 과학탐구영역에는 상당히 많은 변화가 있다. 공통과학이 없어지고, 물리 Ⅰ · Ⅱ, 화학 Ⅰ · Ⅱ, 생물 Ⅰ · Ⅱ, 지구과학 Ⅰ · Ⅱ 중에서 4과목을 선택하여 치르게 되는 것이다. 학생들에게 과목에 대한 선택권을 주고, 수준별 학습이 가능하게 하기 위한 변화이다. 그러나 공통과학이 없어진 만큼 난이도가 어느 정도 올라갈 것임을 잊지 말자. 과학탐구영역의 네 가지 과목 이름만 들어도 힘이 빠지는 학생들이 많겠지만, 그렇다고 해보지도 않고 포기할 일은 아니다. 어떻게 하면 성공할 수 있을지 하나씩 짚어 보도록 하자.

영역별 학습 노하우 [과학탐구영역]

서울대학교 물리학과
정재홍

● ● 각 과 목 별 특 징

우선 각 과목마다 특징을 알아 보자.

물리는 몇 가지 예를 들어 간단히 정의하자면, 우리 주변의 물체들이 어떤 힘을 받았을 때 어떤 방식으로 운동을 하는가, 전기와 파동이 무엇인가, 역학적 에너지 · 전기에너지 등의 에너지는 어떤 성질을 갖는가 등에 대한 과목이라 할 수 있다. 일상생활에 적용할 수 있기에 중요한 과목이라는 인식과 함께 굉장히 어려운 과목이라는 생각이 보편적일 것이다. 하지만 다른 과목에 비해 주변에서 쉽게 관찰할 수 있는 일들을 많이 다루기 때문에 직관적으로 이해하기가 쉽고, 약간의 기술만 습득한다면 몇 개 안 되는 공식만 외우고도 대부분의 문제를 해결할 수 있다. 그리고 평균 점수가 낮아서 물리에서 좋은 점수를 얻으면 변환점수를 높게 얻을 수 있다는 장점이 있다.

화학은 원소, 원자의 구조, 중요한 금속과 화합물들의 여러 가지 성질, 주기율표, 반응과 반응에너지, 화학 결합의 종류와 특징 등을 다룬다. 특정 원소 이름이나 특징 등 외워야 할 것이 꽤 많고, 원자나 분자 단위에서 일어나는 현상을 다루기 때문에 직관적으로 이해하기 힘든 면이 있다. 그럼에도 많은 학생들이 비교적 쉽게 접근하는 이유는 역시 암기로 많은 문제를 해결할 수 있기 때문이 아닐까 한다.

생물은 말 그대로 생명체에 관한 과목이다. 생명체를 이루는 기본 단위인 세포와 세포 분열, 생명 유지에 필요한 호흡 · 소화 · 배설, 그리고 생식과 유전에 관해 배우게 된다. 역시 암기해야 할 내용이 많다. 하지만 많은 학생들이 생각하는 것처럼 외울 것만 가득한 것은 아니고, 유전 법칙 등과 같이 규칙을 이해해야 하는 부분도 있고, 생명체를 다루기 때문에 흥미로운 부분들이 상당히 많아서 공부하기 재미있는 면도 있다.

지구과학이란 과목은 실제로는 어떤 특정 과목이 아니라 여러 과목이 통합된 과목이다. 자연과학 계열의 물리, 화학, 생물, 천문, 지질, 해양, 대기 과목이 전부 통합되어 들어 있는 것이다. 그래서 각 분야의 심화된 내용은 필요하지 않지만 어느 정도의 지식이 요구된다. 하지만 관련된 과목의 지식이 없더라도 문제의 유형별로 형태와 내용을 외우고 풀이 방식을 이해한다면, 주변에서 쉽게 경험하고 생각해 볼 수 있는 주제가 많아서 비교적 재미있게 공부할 수 있는 과목이라 하겠다.

각 과목의 특징을 파악하는 것도 그 과목을 공부하기 위한 준비 과정이라 할 수 있다. 특징을 파악하면 보다 쉽게 접근하는 방식에 대해 이해할 수 있고, 과학 교과의 특성상 배운 것을 일상생활에 적용하려고 하는 가운데 과학적인 사고의 발전이 가능하기도 하다.

● ● ● 두 가지 궁금한 점

대부분의 학생들이 알고 싶어하는 것은 다음의 두 가지이다. 첫째로 도대체 과학탐구영역 공부를 언제 시작하느냐, 둘째로 짧은 시간에 고득점을 할 수 있는 방법은 무엇인가, 이다.

솔직히 말하면, 모든 과목에 당연히 똑같이 적용되는 말이지만, 공부에 왕도는 없다. 하지만 조금의 요령은 있다고 말하고 싶다.

내 생각에는 시간이 비교적 많은 1학년 때부터 꾸준히 과학을 공부해야 한다고 본다. 군이 과학탐구 영역에 대해 특별한 공부를 하지 않더라도, 시중에 나온 과학 관련 서적들을 많이 읽고, 과학 퀴즈나 퍼즐 등을 즐기는 것도 과학적인 사고를 하는 데 큰 도움이 된다. 요즘은 인터넷에 플래시나 자바를 이용한 여러 가지 모의 실험 구현 프로그램도 많이 있으니 노는 시간을 조금 할애해서 이런 것들을 찾아보는 것도 괜찮은 공부 방법이 될 것이다.

그러나 이미 2학년이고 영어와 수학을 공부하기도 시간이 빠듯하다면, 이런 식의 다소 느긋한 방법 보다는 방학을 이용한 집중 학습 등 따로 시간을 투자해서 과학탐구영역에 대한 준비를 하는 것이 좋다. EBS 수능 방송을 활용하여 수업 시간에 들었던 것을 복습한다거나, 문제를 집중적으로 풀어 보는 것도 유형 파악에 많은 도움이 될 것이다.

어느 정도 과목별로 기본 지식이 있는 경우라면 과학탐구영역 전체를 훑어보는 형식으로 복습한 다 음 문제를 풀어 보는 것을 권하고, 과학탐구영역 쪽으로 공부를 별로 안 한 학생이라면 시간을 들여 서 한 과목씩 집중적으로 학습할 것을 권한다.

그래도 정 시간이 없다고 생각된다면 요약된 내용을 공부한 다음, 문제를 집중적으로 풀어 보고 그 풀이와 답을 유형별로 외우는 방식을 쓸 수는 있다(그러나 별로 권하고 싶지는 않다). 짧은 시간에 모 든 것을 완벽히 하는 것은 알다시피 불가능하다.

위에서 추천한 방법 중 꾸준히 재미있게 공부하는 것이 좋겠지만, 심층적인 학습보다 고득점이 더 시급히 요구된다면 요령이 없으란 법은 없다. EBS 수능 방송이나 인터넷 학습, 시중의 요약 문제집 을 잘 살펴보면 특정 유형의 문제에 대해 거의 공식 같은 것을 찾을 수가 있는데, 이를 암기하여 사용 한다면 쉬운 문제를 푸는 데 걸리는 시간을 줄여서 보다 어려운 문제에 많은 시간을 투자할 수 있다.

한가지 더, 과학에 대한 쓸데없는 두려움은 갖지 말자. 적어도 내가 이제부터 얘기할 과목별 따라잡 기를 실천하는 학생들이라면, 생각하는 것만큼 어렵기만 한 과목이 아니라는 것을 알게 될 것이다.

● ● ● ● ● 과 목 별   수 업   따 라 잡 기

① 물리

물리는 기본적으로 대부분의 학생들이 두려움을 갖고 있다. 해보기도 전에 어렵다는 편견을 갖고 있는 것이다. 실제로 물리는 수학이 뒷받침되지 않으면 어렵게 느낄 수도 있으리라고 본다. 하지만 어떻게 보면 연립방정식을 풀 수 있는 정도만 되어도 쉽게 할 수 있는 것이 고등학교 물리의 수학적 부분이다. 즉, 보다 중요한 것은 물리학적 개념을 잡는 것이라는 말이다. 물리 문제들은 문제를 읽고 수학식으로 옮기기만 한다면 거의 80퍼센트 이상은 푼 것이라고 할 수 있을 정도로 문제 해석이 관건이다.

기본적으로 물리 I 은 힘과 운동, 전기, 파동, 에너지 파트로 나뉘어 있다.

힘과 운동은 일상생활에서도 경험할 수 있는 가장 기본적인 물리 현상으로 문제 출제 비율이 높고, 문제를 꼬아서 낸다면 얼마든지 꼬아서 낼 수 있는 부분이다. 그에 비해 실제로는 전기나 파동이 더 어렵지만 ― 대학에 와서 보면 ― 수능에서 출제되는 문제는 유형이 비교적 국한되어 있고, 특정 난이도 이상의 문제는 출제되지 않는다. 힘과 운동 부분과는 달리 공식 몇 개를 외우면 대부분의 문제를 푸는 데는 지장이 없을 정도이다. 그래서 비교적 다른 부분보다 어려운 문제가 많지만, 알고 보면 물체의 질량과 가해진 전체 힘을 알면 가속도를 알 수 있다는 것 ― (F=ma) ― 이 전부다. 가속도에서 속도와 위치를 시간에 대해서 구할 수 있기 때문에 물체의 운동 전체를 하나의 공식으로 기술할 수 있는 것이다. 이 부분은 수업을 듣고 나서 복습을 하는 것이 중요하다. 수업을 못 따라가는 경우가 많을 텐데 모르는 부분은 꼭 질문하고, 하교 후에 EBS 수능 방송 등으로 다시 한번 같은 내용을 보는 것이 효과적이다. 그리고 문제를 풀면서 한두 개의 조건만 바꾼 비슷한 문제들을 생각해 보고, 보다 완벽히 이해하려면 직접 문제를 만들어서 풀어 보길 권한다. 실제로 자신이 문제를 만들고 친구들에게 풀게 한다거나 자신이 직접 풀어 보면 보람도 있고 완벽히 이해하는 데 큰 도움이 된다.

전기 부분은 전하와 전기력 부분, 전기회로 부분, 전자기 유도 부분으로 나눌 수 있다. 앞부분은 전하라는 개념을 파악하면 중력과 비슷하게 생긴 전자기력 공식만 사용해 관련된 문제를 쉽게 풀 수 있다. 회로 부분도 크게 복잡한 회로가 나오지도 않고, 보기로 제시되는 수들도 적당히 작은 정수로 이루어져 일단은 쉽게 접근할 수 있다(물리 II 에서는 그렇지만도 않다). 실제로는 꽤나 까다로운 부분이 많은 영역이지만 문제에 출제되는 것은 대부분 핵심만을 묻는 편이다. 몇몇 중요한 공식들의 의미를 정확히 파악하고 사용법을 안다면, 모든 문제를 짧은 시간에 해결할 수 있다. 전기회로 부분도 역시 전류와 전압의 개념을 잡고 전압계, 전류계 사용법을 숙지한다면 좋은 성적을 유지할 수 있을 것이다. 전자기 유도는 상당히 까다로운 부분이지만 전류의 변화로 자기장을 만들고, 그 반대의 현상도 일어난다는 것을 알고 그 작동 방식을 이해한다면 출제되는 문제 유형의 폭은 상당히 좁다고 할 수 있다.

파동 부분은 심층적으로 들어가면 정말 어려운 부분이다. 하지만 어려운 만큼 공식을 사용하는 문제보다는 기본적인 개념과 지식을 묻는 문제가 많이 나오기 때문에, 조금만 공부한다면 쉽게 점수를 벌 수 있는 부분이기도 하다. 파동의 기본적 성질과 진행 방식을 제대로 파악하는 것이 중요하다. 기본 개념을 제대로 못 잡았을 땐, 인터넷이나 EBS 수능 방송을 통해 그 부분만 다시 찾아서 반복해서 듣는 것이 좋다. 교과서에도 비교적 자세히 설명되어 있으므로 여러 번 읽어 보면 이해될 것이다.

에너지 부분은 앞의 세 개 부분과 모두 연관되어 있다. 전체적으로 어떤 특정 범위를 잡는다면(그 범위를 '계'라고 부른다), 그 안의 에너지 총합은 항상 보존된다는 에너지 보존 법칙이 가장 중요한 개념이다. 일, 위치 에너지, 운동 에너지, 전기 에너지, 열 에너지 등 형태는 여러 가지로 나눠지지만 전체 합이 변하지 않는다는 점만 항상 숙지하면 비교적 쉽게 다가오는 편이다. 이 부분도 문제 유형이 한정되어 있으므로 해당하는 문제를 많이 접해 보면 푸는 방법을 알 수 있을 것이다.

② 화학

화학은 물리와 함께 상당수의 학교에서 기본적으로 가르치고 있는 과목이다(내가 졸업한 고등학교에서는 물리Ⅱ, 화학Ⅱ까지 자연계열 필수 과목이었다). 물리에 대한 반감에 비하면, 화학은 그나마 친근한 과목인 듯하다. 하지만 실제로 공부를 해보면 화학도 그리 쉬운 과목은 아니다. 외워야 할 것도 많고, 직관적으로 이해하기 힘든 부분도 많아서 기초를 제대로 잡아 두지 않으면 가면 갈수록 알 수 없게 되기 십상이다. 그렇지만 하는 만큼 성적이 나온다는 점이 매력적이기도 하다.

기본적으로 원소, 원자, 이온의 성질 등을 알아야 하고, 화학반응이 일어날 때 어떤 점이 변하는지, 어느 정도의 에너지가 필요한지 등에 대해서 이해가 필요하다. 화학 반응식을 만드는 것을 어려워하는 학생들이 많을 텐데 반응식의 계수와 양쪽 전하, 에너지를 맞추는 부분을 꼼꼼히, 반복해서 살펴보는 것이 좋다. 한번 제대로 하고 넘어가면 그 부분에 대해서는 다시 공부하지 않아도 되고, 그만큼 앞서 나가게 된다. 화학의 경우, 부연 설명이 자세한 수업을 듣는 것이 이해가 빠른데, EBS 수능 방송의 활용을 적극 권하고 싶다. 그리고 이해가 안 되는 부분은 그림으로 그려 보면서 공부해 나가면 도움이 될 것이다.

산과 염기 부분도 마찬가지로 화학반응식을 제대로 이해하고 있으면 문제가 수월하게 풀릴 것이다. 우선 산과 염기의 성질, 제법, 중화반응식 등을 외우는 것이 좋은데, 산과 염기별로 특징들을 요약하여 정리한 자신만의 쪽지를 만들어 외우는 것도 좋은 방법이다.

결국 화학은 반응식만 제대로 알면 거의 다 준비된 것이라 할 수 있다. 여러 번 보고 쓰고 하면서 눈에 중요한 식들을 익혀 두는 것이 좋고, 좌우의 모든 양들을 같도록 맞추어 준다는 기본 원칙을 기억하고 좌우의 원자의 개수, 전하량, 에너지의 세 부분으로 나누어 각각을 확인한다면 화학식을 만드는 일도 그리 어렵지만은 않을 것이다.

③ 생물

생물은 많은 학생들이 생각하는 대로 외울 것이 굉장히 많다. 세포의 구조, 생명체의 특성, 동물·식물의 특징적 차이, 영양소와 소화 효소, 혈액 순환, 호흡, 배설의 경로와 특징, 신경계, 호르몬, 생식, 유전 법칙 등 내용의 대부분이 이해력보다는 암기력을 필요로 하는 것이다. 하지만 생명을 연구한다는 것 때문에 약간은 재미있게 접근할 수 있고, 그만큼 잘 외워지기 때문에 내용이 굉장히 많지만 몇 가지 요령만 안다면 충분히 할 수 있다.

세포의 구조는 역시 그림을 그려 보는 것이 가장 좋은 방법이다. 실제와 비슷하게 그리든 도식화·간략화해서 그리든 각 구성물의 특징과 부연 설명을 덧붙여 두는 것이 좋다. 그렇게 몇 번 반복해 그리다 보면 자연스레 구조를 파악할 수 있게 된다. 수업 시간에 선생님들께서 쉽게 외우는 방법 같은 것을 가르쳐 주실 테지만, 그 방법 외에도 자신만의 방법이 있다면 그 방법을 쓰는 게 좋다. 그 방법을 찾지 못했다면 수업 시간에 배운 방법이나 EBS 수능 방송을 통해 배운 방법을 반복 학습해 자신의 것으로 만들면 된다.

생명체의 특성, 동·식물의 특성은 외울 것이 많지만 표 형식으로 도식화시킬 수 있다. 생명체의 특성을 간략히 요약해 적고, 동물과 식물은 좌우로 대조하는 표를 그려서 요약할 수 있다. 역시 쉽게 외울 수 있는 방법을 찾는 것이 좋고 동물·식물에 대해 갖고 있는 기본 지식들과 연관시켜 외우면 편하다. 공부한 내용을 복습할 때 자신의 힘으로 요약해 보는 것이 큰 도움이 될 것이고, 그 내용을 모아 따로 요약 노트를 만들어 사용하는 것도 매우 좋은 방법이다.

순환, 소화, 배설도 위와 마찬가지로 설명을 곁들인 그림을 그려 보는 것이 좋다. 여러 가지 방법으로 단순화시킨 그림을 그리다 보면 자연히 머릿속에 이미지가 생기게 되고, 나중에 잊어 버렸을 때에도 짧은 시간 내에 다시 떠올릴 수 있게 된다.

호르몬을 배울 때 생소한 용어로 힘들어하는 경우가 많은데, 호르몬이나 신경계는 항상성 유지와 관련되어 있어서 항상 커플로 존재한다는 사실을 이해하길 바란다. 무언가를 더해 주는 것이 있다면 무언가를 감소시켜 주는 것이 항상 쌍으로 존재한다. 피드백이란 개념도 어려울 것이 없다. 기준치보다 적으면 더해 주는 것이 작동하고, 많으면 빼주는 것이 작동한다는 아주 간단한 개념이다. 역시 표를 그려서 각각의 특징과 이름을 요약해서 외우는 게 좋다.

생식과 유전 법칙도 까다롭게 보면 까다롭지만 쉽게 생각하면 쉽다고도 할 수 있다. 생명체의 가장 중요한 특징 중 하나인 생식은 생장과는 다른 세포 분열로부터 시작된다. 당연히 두 개체의 유전자가 합해서 다시 모체와 같은 수를 가져야 하니까 그 수를 반으로 줄이는 감수분열을 해야 하는 것이다. 여성의 생식 주기를 배울 때는 호르몬 분비량을 날짜별로 그린 그래프가 있을 텐데, 그 그래프를 직접 그려 보고 부가 설명을 필요한 부분에 붙여서 요약 노트에 첨가하면 된다. 호르몬 분비는 역시 피드백에 의해서 나타나며, 처음엔 다소 어렵게 느껴질지도 모르지만 차례 차례 순차적으로 증가·감소가 일어나기 때문에 순서만 외우면 된다. 유전 법칙 같은 경우, 몇 가지 규칙만 숙지하고 가계도를 많이 그려 보면 좋다. 책에 나오는 콩의 형질 유전이라던가, 유전병이 나타나는 가계의 가계도를 여러 번 그려 보면서, 자신이 만든 새로운 가계의 다음 대, 다음 대의 형질은 어떻게 바뀔 것인가를 예측해 보면 재미도 있고 규칙을 제대로 공부할 수 있다. 예를 들어 근친혼을 계속 하게 되면 유전병이 나타날 확률이 많아진다는 것도 그냥 외우기보다는 시간이 날 때 직접 몇 가지 유전병 인자를 집어넣고 몇 대에 걸쳐 살펴보면서 사실인지 확인하는 것이 이해하기 훨씬 편하다. 수업을 듣고 바로 이해가 되지 않으면 역시 반복해서 수업을 듣는 것이 좋다. 내용이 이해되기 시작하면 자신의 요약 노트를 만들고, 문제를 풀면서 유형을 익히는 것이 바람직하다.

④ 지구과학

지구과학은 복합적인 과목이라는 점이 무색하게 처음 접하는 학생들도 쉽게 공부할 수 있다. 일단 주변에서 늘 보는 대기, 우주, 날씨, 땅 등을 소재로 하고 있어서 낯설지 않고, 이해하기보다는 외워야 하기 때문에 그럴 것이다. 광물에서 출발해서 암석, 대륙, 판, 맨틀 등으로 규모가 커지는 순서로 배우게 된다. 역시 유난히도 그림을 많이 그려 봐야 하는 과목이다.

지구의 열 수지는 그림을 그려서 숫자를 직접 쓰고 외우는 것이 가장 좋다. 색이 다른 펜을 이용하여 들어오는 양, 나가는 양, 흡수되는 양, 내부에서 순환하는 양 등을 구분한다면 더욱 알기 쉽게 요약하고 암기할 수 있다.

광물의 특징과 성질은 수업중이나 EBS 수능 방송 시청중에 중요하다고 강조한 것들 중심으로 외우고, 문제를 풀면서 자주 나오는 것들도 잘 알아두는 것이 좋다. 문제의 범위가 많이 바뀌지 않으므로 자주 다뤄지는 광물이 계속 나오기 마련이다. 암석의 분류와 순환도 그림을 그리고 특징적인 모습들을 사진을 보고 기억해 두는 것이 좋다. 컬러로 된 사진과 흑백으로 된 사진, 그림으로 그려진 것을 두루 보고 암기해 두자. 시험에는 컬러로 된 사진이 안 나오므로 갑자기 그런 것을 접하면 알고 있는 것도 틀리기 쉽기 때문이다. 역시 문제를 풀면서 접한 광물의 모양들을 잘 기억해 두거나 따로 오려 두거나 하는 것이 좋다.

화산, 지진은 판구조론을 시작하기 위한 전초전으로 생각하면 된다. 그러므로 자체를 공부하기보단 판구조론과 연관지어서 한꺼번에 공부하는 것이 좋다. 단층, 습곡이 나오면서 지층 그림이 많아지는데, 복잡한 지층 구조가 나온 문제를 많이 풀면서 지층의 순서 찾는 요령을 익혀야 한다. 어느 정도 이해했으면 위에서 말했듯이 직접 만들어 보는 것이 확실히 이해하는 최고의 방법이다. 직접 퇴적암을 몇 층 쌓고, 습곡을 시키고, 단층도 하나 집어넣고, 화성암도 관입시키고 해서 친구에게 풀어보게 하고 설명해 주면 정확하게 이해할 수 있을 것이다.

대기 부분은 일기예보를 보는 것도 공부가 된다. 물론 사전 지식이 있어야 할 것이다. 즉, 수업 시간에 기압과 전선에 대해서 배운 후에 일기예보를 보면 왜 비가 오는지, 왜 추워지는지, 바람 방향은 어떻게 될 것인지에 대해 알 수 있기 때문에 더 흥미롭게 볼 수 있다. 우리나라 주위의 기단과 계절별 날씨와 등압선의 모양, 기온의 남북차 등 외워야 할 것들을 그림과 표로 요약하고, 기단과 계절의 연관성에 대해서도 살펴보면 외운다기보다는 복합적으로 이해할 수 있을 것이다.

해양 부분은 내용이 많지 않기 때문에 중요한 것들만 제대로 알도록 한다. 문제를 풀면서 자주 나오는 부분을 확인해 두었다가 EBS 수능 방송 시청 등을 통한 방법으로 확실하게 익혀 두면 된다. 우주 부분도 마찬가지이다. 해양과 우주는 알려진 사실보다 아직 모르는 것들이 더 많은 과목이라 대략적인 지식과 약간의 세부 지식만 있다면 문제 해결에 어려움이 없을 것이다.

화석, 지질 연대는 표를 그려서 연대별로 연대의 이름과 시기, 대표 생물, 대표 화석 등을 요약 · 정리해 여러 번 보고 외우는 것이 좋다.

환경 부분이 마지막으로 나오는데, 역시 교과과정의 마지막에 있고, 내용도 어려운 것이 별로 없어서 조금만 신경 써서 정리한다면 좋은 결과를 얻을 수 있다. 대기 오염, 수질 오염, 토양 오염, 소음 공해 등 비중 있는 주제들을 문제 출제 유형 위주로 요약 · 정리하는 것이 좋다.

지구과학은 생물과 마찬가지로 요약 노트가 굉장한 힘을 발휘할 수 있다. 그리고 한번의 수업보다는 EBS 수능 방송 등의 부가적인 방법으로 여러 번 같은 내용을 반복 학습하는 것이 효과적으로 공부하는 방법이다.

과학탐구영역은 전체적으로 공통과학을 배울 때보다 내용의 심화 정도가 깊어졌다고 봐야 한다. 하지만 문제의 난이도도 함께 높아질지는 아직 모르는 일이다. 예측되는 바대로 상위권 학생들은 어려운 과목으로 변환점수에서의 이익을 노리는 편이 좋고, 중 · 하위권 학생들은 접근하기 쉽고 편한 과목을 선택해 집중 공략하는 것이 좋다.

개인적으로 특정 과목이 다른 과목보다 어려운 것은 없다고 본다. 물리나 화학이 생물이나 지구과학보다 어렵다는 편견은 공부를 해보면, 그리고 자신의 취향에 따라 얼마든지 달라질 수 있는 문제이다. 점수를 쉽게 따는 쪽을 선택하고 싶은데 어떤 과목이 좋을지 고민된다면, EBS 수능 방송에서 각 과목 수업을 모두 맛보고 자신이 가장 지겹지 않게 공부할 수 있는 과목을 선택하길 권한다.

모든 과목에서 예습과 복습이 중요하다는 것은 누구나 알 것이다. 과학탐구영역과 같은 과목은 제대로 이해하지 못하면 계속 뒤쳐지게 되어 있고, 이해만 하면 적은 시간만 투자해도 되는 과목이다. 교과서로 간략하게라도 예습하고, 수업을 듣고 이해가 되지 않는 부분은 반드시 질문하고 넘어가고, EBS 수능 방송을 통해 복습하고 문제를 풀어 본다면, 완전히 이해하지 못할 부분은 없다고 생각한다.

지금까지 과학탐구영역에 대한 두려움과 거부감을 조금이라도 덜어 주기 위한 나만의 학습법을 공개하였다. 각 과목별, 각 주제별로 대강의 내용과 학습 방법을 알아봤으니, 이제 여러분의 실천만 남았다. 꾸준히 노력한다면, 여러분도 과학탐구영역에서 반드시 자신감을 되찾을 수 있을 것이다.

그러나 주의할 점은, 이것이 전부는 아니라는 것이다. 위의 방법을 따른다고 해서 반드시 고득점이 나오는 것은 아니다. 앞서도 말했지만 자신만의 방법을 계발하고, 자신만의 요약 노트를 만들거나 스스로 문제를 만들고 풀어 보는 등 자신만의 노력을 아끼지 않는 것이 최선의 방법이다. 새로운 교과과정으로 선택의 폭도 넓어졌으며, 인터넷 보급과 EBS 수능 방송의 수준별 강의로 좋아진 환경에서 열심히 공부해 좋은 결과 얻기를 진심으로 바란다.

● 사회탐구영역 집중 공략하기

7차 교육과정의 사회 선택 과목을 모두 공부한 것은 아니지만 일반 사회, 한국 지리, 국사, 윤리를 공부한 것을 토대로 사회탐구영역에 대한 학습 방법을 얘기하고자 한다. 우선, 내 경험을 바탕으로 집중 기간, 비집중 기간, 문제 풀이 기간의 3단계로 나누어 생각해 보았다.

윤리(윤리와 사상+전통 윤리), 국사, 한국 근·현대사, 세계사, 정치, 경제, 사회·문화, 법과 사회, 한국 지리, 경제 지리, 세계 지리 등 11개의 선택 과목이 있는데, 이 중 어떤 과목을 선택할지 먼저 정해야 할 것이다. 물론 재미있고 자신 있는 과목을 택하는 것이 가장 좋겠지만, 그 외에도 자신이 어떤 강점을 가졌는지 파악해야 한다. 예를 들어 암기력을 많이 요하는 과목이거나 깊은 사고를 필요로 하는 과목 등으로 나누어서 자기에게 맞게 선택하는 것이 중요하다. 그리고 상위권의 학생이라면 표준변환점수를 생각해서 평균이 낮은 과목을 선택하고, 중위권의 학생이라면 공부해내기 쉬운 과목을 선택하는 것이 좋을 것 같다.

이것저것 잘 따져 본 후에, 본격적으로 사회탐구영역 공부를 시작하려고 마음먹었다면 가장 먼저 계획을 세워야 한다. 수능 시험날을 최종 목적지로 보는 일 년 동안의 장기적인 계획이 필요하다. 지금까지 내가 해왔던 공부의 양과 실력을 솔직하게 평가한 후에 집중해야 할 과목의 선후 관계를 따져서 계획을 아주 구체적으로 세워 본다.

> ## 영역별 학습 노하우
> ## [사회탐구영역]
>
> 서울대학교 약학과
> **천국화**

● ● 1단계 사회탐구영역 공략(집중 기간)

처음 사회탐구영역의 집중 기간이 정해졌다면 다시 사회탐구영역 내, 과목별(윤리, 국사, 근·현대사 등) 계획을 세운다. 처음에는 교과서를 정독하고 기본적인 문제를 풀면서 내용을 습득하는 개념 정리 과정이 필요하다.

여기서는 크게 두 가지 방법이 있는데, 여러 과목을 동시에 조금씩 공부해서 각 과목을 훑어보는 시기를 길게 잡거나, 한 과목씩 끝내면서 다른 과목에 대해서는 공백을 두는 방법이다. 공부 스타일에 따라 학습 효과가 다를 수가 있으므로, 자신에게 맞는 방법을 찾아서 선택한다.

① 사회

사회의 경우 책에서 다루는 분량이 너무 적기 때문에 교과서를 이용해 용어에 대해서만 정확히 익혀 두고, 탐구 활동에 나오는 글의 내용과 문제를 확실히 해둔다. 그런 다음 실제 수능 시험 문제를 풀기 위해서는 시사적인 문제와 연관시켜서 생각해 봐야 한다.

하지만 신문이나 뉴스를 보고 생각하기에는 여러 명이 함께하지 않는 이상 바르게 생각하고 있는지 도 알 수 없고, 시간이 너무 많이 든다. 따라서 선생님의 방향성 있는 설명과 분석이 필요한데, 내 고 등학교 사회 선생님께서는 여러 가지 문제집의 지문을 준비해 가르쳐 주셨다. 그 지문에 대해 우리 에게 생각할 시간을 주신 다음 설명해 주셔서 지식 적용에 대한 시야를 넓혀 나갔다. EBS 수능 방송 문제집을 이용하여 선생님의 설명을 들으면서 이런 식으로 공부하면 좋을 것 같다. 충분히 사고할 시간을 갖기 위해 강의를 듣기 전에 반드시 그 부분을 미리 예습해야 가능할 것이다. 수업을 들으면 서 자신의 생각과 비교하고 메모하면서 들을 수 있어야 하기 때문이다.

② 한국 지리

한국 지리는 문제가 쉬운 듯하면서도 모의고사를 볼 때마다 어느 부분인가 내가 모르는 문제가 많다 는 생각이 들었었다. 그 이유는 수업 시간에 제대로 듣지 않았던 탓이었는데, 나중에 3학년에 올라 가서는 문제집만 풀다 보니 교과서 구석구석의 부분을 놓치고 있었다. 어느 날 모의고사 오답 풀이 때, 내가 처음 본 듯한 부분이 교과서에 그대로 나와 있었다는 사실을 알게 된 것에 충격을 받아서 당 장 교과서를 집어들었다. 그만큼 지리는 교과서가 중요하다. 그때에는 교과서에 있는 그림 하나 가 예사롭게 보이지 않았는데, 지도도 꼼꼼하게 들여다보고, 지명까지 하나 하나 살펴보면서 공부 하기 시작했다.

또 지리부도에는 그래프, 도표 등이 지도와 연관되어 많은 정보를 담고 있으므로 잘 활용하면 유익 하다. 주요 도시들을 중심으로 위치와 기후 등의 상관 관계도 살펴보면서 공부한다. 지리는 사회탐 구영역 중에서도 상대적으로 이해력과 응용력을 많이 필요로 하는 과목이다. 교과서를 보고 나서는 그 부분을 문제집의 요약 정리를 살펴보면서 하나 하나 기억을 정리하고 문제를 풀었다.

③ 윤리

윤리 공부는 중학교 때의 도덕과는 큰 차이가 있다. 윤리는 암기할 부분이 많은데, 특히 동양과 서양 사상 부분에서는 금방 외웠다가도 헷갈리기 시작했고, 비슷한 말인 것 같은데 사상가가 전혀 다르 다거나 하는 등 공부하기가 매우 어려웠다.

워낙 양도 많은지라 마음먹고 한번 꼭 정리해야 한다. 할 수 있다면 커다란 종이에 그림을 그려가면 서 정리해도 좋고, 아니면 여러 장을 이어서 벽에 붙여놓고 일 년 내내 보면서 외울 수 있도록 한다. 그림은 알아보기 쉽게, 사상의 전수를 기차 그림으로 연결해 그려 보거나 나무를 그려서 열매 속에 하나씩 넣으면서 정리해 보는 것도 재미있고 기억하기 좋은 방법이다. 문제집에도 정리된 도표가 있 긴 하지만 스스로 정리한 것을 보는 것과는 엄청난 차이가 있다.

정리를 하려면 우선 교과서를 찬찬히 들여다보면서 비교하게 되고, 나름대로의 체계를 세우면서 해 야 하므로, 내 지식으로 만드는 데 많은 도움이 된다. 이건 결코 만만한 일이 아니다. 내가 이렇게 윤 리 사상을 정리할 때가 아직도 생각나는데, 자율학습 시간에 열에 들떠서 약을 먹고 몽롱한 상태에 서도 미키 마우스 그림이 그려진 노트에 정리하던 모습이 기억이 난다. 조금 괴로웠지만⋯⋯ 그 효 과는 분명했다!!

윤리도 이해하고 외워야 한다. 윤리 선생님 역시 우리에게 질문을 많이 던지셨는데, 학교 수업만으 로 부족하다면 EBS 수능 방송을 적절히 활용하면 좋을 것이다. 국가관, 생활 윤리 등의 내용은 시사 적인 문제와 관련되어 출제되는 경우가 많으므로, 마찬가지로 개념을 정확히 공부한 다음에 문제집 을 풀면서 익혀 나가야 한다.

④ 국사

국사 과목은 내가 공부하기 가장 힘들어했던 과목이다. 두 권이나 된다는 사실만으로도 사회 과목을 싫어하는 나에게 엄청난 스트레스 요인이었다. 지금은 한 권으로 재편집되어 내용도 작아지고 칼라 사진으로 자료가 제시되고 있다. 또 정치, 경제, 사회, 문화의 파트별로 정리되어서 참 다행이다.

역사 과목을 싫어해서 일부러 중학교 때부터 세계사 만화 전집, 국사 만화 전집을 시간 날 때마다 붙 잡고 앉았었다. 읽을 때는 재밌고 좋았는데, 구체적인 이름은 하나도 기억이 안 나고 흐름으로 연결 되지가 않아서 답답했었다. 그래서 좀 무식하게라도 부딪혀 보기로 했다.

먼저 차례를 편 다음 쭉 읽어 보면서 내가 무엇을 공부할 것인가를 본 다음 날짜를 표시하기 시작했 다. 15일, 16일, 17일⋯⋯. 그런 다음 단원 개관부터 시작해서 개요 연구 과제를 읽고 교과서를 읽어 나갔다. 단원을 마친 후에는 연구 과제에 대한 답을 써보았다. 7차에는 개관 대신 단원의 길잡이가 있는데 이를 무시하지 말고 한번 읽어 보는 것이 좋다. 이 단원에서 얻고자 하는 것이 무엇인지를 이를 통해 알 수가 있다.

또한, 국사 교과서의 그림은 굉장히 중요한 시험 재료이다. 그리고 교과서의 내용을 이해하는 데 많은 도움을 준다. 그림만 보고도 이게 어떤 시대의 무슨 사건을 말하는 건지 알 수 있을 정도로, 내용과 긴밀하게 연관시켜서 봐두어야 한다.

내가 스스로 국사 정리를 시작한 것은, 설명을 다 듣고 난 후였다는 것을 잊지 않길 바란다. 두 분의 선생님께 수업을 들었는데, 한 선생님은 항상 그 장의 내용을 정리해 주셨다. 그래서 책 밑부분에다가 받아 적게 했다. 워낙 양이 많다 보니 외우기 쉽게 도표나 그림으로 만들어 주시기도 하셨다. 그렇게 교과서 중심으로 수업을 하시는 것과는 반대로, 사건 중심으로 재미있게 설명해 주시는 선생님도 계셨다. 한창 유행중인 사극의 예를 들어가면서 역사에 관심을 가지게 도와주셨던 것 같다.

국사 책에는 옛 관직이나 지명, 기관명 등 잘 알지 못하는 옛 단어가 많이 나온다. 그래서 혼자 무작정 공부하는 것은 이해하는 데 어려움이 많다. 평소 수업 시간에 충실하지 못했다면 EBS 수능 방송을 적절하게 활용하여 스스로 학습할 수 있는 채비를 갖춘다. 날짜별로 그 부분을 하기로 했으면 무슨 일이 있어도 꼭 끝낸다. 하지만 국사책을 읽다 보면 졸릴 때가 많다. 그럴 때면 좋아하는 펜으로 줄을 그어가면서 읽으면 집중하기가 쉽다. 아직도 예전의 국사책을 갖고 있는데, 당시 여러 가지 색이 동시에 들어 있는 색연필을 사용해서 돌려가며 줄을 쳐서 온통 흑백인 국사책에 활기를 불어넣고 있다. 7차 국사 교과서에 나오는 심화 과정 문제는 꼭 풀어 보는 것이 좋다. 7차 국사 교과서의 가장 혁신적으로 바뀐 부분이고, 수능형으로 제시되기 좋은 형태인 것 같다.

국사 교과서를 읽어 봤으면 문제집을 꼭 풀어 본다. 한 과목에서 각 단원끼리의 연계뿐만 아니라 과목간의 연계 문제도 간혹 출제되므로, 국사를 공부할 때 동시대 세계사의 흐름까지 같이 공부하는 것이 좋다. 선택 과정으로 바뀌었기 때문에 아주 깊이 들어가지는 않더라도 교과서에 언급된 사건은 나올 가능성이 높으므로 반드시 함께 봐두는 것이 좋다.

모든 영역에서 교과서를 보고 꼭 문제집을 풀어 보는 이유는, 교과서를 막 읽었을 때만큼 내용에 가까이 다가가는 적이 없기 때문이다. 그것을 이용해 문제를 푸는 감각을 익히는 것이 첫 번째 목표이고, 두 번째는 내용을 제대로 이해하고 있는지 점검해 보는 것이다. 사회탐구영역 문제집은 주로 점심시간이나 저녁 시간에 식사를 하고 남는 시간을 활용했었는데, 나중에 조금씩 쌓여가는 학습량을 보면서 시간을 아끼면서 풀어 나갔다는 뿌듯함도 느낄 수가 있어서 좋았다. 사회탐구영역 각 과목에 대한 개념 정리가 위와 같은 단계로 끝나려면 문제집 두세 권 정도가 필요하다.

● ● ● 2단계 서서히 굳히기(비집중 기간)

사회탐구영역 집중 기간이 끝났으면 이 시기에는 다른 과목에 집중하고 틈틈이, 하지만 꾸준하게 사회탐구영역 문제를 풀어 준다. 그리고 중간중간 정리한 것을 바탕으로 세 번 정도 내용을 다시 보는 것이 좋다. 1단계처럼 교과서를 가지고 시간을 많이 들여서 정리하는 것이 아니라, 조금씩 시간을 떼어서 잊지 않게 반복하는 것이다. 조금씩이라도 모이면 많은 양이 된다. 나는 조그맣게 내용이 요약된 소책자를 이용했다. 어느 학습지에서 별책으로 나온 내용 정리식의 책자였는데, 내용 요약이 빈칸 채우기 식으로 되어 있었다. 작은 크기여서 들고 다니면서도 보기 편했기 때문에 쉬는 시간을 틈틈이 활용해서 문제를 푼 다음, 학교를 오가는 버스에서 암기했다.

● ● ● ● 3단계 문제 풀이로 다듬기(문제 풀이 기간)

고3 때 푸는 문제집은 크게 3종류로 나눌 수 있는데, 책처럼 좌우로 넘기는 문제집, 위로 넘기는 문제집, 그리고 수능 형태 문제집이다. 1단계에서는 좌우로 넘기는 문제집을 푼다. 단원별로 나누어져 도움말 설명이 많고 교과서와 함께하기 좋은 문제집이다. 2단계는 한 과목만 있는 위로 넘기는 문제집을 풀어 보는데, 내용 요약이 짧게 나온 후 문제가 많이 나오는 문제집이다. 3단계는 수능 시험의 사회탐구영역 형식과 똑같이 나와 있는 문제집으로 수능 시간을 맞춰 보고 실전 연습을 하는 문제집이다.

이 시기에는 매일 수능형 문제를 1회씩 풀어야 한다. 문제를 많이 풀어서 지금까지 공부한 것을 실제 수능 문제에 바로 바로 적용하는 능력을 기르는 것이다.

나는 이 시기에 EBS 수능 파이널 사탐을 이용해 많은 도움을 얻었다. 처음에는 물론 집에서도 공부를 좀 해보자는 마음으로 시작한 것이지만, 방송을 보면서 얻을 수 있었던 가장 큰 장점은 선생님들의 문제 풀이를 보면서 접근 방법을 익히고 그 문제에 관한 설명을 다시 한번 들음으로써 틀렸던 문제에 관한 내용 보충을 손쉽게 얻을 수 있었다는 것이다.

문제를 풀면서 함께해 나가야 하는 것은, 가장 중요한 문제집을 하나 지정해놓고 나만의 책을 만들어 이를 바탕으로 최종적으로 정비하는 것이다. 좌우로 넘기는 문제집 중에서 내용 요약이 잘 되어 있는 것을 지정한 다음, 이 기간 동안 문제집을 풀면서 발견한 보충해야 할 부분을 써넣는다. 양이 많으면 종이에 써서 장으로 끼워넣거나 작으면 포스트잇으로 넣어 준다.

사회탐구영역은 다른 과목에 비해 상대적으로 높은 비율의 사람이 높은 점수를 얻을 수 있는 과목이다. 하지만 자연계열이면서 사회탐구영역 때문에 많이 고민하고 힘들어했던 나였기에 단순히 쉽다고 말하고 싶진 않다. 처음에는 나머지 과목에서 잃는 점수가 사회탐구영역 한 과목에서 잃는 점수랑 똑같았다. 싫어하는 과목이라도 현 입시 제도상 원하는 대학에 가기 위해선 꼭 필요하다는 걸 알기에 포기할 수가 없었다. 많은 시간을 들였는데도 실력은 늘지 않는 것 같아 힘들 때도 많았다. 하지만 공부하면 될 거라는 기대감을 가지고 끝까지 포기하지 않아서 성공할 수 있었던 것 같다.

실력은 쌓이는 것이지 하루 아침에 생기지 않는다. 하루 하루 내가 반드시 해야 될 것을 수첩에 적은 다음 체크했다. 처음에는 계획의 반도 하기 힘들었지만, 나의 능력을 파악하게 되고 또 시간을 아껴 쓰려고 노력하다 보니 하루 하루 계획 세우는 것이 달라지고 실력이 쌓여갔다. 일 년 동안의 꾸준한 노력이 차곡차곡 쌓이고 있었던 것이다.

내가 제시한 공부 방법이 공부를 시작하는 데 도움이 될 수 있기를 바란다. 하지만 각자 공부를 해나가면서 필요에 의해서 더 발전시켜 나갈 수 있을 것이다. 난 영어 단어 외우는 방법을 친구한테 배웠고, 선생님께는 오답 노트 활용하는 법, 수학 연습장 쓰는 법 등 여러 가지를 많이 배웠다. 자율학습을 하게 되면서 같이 공부하는 시간이 많아진 주위 친구들에게도 배울 점이 많을 것이다. 서로에게 조금씩 배우고 공부해 가면서 더 좋은 방법을 체득하기를 바란다.